乱曲考

小倉正久

序文

謡本の曲目のなかに、乱曲（らんぎょく）あるいは闌（らん）（蘭）曲、曲舞（くせまい）という一群の謡物（うたいもの）がある。十四世紀後半頃、猿楽や田楽の芸人が、貴族や高僧などの宴席で謡ったり舞ったりした芸の一つである。やがて一曲の能の中でも歌われるようになった。名こそ舞ながら、曲舞は舞的要素が稀薄で、物語を聞かせる音曲だった。私にとって、遠く難しそうな曲で、長い間、手にすることも、まして稽古をする気持になる代物ではなかった。謡の稽古に臨んでも、意味する内容が何やらさっぱり分からない。謡物を理解し、醸し出す雰囲気を味わうためには、元となった完曲、あるいは本説を探しだすことが出来れば、なるほどと思う事や、これでは廃曲になっても無理からぬなァということが分かるかも知れない。謡物には古への完曲の一節（多くはクセを中心としたもの）を取り上げたもの、あるいは謡物が先にあり後人が前後をつけ完曲にしたもの、ある目的をもって謡物だけを作ったと思われるものなど、乱曲成立に至る過程は一様ではない。古い謡本の写本を探し、それらの翻刻を試み、作られた経緯や完曲が廃止された理由などを調べてみたいと思うようになった。後人が謡物の前後に詞章を工夫し、完曲にしようとした努力や形跡、時代背景を調べることも興味あることである。素謡形態の乱曲曲舞についての研究文献は少なく、未開発の状態で残されている。本著がこの分野の関心を促（うなが）すきっかけになれば幸いである。

現行の乱曲の元となった完曲の多くは廃曲とされ、または未完成な謡曲（能までに至らなかった）のままであったりしている。古い謡本は、変体仮名と漢字のくずし字でかかれ、同一名の完曲でも異本が存在し、さらに、複数の伝本が並行して伝わっている。写本を行うたびに多くの人々が介在し、少しずつ文字や詞章が変る。転写者・出版者は同時に読者なので私見がはいりやすい。併存する伝本の間で、異同が生じるのは、誤記・誤写ということもあろうが、それだけではなく、書写者の意図が加わっているからであろう。完曲と乱曲との曲名が異なる例も多く、古い完曲が必ずしも謡物の原作というわけではない。要は虫喰いや欠落がなく謡本がよく読み取れ、謡物の原作者の文意が的確に表現されている謡本が一番大事なのである。

今回の調査にあたって、異本を含め各謡本相互の語句の校合（きょうごう）を行う余裕はなく、まず、どれを底本とすべきかを選ぶことから始めた。幸い国立能楽堂や野上記念法政大学能楽研究所の資料を拝見する機会を与えられ、ここでは先考の研究業績がかなり整理保存され資料の探索は比較的容易であった。深く感謝するものである。江戸初期の古活字版（嵯峨本）も現存するが、筆者が用いた謡本の多くは、版木に直接彫りつけて印刷した江戸時代の「製版」印刷物である。

明朝体への翻刻文作成にあたって筆者が独断で設定した二、三の点を予めご了解いただきたい。

一、選んだ完曲は、現行乱曲に近い詞章が用いられている謡本を使用し、出典を明らかにした。該当する乱曲の詞章は、▼▲で挟み、括弧内に該当流派名、謡物名を明らかにした。語句や文字は、写本に能う限り忠実に翻刻することに努めたので、現行乱曲の詞章と若干異なる場合がある。また現行と異なる送り仮名はそのままにした。「捨て仮名」と「迎え仮名」は特殊な場合以外は省いた。

二、正式には、写本のままに翻字すべきであるが、本稿では読者の便宜を考え、濁音記号をつけ難字にルビを付した。句読点は写本通り。原本には役名がないが、必要と思われる場所には括弧傍線を付し挿入した。原文は仮名文字で記載されているが、該当する漢字が想定される場合、括弧内に記載し傍線を付したものがある。原文にあるルビは原則そのまま残し、平仮名で表記した。節付の記号は省略した。

三、異本は原則記述しなかったが、参考までに掲載したものもある。

四、翻刻文の後に、登場人物や本説など、関連する事項について若干の考察を行い、翻刻文の文意を補填した。完曲が廃された理由について私見を述べた。

五．謡物の番数は次の通りである。

宝生流　蘭曲仕舞謡三読物　二十一番

観世流　乱曲　二十七番

喜多流　曲舞　二十七番

各流派に重複しているものは一番とし、同じ完曲に二番の謡物がある場合（隠岐院、舞車、由良物狂、飛鳥川など）は一番と数えると、実質は四十八番である。五流いづれかに現行曲があるもの（二人静、土車、三読ミ物など）八番、完曲を発見できなかったもの（弓矢立合、泊瀬六代、西浜八景、徒然、笠取）五番があった。これらもそれぞれ考察をおこなった。最終的に、古謡本などにより翻刻の対象とした完曲は四十三番である。金春流・金剛流の謡物は、ほぼこの五十曲に含まれているので、各曲の解題の所に存在を記載しておいた。確認できたワキ方、その他の「語り物」詞章も同じく▼▲で明記した。

六、掲載は五十音順とした。

七、作者付は先学の研究結果に従い、巻末には参考にした主な文献を記載した。

目次

乱曲考

阿古屋松（あこやのまつ）

観世流乱曲、金剛流曲舞。完曲も同名。金春・宝生・喜多流にはない。

本稿では、完曲に『福王系番外謡本』（観世流五百番謡本）三二〇〈阿古屋松〉（元禄十一年版）を用い翻刻した。

能の創成期（観阿弥と同時代の十四世紀）に、増阿弥の「炭焼の能」というものが田楽新座にあった。彼は文盲であったらしい。しかし格別の芸域にあり、世阿弥は彼の謡い方に強い感銘を覚え、その閑寂な音曲と、詞章の一部を取り入れて、一四二七年、完曲〈阿古屋松〉を作った。観世流番外曲。日本、中国各地の松の故事をあげ、若翠（わかみどり）が久しくつづくめでたさを謡った祝言物である。

阿古屋の松は山形市の千歳山にあった名松で、「陸奥の阿古屋の松に木隠れて　出づべき月の出でやらぬかな」と、『平家物語』にある。

原曲（十五世紀初期作）は滅びたが、世阿弥晩年の自筆本（応永三十四年奥書）の同名曲が伝わっている。下掛リ系の新作異本も謡物部分は同文。特殊物に属する。

作者／世阿弥元清　典拠／平家物語 巻二　所／陸奥塩竃　季節／秋　能柄／脇能

前シテ／塩汲翁　後シテ／塩竃明神　ワキ／藤原実方中将　ワキツレ／従者

【詞章】

次第ツ　替らぬ色を陸奥の。〳〵。阿こやの松を尋ねん　ワキ詞　抑是は當今に仕へ奉る。藤原の実方中将とは我事なり。扨も某此度うた枕を思ひ立陸奥に趣く所に。阿こやの松の有所知れる人なし。猶この邊(あた)りを懇に尋ばやと存候　上哥ツ　都をば霞と共に出しかど。〳〵。秋風ぞふく白河の関はる〴〵と聞しかば。千里(ちさと)も同じ一足に。千賀の浦半も近き江に心有りける。旅寝かな〳〵　詞　先〻此邊りに休らひ人を相待。枩(まつ)の有所をも尋ねばやと思ひ候　シテサシツ　陸奥は焉(いづ)くはあれど塩竈の。浦漕船の綱手にも誰か雄嶋(を)の海士の袖。月にもいとゞ濡衣吾妻からげの我姿。見る人なしとおもへども。老かくるやと浪の花。かざしの袂打出て。夜塩をいざや汲ふよ〳〵　上　更行ば煙もたへし塩竈の。〳〵。浦みなはてぞ。月影のそことも浪の上晴れて。蜑のいさり火幽ヶ(か)なる。詠もあかぬ。氣色哉〳〵　ワキ詞　所の人を相待所に。老翁一人来れり。いかに是成老人。おことは此浦の塩汲にて有るか　シテ詞　や。見奉れば雲の上人にてましますが。かゝる邊土へいかにして。おはしますこそ不審なれ　ワキ詞　実〻申すも理はり也。名にのみ聞し陸奥の阿古やのまつの有所。尋ねん為に来たりたり　上　何国の程にて有るやらん　シテ詞　こはそもいかに賤の身の。かゝる名高き松の行衛。いかでそこ共答へ申さん　ワキ　申す所は理りなれども。所からとて心ある　シテ　海士人ならばそことしも。松の煙も余所ならぬ　上同ツヨク　立塩竈の浦ふれて。〳〵。暇も浪のよるとなく。昼共わかで塩汲の翁さびたる我らすら。何をかざして白糸のすじなきことな宣ひそ〳〵　ワキ詞　荒面白の答へやな。心の奥も陸奥の。阿こやの枩のあり所。上　知らではあらじ申さ給へ　シテ詞　されば古き哥に。下　陸奥の阿こやの松にかくろひて。出べき月のいでもやらぬかと　詞　讀しははるか昔語。元明天皇和同五年。陸奥六十六郡を分つて。出羽十二郡となし給ふ。夫より後は阿こやの枩も。出羽の国に有と社。上 申傳へて候なり ワキ 元来翁の姿詞。尋常（よの）ならず思ひしに。
さもあれかゝる古事迠。例しをひける御身はそも。いか成人にて有やらん シテ詞 いか成者とは塩汲ざ
ふよ。此身は賤しき埋木なれども。上 心の花のあれば社。さもやごとなき都人に 詞 御目にかゝるも
老後の悦び。迚もの事に此翁が。すべて名高き枩の有所を。上 荒〳〵語り申べし クリシテツ 夫十八公
の栄は。霜の後に露晴 同 一千年の色は雪の中に深し サシシテツ 九夏三伏の暑き日には（同）竹錯午の
風を含み。玄冬素雪のさむき朝には松君子の徳を顕はす シテ下 されば本来世ゝの人。同 其貞節を愛
する事漢家本朝例多し シテ下 中にも阿こやの松の姿 同 春花ならず冬枯ず。雲来り霧とゞまつて。有
がごとくなきごとし 下クセ ▼実や雪降て。年の暮ぬる時迠も。終に朽せぬ松が枝の。老木になれ共年
〳〵に。また若緑立枝の幾春の恵み成らん。秦の始皇の御しやくに。預かる程の木なりとて。異國にも。
本朝にも。今もつて。此木を賞翫す 上シテ 千年迠かぎれる松もけふよりは 同 君にひかれて。萬代
迠の春秋を。送りむかへてみかげ山。高砂住の江辛崎や。都の富士も東ぞと。三保の松原くりはらや。あ
ねわの松の人ならば。都のつとにさそひなん。哀阿こやの枩陰の名高きや類ひなかるらん▲（乱曲 阿古
屋松） ロンキ地ツヨク げにや枩の葉の。ちりうせずして正木の。かづらは長き例を。君にぞ祝ふ舞の袖
シテ上 時移る〳〵。遊楽の毎夜（よもすがら）。青海波とは青海の。浪と共にや帰るなり 上同 篠目（しののめ）の空を見給へ。
猶も神秘を見せんとて。夕塩にかき紛れて。老人は失にけり老人の影はうせにけり 中入 ワキ詞 扨は有
つる老翁は。塩竈の明神假に浦人と現じ給ひ。我に詞をかはし給ふと。感涙肝に銘じつゝ。上 法樂を捧
げ祈誓をなし。上哥ツヨ 猶も奇特を見るやとて。〳〵。あけのたま垣明渡る。空を仰（あをい）で待居たり〳〵
太コ一セイ後シテ上ツヨ いかに実方。汝哥枕の望み有て。是迠来る志をかんじ。阿古やの枩の有所。知らせ

ん為に顕れたり　上同ノル　ふしぎや異香充満て。光りも見てる塩時に。汀の浪も音すめり。音樂を奏する。和哥の夽風糸竹の調べ。さま〴〵の。浦ふきかへす。舞の粧ひ。千早の袖は。面白や　打上ノル　実や阿古やの松の徳。〳〵。神と君との道すぐに。治まる代とて。吹風までも。琴商(きんせう)の曲を。あらためて。律を学ぶや簫瑟(しやうしつ)のひゞきも妙なるや。神も納受の敷しまの。久しき代ゝこそ。めでたけれ

（括弧内傍線部分は筆者挿入）

【あらすじ】

「陸奥守に任じられた実方は、陸奥塩竈(しおがま)で秋色を賞(め)でていると、一人の老人が通りかかった。一条天皇から探すよう命じられていた歌枕「阿古屋松」の所在を尋ねると、出羽国にあると告げ、自分は塩竈明神だと名乗って去る。夜に入ると、塩竈明神は気高い老体の姿で現れ、松のめでたさを説き舞を舞う。」

明神は鹽土老翁神(しおつちおじのかみ)とも云い、土着の神で、現在、塩竈市一森山一―一の鹽竈神社（陸奥一宮）の別宮に祀られている。この神は人々に塩作りを教えた神様であった。

完曲は『古事談』『平家物語』にみられる藤原実方と阿古屋松に関する説話に取材した幽玄な老舞能である。クセが謡物となった。

藤原実方の陸奥左遷については〈実方〉（112頁）で詳しく述べるので参照いただきたい。

実方は死の直前に「我が遺骸は出羽の国に千歳山に葬らるゝを得ば今生の願ひ足れり」と云って眼を閉じた。遺言通りに山形市の東南、千歳山山麓にある萬松寺(ばんしょうじ)に、阿古屋姫、中将姫とともに葬られたとの伝承があり墳

墓がある。

萬松寺は千三百年以上前、阿古屋姫が開祖した寺であるといわれている。

「阿古屋姫伝説」は、実方よりもさらに三百年ほど昔に溯る。奥州信夫(しのぶ)の郡司で藤原鎌足の曾孫・藤原豊充(とよみつ)に阿古屋姫という娘がいた。父は罪を得て朝廷の命により、姫とともに出羽国に流され、役命を勤めていた。

ところが姫は自分の琴の音に合わせて妙なる笛を吹く名取太郎(なとりのたろう)という若者と恋に落ちた。ある晩、若者は緑の衣に黒い袴をはいた姿で姫の枕元にたった。「われは十八公(松)の長(おさ)で千歳山(ちとせやま)に住んでいるが、近日斧の禍をうけることになった。ついてはあなたの引導にあずかりたい」と、涙ながらにのべて消えた。実は、若者は千歳山の山頂に生える老松の精であった。その頃千歳山の巨松が切り倒され、名取川の橋の修理に使われることになっていたが、どうしても動かない。これを聞いて姫は先日の夢を思い出し、山の上にのぼって引導を渡すとやすやすと動いた。

姫は、山麓に小庵を結び、新たに若松を植えて菩提を弔った。阿古屋姫はこの地で生涯を終え、松の根方に葬られた。松は年をへて老樹となり阿古屋松と名をうたわれるようになる。

阿古屋姫と千歳山の松の精・名取太郎との悲恋物語「阿古屋巨松の恋物語」と、歌枕としての「阿古屋の松」は、『平家物語』『今昔物語』『古事談』に記載され、平安の昔から陸奥の名勝古跡の一つとして著名であった。東北の巨石・巨木伝説の一つであろうか。

別伝では、阿古屋姫は近侍某につれられ陸奥に下り、病の末に死なんとしたとき、千歳山の頂上に埋めて、しるしに松を植えてくれと遺言した。その松が阿古屋の松だと云い伝えられている。

阿古屋姫の死後二九十年、藤原実方は歌枕の阿古屋松の古跡を探し求めたが、ついに発見できなかった。

千歳山は、山形市の東南に聳（そび）える高さ五百メートル程の山で、麓に萬松寺がある。寺の裏手の墓地に阿古屋姫、実方、中将姫の墓が並んで弔われている。中将姫というのは実方中将の娘ということであり、父が陸奥で死亡したとの悲報を聞き、父の臨終の望みを叶えるべく、都からはるばる山形市の萬松寺に至り、墓を立て菩提を弔ったという。また中将姫もここで亡くなったので、三基の墓が並んでいるのであると伝えられている。

初代の阿古屋松は千歳山の山頂にあったが、現在の「阿古屋松」は、笹谷街道（国道二八六号）旧道沿いの山頂を望む山腹木立の中にある。第二世の赤松である。明治四十五年、大正天皇御手植と伝えられ、石柵を廻らし大切にされているが、樹齢数十年程と思われる。萬松寺の本堂の右側裏手から登ることができる。

二代目 阿古屋松

完曲〈阿古屋松〉は、構想も運びもよくできている曲であると思う。おそらく老体の塩竈明神が神舞を舞うのであろう。近年まで行われていながら、廃曲になった理由は今一つ分らない。似たような脇能が多いので、整理の対象となってしまったのか。最近、各流派で復曲が試みられている。

松の翠（みどり）の美しさ、古くから崇められたこと、各地の松の名木などを、華麗な詞章で謡いこんだクセが謡物として残った。

飛鳥川（あすかがわ）

初夏ともなれば、日本列島いたるところで田植が見られる。稲の苗を一株ずつ植えて行く田園風景は美しい風物詩であった。稲作にともなう姿は芸能に多く取り上げられ、狂言では〈加茂〉の替間（御田）に田植の所作がある。飾り立てた姿で稲を植える乙女は早乙女（さおとめ）と呼ばれ、また、花娘ともよび、昔、笛・さゝら・鼓で囃す「田楽」があった。能の先行芸能のひとつである。

完曲は「行脚の僧侶が、行方が知れなくなった娘との再会を祈り、金峯山寺（きんぷせんじ）（吉野町吉野山）に参拝した。その帰途、飛鳥川の川岸で田植をしている娘とめでたく再会を果たす」という筋書き。ワキ・シテ・ツレと地謡とが、田植歌を掛け合いで歌う麗美な詞章。飛鳥川の淵とかけて、常ならぬ世の無常を謡う田植歌が謡物になっている。謡物は世阿弥以前の古作らしく、室町期に世阿弥が完曲に作りなおしたものらしい。異本が多い。上掛リ、下掛リでロンギ・キリの詞章が若干異なる。また、母（シテ）と子方（友若）の逢瀬とする狂女物の異本もある。よくできた曲であると思う。

本稿では底本には『福王系番外謡本』（観世流五百番本）四一二〈飛鳥川〉を用いた。〈飛鳥川〉は金剛・喜多流の現行曲となっている。観世・宝生・金春流では同名完曲のサシ・クセを謡物〈飛鳥川〉としている。喜多流はクセのみを曲舞にしている。

作者／（世阿弥以前の）古作を世阿弥が改作完曲　典拠／不詳　季節／五月
所／飛鳥川　能柄／四番目
シテ／娘　ツレ／田植女　ワキ／薩摩方の僧侶

【詞章】

次第和 昨日入にし三吉野の〳〵きさの山路に帰らん　ワキ詞 是は行脚の僧にて候。我本国は九州さつま方の者にて候が。唯一人娘を持て候を。人商人にかどはされ。何国ともなく失ひて候程に。か様のすがたと成諸国を廻り候。昨日は吉野に参り。けふは又都のかたへ上らばやと存候　上 一夜ねて又立帰る旅衣。〳〵。昨日過にし道芝の。露も草葉も五月雨（さみだれ）の山水そひて淵も瀬も。実名にしおふ早苗とる。飛鳥川にも着にけり〳〵　詞 急候程に。是ははや飛鳥川に着て候。向ふを見れば人の多く笛鼓を鳴し。田哥をうたひ面白候。立寄見ばやと存候　一セイ和上女 飛鳥川。岸田の早苗取〻に。袖も緑の気色かな　ツレ 山郭公こえそへて　二人 うたふ田哥も。猶しげし　サシ 種まきし其神の代は久堅の。天のむらわせ跡つぎて　二人 今人の代の末までも。恵みの国は治まりて。我らごときの民迄も。豊かにすめる。有難さよ　下 天の川苗代水にせきおろせ　上 天降ます神ならば。〳〵。なべて知らん代の例（ためし）。雨もゆたかに小田の原都は爰に遠けれど。あまさがる鄙の国迠ももれぬ誓ひは。有難や〳〵　ワキ 面白や比は五月の初めつかた。四方の梢も深緑。小田の早苗をとるさ乙女の。もすそをひたし袖をぬらして。笠を傾ぶけ声をそろへて。謡ふ小哥の面白さよ。詞 ふしぎやな此川の昨日渡りし瀬の替り候。いずくを渡り候べき
シテ なふ〳〵旅人爰は渡り瀬（ぜ）にてはなく候。今少し上（かみ）え御まはり候へ　ワキ 扨は爰は渡瀬（ぜ）にて候はぬか。

昨日は爰を渡りて候よ　シテ　いや〳〵御廻りあれと申せばとていく程も候はぬぞ。あれにみおじるしの候所を御渡り候へ　ワキ　うれしくも御教へ候物かな。昨日とけふと川の瀬の替り候事不審に候よ

シテ　此川瀬の昨日にけふの替るを御不審候か　ワキ　中〳〵の事　シテ　扨は此川の名をしろし召れ候はぬか

ワキ　されば此川は飛鳥川（あすかがわ）と承りて候よ　シテ　いで此飛鳥川は。昨日の瀬はけふに替り候ぞとよ。今夜の雨に水増りて。殊更けふは流れ洲の。石と水との川の渡り。其上おしへ申さずとも。名に流れたる飛鳥川の。淵瀬はいかで定まるべき　ワキ　実〳〵是は飛鳥川。世に隠れなき名川（めいせん）なり。扨此川の淵と瀬との。定まらぬ謂の有やらん　シテ詞　いやそれは唯此川の。水上近き山水の。末の流れの石は多くて。淵瀬の常に替るなり　ワキ　ふしぎやかゝる名所にも。名に似ぬ習ひ多けれ共。正しく昨日渡りし瀬の　シテ　けふは引かへあらぬ瀬に　ワキ　替る習ひぞうき世の中の　シテ　常なき事にもたとふるなり　上同和　世の中は何か常なる飛鳥川。〳〵。昨日の淵はけふの瀬になるや夜の間の五月雨に。みかさ増りて濁りたる。水の心も知ずして。左右なふ渡り給ふな。お僧の持せ給ひたる。柱杖（しゆぢやう）も水の深さを。はかるしるしと聞物を心して渡りたまへや〳〵　ツレ上子和　面白の折柄やな。見し面影も夏木立の。花は昔に成果て。みどりのみなる五月雨の。水田の早苗色〳〵に。田子の田哥の上訖も。世の一節の心成べし　シテ詞　唯今の言葉の末にておもひ出して候。彼伊勢が哥に。下　飛鳥川淵にもあらぬ我宿も。瀬に替り行。物にぞありける　クリ地和　夫春過夏たけて秋もまた暮ぬべし。冬にならんも幾程ぞ。かりなりけりや。浮世の中

シテサシ　▼五月雨に物思ひおれば時鳥。夜ぶかく啼ていづちゆく覧と。讀し心も今更に。身に白糸のよるとなく。晝ともわかであだし世の。いつ迄とてかながらへむ　下シテ　思へば哀小蝶の夢に　同　遊ぶぞけふの。現なる　クセ下　御田（だ）やもり。けふは五月に成にけり。急げや早苗。生もこそすれ。実や五月雨の。

晴ぬ日数もふり行に。あすとないひそ飛鳥川の。水田の深緑立連いざや植ふよ。抑幾(いくば)くの。田を作ればか時鳥。四手の田長を。朝な〳〵よぶと。詠ぜしも誠なり。四手の山田の時過て。此土に来り聲立て。程時過る世の中の。教へを知ゆへに時の鳥とは申なり 上シテ 五月山。梢を高み郭公 同 なくね空成恋やする。我も恋しき翠(みどり)子の。行へもしらで足引の山路に迷ひ里に出て。國ゝ浦ゝわたる日の。積る三年の春過て。夏もはやさみだれの。ふり分髪の玉鬘。かゝる業はいつか身に。馴衣袖ひちていざ〳〵早苗とらふよ▲(乱曲 飛鳥川) 上地和 面白や 上シテ 早苗取そへて盃の 上同打上从ニ付 流にひかれて手先遮る。〳〵 五月(さつき)の小田の。波をちらして 上地 住吉の岸田。入江にまかせしは シテ下 難波田のふしみづ 上地 都の人も。植たまへ シテ下 伏見や鳥羽田(だ)の 上同 是は都に近きたをやめの。袖をかへし。もすそをひたして。早苗とる手のはづかしさよ 上ロンキ地和 ふしぎや見れば姫小杢。立別れにし年ふれど。其面影の替らぬは若も翠子成らん ツレ上 此方にもそれとはさぞなしらま弓。いつしか替る御すがたさすがに恥て名乗得ず ワキ上 我も人目は恥かしの。森の下露消やらでいま廻り逢うれしさよ シテ上 扨は誠に親と子の。契りも深き飛鳥川。けふの逢瀬は替るまじ 下同 此上はとく〳〵お上りあれや去にても。此年月の御馴染いつの世にかは忘れん。扨有べきに荒磯の。〳〵。波打つれて立帰る。跡に名残は惜め共。引留がたき衣ゝに。立別れ見送りてとまるや恨み成らん〳〵

（括弧内傍線部分は筆者挿入）

【飛鳥の地】

吉野地域の信仰の発祥は飛鳥・奈良時代以前に溯ると思われる。吉野山は奈良・平安時代以後は「金の御嶽」ともよばれた聖山。現在は採掘されてはいないが、金銀・水銀などの鉱脈がある事で知られている。大峯修験道という山岳宗教がある。役行者が建立した大峯山寺は山道が険しく、女人禁制であったので、天平年間（八世紀）、行基は大峯山寺の玄関口にあたる吉野山に蔵王権現を祀り金峯山寺を開いた。平安時代、僧・聖堂が吉野に蔵王権現を安置した。以来吉野山のシンボルとなっている。

飛鳥川は奈良県高市竜門や高取の峰々を源流に、栢森・稲淵の谷あいをせせらぎの音も美しく流れ、祝戸で多武峰からきた冬野川と合流した後、飛鳥の中心部を縫って、畝傍山と天香久山の間を流れながら、藤原京、橿原市をへて大和川へ注ぐ。奈良県南部の川で、その長さ二十八キロ。下流は濁っているようだが、飛鳥人に親しまれ、万葉集に詠まれた。「淵瀬常ならぬ」川の姿は、祝戸から上流に面影を残す。昔は流れの変化が激しかったので、飛鳥川は定めなき世のたとえ、人心のかわりやすさのたとえにされた。また明日の掛詞や枕言葉としても用いた。

飛鳥川淵は瀬になる世なりとも
思ひそめてむ人は忘れじ（古今和歌集）

飛鳥川（浄見原宮跡付近）

世の中は何か常なる飛鳥川
　昨日の淵ぞ今日は瀬になる（古今和歌集）

飛鳥川淵にもあらぬ我が宿も
　せに変はりゆくものにぞありける（古今和歌集）

飛鳥川明日も渡らむ石橋の
　遠き心は思ほえぬかも（万葉集）

飛鳥の字は、「飛ぶ鳥」によるとも、朱鳥（しゅちょう）というめでたい鳥が現れたためともいわれる。飛鳥とその周辺の地域は、今日の奈良県高市郡明日香村の中心部とほぼ重なる。鴨氏らによって稲作がはじめられ、古代「日本」が誕生した場所。飛鳥は面積約三平方キロほどの小さな土地であるが、古代の政治的な舞台となった。

古い頃、信仰の地・吉野と、政治の中心地・飛鳥は一体的な空間であった。稲作文化に欠かせぬ浄い水の流れは、周辺に豊饒な恵みを生み、飛鳥時代という日本文化の発祥を見たのである。

淡路（あわじ）

別名を〈譲葉（ゆずりは）〉〈淡路島〉。我が国創成の神話を詠んだ曲である。神功を終わって長く淡路の幽宮（かくれみや）に隠れたと伝える伊弉諾尊（いざなぎのみこと）の伝説に取材したもの。古事記の「国生み神話」に拠って作能された。完曲は観阿弥作の謡物に世阿弥が前後をつけたものである。男神物。観世・金春・金剛流の現行曲。宝生流は番外曲。本曲も異本が多い。

「淡路島に渡り、尊の神跡を訪れた廷臣が、小田の水口（みずぐち）に幣帛（へいはく）を立てて耕作している老翁に、同国二宮の縁起を聞く事を前段とし、後段には伊弉諾神が後シテと現れ、往古の神秘を語る」

謡物は完曲のクリ・サシ・クセの詞章。喜多流曲舞、金剛流乱曲として謡われていた。

本稿の底本には『福王系番外謡本』（観世流五百番謡本）二〇九〈淡路〉を使用した。米沢異本を底本に採用している学者もある。

作者／世阿弥（クセは観阿弥）　典拠／古事記・日本書紀　巻一　所／淡路島

季節／春　能柄／脇能

シテ／（前段）翁（後段）伊弉諾の神　ツレ／男　ワキ／臣下　ワキツレ／従者

【詞章】

次第ツ　治まる國の始めとや。〳〵。淡路の神代成らむ　ワキ詞　抑是は當今に仕へ奉る臣下なり。扨も我宿願の子細有により。住吉玉津嶌に参詣仕りて候。又能次でなれば。是より淡路の國に渡り。神代の古跡をも一見せばやと存候　上　紀の海や波吹上のうら風に。〳〵。跡遠ざかる奥津舟塩路程なく移りきて。よそに霞し嶋かげの。淡路方にも着にけり〳〵　急候程に。是ははや淡路の國に着て候。此所の人を待。神代の古跡を尋ねばやと存候　一セイ二人ツ　神の世の。跡を残して海山の。長閑き波の。淡路がた　ツレ　種を納めし國なれば。二人　苗代水も。豊也　シテサシ上　夫陰陽の神代より。今人界に至る迄。二人　山河草木國土は皆。神の恵に作り田の。あめつちくれをうるほして。千里万里の外迄も皆たのしめる時とかや。殊更に爰は所も淡路がた。御國始めの神代よりうけつぐ民も豊なる。あまのむらわせ種まきて。萬歳の秋を。待とかや　下　時しも今は長閑なる心の池のいひがたき春のけしきも様〳〵に　上　春の田を人に任せて我はたゞ。〳〵。花に心をつくるなるも。さかりにひかれて苗代の水に心の種まきて。ちれば爰もや櫻田の雪をもかへす。けしき哉〳〵　ワキ詞　如何に是成翁に尋ぬべき事有。おことの風情を見るに。小田を返しながら水口にみてぐらをたて。誠に信心のけしき也。如何様是は御神田にて候か　シテ　さむ候春の田を作らんとては。萬祝ふことの候程に。あの水口にいぐしとて五十のみてぐらをたて。神を祭り候。然ればある哥に。下　谷水をせく水口にいぐしたて。苗代小田の種まきにけり。其上此御田は。當社二の宮の御供田にて御座候程に。殊には内外清浄にて御田を作り候よ　ワキ　偖は當社は二の宮にてましまさば。國の一宮はいづくにてましますぞや。若ゆづりはの権現にて御座候成覧　シテ　恐れながらあしく御心得候物かな。當社は二の宮にてましませばとて。國中一二の次第にあらず　ツレ　御覧候へ當社のかんだち。二柱の社の御殿なれば　シテ　ふたつの宮居を其儘にて。二の宮とあがめ奉る也　二人上　是は則伊弉諾伊弉冊の尊の。二柱の神代のまゝに。宮居し給ふ淡路の國の。神は一きう宮居は二つの。二のみやとあがめ申也　ワキ　能ゝ聞ば有がたや。扨ゝかゝる國土の種を。普く受る御恩徳。只此神の誓ひよなふ　シテ詞　事新き御諚かな。國土世界や万物の。出生あまねき御神徳。只是當社の誓ひ候也　ツレ　然ればひらけし天地の。いざなぎとかいては　シテ詞　たねまくとよみ　ツレ　いざなみとかいては　シテ詞　たねをおさむ　ツレ　是目前の御誓ひ也　シテ　其上神代は遠からず　ツレ　今日の前にも　シテ　御覧ぜよ　上同ツ　種をまき種を納めて苗代の。〳〵。水うらゝにて春雨の。あめよりくだれる種まきて。國土も豊かに千里さかふるとみくさのむらわせの秋になるならば。種を納めん神徳　中　荒有難の誓ひやな有がたの神のちかひやな　ワキ　猶ゝ當社の神秘ねん比に御物語候へ　クリ地ツ　夫天地開闢の昔より。こんどんみぶんやうやくわかつて。清く明かなるは天となり。おもく濁れるは。地となるとかや　シテサシ上

▼然れば天に五行の神まします。木火土金水是なり。　同　既に陰陽あひ別れて。木火土の精いざなぎとなり。金水の精こりかたまつていざなみと顕はる　シテ下　然れ共いまだ世界共ならざりし先をいざなぎと云ひ　同　國土治まり萬物出生する所をいざなみと申す。則此淡路の國を。初めとせり　クセ下　さればにや二柱の御神の。おのころ嶋と申も此一嶋の事かとよ。中　凡此嶋始めて。大八嶋の國をつくり。中　紀の國伊勢嶋日向并に。四つの海岸を作り出し。日神月神蛭子そさのをと申も。地神五代の始めにて皆此嶋に御出現。中にも皇孫は。日向の國に。天降り給ひて。地神第四のほゝでみの御子を御出生実有難き代ゝとかや　上シテ　天下をたもち給ふ事　同　すべて八十三万。六千八百餘歳なり。かゝる目出度王子達に。御代をゆずりはの権現と。顕れ御座す。いざなぎいざなみの神代も只今の國土成べし▲（曲舞　淡路）

上ロンキ地　実神の世の道すぐに。〳〵。今も妙成秋津洲の君の御影ぞ有がたき　シテ上　御影ぞと夕日がくれの雲の端に。たなびくあまの浮橋の。古へを顯はして御まれ人を慰ん　上地　そも浮橋の古へと。聞くは如何成言のはの　シテ　其神哥は烏羽玉の。我黒髪も　同　乱れずに。結び定めよさよの手(た)枕の哥の種まきし。神共今はしらなみの。淡路山をうきはしにて天の戸を渡り失にけり〳〵

ワキ上　実今とても神の世の。〳〵。御末はあらたなりけりと。いへばこくうに夜神楽の聞えて光さす。氣色ぞあらた成けるやけしきぞあらた成ける　後シテ上　わだづみの。かざしにさせる白妙の。波もてゆへる淡路嶋。月春の夜も長閑なる。緑の空もすみ渡る。あまの浮橋の下(もと)にして。八嶋の國を求めえし。いざなぎの神(しん)とは我事也　治まるや。國常(とこ)たちの始めより　地　七つ五つの神の代の　シテ　御すへは今に。君の代より　太コ从上同　和光守護神(じん)の扶桑の御國に。風は吹共山は動ぜず　マイ太コ打上上ロンキ　実有難き御誓ひ。〳〵。抑あまの浮橋の。其御出(ごしゅつ)所はさるにてもいか成所なるらん　シテ上　ふりさげし鉾のしただり露こりて。一(とう)嶋となりしを。淡路よと見つけし　下　爰ぞ浮橋の下(した)ならん　上地　実此嶋の有様東西は海(かい)まん〳〵として　シテ　南北に雲風をつらね　地　宮殿(くうでん)にかゝる浮橋を　シテ　立渡りまふ雲の袖

上同　さすはみほこの手風なり引は。うしほの時津風治まるは波の芦原の。國富民も豊に万歳をうたふ春の声。千秋の秋津嶋。治まる國ぞ久しき〳〵

（括弧内傍線部分は筆者挿入）

【伊弉諾尊】

曲の前段の問答に登場する「一宮(いちのみや)」は、いつの時代に如何なる理由で定められたものか詳らかでないが、文献上『今昔物語』（十二世紀初）に登場した周防国一宮玉祖大明神が始めといわれる。恐らく平安朝の初期に始

まり、平安中期から鎌倉初期までに、具体的な呼称が出現したものであろう。朝廷もしくは国司が特に指定したというよりも諸国において、由緒ある神社、あるいは信仰篤い神社が漸次勢力を得るに及び、自ずから神社の階級の如きものが生じ、一般に首位に位するものが一宮に推され、遂にそれが公に認められるに至ったようである。朝廷から神祇官を派遣し、国司が布告を発するときには、一宮の社司に告げ、社司が国内の諸社の社司に伝達をした。一国に一社というわけでもなく、一郡、一郷において一宮と称するものがあった。また一つの社の中の各神殿に一宮、二宮と称するものが出来た場合がある。〈淡路〉で謡われている詞章の「一宮」「二宮」は、この例であろう。現在、淡路島では一宮を伊弉諾神宮、二宮を大和大国魂神社をあてている。

「朝廷の臣下（ワキ）は、紀州の玉津島神社参詣ののち、吹上浜（和歌山市）を船出して紀淡海峡を渡り、淡路島の古代の遺跡をめぐる。土を耕し水口に幣帛を立て田植前の作業をしている老人と男に、諭鶴羽の権現かと訊ねる。いや違う。国生みを行った伊弉諾尊と伊弉冉尊である。その皇孫が代々豊かな実りを守り給う事を称える」と。

日本神話では、伊弉諾・伊弉冉二神の国生みのとき、最初に生まれた島が淡路島であるとする。

伊弉諾神宮（淡路市多賀七四〇）は一宮町の中央、群家の背後の山中にある延喜式内の古社。二神を祀っていて、もと淡路国の「いっくさん」とも呼ばれ、平安時代には淡路国の一之宮であった。古木が茂る広大な社域に

伊弉諾神宮幽宮

流造（ながれづくり）の本殿、拝殿がある。

伊弉諾神は国生みの功績をとげたあと、幽宮を淡路之洲に構えて余生を送った。舞殿も兼ねる拝殿の奥に本殿があり、その床下に御陵がある。ざっと三千年前、幽宮の地に御陵が営まれ、この古墳の上に伊弉諾神宮本殿が建てられたと云われている。また島神とも津名神とも云った。

『古事記』の国生み神話に出てくる自凝島（おのころじま）は、二神が天浮橋（あまのうきはし）に立って、天沼矛（あまのぬのほこ）で滄海を探り引き上げたとき、矛先から滴下した塩が凝り固まってできた島とつたえるもので、二神はやがてこの島に降り立って次々に大八洲（おおやしま）を生み出した。丘の上に磤馭盧島（おのころじま）神社（南あわじ市三原町榎列下）があり、同じく二神を祀る。二神は小さい丘を廻り、契りの儀式を行い、次々に島々を生み、大八洲を誕生させた。『古事記』でいう「葦原中国（あしはらのなかつくに）」はここである。男女和合、多産の神様で、境内の巨大な鳥居は遠くから目を引く。淡路島の東南の沼島（ぬしま）を磤馭盧島（おのころじま）に当てる説もある。

乱曲〈淡路〉のクセの詞章には、『日本書紀』の書き出し部分が使われており、これは主に『准南子（じゅんなんじ）』から引用されたものと考えられている。また、当時一般に信じられていた陰陽五行説も謡われている。

能〈淡路〉では、前場の二神がエブリを持ち苗代を作る古態の風土性と、イザナギと書いて「種播く」、イザナミと書いて「種を収む」と訓ずるなどは、室町文化圏に順応するとする考え方がある。

能〈淡路〉は古くから伝わる「淡路神楽（あわじかぐら）」に題材をとった定型的な脇能ではないかと考える。伊弉諾神宮の淡路神楽は、現在九曲の舞が伝承されていて、太鼓・締太鼓と龍笛が曲を奏し、矛や太刀を持った二人ないし四人の巫女（みこ）が舞う。伊弉諾尊が沼矛（ぬぼこ）で海をかき混ぜて国生みをした神話にちなんだ矛舞（ほこまい）などである。舞は、舞台を「田」の字を描くように歩を進め、同じ所作を繰り返す。田作りを暗示する非常にシンプルなものである。

古い神楽の素朴な形式を残しているものと云われている。

曲〈淡路〉の別名は〈譲葉〉ともいう。

譲葉はトウダイグサ科のユズリハで常緑高木。本州中部以西の山林に自生。葉は長楕円形でつやがあり、裏面は白緑色。枝先に集まって互生する。雌雄異株。四、五月夏の始め、黄緑色の小花を房状に開く。実はやや丸くて藍色。庭木として栽培される。新葉が成長すると、古い葉は新しい葉にその後を譲り、いさぎよく落ちるので、譲葉の名があり、この現象にあやかって、親はその身代を子に譲り、子はまた孫に譲って子々孫々まで家を絶やさないようにするため、めでたい木とされている。新旧相ゆずるという縁起を祝って新年の飾り物にも使う。ユズリハは寒いときに緑色の大きな光沢のある葉を四方に広げ、その葉柄も紅色をした美しい冬型の植物である。古くは「弓弦葉」「交譲木」とも書いた。淡路島の山中にはユズリハが多く繁茂している。淡路島に自生する「譲葉」は植物分類上では暖地生のヒメユズリハである。

淡路島は南北に細長く、山地が多いが最高地点に諭鶴羽山（六〇七メートル）がある。譲葉の権現（三原郡南淡町灘黒岩四七二）は諭鶴羽神社と云い、諭鶴羽山の頂上すぐ下にあり、南面して建てられている。むかし熊野の十二社権現を勧請して祀った熊野系修験道の一大霊場であった。社寺の縁起には、人皇九代のとき天竺から摩迦陀神が鶴に乗って来り、この山に止まったので諭鶴羽の名がおこったといわれる。

古い種籾が、やがて稲穂に育ち、新米に実るという事を新旧交替に例え、これを脇能にしていることから別名「譲葉」の名が用いられた。

一字題（いちじのだい）

別名〈定家一字題〉〈花鳥〉。完曲は〈小倉御幸〉。「百人一首」とも呼ぶ。最初〈定家一字題〉があって後の人が完曲にしたと考えられる。謡物をクセに扱っている。観世・宝生・金春流は乱曲、金剛流は曲舞と呼ぶ。喜多流にはない。

本稿の完曲の底本には『福王系番外謡本』（観世流五百番本）四一八〈小倉御幸〉を用いた。〈小倉御幸〉は、「右大将が小倉山を尋ね、式子内親王の侍従・梅壷に逢い、百人一首が作られた経緯と、「定家一字題」を聞く」という内容。慶長以前の室町時代作。

作者／不詳　典拠／小倉百人一首　所／京都小倉山二尊院　季節／秋　能柄／三番目

シテ／女　梅壷侍従　ワキ／右大将秋忠

【詞章】〈小倉御幸〉

次第ツ　千世の古道たどり行。〱。月の西山尋ねん　ワキ詞　是は當今に仕へ奉る右大将秋忠とは我事なり。扨も藤原の定家は。和哥の道に其名を得たまひ世に誉高し。爰に式子内親王加茂の斎の宮に備り給ひしが。定家の卿忍び〳〵の御契り淺からず。され共世のはゞかりを思召しけるか。定家の卿西山の邊りへ忍び出たまひしを。内親王なげき給ひ御なやみ給ひしが程なく空敷成たまひて候。此事を定家の卿聞し召し及ばせ給ひ。世の成行淺ましさ思ひつゞけて。是もついにむなしく成給ひて候。去間定家なく成給ひしこと。君も哀とおぼしめし。定家の籠りし西山に御幸有べきとの宣旨なり。先達て住所見て参れとの宣旨を蒙り。唯今小倉山へと急候　上　四つの海濱の眞砂はつくるとも。〳〵。讀言の葉はよもつきじ。御代の鏡の池の水濁らぬ世にやすまふ草。茂れる花のひとへなる。かたびらの辻打過て。西山本につきにけり〳〵　詞　いそぎ候ほどに。小倉山に尋ね来りて候。いづくが定家の卿の宿りやらん。しばらく休らひ尋ねばやと存候　和楽シテ女サシ　朝に花の縁ありといへども。夕べにはあらしと共にちり失ぬ。ういの有さま無常のまこと。誰か生死のことはりを論ぜざる。あらさだめなや候。山里は物の淋しさ増りけり。一目も草もかれ〴〵に。世の哥人の名の誉。類ひなかりし峯の月。変らぬかげはのこれ共。いつしか今は雲隠れ。思ひ出るも。淺ましや　下　詠れば衣手すゞし久方の。天の河原の秋の初風　上　立別れ稲葉の山の峯に生る。〳〵。松としきかば歸りこんと。つらね給ひし言の葉の殘るは名のみ淺間しや。難面ながらながらへて御跡弔ぞ。恨めしき〳〵　詞　いつものごとく今日もまた御墓所へまいり候。や。是に渡候御事は。正しく雲の上人と見へたり。何とて此所には休らひ給ひ候ぞ　ワキ　さればこなたより尋ねんと思ひしに。汝は此あたりの者か。定家の卿の宿りの亭は何国にて有ぞおしへ候へ　女　さればこそふしぎの事をお尋ねあれ。いか成人にて御座候ぞ　ワキ　是は當今に仕へ申右大將秋忠なり。汝は如何成者にて有ぞ　女　さてはふしぎやかゝる草深き所迠は。何とて御入有けるぞ。恥かしながら自こそ。内親王に召つかはれし。梅壺の侍従がなれる果にて候。下　角淺ましき此身なれば。下二　恨みとはさらにおもはずさぶらふ。詞 定家の卿の住せ給ひし所は。此山上(さんじよう)にて候御供申候べし ワキ 更ばおしへて給り候へ 女 是社定家の卿の御庵室にて候へ。また此方成亭(てい)は式子内親王の御入のとき。休らひたまひし御跡なり。下 我宿は小倉の山の近ければ。浮世おしかと。なかぬ日ぞなき ワキ上 実や旧にし跡を来て見れば。露結ぶ池のうきくさ茂りあいて。虫の音迠も心ありがほなり。荒物淋しの有様やな。詞 いかに梅壺。定家の卿のつらね給ひし言の葉有べし。及ばずながら見まくほしう社候へ 女 さん候亭(てい)の四壁(しへき)に詠哥有。上 是百人(ももびと)の集(あつめ)なり。御覧候へこなたへと 上同 妻戸をきり、と押開き。見れば昔の。人の俤(をもかげ)や。みすの追風匂ひくる。花の都の外までも。叡慮普き御恵み。たゞ和哥の徳とかや。〳〵。クリ同 夫哥は神代より初まりけりといへども。文字の数も定めなし。今人の世となりて。目出度かりし詠哥を。集給ふ 上シテサシ 始めは天智天皇の御製なり 同 秋のたの刈穂(かりを)の庵の笘をあらみ。我衣手は露にぬれつゝ 下女 第二には持統天皇 同 春過て夏来にけらし白妙の。衣ほすてふ。天の香久山。▼下クセ かきのもとの人丸。山邊(やまべの)の赤人。猿丸太夫足曳の。山鳥の尾の。なが〳〵し夜を。独かもねん恨みあり。喜撰が哥に我庵は都の辰巳鹿ぞすむよをうぢ山と人や云。小野の小町は花の色。移りにけりとつらねしも。我身を見てし詠哥かや。和泉式部小式部紫式部と申は。彼石山の観世音かりに此の世に顯はれて。かゝる詠哥ぞ有がたき 女上 在原の業平は 同 千早振。神世もきかず竜田川。から紅(くれな)ひに。水くゞるとはとつらねしは本地寂光の都をいで。本覺眞如の身をわけ陰陽の神といわれしも。此業平の事ぞかし。貴からぬも高位に。座をつらぬるは哥の徳。百敷(しき)や。古き軒端の忍ぶにも。猶餘り有。むかし成けり。其外の哥人の何れかおとりまさらん▲(謡物 百人一首 元文曲舞) 上ロンキ地 実有がたき哥人の。言の葉迠も心有昔語りぞ類ひなき 上女 迚(とても)山路のおついでに。暫く待せ給ふべし。四季の一字を集給ふ御物がたり申べし 上同 聞及びにし一字の題。語り給へや立歸りくはしく奏し申べし　サシ女上　侍従仰をうけたまはり。頓て次第をかたりけり　クリ地　そも〳〵此一字題と申事。いか成人の何事によつて　同　書極め給ふ故如何にともいさしらず　シテサシ　更ば四季の草木。鳥獣の名を集め　同下　是を哥のたねとして。言葉の花の色〻に。末の世迠の。例とかや　▼下クセ和　そも〳〵定家の。一字の題に春は先。霞鶯梅柳。わらび櫻桃梨雉子(なしきぎす)やひばりかわづなく。菫菜款冬(すみれやまぶき)つゝじふぢ。夏にもなれば葵草。ほとゝぎす五月雨水鶏(くいな)の鳥に橘。螢や蝉にあふぎ蓮。いづみやあきは又　上シテ　荻萩(おぎはぎ)露に薄蘭　同　雁鹿(かりしか)虫に霧の月鶉(うずら)や鴫(しぎ)に菊つた。紅葉や冬はまた。時雨の霜のうす氷。あられみぞれに雪鴨鷹(かもたか)。ふすましゐとかゝれたり▲（乱曲　一字題　定家一字題）　上ロンキ地　実面白き物語り。急ぎ歸りて此よしを委く奏し申べし　上女　小ぐら山峯の紅葉ば心あらば。今一度(ひとたび)の御幸またん是をぞたのむ心かな　ワキ上　中〻に御幸は頓て程あらじ。御車とゞろきて。
女　供奉(ぐぶ)の人〻数多にて　下同　都の嵯峨なれや。暇申てさらばとて早二尊院を出給へば　上女　侍従は御跡を見送りて　同　もとの庵りに帰りけり〳〵

（括弧内傍線部分は筆者挿入）

【小倉百人一首】

現在の『小倉百人一首』の成立は、文中元年（一三七二）前後から、二条良基の没年の元中五年（一三八八）前後までの間とする説が推されている。完曲〈小倉御幸〉に語られているように、藤原定家によって京都の奥嵯峨、小倉山の山荘で、障子(そうじ)（現在のふすま）の色紙形に書かれたと云われ、始めは一定した名称はなかったらしく『小倉山荘色紙形和歌』などと呼ばれていたが、他の百人一首と区別するために『小倉百人一首』と呼ばれている。

なお、小倉・小倉山荘・嵯峨山荘とは、いずれも藤原定家の嵯峨の小倉山の別荘をさしたもので、定家が病気療養の目的で小倉山に滞在していた場所と考えられている。歌の内容は恋の歌が著しく多く、季節的には秋の歌が多い。哀傷・神祇・釈教などの歌がみられないのは、ふすまの色紙に書くものとしては不適当だったからであろう。妖艶さの中に美を見出すという彼の歌風の好みがあるとともに、撰歌が色紙和歌としてふすまに張る目的の歌であったから、多分に装飾的な美しさをもつものが選ばれたと思われる。

曲の舞台となった二尊院は、京都嵯峨野小倉山の東麓にあり、正式には、小倉山二尊教院華台寺。慈覚大師が承和年間（八三四～八四七）に開山したといわれている。

京の厭離庵の近くに住んでいた蓮生（和歌の名手）は、一二三五年五月、定家に、山荘の障子に貼る色紙の執筆を依頼した。藤原定家は快く応じ、色紙の一枚一枚に天智天皇以来の名歌人の作を一首ずつ書いた。「百人秀歌」という。この選歌に、後世に後鳥羽、順徳両天皇らの作品を加えるなどの補訂を施して『小倉百人一首』が完成したといわれている。

定家が百人秀歌を撰んだ場所は、小倉山の時雨亭であったと伝承されている。時雨亭址は、二尊院、常寂光寺、厭離庵にそれぞれあり、また般舟院のあたりにあったとか、それぞれ自分のところと主張しているが、〈小倉御幸〉にしたがって、二尊院の奥、小倉山の山中と考えたい。

時雨亭址

二尊院の総門を入ると、両側が紅葉で美しい広い砂利道が本堂につづく。本堂前の広場には、藤原定家が詠んだ「軒場(のきば)の松」がある。

しのばれむものともなしに小倉山
　　軒端の松になれて久しき

本堂の右側から弁財天堂と鐘楼の間の石段を登り、さらに小倉山の中腹まで上ったさきに時雨亭址がある。礎石からみると、四畳半ほどの東屋であったと思われる。周りは赤松と紅葉が美しく、遠くに双(ならび)ガ丘・衣笠山から比叡の峰々まで望まれる。定家はここに籠って撰歌にあたった。シテの梅壷の侍従も、式子内親王も紅葉に包まれた小倉山の山道をかき分けて、時雨亭を訪れたのであろう。式子内親王が立ち寄ったという庵は、現状では想像できないが…。

藤原定家は、京都市上京区・相国寺(しょうこくじ)墓地の足利義政の墓の隣に眠っている。上京区の石像寺（針抜地蔵）の墓地、奈良・長谷寺にも供養塔がある。

隠岐院（おきのいん）

別名を〈後鳥羽院〉〈隠岐物狂〉ともいう。観世流では二つの謡物に分け、喜多流では一つの曲舞にしている。金剛・金春流乱曲。宝生流にはない。この謡物は、『増鏡』の後鳥羽上皇御製を本説とし、十五世紀頃に世阿弥が作ったもの。後鳥羽上皇は承久の乱に敗れ、北条氏により隠岐島に配流される経緯、配所における悲しい生活を内容とした曲舞。二段クセの長い詞章である。

完曲名も同じく〈隠岐院〉で、内容は「母に死別し、父にも生別した女が、人商人に捉われ、心も乱れ、隠岐島の後鳥羽上皇の御廟前で曲舞を舞っていると、そこに僧形となった行脚中の父が来合わせ、父子は再会した」というもの。前段の拉致事件、後段の親子再会の構成は、後世の人によって付けられたものであろうとされている。曲舞それ自体が長く、完曲は更に長くなったため行われなくなった。

本稿の翻刻に用いた底本は、『版本番外謡曲集二百番本』所収の〈隠岐院〉である。貞享・元禄年間に刊行された写本で、曲舞に前後を付け加え完曲にしたもの。作者や時期は不明。

今回翻刻文を記載するにあたり、あえて二つの点で私見を付したことにご了解いただきたい。

古くは、演技する者のことを為手（シテ）と云い、脇の為手などとも云った。役柄をしめすシテ・ワキ・ツレなどの用語の区別は、必ずしも確立していなかった。この写本では、男・女・僧・狂・ヲカシなどと書かれている。同・地の区別も曖昧（あいまい）である。翻刻文では写本に欠落している役柄名を括弧内傍線をつけ、読者の便宜に供した。

作者／謡物・世阿弥　完曲・不詳　典拠／新古今和歌集　所／（前段）鳥羽（後段）隠岐島
季節／秋　能柄／四番目
シテ／（前段）鳥羽の女（後段）女物狂
ワキ／僧・女の父　ツレ／男・人商人　ヲカシ／隠岐の住人

【詞章】

男詞　か様に候者は。隠岐の国より出たる人商人にて候。我此程は都に候て。数多の人を買取て候間。近日に罷下らばやと存候。今日は東寺邊作道のあたりにて人をかはばやと思ひ候　女次第　忘れは草の名にあれど。〳〵。忍ぶは人の面影　詞　是は鳥羽のあたりに住女にて候。さても我母にをくれ父ひとりにそひ参らせ候へば。去年の春御遁世にて候程に。餘にたつきもなく候へば。都に知人の候をたづねてまいらばやと思ひ候　上哥　ころもはやふくる鳥羽田の秋の山。〳〵。露も時雨もせきあへぬ衣手さむき夜もすがら。ねられぬまゝに思ひたつ都はいづく成らん〳〵　詞　いかにあれなる人。都へはそなたにて候か　男　是は田舎人と見えて候。いや都へはこなたがよく候程に。こなたへ御出候へ　女　あら何ともなや。都へは此道をこそ人も上り候へ。こなたにて有げに候物を　（ツレ男）いや〳〵あしくあしらひて。聲をたて（たてゝ）はかなふまじと。上カヽル　かみをとつてひきふせて　上同　さてわたぐつわをむずとはめ。畜生道に。落行かと。なく聲だにも出ざれば。心に人げんはありそ 下 海の。隠岐の国へと心ざし。せんをん道に急ぎけり〳〵 ソウ詞 是は諸国一見の僧にて候。我国〴〵をめぐり候が。この程隠岐の国に候て。所〴〵を見めぐりて候。又承及びたる後鳥羽院の御廟に参らばやと思ひ候。誰か渡り候 ヲカシ 何事を仰候ぞ ソウ 是は諸国一見の者にて候が。此所はじめて一見仕候。うけたまはり及たる後鳥羽院の御べうををしへて給り候へ ヲカシ 是はおもひもよらぬ事を御たづね候ものかな。こなたへ御出候へをしへ申候べし。又爰におもしろき事の候。女物狂ひの候が。此御べうへ毎日参り。後鳥羽院の御事を曲舞に作りてうたひ候が。是非もなく面白く候。暫此所に御座候て御覧んぜられ候へ ソウ 懇に承候。近比祝着に存候。御廟に参又彼物狂をも見うずるにて候 女上 あらをそなはりやけふはまだ。彼御廟へも参らぬよなふ 詞 わらはゝ都鳥羽の者。父に捨られかやうになる 下 此君のいにしへも。後鳥羽院と申なれば。御なつかしさ故郷の恋しさ。君もむかしや忍び給ふ。さればいにしへ都より。送り給ひし言の葉にも。思ひやれきかぬを聞てさびしきは。あら磯波の暁の聲 上地 おもひてや。かたのゝみかりかりくらし 下女 帰る水無瀬の。山のはの月 上一セイ いつか又。われも帰りて水無瀬川 上地 鳥羽田の月の。秋の山 女 手向の花のかぞいろあらば 地 ちゝたる春に。あはせてたべ 上哥同 此度はぬさもとりあへず手向山。〳〵紅葉のにしき春はまだ。花衣白妙の。浦風や。濱松がえの折〻に。下 聲そへて沖津浪。海原の。みどりの空も春めきて。行雁金のごとくに故郷にかへしおはしませ〳〵 僧サシ 夫世間の無常は旅泊の夕にあらはれ。生死の轉變は。山林のちまたにしる 詞 此君のいにしへも後鳥羽院と申なれば。下 我らが故郷もひとしほに。御なつかしき心地して。かたじけなふこそ候へとよ 女詞 ふしぎやな是なる旅人の口すさび給ふことのはに。後鳥羽院のむかしを思君が代の。跡なつかしき詞かな ワキ 君も此君は。後鳥羽院とて君の代にも。みなはこえにしすべらぎの　女　すべら代なれどちからなく。因果の来る時代とて（僧）つはもののみだれにをそはれつゝ。鳥羽田の面を立はなれて　女　爰迠も名をかり田のかうに（僧）露ふるびたる草の庵を（女）見るにつけてもむかしがたりを　二人　思ひぞ出る西行法師が。さぬきの院の御べうにまいりて　上歌同　よしや君むかしの玉のゆかとても。〳〵かゝらん後は。なにゝかはせんと。よみをく露の草村やむかしの玉のゆかならん。実やあまのとま。松のかきほの八重葎。かゝらむ君の御やどりになるべき事かさだめなや〳〵　ヲカシ　いかにお僧へ申候。先に申つるは此女物狂ひの事にて候。いつものごとく鳥羽殿の御事をうたはせてきかせ申候べし　ソウ　いかにも面白ふくるはせて御見せ候へ　狂　なふ〳〵鳥羽殿の御事をうたひて御きかせ候へ。殊に旅人の御入候御聞有度と仰候。此ゑぼしをめして。面白ふうとふて見せ申され候へ　女　実〻是も狂言綺語をもつて。さんぶつてんぼうりんのまことの道にも入なれば。いざやうたはん此君のむかしを今にかへす浪の　次第同　おきの海のあら磯の〳〵新嶋守は誰やらん　一セイ　春風に。磯山さくらさくのみか　上地　沖には浪の。花ぞちる

サシ▼承久三年七月八日。時氏鳥羽殿にさんじて申けるは　同下　世はかうにてわたらせ給ひ候なり。御出家なくてはかなふまじと。情なく申あぐれば　下曲　ちからおよばせ給はずして。やがて御くしをおろされたり。きらの御すがたを引きかへて。のうゑを御身に奉り御にせゑをかゝせ給ひて。七条の女院にまいらせらる。女院。御覧じあへずして。修明門院と。御同車あつて鳥羽殿に。御幸ならせ給ひて。庭上に御車を。たてられければ一院も。御簾をかゝげて。御かほばかりさし出して。たゞとく〳〵御かへりあれとばかりにて。やがて御すだれをおろされけり。上　ほどなき人めの御ちぎり。御身も心もえこがれ煙のうちのくるしひも。かくやと思ひしられたりさらでだに。かなしかるべき。初秋の夕暮に。あはれすゝ

むる。おりふしもあり。秋の山風吹落て。御身にこそはしみわたれとおきの海のあら磯の新嶋守は誰やらん▲（謡物　鳥羽殿）上▼御出家の後は。かくても鳥羽殿に。渡らせたまふべきやらんと御心やすく。おぼしめさる、ところに。同　時氏またさんじて。おきの国へ。ながしたてまつる　曲　御供には男女以上五人なり。ぜんひのけいゑいもなく百官の。こしやうするもなし。庶人のたびにことならず。道すがらの御有様まことにあはれなりけり。扨も此嶋に。わたらせ給ひて。あまの郡かり田のかうといふ所に。御座をかまへたりければ。たゞ海士人のすみかにことならず。むかしはばんとうしさんのうちにして春秋を送りむかへてそのしひつくる事なし　上　今はとまやの　同　ひさし芦垣の。月もり風もたまらねば。昼もつらし夜るもうし。女御更衣のそのはいしよもなく。月卿雲客の。はいすもなし。下　只くはいきうの御涙にまどろませ。給ふ夜半もなければこの。なみたゞこゝもとに立くる心地して須磨の浦の。むかしまでおぼしめし出らるゝ▲（乱曲　隠岐院）上同　われこそは。新嶋もりよ。おきの海の　上　あらき波風。下　心してふけの御詠もあはれにて　上　かんるいをさふる　下女　袂も舞の袖　上地　みぎはゝ浪の　上女　雪をめぐらす　上地　さくらごろもの　下女　袂も袖も　上同　いづれも白妙のしらかさねく〵お僧の衣は。墨染の夕の　下　色こそかはれ。よくく〵みればふしぎやな。上　親と子の　下　わかれて年を。ふる里の。く〵。鳥羽の恋塚こひえて父に。あふぞうれしき。上　是も思へば親と子の契り久しき玉の緒の。ながき別と成もせで。又めぐりあふ小車の。所をしるも奥津波打つれて帰るうれしさよく〵

（括弧内傍線部分は筆者挿入）

【承久の乱と後鳥羽上皇】

鎌倉幕府（北条政権）は、承久三年（一二二一）、討幕に敗北した三上皇を遠流に配し、京に六波羅探題を設置した。平安時代からつづいていた貴族政治は武家による時代へと大きく変貌したのである。この政変を承久(じょうきゅう)の乱という。本説となった後鳥羽上皇（一一八〇～一二三九）について、少し詳しく調べてみたい。

高倉天皇の第四皇子として治承四年に誕生した。名を尊成(たかひら)親王。この年は、平家討伐の令旨(りょうじ)を発した以仁王(もちひとおう)が敗死に追い込まれたほか、平清盛により都が福原に遷され、源頼朝が伊豆に挙兵するなど、まさに激動の年であった。親王は修理大夫坊門信隆の娘、殖子（七条院）を母として生まれた。平家都落ちの後、後白河法皇は丹後局の意見を容れて、次の天皇には尊成親王を立てることにした。寿永二年八月、第八十二代後鳥羽天皇の即位が実現した。しかし平家は都落ちに際し、皇位継承の三種の神器を持ち出したため、剣璽(けんじ)を帯びない即位が行われ、安徳と後鳥羽の二人の天皇が並列するという異例なことになったのである。寿永四年（一一八五）、安徳天皇は長門壇ノ浦に入水し、平家一族とともに滅びた。

建久元年（一一九〇）、後鳥羽天皇は元服すると、摂政九条兼実の娘、任子（宜秋門院）を中宮とした。依然、後白河法皇の院政が続いていたが、同三年に法王が崩ずると形の上では、後鳥羽天皇の親政が実現し、それまで法皇と対立していた兼実が実権を掌握した。しかし、朝廷内部では頼朝が支援する兼実を快く思わぬ勢力が源通親(みちちか)の周囲に結集し、同七年政変が勃発した。兼実の娘には、すでに昇子内親王が誕生していたが、通親の養女である在子（承明門院）が為仁親王（後の土御門天皇）を生んだことから、通親側は一挙に攻勢に転じた。兼実は失脚し、任子は宮中を追われた。同九年後鳥羽天皇退位。在位十五年（一一八三～一一九八）であった。僅か四歳の第一皇子為仁親王に譲位、自らは鳥羽離宮の竹田の御所にいて院政をとる。この地は、現在安楽寿院(あんらくじゅいん)

となっている。

以後、承久三年まで通算二十三年、土御門・順徳・仲恭の三代にわたり、後鳥羽院が院政を敷くことになった。上皇自身、天皇の地位の窮屈さを知悉しており、院の立場で自由に政治を動かす意図があったものと思われる。通親は後鳥羽院の別当となり、朝廷において実権を確立した。

能では子方が天皇役を勤めるが、この頃は実際に幼少の皇子が即位し、実権は背後の人物が握っていた。安徳三才、後鳥羽三才、土御門四才、順徳十三才，仲恭三才で即位した。

こうした朝廷の情勢は鎌倉幕府にとって不都合きわまりないものであった。頼朝は上洛を決意したが果たすことができず、正治元年（一一九九）に世を去った。

その後、通親は朝廷内の親幕的人物の排除につとめ、政治を恣（ほしいまま）にしていたが、専断は長つづきせず、徐々に後鳥羽上皇が政治的影響力を行使しはじめる。当初は貴族間の対立の解消と、支配基盤の確立に努め、幕府との関係強化にも腐心した。しかし、幕府政治も次第に変容し、実朝は実権を失い、代わっていわゆる北条氏の執権政治が台頭してきた。幕府内の将軍の権威は形骸化し、北条氏が実権を掌握すると、鎌倉方の御家人らの既得権を、上皇が侵害する危険性を警戒するようになる。北条氏は、御家人らの歓心を引くため、在地領主保護政策をとったが、王権を確立しようとする上皇の政治的理念と衝突することとなる。上皇は朝廷方の武力を強化する一環として、西面の武士を設置したが、初めから討幕をめざしたわけではなかった。

承久元年正月、実朝が頼家の子・公暁に殺害され、源氏の将軍が絶えると、上皇はこの機を捉えて、幕府からの宮将軍（みやしょうぐん）東下の要請を一日留保し、荘園地頭の更迭などを要求した。相互の不信感は増大するばかりであった。

同時期、院の討幕計画は密かに進行し、地方豪族の与力を求めて近江地方を行啓する。上皇は承元四年

（一二一〇）、土御門天皇に譲位を促し、順徳天皇を即位させていたが、承久三年、順徳天皇にも三才の仲恭天皇への譲位を命じて、着々と討幕に備えた。

伏見区中島にある鳥羽離宮で行う流鏑馬（やぶさめ）の神事にかこつけ、武者を集め承久三年五月、時の執権北条義時追討の宣旨を発し挙兵した。上皇方は全国の守護、地頭を院庁（いんのちょう）の統制下に置くことを院宣で示すとともに、従わない京都守護を襲って見せしめとした。

急報に接した幕府側では、北条政子が御家人の結集を呼びかけ、東国の兵の動員を命じた。幕府軍は二十万に迫る勢であったのに対し、朝廷側は北面、西面、僧兵、さらに西国守護の連合軍であり、内部的統制に欠け、兵力、士気ともに劣弱であった。院司（いんのつかさ）内部でも討幕に依然慎重な意見も少なくなかった。幕府軍の西上にともない、急遽（きゅうきょ）美濃を防衛するため派遣した藤原秀康・三浦胤義らの軍もあっけなく降伏した。上皇は自らも武装して僧兵の動員に懸命であったが、比叡山などの協力をとりつけることはできなかった。わずか一ヵ月で勝敗は決し、幕府軍は京都を占拠し、上皇方の武将たちを悉く京都六条河原で斬罪に処した。

また、朝廷に対する処分として、鳥羽離宮にあった後鳥羽上皇を隠岐へ、土御門、順徳両上皇をそれぞれ土佐、佐渡へ流罪にし、後鳥羽上皇の兄（守貞親王）を立て、後高倉院として院政を開始させた。仲恭天皇は廃し、後堀川天皇（九才）を即位させた。

隠岐は黒曜石が採れ縄文前期から人々が居住した島であるが、奈良時代には遠国（おんごく）ということで下国に位置づけられ、神亀元年（七二四）から遠流（おんる）の地と定められていた。後鳥羽上皇から約百年後、後醍醐天皇も討幕計画に失敗し、一三三二年春、隠岐島配流となった。江戸時代末までに流刑で送られたものは二千人を下らなかったといわれている。

上皇は、七月八日、鳥羽院において落飾し良然と号した。形見に烏帽子直衣姿と納衣姿の肖像画を描かせたのち、七條女院（母）、修明門院（中宮・順徳天皇の母）と別れ、七月十三日、鳥羽の船着場を出発、中国の山路を通り、境の上野、美保関の仏光寺を経て、海路、隠岐島（島前中ノ島）海士町南端の崎港に到着した。美保神社に一泊した後、八月五日、海士郡苅田郷の源福寺に着き、ここが隠岐滞在十九年の行宮所となった。隠岐まで供をしたものは、女房三人と施薬院使長也入道、左衛門尉能茂入道ら数人であり、一般の流人とおなじ僅かな供を伴った旅であったという。

隠岐では文学的研究につくし、『新古今集』のなかから三六七首を選び『隠岐本新古今集』を撰定し、また『隠岐百首』に多くの御製を残すなど、中世文学史上に残した功績は大きい。皇室の「菊の紋章」を定めたのも、後鳥羽上皇といわれる。角力、水練、流鏑馬、刀剱鍛冶を好み、文武に優れた天皇であったことも幕府方に都合が悪かったに違いない。

上皇は不自由な生活の後、都に戻ることなく配所で延応元年（一二三九）二月二十二日崩御。六十歳であった。遺骸は、近くの山で荼毘に付され、少しばかりの遺骨は能茂入道の頸にかけられ、大原の後鳥羽天皇陵（京都市左京区大原勝林院町法華堂）に安置された。在島中お側に仕えた人たちも京に帰った。

隠岐の火葬塚はもと山陵であったが、松江藩主松平直政が、万治元年（一六五八）、今のような姿の隠岐海士町陵（島根県隠岐郡海士町海士）に改

後鳥羽上皇隠岐山陵（火葬塚）

葬した。明治七年、火葬所本殿などを整理したとき、敷き詰められていた小石の下に、三層に重ねて埋められた「かめ」を発見したが、これを埋め戻して復元、御陵とし、御火葬塚と公称されるようになった。

幕府は上皇の怨霊を恐れ、崩御の翌年、後鳥羽上皇の水無瀬（みなせ）離宮に御影堂を作り、永く菩提を弔い、事あるごとに弔慰に努めた。明治六年、水無瀬に土御門、順徳を合祀、昭和十四年、名を水無瀬神宮と改められた。隠岐院あるいは後鳥羽院というのは後鳥羽上皇の尊称である。

行宮となっていた隠岐の源福寺は、明治初年の廃仏毀釈の嵐で焼失し、現在は礎石のみが残っている。

隠岐神社は昭和十四年に造営されたもの。隠岐神社宝物や、後鳥羽上皇に関する資料は、海士町歴史民族資料館に保存展示されている。

笠取（かさとり）

観世流のみの乱曲。完曲は存在しなかったようだ。笠取山とは京都市伏見区の醍醐山（だいごやま）のことで、いまの上醍醐全山のことを云った。笠取山の風景と笠にちなんだ詞章で作られている。『和漢朗詠集』『古今和歌集』の和歌などを典拠として作られた。

原作者は不詳。本稿は『福王家八代目福王茂右衛門盛有加判本（かはんぼん）』〈久世舞〉九より翻刻。享保九年辰九月十三日版行。盛有は当時七十六才。

【詞章】

サシ和▼則一花開けぬれば天下は皆春成しに。梅花雪をおびて。白妙まじる青柳の。梢に遊ぶ花鳥の。翅（はね）にかける花の粧ひ。鶯の笠に似たればとて。梅の花笠（がさ）とは。名づけ給ふ　クセツヨ　御詠に青柳をかた糸によりて鶯の。ぬふてふ梅の花笠との。詠感普き御神詠（ごじん）。末の世迄も匂ひ久しき山高み。華の香ひさに残ればとて。天の香久（かく）山と今に名だかき山とかや。かやうに詠感の。あまねき花の姿をも。笠に似たりとみことのり。妙なる梅花（ばいか）の顔ばせ色うつくしき粧ひまで。こぞめの氣色匂ひそふ。柳の眉のかざり迄も。花笠のぬふてふいとも賢き御詠なり　上　みさふらひ。みかさと申せ宮城野（き）の。同　木（こ）の下露は。雨に増りて夕日陰さすやみかさの山高み。爰にも薄（うす）青の。衣笠山も近りき。所から此山陰の秋の暮。時雨るともよもぬれじ。笠取山の紅葉ばゝ。行かふ人の袖のみぞ。照や木のまの雨ならば拂はずと袖やほさまし▲

【笠取山】

醍醐山は標高四五四メートル、下醍醐の女人堂から険しい山道を約三〜四キロ。徒歩三時間は必要。健脚向き。努力して奥の院にいたることが精進なのであろう。楽な別のルートもあるが醍醐寺では正式には教えていない。京滋バイパスの笠取インターから西笠取川を遡上し、京都国際カントリークラブに向かう。横嶺（よこみね）峠まで車で行き、峠から赤松やモミジの美しい雑木の山道を上下して上醍醐に至る。約一時間で上醍醐の寺域である。

もともと笠取山には土着の清滝権現が祀られていた。貞観十六年（八七四）、理源（りげん）（聖宝）大師が真言布教の霊地を求めて山中に分け入ると、白髪の老翁が現れ、落葉の下に湧く泉を飲み「ああ、醍醐味なるかな」と嘆賞したという。大師はこの奇瑞に狂喜して、湧水のほとりに草庵をむすび、准胝観世音（じゅんていかんぜおん）・如意輪観世音をまつり、寺名を醍醐寺とした。寺名の起こりは、この醍醐水で、甘く円やかな霊水である。密教修行の道場発祥の地となった。後に清滝堂、拝殿、本堂、薬師堂、五大堂、如意輪堂、開山堂なども建てられた。春の桜、秋の紅葉は殊のほか美しい。女人堂から上醍醐への山道には約百メートルごとに鎌倉時代の石卒塔婆が立っている。秀吉が淀君を伴って花見の宴を張った槍山不動の滝もある。醍醐山の西麓に伽藍ができて（いわゆる下醍醐）、醍醐天皇の頃、最初の繁栄期を迎える。第二の繁栄期は平安末期から鎌倉時代初期にかけてで、これは勝覚がもたらした。彼は、寛治三年（一〇八九）清滝権現を山上に祀り、承徳元年（一〇九七）には、下醍醐にも勧請して、山上・山下に清滝権現を祀った。以来醍醐寺は清滝権現を守護神にしている。

　昭和四十三年に建てられた准胝観音堂は平成二十年八月二十四日午前零時半、落雷のため全焼した。准胝観音は平安時代に真言宗の僧・仁海によって六観音の仲間入りをした観音で、インドから伝わり、除病・除災・安産の尊像。准胝仏母・七倶胝仏母と呼ばれている。七倶胝とは、無数という意味で、あらゆる仏の母のこと。日本では、ほとんど一面三目十八臂の像である。九世紀の後半、聖宝が醍醐山上に造立安置した像も、被害に遭い焼失した。

准胝観音堂（焼失前の姿）

笠取山を詠んだ歌がある。

青柳を片絲によりて鴬の
　縫ひてふ笠は梅の花笠（神遊の歌）

御侍三笠と申せ宮城野の
　木の下露は雨にまされり（東歌）

雨ふれど露も漏らさじ笠取の
　山はいかでか紅葉そめけん（在原元方）

あらためてなをかえて見む深雪山
　うずもる花もあらわれにけり（秀吉）

花もまた君かために咲きいでて
　世にならいなき春にあふらし（淀君）

乱曲〈笠取〉はこれ等のうち、笠にちなんだ三首を詠み込んだものである。

香椎（かしい）

観世・金剛・金春流乱曲。喜多流曲舞。別名を〈篠栗（ささぐり）〉〈磯童（いそのわらは）〉〈玉持（たまもち）〉〈玉狩（たまかり）〉などともいう。完曲も同名〈香椎〉で、十六世紀初期の作品。宝生流にはない。

篠栗は、博多駅から電車で十五分ほどの距離にあり、近年人口の急増が目覚ましい。篠栗地区は「篠栗新四国八十八カ所霊場」が有名で、昔ながらの田舎の面影が色濃く残っている。篠栗には、昔、篠栗という小さい実をつける栗があったらしいが、地名の由来となったのか明らかではない。湧水と滝に恵まれた町である。『古事記』によると、神功皇后は三韓征伐出兵に先立ち、篠栗の若杉山に上り、香椎の浜から志賀（しか）の嶋を見渡した。そのとき、若杉山に生えていた杉の小枝を折り、手にして出兵したと伝える。凱旋したとき、杉の葉はなお青々としていたので、香椎の浜に差したところ根付き、香椎宮の「綾杉（あやすぎ）」となったという。

後ツレの川上明神は、淀姫（よどひめ）又は豊姫（とよひめ）あるいは與止日女神（よとひめがみ）と云い、宇佐八幡宮宗廟（応神天皇）の叔母で神功皇后の妹といわれている。三韓征伐のおり、皇后に干満二珠を捧げ、潮の干満によって凶徒を滅ぼすことができた。西松浦に川上明神（かわかみのみょうじん）を祀る淀姫神社がある。

ワキの藤原興則（おきのり）は、勅命を奉じ九州香椎の浜に下り、浦人から、皇后が香椎の浦より三韓征伐に出発した状況を聞く。やがて海神・磯の童と川上明神・豊姫が現れて、昔、神功皇后が奏（かな）でた海上の舞歌の曲を奏する。

干満二珠の神話と香椎の謂れを謡った部分（サシ・クセ）が乱曲となった。「干珠満珠両顆事」は多武峯の延年で既に見られる。

本稿の底本には『版本番外謡曲集四百番本』所載『上杉家旧蔵下掛リ番外謡本・田安徳川文庫本』（一六八九年）の〈香椎〉を用い翻刻した。

作者・弥次郎長俊（ながとし）（一四八八〜一五四一）は、小太郎信光の嫡男で、十六世紀初め活躍した人物。一五三〇年頃までに二十五曲を作り、うち十六曲ほどの現存が確認されている。ショー的スペクタクル演出、空想的脚本で、多くの役柄を登場させ、それぞれ主役（シテ）に近い活躍をさせるなど、個性的な作風であった。完曲〈香椎〉はにぎやか過ぎる構成であることが廃された理由かもしれない。

作者／観世弥次郎長俊　典拠／古事記・日本書紀　所／筑前国香椎の浦　季節／秋　能柄／脇能
前シテ／香椎の浦人　後シテ／磯の童
前ツレ／香椎の浦人　後ツレ／女神・川上明神豊姫
ワキ／勅使・藤原興則　ワキツレ／勅使二人　ツレ／天女　セウ／少龍

【詞章】

次第　道ある御代の秋とてや〳〵くにぐゆたか成らん　ワキ詞　抑是は藤原の興則とは我事なり。我勅命に依て九州に下向仕候　上哥　波風もおさまる四方の海なれや。〳〵漕行舟のみなれさほさしてそなたやつくし路の。末有波のみなおちやかしゐの濱に着にけり〳〵　詞　面白の浦の躰やな。詠の末は箱崎の松原へいく〳〵として。向ひは鹿の嶋ゆへある山海なるべし。あれを見れば人あまた来り候。是に相待此あたりの名所をもくはしくたづねばやと存候 一セイ さゝぐりの。しば〳〵残る老が身の。露をもはらふ。たもとかな 二句 猶行末はしらぬ日の 二人 筑紫の和田のはらなれや サシ 是は九州香椎の濱に。年經てすめる浦人也。おもしろやいづくも故ある名所なれども。わきて名におふ香椎の濱に。一木の梢ものさびて。浦風つゞく詠より月も明ゆく箱崎の。松の緑も空色の。常磐の秋を見せつらん 下哥 爰はかしゐの濱ひさし久しき國の名をとめて 上哥ツヨク 海原や博多の奥に懸たる〳〵もろこし舩の時をえて。道有國のためしかや。さんかんもなびくきみが代の。むかしに帰るまつりごと。我等が為は有難や〳〵 ワキ詞 いかに是成浦人御身は此里人か。持たる柴をみれば常の真柴にはあらで。木の実のなりたる柴栗といふ木の実なるか シテ さん候是は九州にては名物にて候。是はさゝ栗と申木の実にて候 ワキ 何さゝ栗とや シテ さん候 ワキ ふしぎやさゝ栗と申名物は聞及びたれ共。是はさゝ栗とはみえず。たゞ柴栗とこそ見えたれ シテ 恐ながら篠くりと申事。私に申さは。何とてか名物にては候べき。あの安楽寺の天神の御詠哥にも。下 筑紫人そら事しけりさゝ栗の。さゝにはならで柴にこそなれと。かやうに御詠に候へば。私ならぬさゝ栗の。名にしおひたる名物也。一枝御賞翫候へとよ ワキカヽル 実に〳〵失念したりけるぞ。此御詠哥を聞ながら。とかく申はひが事也去ながら。御詠の心を知るときは。まさしく柴になりたるを。さゝ栗とな付初しことは。いにしへよりの空事よなふ ツレ それは実〻我とても。数にはあらねど筑紫人の。何と御返事申べき。たゞ空事の物よなふ ワキカヽル いや〳〵それもかくのごとく。そらごとしてこそ天神の。御詠にもかゝり後代にも シテ 世語となるさゝぐりの ワキ上 身はしらぬ日のつくしうとの シテ 我にもかぎらじ ワキ 昔より 上同 久しくも空ごとしけり筑紫人。

〱然も所は浦の名の。かしゐのこかげにさゝ栗の遠近人の今とても。とはせ給へばおこたへを申す老人のなおしも。空ごと、覚しめさるゝや。御心つくし成らん〱　ワキ詞　実ゝさゝ栗のたはふれ事。是又筑紫の名にしおひたる古事也。さて〱此香椎の浦とは。是も名に有名所にて候やらん　シテ　此かしゐのうらはむかし神功皇后此海上にてぶがくを調べ。住吉かしまかんどり。其外三百七十所余の神ゝ。神楽をそうし給ひしに。滄海の小龍干珠満珠を載て。出現したりし浦也。又此かしゐにつきても其いはれ候。語てきかせ申候はん　クリ同　抑なんせんぶしう秋津嶋。神功皇后の宣旨に依ての勅使なりと。海中にむかつてのたまへば　サシ　しやかつら龍王是を聞。少龍を出し。こなたへ入せ給へと申されしかば。勅使三人少龍の後につき。龍宮城へ入給ふ　セウ上ツヨク　▼皇后の宣旨の趣き。つまびらかに申ければ　同　日本は神國たり賢王なり。いかで宣旨をそむくべき。然も龍女の身として。人王の后にたゝむ事。かつうは面目たるべしとて。此ふたつの玉を奉りけり　曲下　干珠といふは白き玉満珠といふは青き玉。豊姫と右大臣に。持せ参らせて。三日と申に龍宮を出。皇后に参らせさせ給ふけり。彼豊姫と申は。川上の明神の御事。あとべのいそらと申は。筑前の國にては。しかの嶋の明神。常陸の國にてはかしまの大明神。大和の國にては。春日の大明神。一躰分身同躰いみやう顕れて御代をまもり給へり。其後皇后は。仲哀天皇の御しやくを。かたじけなくも取出し。かすゐの濱にある。椎の木の三枝に。置奉り給ひしに　上　此香椎のかうばしき事　同　諸方にみち〱て。ぎやくふうにも薫ずなるゑむじやう（円生）樹にもことならず。扨こそ此浦本はかすゐと云ひけるを。かうばしき椎の字に。書改めて今までも。かしゐのうら風のおさまる御代となるとかや▲（乱曲　香椎）　ワキ　ふしぎや加様に語り給ふ。御身はいかなる人やらん

シテ　今は何をかつゝむべき。我尋常のかいしんならず。いで〱名乗て聞せ申さん　ツレ女カヽル　我は是。

神功皇后のいもうと。川上の明神豊姫（とよひめ） シテ 我は又。滄海の使。磯の童共いはれし海神也。只今顕れよる波のたつの 上同 都よりきたりたり。むかし神功皇后の。此海上の舞歌の曲こよひの月にあらはし。都の人に見せ申さむと。いふ波の川上に。豊姫は帰り給へば。磯の童は磯の波に。立かくれ失にけり。波立隠れ失にけり 天女一セイ 滄海の。そこ共いざや白波の。たつの都の秋久し マイ上ワカ 西の海。あをきが原の。波間より 同 あらはれ出し住吉かしまかんとりしかの嶋。何も〳〵影向なりてみちひの玉を。待給ふに。などやをそきぞ磯の童よいそげや〳〵おきつかぜ シテ一セイ しら玉か。何ぞと人のとふやらん。ひかりを見ても。しれやしれ 上同 すは〳〵すでに波まより。〳〵 上 ひかりさしてのいそのわらは

地 人のねがひはみちひの玉の折からなれや明暮の 上シテ 有明の月は入塩に 地 吹は塩風 シテ ひゞくは波おろし 地 はやち干潟 シテ あひのかぜ 上同 吹暮れどもふたつの玉の。日かりは天にみち地にかゞやきて。かくやくと有。海原の波をけたてうしほにのつて。とびまはりとびあがり。舞臺をふみならしかけりまひあそぶあらおもしろや 上女 豊姫玉をうけとりて 上同 〳〵先〻かんじゆの御影をうつせばうしほもひき。波もさつて。万里のながめはへい〳〵として。金輪際かとみえたる濱べに。磯の童ははしりまはりてりんぎよがをどる。玉を散して。目をおどろかす有さまなり 下 去ほどに〳〵。夜もほの〴〵と。明がたになれば。いまは夜遊も是までなり。又龍宮に帰らんとて。上 満珠のみかげをひかたに移せば塩みち波わきて。たつの都ぢ使ありとて。磯の童は豊姫に。暇申て又まん〳〵たる海中に。又まん〳〵たる海中に。とび入と見えしが。波の底をくゞつて龍宮に帰りけり

（括弧内傍線部分は筆者挿入）

【香椎宮】

福岡市東区香椎四丁目（地下鉄二号線貝塚駅で西鉄宮地岳線に乗り換え「香椎宮前」下車）香椎宮（かしいぐう）および香椎ノ浜（多々良川河口の東）が舞台である。

大和政権の成立がいつ頃であったか、あるいは神話時代の王朝は、どのような変遷をへたか、様々な意見があるところであるが、四世紀初頭（古墳時代中期）は、崇神朝から応神朝に変わり、国土の統一、朝鮮との交流、文化の移入、さらに武力衝突を含め、日本国が躍進した時代と考えられる。

神話時代から古代歴史時代への移行期にあたる時期が、強大な支配権をもった仲哀・応神・仁徳三朝の期間に相当する。この時代に活躍したのが神功皇后で、『古事記』『日本書紀』に時の中心人物として記載されている。皇后の事績は伝説に包まれており、恐らく架空の人物で、三韓征伐も伝説に過ぎないと云われる。しかし、史実は如何様であれ、古事記の伝説をそのまま受け入れ曲を楽しむことは他の項と同じである。

仲哀天皇は、日本武尊の第二子。神功皇后の名は気長足姫（おきながたらしひめ）で、二人の間に誉田別（ほむだわけ）皇子即ち応神天皇が生まれた。仲哀は成務天皇崩御の翌々年即位。仲哀二年二月、熊襲が背いて貢（みつぎ）を奉らなかったので、熊襲征討を決意、長門豊浦宮に軍を進め皇后と合流、筑前香椎（香椎仮宮）をめざし進軍した。同八年九月に、香椎で行宮（宮跡）を構え、天皇は群臣らと熊襲征討の合議を行う。臣下の武内宿禰（たけのうちのすくね）が神の声を聞く仲介者となり、タラシナカツヒコが琴を弾ずると、突然、沙庭（さてい）で気長足姫が神懸りし神託が下った。「熊襲の地は荒廃し討伐する意味がない、それより西の金銀財宝の国、新羅を攻めれば、流血なしで手に入れられるばかりか、新羅を背後にしている熊襲も服従するであろう」とあった。

仲哀天皇は高台に登り西を見ると「国は見えず、ただ大海のみあり」と云って神託に従おうとしなかった。

このため、天皇は神の怒りを招き翌年命を落とすことになる。一説では弑殺されたともいう。享年五十二才。
香椎宮の東門から、約百メートルの所に古宮跡と山陵跡があり、ここが仲哀天皇の橿日(かしひ)宮の跡と伝承されている。
その正面に仲哀天皇の御笏(しゃく)を掛けたと伝える椎の木がある。笏を掛けると、円成樹(えんじょうじゅ)の如く、異香四方に薫じ、これが香椎の名の起源となった。

神功皇后は凱旋の後、香椎に廟を建て仲哀天皇を祀った。後に神功皇后を合祀、さらに応神天皇も祀り、現在の香椎宮に発展した。この浦は、もと「かすひ」の浜といっていたのを香椎と書き改めたともいわれ、朝鮮半島運営の拠点となった。神託では「征討に出陣しないのであれば、国を保つことができないであろう。皇后が神託に従えば、身ごもった皇子は国を得て栄えることができるであろう」とあった。皇后は兵を熊襲に向け屈服させたのち、玉島川でアユを釣り新羅との戦勝を占った〈乱曲〈玉島川〉〉。香椎宮に戻ると髪をほどき、海水を注いで男子の髪形に結いあげ、男装して新羅に出兵した。船出に際し、皇后は磯(いそ)の童(わらわ)とも呼ばれる竜神から干珠満珠の宝珠を借り、これで汐の干満を自在に操り勝利を容易に手にすることができた。二カ月後凱旋し、二珠を長門の沖に沈め海神に返したところ、干珠満珠の両島が浮かんだ。後年、壇ノ浦合戦で源氏方の根拠地となった島である。

福岡市の東南の宇美(うみ)八幡は、凱旋後に出生した皇子応神天皇生誕地と伝えている。すこし離れているが、筥崎宮伏敵門前の「筥松(はこまつ)」は、皇后が皇子の胞衣(えな)を箱に納めて埋め、

神木「香椎」

しるしに植えた松と云われている。それまでは葦津の浜と呼ばれていたが、この後筥崎というようになった。観世流復曲〈箱崎〉はこれを謡ったものである。

香椎付近には阿曇（「あずみ」、あるいは「あとべ」）氏支配の海部集団が住みついていた。阿曇氏は三柱のワタツミを祖神とする海の民で、日本海や半島との海上交通にあたった。神功皇后を中心とした新羅征討物語は、北九州の海人たちの海神信仰に由来するといわれている。

磯の童は、あとべの磯良ともいい、皇后の命で竜宮に使いにいった人物。曲中に謡われている「しかの嶋」は、一七八四年「漢委奴国王」の金印が掘り出された現・福岡市東区志賀島のことである。志賀海（しかのうみ）明神は磯良を祀る神社。志賀の海人は阿曇氏配下にあり、代々氏子により香椎宮の春秋の大祭に獅子楽が奉納されている。

賀茂物狂（かものぐるい）

観世流乱曲、金剛流・喜多流の曲舞である。宝生流・喜多流には同名の現行完曲があり、そのサシ・クセに相当する。

「別離三年になる夫を尋ね、涙ながらに都を立ち、東路を遠く、蔦の細道、宇津の山まで赴いたが、行き逢うことができず、また都に立ちかえってみると、都は花盛りを過ぎて賀茂の北祭の季節となり、行き交う人は貴賤なく装いをこらし美しい袖を翻している」と述懐を語るもので、謡物は、玉林（たまりん）作の〈東国下〉の詞章が使われている。佐成謙太郎氏の『謡曲大観』（明治書院）には、徒然草の影響があるとしている。室町末期十六世紀初頭には流布していたと考えられる謡物である。

完曲は別名を〈鴨物狂〉とも呼んだ。各流派で詞章に大差があったらしく、特に前段に神主が登場するか否かが違っている。金春禅竹の作と伝えられるが不明ともいわれている。

本稿では『福王系番外謡本』（観世流五百番本）二一九〈賀茂物狂〉を用いた。宝生流（寛政十一年本）は、前段の神主とシテとの問答を約四十行ほど削り、さらに詞章を添削し優雅な曲とした。『古謡本』（観世流元禄八年本）では前段で、神主は業平の和歌を引き、妹背の道の神・在原業平の垂迹と云われる岩本の明神の事を詳しく説明する。
内容は現行の宝生流より分かりやすいが、やや冗漫。イロエ、中ノ舞を入れると些か長すぎる作品となる。このため、観世・金剛流では謡物だけを残して廃したのであろう。

岩本社
（底筒男神・中筒男神・表筒男神を祀る）

作者／不群（金春禅竹?）　典拠／不詳　所／京都糺の森　季節／春　能柄／四番目

シテ／女　ワキ／賀茂社の神主　ツレ／男

【詞章】

神主詞　是は當社賀茂の神職の者にて候。扨も此程いづく共しらず女性一人きたり。當社に百の歩みはこぶと見えて。是なる御手洗の表に何事やらんちかひ申候程に。今夜(こん)我ら新に御霊夢を蒙りて候。けふも参りて候はゞ。此由を申さばやと存候　シテサシ　有難や和光のちかひあまねきうちにも。分て恵みのかげ高き。妹背の道の中川の。行へたえぬる契り故。何中〳〵の恋暮(れんぼ)の身。思はぬ人を思ひの色。晴してたばせおはしませと　下　此御手洗に書ながす理り絶ぬ神慮　上　さなきだに行水に。〳〵。数かくよりもはかなきは。おもはぬ人を思ふと社。詠めしも今更に。我身の上にしら雪の。思ひ消ねど人しれぬ涙つきせぬ。心かな〳〵　神主詞　いかに是なる女性に申べき事の候　シテ　何事にて候ぞ　神　此程當社に毎日のあゆみをはこび給ふ事。かへす〴〵も有がたふこそ候へ。若ゝ妹背の道を祈り給ふか。私ならぬ神慮にちかつて御物語候へ　シテ　是は思ひもよらぬことを承候物哉。仰のごとく此御神に祈り申事ありて。日毎に歩みをはこび候去ながら。これは恋暮を祈るにあらず。左様のこゝろを正させ給へと申のみにてこそ候へ　神主　されば社(こそ)奇特成御事かな。是なる社は岩本の明神とて。在原の中将業平の御(ご)すいしやく也。今夜我ら新に霊夢有つて。此短冊(たんじやく)をあたへ申。けふより参申間敷との御示現にて候。なんぼう奇特なる御事にて候ぞ。是〳〵御覧候へ　シテ　是はふしぎの御事哉と取上みれば。下　恋せじと御手洗川にせしみそぎ。神はうけずも成にける哉。詞　あら有難の御事や。扨此哥の心にては。何とか神慮を定むべき　神主　げに〳〵是は御理り。しかも此哥は。御すいしやく業平の御詠ぞかし　シテ　心をしるも恋せじと。此御手洗にみそぎして。當社に祈給ひし事も。妹背の道を守らんとの。ちかひを背く心なれば。上　恋せじといふも御恵みに。もるゝ心の水のみそぎ　神主　うけぬは妹背の道の行衛を。守るちかひの神慮(かみごころ)に。

逢瀬をいのり給ふべし　シテ下　扨は悲しや恋せじと。祈るは神のみ心(こゝろ)に。そむく例(ためし)のことのはを。教の告か有難や　上同　神によるべの道ならば。〳〵。誓ひをうけて人の世に。住るかひある御禊(みそぎ)して。由さらば今より。逢瀬をいざや祈らん。迚住うき我心。教への告を頼みつゝ。人の行へを尋んと足にまかせて出にけり〳〵　ワキツ　帰るうれしきみやこ路に。〳〵雲井そのどけかりける　男詞　是は都方の者にて候。我あづまに下り三年(みとせ)に及候。餘りに久しく成候程に都へ上り候　サシ　夕ざれば塩風越(こし)て陸奥の。野田の玉川千鳥なく。心を知も身の上に。思ふ涙の雨のくれ。雪の曙折ゝの。情忘れぬみやこの空。馴にし方に帰るなり　上　鴈金(かりがね)の花を見捨る名残まで。〳〵。古郷おもふたび心。うきだに急ぐ我方はさすがに花の都にて。海山かはる隔にも。思ふ心の道の邊の便りの桜夏かけて。詠めみじかきあたら夜の花の都に付にけり〳〵　後シテ和上　面白やけふは卯月のとり〴〵に。千早振其神山のあをひ草(ぐさ)。かけて頼むや其恵み色めきつゞく人なみに。あらぬ身までも急ぎ来て。一セイ　けふかざす。葵や露の玉かづら　地　桂も同じ。かざしかな　シテ　かざす袂の色迠も　地　思ひ有身と。人やみむ　シテサシ　おもしろや花の都の春過て。又其時の折からも　たぐひはあらじこの神の。誓ひ糺の道すがら。人やりならぬ心ゝの。様〴〵みえて袖をつらねもすそを染て行かふ人の。道さりあへず物思ふ　下同　我のみぞ猶忘られぬそのうらみ　上　人の心は花染の。〳〵。移ひやすき比も過。山陰の。賀茂の川なみたゞすの森のみどりも夏木立。涼しき色は花なれや。忘れめやあふひ草に引むすび。かりねの野べの。露のあけぼの。面影勾ふ涙の。例なれや恋路の身は替るまじなあぢきなや身は替るまじなあじきな　ワキ詞　いかに狂人。けふは當社の御神事(ごしんじ)なり。静に有(あり)て渇仰申せ。あら不便の者や候　シテ　是は仰とも覚えぬ物哉。惟狂(これけう)もよく思へばせいとなると云り。其上神はしろしめすらん。下　しやうぢきしや方便の御恵み。ちりにまじはる和光の影は。狂言綺語もへだてあらじ。あらおろかの仰やな　上ワキツ　実理りは恥かしや。讃佛乗の心ならば。なにはの事もおろかならじ。しかも是成御社は。當社に取てもことなる御事。舞哥を手向て乱れ心。望みを叶へたまふべし　シテ詞　そも此社は取わきて。舞哥を納受（のうじゅ）有事の。其御謂は何事ぞ　ワキ　是こそさしも實方の。宮居給ひし粧ひの。臨時の舞のたえ成姿を。我だにめでさせ給ひし影の。水にうつりし御手洗の。その名にし有世を渡す。橋本の宮井居（こ）と申とかや　シテ　あら有難やといふ波に　男上　いざ立よりて　シテ　影をみれば　上同　うつゝなやみしにもあらぬ面影の。〳〵。おとろへ果る粧ひは。及ばぬ昔のそれのみか。身にも替れる顔ばせの。下　名残さへ涙の落ぶるゝことぞ悲しき。今は逢共中〳〵に。夫共いさやしら露の。命ぞ恨めしき。命ぞ恨成ける　ワキ詞　いかに狂人（きょうじん）。此社にて舞をまひ諷をうたひ思ふ事を祈るならば。神もや納受あるべきと　シテ　風折ゑぼしかりにきて　男　手向の舞を　シテ　まふとかや　上同　またぬぎかへて夏衣。またぬぎかへてなつ衣花の袖をや返すらん　シテ上　やまあひに。すれる衣の色そえて　地　神も御影や。移り舞　クリシテ　夫とう〳〵と打つゞみの音は。法性眞如の色に聞え　地　諷〳〵とまふ哥の聲。四知圓明の。鏡にうつる　シテサシ　実や其年（そのかみ）に祈りし事は忘れじを。同　あはれはかけよ賀茂の川浪。立帰りきて行すへの。誓ひを頼む逢瀬の末憐みたれて玉簾。かゝる氣色を。守り給へ。▼クセ下　我も其しでに涙ぞかゝりにき。又いつかもと。思ひ出しまゝ。泪ながらに立別て。都にも心とめじ。東路のすへ遠く。とへば其名もなつかしみ思ひ乱れし忍ぶずり。誰ゆへぞいかにとかこたんとする人もなし。ひなの長路におちぶれて。尋ぬるかひもなく〳〵。其俤の見えざれば。猶其かたの覚束なく。参河に渡す八橋の。蜘手に物を思ふみはいづくをそことしらね共。岸辺に波をかけ川。小夜の中山中ゝに。命のうちは白雲の又越べきと思ひきや　シテ上　花紫の藤枝の　同　幾春かけて匂ふらん馴にし旅の友だにも。下　こゝろ岡部の宿(やど)とかや。つたの細道。分過て。上　きなれ衣を。うつの山現や夢に成ぬらん。見聞に付てうき思ひ。猶こりずまの心とて。又歸りくる都路の思ひの色や春の日の。光の影も一入の　上シテ　柳さくらをこきまぜて　同　錦をさらすたてぬきの。霞の衣のにほやかに立まふ袖も梅が香の。花やかなりし春過て。夏もはや北祭。けふ又花の都人。行きかふ袖の色〻に。貴賤群集の粧ひもひるがへす袂なりけり▲（乱曲　賀茂物狂）上地　月にめで　シテ上　月にめで。花を詠めし。古の　上同　跡は爰にぞ在原成(なる)　下シテ　其業平の。結縁の衆生に　上地　契りむすぶの　下シテ　神とや岩本の　上同　本の身なれどかりの世に出て。月やあらぬ。春や昔の。はるならぬ〳〵思へば我も　シテ下　唯いつとなく。（地）たゞいつとなく。そことも涙のみ。思ひをりて。我みひとつのうき世の中ぞかなしき　上ロンギ　ふしぎやな只狂乱の余所人と。みれば正しくそれぞとは思へど人目つゝましや　シテ上　人めをも我は思はぬ身の行へ。こゝろまよひのあやしくも。さすがにそれぞとしるけしき。はづかしければいひあへず　上地　よしやたがひにしらま弓。かへる家路は住なれし　シテ　五条あたりの夕がほの　地　露の宿りは　シテ　こゝろあてに　下同　それかあらぬかの。空めもあらじあらた成。神の誓ひをあふぎつゝ。さらぬやうにて引別れて。此河嶋の行すへは逢瀬の道に。成りにけり〳〵

（括弧内傍線部分は筆者挿入）

蛙（かわず）

観世流の謡物である。別名〈住吉蛙（すみよしかわず）〉ともいう。宝生・喜多・金春・金剛流にはない。

『古今和歌集』の序に「花に鳴く鶯、水に住む蛙の声を聞けば、生きとし生けるもの何れか歌をよまざりける」とある。作者・禅竹の脳裏に此の文章があったと思われる。

日本民族の宗教的意識の中には、天体や自然に数多くの神々が存在していると考えていた。動植物にも霊魂というか神霊を想定する。蛇、蛙、蚕、猪、鹿、狼、熊、山鳥、蛤、魚など、さまざまな動物を神としたようである。これらの動物は、この世に仮の姿で現れたもので、実は、人間社会よりはるかに美しくすぐれた世界から訪れたもの、あるいは特別の能力を有するもの、という前提で考えられていることである。

平安後期から鎌倉前期に描かれた高山寺の寺宝、鳥獣人物戯画は、蛙は人間たちと同じように戯れる存在である。小野道風（八九四～九六六）は、柳の枝に幾度も飛びつく蛙の姿をみて発奮し、努力を重ねて文筆の極地を究めた。芭蕉（一六四四～一六九四）の句では、蛙は池の静寂を示してあまりにも有名である。一茶（一七六三～一八二七）の「痩蛙負けるな一茶是に有」「車座に居直りて鳴く蛙哉」など、三百近い蛙の句は蛙を擬人化して詠んでいる。愛らしい表情で岩の上に載ったり、草の中に隠れたりしている蛙の姿は、昔から人間に何かのイメージを与えているように思われたのであろう。春深く、眠気を催し、まぶたが重く感じられる季節を「目（め）

借時（かるどき）」という。蛙が人の目を借りてしまうので人は眠くなるという季語である。「蛙の顔に小便」「蛙戦」「蛙女房」など昔話にも使われている。柳田國男は『昔話と文学』に、異類婚姻をふくめ、古い説話に現れる動物の一つに蛙をあげている。現代能では、堂本正樹氏は〈蛙ヶ沼〉という三場からなる夢幻能を作っている。

完曲は『謡曲叢書』所収の〈蛙〉（貞享三年版二百番外百版本）にある。本稿の底本には『版本番外謡曲集三百番本』（一六八六年）所収の〈蛙〉を用い翻刻した。この謡本はルビが打たれていない。別名を、〈住吉蛙〉、〈根本蛙〉。同材異本もある。〈蛙〉は十五世紀、金春禅竹が作った作品と伝えられている。

「都の人が住吉明神に参詣すると、蛙の精が現れ歌物語をする。住吉の蛙が歌を詠んだ」という世俗の伝によって作られた。本曲では蛙を和歌の神として扱っている。

住吉大社と白砂

作者／金春禅竹？　典拠／古今集和歌集 仮名序　所／摂津住吉明神　季／雑　能柄／三番目

シテ／（前段）里女　（後段）蛙の精　ワキ／都の歌人

【詞章】

次第 和哥の心を道として。〳〵住吉の神に参らむ ワキ詞 是は都方に住居仕者にて候。扨も我和哥の道にたづさはるといへ共。餘にをろかに候間。加様の事を祈申さん為に。住吉の明神へ参詣仕候 上道行 道しらば尋もゆかん住吉の。〳〵。巌に生てふ草の名の年をつもりのうらみなる。心をともと敷嶋や。守の宮に着にけり〳〵 サシ 実や和国の風俗なる。和哥を守の神慮あらばおろかなり共道にかなふ。納受をたれおはしませ 詞 実や花に啼鶯水に住蛙迠も。哥をよまぬはあらざるべしあら面白や候 シテ女詞 なふ〳〵旅人は何事を仰候ぞ ワキ詞 さん候此浦始て一見の者にて候が。花に啼鶯水にすむ蛙迠も。哥を讀と云事を口号（くちずさみ）候よ 女 さればこそ鶯の哥はよその例し。蛙の哥は此浦に。由緒有事にて候物を ワキ あら面白や蛙の哥は。由緒はいかにかたり給へ 女 昔此浦にまうで候都の人江による蛙のみなはとをく ワキカヽル あはれ昔のためしを残して 女 今もさへづる蛙の哥は 上哥同 住吉の海士の見るめも忘ねば。〳〵假にぞ人に。又とはれぬるとよみし歌も此浦の。所から住吉のあまの囀にあらずや。面白やかり啼て。菊の花咲秋あれど。春の海邊に住吉の浦の名迠も馴思（なつかし）や〳〵 上同 夫敷嶋の道のしるべ。此御神の守として。國土豊に民安し サシ ▼昔いきの守なにがしと申し雲の上人。白地成（あからさまなる）此宮路に。行とゞまりし海士乙女の。假のとまやの濱ひさし。かへにもあらぬ一夜の契。思ひの妻と成たる也 クセ 其まゝ衣〳〵の。袖の名残も引とむる。心ならずも歸さに。年月つもる心地して又此浦に立歸。問ば行衛も白波の。哀はかなき契故。俤のこる海ぎはに。さそらへ出でし夕まぐれ。濱の眞砂をふみ渡り。蛙の道の跡見れば。有し言の葉顕る。心をしればうたがひも 上 涙ながらもつく〴〵と。思へばよしな人界も。水の底成うろくずや。もに住蛙うたかたの哀江による心なれば。六趣四生にめぐりめぐる。車の

輪のごとく。鳥の翅や花に啼鶯も同じ御法なる。言の葉を囀蛙こそためしなりけれ▲（乱曲　蛙）
上ロンキ地　実や蛙の物語。〳〵。委語（くはしくかたり）おはします御身いかなる人やらん　女　此身はさすが住吉と。あまは云とも長居せし。姿や扨も顕む　上地　あらはれ給ふ御姿。何の故にかはゞかりの　女　まことを見れば　地　浅沼の　下同　蛙となおぼしめしそ此神の御誓難波のことも和哥の道を守見ます心よとて。松陰にかくれけり此松陰にかくれけり　上哥　すみの江や此松陰に旅ゐして。〳〵。しづえをあらふしら波に。袖うちしほる塩風に。心澄ます夕哉〳〵　上地　炭江の蛙啼すさび。種蒔哥の。心哉　上同　住の江や〳〵。水の蛙の囀出て。すだくも和歌の声なれや　シテ下　をんころ〳〵せむだりまとうき。そはかの心は。天竺のれいもん唐土の詩賦。我朝の風俗。実まこと有花に啼鶯。梢にとびあがり。水に住蛙のあひやどり雨やどり村雨の音ももろ声に。鳴くかと思へば旅枕。啼かとおもへばたびねの枕の。夢はさむるぞあはれなる

（括弧内傍線部分は筆者挿入）

【金春禅竹の作風】

冒頭に『古今和歌集』の仮名序を述べたが、当時の人たちは、いわゆる生物ではない風の音、水のせせらぎさへにも生命の声を聞くことができた。すべてのものには人間と同様に喜怒哀楽、六道四生があると考えていた。擬人化された自然や動植物の言葉を借りて、または逆にそれらに語りかけることによって、作者の感情を読者に訴えているのである。

作者・禅竹（一四〇五〜一四七〇）は、春、苗代にモミを撒く頃、水を張った田で、コロコロと鳴く蛙の声を

和歌の声と聞き、また、「をんころころせむだりまとうきそはか」と陀羅尼の呪文（マントラ）を唱える声とも、天竺や唐土の詩賦（しふ）とも聞くことができるとする。また逆に、蛙の精に歌道や宗教的な教えを語らせるという手法をとっている。

この考え方の基本には、昔から日本人が抱いているアミニズム、ナチュラリズムがあろう。山野草木ばかりでなく、あらゆる動物、異界の化け物、天人や地獄の衆生などにも人と同じ感情や魂があり、生物は生まれ方の違いによって四生があるとする。いずれも何もないところから忽然（こつぜん）として出生する。生まれ出ずれば人と同じように和歌を作り、詩賦を詠み、経も唱える。皆同じ六趣転生（ろくしゅてんせい）を繰り返すものであるという、宗教者にも似た共通の認識が存在したようである。謡曲ではオニをふくめて、あらゆる対象を擬人化する傾向があるが、禅竹の場合、その事を能の主題にしようとした。その理論は特徴的であり、見方を変えれば現実離れして難解、不可解である。

禅竹は〈昭君〉の作者・金春権守の孫である。通称を氏信。金春禅鳳は禅竹の孫になる。禅竹は岳父・世阿弥の教導庇護をえて、一人前の芸術家として成長した。当時、禅竹は奈良を本拠地に、ライバルの音阿弥は京都を中心に活躍していた。二人は大和猿楽の双璧であった。禅竹の性格は、温厚で世阿弥にたいしても、よく孝養を尽くしたといわれている。

世阿弥から『六義（りくぎ）』『拾玉得花（しゅうぎょくとっか）』を与えられ、彼の後継者として、大和猿楽四座の本家たる円満井座（金春座）の芸風を発展させた。輝かしい演能の記録には乏しいが、世阿弥同様数多の能楽論書を表し、後世に遺した業績には大きなものがある。知られている作品でも十数曲があり、代表作に〈賀茂〉〈定家〉〈芭蕉〉〈玉葛〉〈小塩〉〈楊貴妃〉〈雨月〉〈小督〉〈谷行〉〈松虫〉がある。禅竹は、世阿弥に追従し、幽玄第一に、歌道や仏教的哲理、宗教的世界観、宿縁信仰にもとづいて、独自の理論を展開した。作品は世阿弥が目指した舞歌幽玄の美的芸風から出発し、哲学的、宗教的、窮理的な色彩の濃いものが多い。彼の芸術論に合致しない数曲は、宝生大夫、観世、金剛、大蔵らの所望によってつくられたものといわれている。

謡にたいしては、技術的な錬磨もさることながら、曲の持つ宗教的内容、情趣、文学的内容（和歌）の理解をもつことが必要であるとした。したがって華麗さのなかに哀愁、幽寂、渋みを帯びた作品が多い。内容的には、かなり難解・不可解な曲で、一般的でないという点で、世阿弥らに比べ少し劣ると指摘されている。完曲〈蛙〉も少々理屈っぽく、演劇的な面白さは不足している。演能を試みられることなく廃されたものと思われる。

謡物に詠まれている「蛙の説話」は『古今秘書』の次の記述に基づくものと云われている。（『謡曲大観』別巻を借用、筆者は未調査）

紀良貞といふ人、住吉に詣でて忘草を尋ねありきけるに、よき女に逢ひけり、さて別れに及んで女の曰く「われ恋しくはこの住吉の濱へ重ねて来れ」といひけり。後に行きて見れば、女はなくて、蛙の出でて這ひ渡る。不思議に思ひて見れば、這ひける跡に文字あり。よみて見れば歌なり。

住吉の浜のみるめも忘れねば
かりにも人に訪はれぬるかな

願書（がんしょ）

『平家物語』「木曽願書」が本説。これをもとに元禄以後に完曲〈木曽願書〉はつくられた。「木曽義仲軍は燧城の戦で平家に敗れ、越中埴生に勢力を結集し再び対峙した。このとき祐筆の覚明に願書の草案を作らせ、かなたの埴生八幡宮に捧げた。さて戦が始まると、八幡神は鳩をいただき敵陣に白羽の鏑矢を射かける。神が願書を納授した印である。かくて義仲は倶利加羅峠の戦に勝利した」。以上が完曲の内容である。作者不明。義仲が読みあげる〈願書〉は特別の謡物（三読ミ物）の一つとなっている。

明治時代までに、能〈木曽願書〉は行われなくなった。現行唯一の観世流番外曲〈木曽〉は明治の復曲である。これは、読ミ物〈願書〉のほか、謡物の〈倶利伽羅落〉〈太刀堀〉の詞章を加えて完曲に作ったものである。古曲では木曽義仲自身が「願書」を八幡宮に奉る場面となっている。本稿では、『福王系番外謡本』（観世流五百番本）二一三〈木曽願書〉を翻刻した。

作者／不詳　典拠／平家物語　所／越中埴生八幡宮　季節／五月　能柄／四番目

シテ／木曽義仲　ワキ／太夫坊覚明　ツレ／池田次郎　ツレ／従兵数名　トモ／従者

【詞章】〈木曽願書〉

一声ツレツ 八百万代を治むなる。弓矢の道こそ。久しけれ シテ上 抑是は。木曽義仲とは我事也 ツレ 扨も平家は越前の。ひうちが城を責め落。都合其勢十万餘騎。此となみ山沾責下る シテ 爰には源氏 ツレ かしこに平家。両陣あひさゝへ竜虎の威をふるひ。しゝ象のいきほひ。帝釈修羅の思ひをなし 上 日月も手のうちに。〱。とり〴〵なれや梓弓の。矢さけびは雲にひゞきときの聲は倶利からが。谷風もはげしく山河草木も震動す。され共味方の斗畧。あすの合戦と触ければ。敵見方に矢をとゞめくつばみをかへしとなみ山。あくる空をぞ待居たる〱 シテ詞 いかに誰か有 トモ 御前に候 シテ あれに新しき社壇の見えたるは。如何成所にて有ぞ尋ねて来り候へ トモ 畏て候。あれに社壇の見え候は。いか成神にて候ぞ。いかに申上候。在所の者に尋ねて候へば。新くやはたを勧請申て候。今八幡共申し。又はにふの八幡共申由を申候 シテ 近比目出度事にて候。参詣申候べし。学明を召て願書をこめ候へ トモ 畏て候へ。如何に学明御参り候へ。君の御諚にはあれに社壇の見え候を御尋候へば。新くやわたを勧請申。今やはた共申。又はにふのやはた共申候。急願書をかきて御こめあれとの御諚にて候 カクメイ 畏て候

ワキサシ立衆 今井樋口をはじめとして。其数多き兵共。皆悦の色をなして。同 急ぎ社壇に参つゝ。〱信心をいたし取分き。願書を読上なを神とくをあふがむ シテ下 ▼何ゝ歸命頂礼八幡大菩薩は。日域朝帝の本主。累世明君の曩祖たり 下同 寳祚を。守らんがため蒼生を。りせんが為に三身の。金容を顕して。三所の。権扉を。おしひらき給へり。爰にしきりの年よりこのかた。平相國といふ者有て。四海をたなごゝろにし。万民を。悩乱せしむ是。仏法のあた。王法の敵也抑。曾祖父前のみちの国の守。名を宗廟の。氏族に帰附す。義仲いやしくも。其後胤として。此大功をおこす事。たとへば嬰児のかいを以て。

巨海を測。蟷螂が斧を取て。龍車に向ふごとく也然共君の為國の為に是をおこすのみなり。ふして願くは。神明納受たれ給ひ。勝事を究めつゝ。あたを四方に退け給へ壽永二年五月日と。高らかに讀上れば　シテ上　義仲願書にかぶら矢を神前に捧申せば。同　御供の兵共も。うは矢のかぶらを一つづゝ。彼宝前に捧て。南無歸命頂礼。八幡大菩薩とて皆礼拝を参らする▲（読ミ物　願書）　一セイワキ立衆　よせかくる。河の波のをのづから。音もはげしき。朝あらし。上　抑是は。木曽殿の御内に今井の四郎兼平。今日大手の大将と。名乗よばはる其聲は。天地もひゞくばかりなり　地　今井が相馬のときのこゑに。うしろの林の五万余騎。一度にときを。どつとつくる　上　平家は其数十萬餘騎。〳〵。時もこそあれ五月やみ。くらさはくらし。巌石いはほのかたきも味方も同士討すれど。魚鱗鶴翼定もなし　下シテ　かゝりける所に　同　〳〵はにふの八幡の社壇の上より。神火一むら飛上つて。源氏の軍兵の闇を照す。光りの影をよく〳〵みれば。はとをいたゞき忍辱の御よろひ。悪魔降伏の白羽のかぶら矢を平家の陣に。射給ふとみえしが。平家の大勢取物も取あへず。倶利伽羅が谷の。巌石の上に。走りかゝり。落かさなりをちかさなり馬には人。ひとには馬。雪のしづえや霜くづれ。つもるこの葉のちりひぢのごとく。七万余騎は。くりからが。谷の千尋のふかきをも。あさくなるほど。むめたりけり

（括弧内傍線部分は筆者挿入）

【〈願書〉の舞台と西仏坊覚明】

前段は越中国埴生八幡宮（富山県小矢部市埴生）。護国八幡宮ともいう。富山県小矢部市の西のはずれにあり、JR北陸線石動駅から、バスで十分。杉が茂る小高い丘が目当てである。朱塗りの鳥居をくぐると、見上げるように百三段の石段が社殿にみちびく。境内には駒に乗る義仲の勇姿の像を見る。奈良時代に、宇佐八幡宮（応

神天皇）の分霊を勧請したもので、天平時代に、越中の国守大伴家持（おおとものやかもち）は国家安寧を祈願したと伝える。

寿永二年（一一八三）五月、義仲は、倶利加羅（くりから）峠で平維盛の大軍と決戦するにあたり、この八幡宮に戦勝の祈願をこめたところ霊験があり戦いに勝つことができた。

護国の称号は、慶長年間、地方凶作の折に、累代帰依の篤い前田侯の懇祈の霊徳が著しかったことによるといわれている。社殿は重要文化財。義仲の「願書」とともに鏑矢、矢尻も保存されているという。

願書を書いた覚明は別名を西仏坊（幸長、通広、最乗坊信教、浄見）ともいい、木曽の白鳥山報恩院康樂寺に墓がある。

清和天皇の後裔、海野小太郎信濃守幸親の子として天養元年（一一四四）小県郡滋野郷海野庄に生まれた。奈良興福寺勧学院文章博士となる。『平家物語』の作者、信濃前司行長はこの人ともいわれ、平清盛を筆誅した文章は名高く、伊勢神宮の祭文は宝物として現存する。『仏法伝来次第』『和漢朗詠私注』『筥根山縁起』などを著し、中世文学史に不滅の業績を残している。

木曽義仲の挙兵（治承四年）には、祐筆として智謀をめぐらし、文武の誉れ高く、壽永三年（一一八四）旭将軍木曽義仲が粟津ヶ原で戦没後、奇しくも一命を得たが、多くの同族同輩を失った戦国の世相を深く嘆き悲しみ、その菩提を弔うとともに、比叡山に登り天台の法庭に列し、親鸞とともに勉学にはげみ、法然上人の弟子となり、名を西仏坊と改めた。たまたま念仏禁止の法難にあい、越後に流された親鸞と行をともにし、後、赦されて京都に帰るが、道すがら法然の死を聞き、一庵をつくり報恩院と名づけ報恩の御経を読誦する。西仏坊は上人の命により、信濃、東国、北陸道の浄土真宗布教伝導にあたり、その途次、同郷の荒井左京太夫長俊を長谷部郷（現在の平（ひら））に尋ねた。しかし長俊は既に亡くなっていて、子の四郎幸俊が唄裏山に草庵（照明庵）を建てて迎えた。西仏坊はこの地を生涯の地とし、康楽寺建立の想を練っていた。ある秋に親鸞も訪ねてきたという。かくて覚明西仏坊は天寿を全うし、延応元年（一二三九）九七歳で往生した。遺骸を葬り自然石を置いて墓とした。康楽寺住職、荒井家末裔は命日に法要を営んでいる。

後段は小矢部市砺波山の倶利加羅峠。富山県と石川県の県境。埴生八幡宮からさらにバスで西に十分。旧道であるので九十九折りの山道を揺れながらの行程。

倶利加羅峠の名は、養老二年（七一八）インドの善無畏三蔵がこの地に倶利加羅不動尊を勧請し長楽寺を建てたことによる。源平の戦で兵火にあい焼失した。その後頼朝の寄進により再建されたが、一八三六年、失火で山門・不動堂が焼失したままであった。明治維新を迎え、神仏分離により長楽寺を廃して手向神社となっていたが、昭和二十四年、長楽寺跡に堂宇が建てられ、現在は高野山別格本山倶利加羅不動寺が法灯を継承している。

覚明墓

近くの砺波山には、猿ヶ馬場という平家の総帥平維盛が本陣を敷いた跡がある。敵の木曽義仲軍討伐のため各武将と軍議を開いたところである。薩摩守忠度、上総判官忠綱、高橋判官長綱、左馬頭行盛、越中権頭範高、河内判官季国らが集まった。これに対し木曽軍は源氏が峰から攻め降り、平家は地獄谷に人馬諸共、雪崩れのように落ち重なった。このときの火牛の戦法は中国の兵法書にある戦術であった。平頼盛の子として生まれた為盛は、五月十一日の夜襲に敗れ加賀方面に逃れた。翌十二日未明、手兵五十騎をひきいて源氏に逆襲したが、武運つたなく戦死した。その勇気をたたえて立派な墓所が砺波山に造られている。

勧進帳（かんじんちょう）

これは、五流現行完曲〈安宅〉の読ミ物。三読ミ物の一つで各流派にある。内容の記述は省く。〈安宅〉は観世信光作と伝える。

【詞章】

▼ッ　高らかにこそ讀み上げゝれそれつらく。おもん見れば大恩教主の秋の月は。涅槃の雲に隠れ生死長夜の長き夢。驚かすべき人もなし。こゝに中頃帝おはします。御名をば。聖武皇帝と。名づけ奉り最愛の。夫人に別れ。戀慕やみ難く。涕泣眼にあらく。涙玉を貫く。下　思ひを。善路に翻して盧舍那佛を。建立す。かほどの靈場の。絶えなん事を悲しみて。俊乘坊重源。諸國を勸進す。一紙半錢の。奉財の輩は。此世にては無比の樂にほこり當來にては。數千蓮華の上に座せん歸命稽首。上　敬つて白すと天も響けと讀み上げたり▲（三読ミ物　勧進帳）

【曲の舞台】

「安宅（あたか）の関跡」はＪＲ北陸線小松駅からバスで長崎行安宅関所前下車五分。住吉神社背後の松林砂丘に石碑が建ち、弁慶と富樫の銅像や与謝野晶子の歌碑などがある。文治三年、兄頼朝の追及を逃れ、奥州藤原秀衡をたよって落ちのびる途中、山伏姿に身をやつした義経主従は、ここで富樫左衛門尉に見とがめられる。このとき、弁慶が「勧進帳」をよみあげた機転で危機を脱した、という話はあまりにも有名である。『義経記』を素材にした謡曲〈安宅〉や、江戸時代末の歌舞伎「勧進帳」の舞台である。しかし、これは史実ではなく、虚構の世界の語りごとであるが、あえてそれを史跡に指定し、大きな銅像を建てるところに日本人の心に根強い判官びいきが見られる。これこそ歴史の虚像というべきか。古代には安宅駅がおかれ、加賀国府の外港安宅湊があり、海陸交通の要地であった。

越中高岡市伏木古国府、古く越中国府のあった地に勝興寺がある。国府前から一六〇メートルの所、矢田八幡宮の境内には如意渡の石碑がある。如意渡は射水河（現在の小矢部川河口付近）の左岸の国府と対岸の六度寺とを結ぶ渡し場で六度寺渡ともいった。『義経記』によると、主従が如意渡の舟に乗ったところ、渡守の権頭が義経を怪しんだので、弁慶が、「判官殿と思われるのは残念だ」と舟から引きずり下ろし、扇でさんざんに打ちのめした。渡守は疑いを解いて対岸へ渡してくれた。あとで弁慶は泣いて義経に詫びたという。のちに、これが脚色されて如意渡が寒風吹き荒ぶ安宅の関へ変り、渡守が守護富樫に、扇が金剛杖と、話がより大きく、筋も面白く組みかえられていった。「如意渡跡」には義経を扇で打つ弁慶の像がある。

如意の渡

起請文（きしょうもん）

これは〈正尊〉（観世長俊作）の読ミ物。〈正尊〉は五流すべての現行曲。完曲の記述及びその解説を省く。観世、宝生流では「読ミ物」、金春は「独吟」に分類されている。

【詞章】

▼ッ下　敬つて白す起請文の事。上は梵天帝釋四大天王閻魔法王五道の冥官泰山府君。下界の地にては。伊勢天照太神を。始め奉り。伊豆箱根。富士淺間熊野三所。金峯山。王城の鎭守稲荷祇園賀茂貴船。八幡三所。松の尾平野。總じて日本國の。大小の神祇。冥道請じ驚かし。奉る。殊には氏の神。全く正尊討手に罷り上る事なし。此事僞りこれあらば。此誓言の。御罰をあたり。來世は阿鼻に。堕罪せられんものなり仍て。起請文かくの如し。文治元年九月日。正尊と讀み上げたるは。身の毛もよだちて書いたりけり

▲（読ミ物　起請文）

起請文とは神仏への宣誓書である。起請文の内容には、短い文章ながら、中世人の宇宙観を見ることが出来る。鎌倉時代は現代人に比べ、他界冥土は極めてリアリティーのある存在であった。仏教、道教、神道、陰陽

道の神々は身近にあり、この世に生きる人間に、道徳と規範を守らせる機能を持っていたらしい。

また中世の人は、近世以降の人に比べ、死後の世界にはるかにリアリティーを感じて、現世との二重構造のなかで暮らしていた。他界のイメージがはっきりあり、宣誓を守らない場合、死後には必ず阿鼻地獄に堕され、獄卒の責めに遭うと信じていた。

起請文は中世の人々の思想と、古い信仰をよく伝えている。起請する社寺の神々のなかに平野（ひらの）神社の名がある。これについて若干述べたい。

平野神社は京都市北区平野宮本町にある古社である。祭神は桓武天皇の外戚の神で、平城京で久しく天皇家によって祀られていた。朝鮮からの渡来神であり、今木皇大神（いまきのすべらおおかみ）（今百済から来た新しい神、新生源気、活力生成の神）、久度大神（くどのおおかみ）（百済国王聖明王の祖先仇首王、竈の神、衣食住の生活安泰の神）、古開（ふるあきの）大神（朝鮮の王、邪気を振り晴く平（ひら）安の神）、比（ひ）大神（生産力の神）の四座。始め大和国に祭られていたが、桓武天皇の平安遷都に伴い、皇居の西北に置かれた。春日・賀茂・石清水に次いで朝廷の崇敬が厚かった。同時に臣籍降下した源氏・平氏・高階・中原・菅原の氏神でもあった。中世以降は応仁の乱などで社運が衰えたが、江戸時代に現社殿が再興され、桜の名所として知られ、約五十種の桜が植栽されている。

平野神社

徑山寺（きんざんじ）

観世流乱曲。喜多流曲舞。宝生流にはない。別名を〈金山寺〉〈經山寺〉。本稿の完曲には、『福王系番外謡本』（観世流五百番本）四〇六〈徑山寺〉を用い翻刻した。南北朝時代の頃、それまでとは全く毛色の違った「渡宋(とそう)天神(てんじん)信仰」という天神信仰が生まれた。完曲〈徑山寺〉は、この説話をもとに室町中期か後期に作られたと思われる。天文三年（一五三四）に所演記録がある。

無準(ぶしゅん)が天神に禅の哲理を教授する詞章が謡物として残った。

作者／不詳　典拠／渡宋天神信仰　所／中国杭州徑山萬寿寺　季節／春　能柄／五番目
シテ／（前段）老翁　（後段）菅丞相の霊　ワキ／徑山寺の僧　無準　ツレ／老松の精霊

【詞章】


ワキ詞　是は唐土徑山寺に住無準(ぶしゅん)といへる僧にて候。我臨済の的傳として。法幢(はっとう)を立(たて)宗旨を立(りっ)せんが為に。

此孤峰頭上(こほうとうじやう)に向つて起居動静(ききよどうじやう)心に任候所に。何国共しらず夢中に老人の一人来り。参禅(さんぜん)の望をなし候。

今日もはや暮て候程に。又夢を待かの者を示さばやと存候　サシ和　面白や猿子を抱(いだい)て青嶂(せいせう)の陰に隠れ。

鳥花を含んで碧巌の　上　前に隠る〻夕陽は。〱。軒端の山に入相の。鐘の聲〻告果て夜の眠を催せば。夫も拂はじ　下　煩悩の。夢待床(とこ)ぞ静なる〱　シテ上和　我天地未分の先をいかにともいざしらま弓。いはんや三災壊劫(さんさいゑかう)の時。いづちをさすや。法の門をた〻きて月下に彳(たたずむ)なり　ワキ上　夜になれば早引閉る古寺の。門をた〻くは人か松風か。琴の音もなき禅院に。いかで松風通ふべき。扨はいつもの老翁かと。松門をひらけば果然として。立たる影は月に見えて　上同　▼泪を流す志。誠しられて早蕨(さわらび)の。下　手を合せ礼拝し御僧の前に膝づく。実や昔も少林の。邊りに立し雪のうちの。芭蕉の偽はあらじと見えて哀也

クセ下　然るに宗門と申は。一超直入如來地(いちちょうじきにゅうにょらいぢ)。そのゆへをいかなれば。十界は悉く只一心のうへにあり。一念ふぢやうのたゞちには。佛も衆生もいづくにか扨有べき。是ぞ誠の空界。邪念妄に起る共。夫をも敢て拂はじ　上シテ　糸を乱せる柳は　同　緑なる色を其儘に。錦を織てふ花は又紅の色の外ぞなき。加様にさとれば只未悟(みご)の時にたがはず此未悟に至を社如来地とは申なれ▲（乱曲　徑山寺）　ワキ詞　汝すでに佛祖の骨髄に徹す。唯大方の者ならじ。いかなる者ぞ名を名乗れ　シテ　さん候此尉は日本の者にて候

ワキ　不思義やな遥に遠き日の本より。争か毎夜入唐せん　シテ　其御不審は御理り。我日域朝廷の臣下。菅丞相といはれし者也。ある逆臣の讒奏により遠流の身となる。嗔恚の焔胸(ほのをむね)にあまり。此恨をなさんと諸天に祈誓を懸しに。憐を蒙り忽に神となり。聖躬(せいきう)を請(しやう)ぜらる。誠に生ての恨死ての悦びとは成ぬれ共。三熱の苦しみ猶隙なきゆへに。夜な〱結縁申也　ワキ　不思儀や扨は神となり。通力を得て扶桑より。刹那の程に年を経て。渡る船路をこし給ふか　シテ詞　中〻なれやその昔。西天より芦の葉に。法を傳へて東漸の。下　今の例にかはらめや　上同　そも神力のうへだにも。〱。黒髪山の秋更て。夜の内に白髪のかみとはなれど今爰に。人の形を見す時は。又いにしへに帰る浪の。よるの契りや葛城の。神も恥ら

ん其かたち。誠を顕しかならず。再び漢土に至らむと。木綿付鳥の聲〻に夢は現に。帰りけり〳〵
ワキ詞 我佛法の恵命を継 下ツヨク 自己一霊の月を見る處に。東風吹かぜに梅花薫じ。松嵐頻に鳴動せり 後シテ上ツ 有難や。佛法附属の垂跡は。水波二つの隔もなく。和光のちり高く積りては。八相の山と。なりたるなり 打切上同 此度はぬさも取敢ず神祭。神幸を急ぎて出る日の本の光。曇らぬ星の名の震旦国にぞ着給ふ。一枝の梅花を捧つゝ。佛法の恩徳を報謝し給へば。草木国土皆成仏の御法の花はひらけけり ツレ上 抑是は。秦の始皇に官爵をこなはれし。老松の精霊なり 上同ノル 風渡る。〳〵。梢や法を。唱ふ覧。松むめふたつの神木は。今宵の御幸に御供申て法會の場にぞ交りける ツレ下 松樹の精霊かたちは老木のさす枝は 上同 雲をさゝへ。地にわだかまり。葉色も緑の袖を返し。ていとう〳〵と足拍子ふみならしさながら雷電のとゞろくごとくに舞遊べば。早時移り。菅相還御に趣給へば大夫の松も。かせ杖にすがりつゝ。御跡に供奉せしが又立帰り。御僧に御暇念比に申。其後東海の八重の塩路に浮つ沈みつ蹴立る波を。袖にはらひ。早本朝に。つきの都の北野の神は。皇基を守らんと〳〵誓の末社。久しけれ

【渡宋（唐）天神信仰の発生】

鎌倉・室町時代に、五山と呼ばれた京都の禅宗寺院は、儒教の研究センターでもあった。禅僧は、入宋・入明の機会が多く、当時最新の東アジア文化にふれ得る階層で、学問のみならず、外交や交易にも深くかかわっていた。また、菅原道真を祀る北野天神は、儒教・漢詩文を司る神で、中国文化に最も近いところにあった。禅宗と天神は互いに近い関係にあったのである。一方、室町幕府は禅宗に深く帰依しており、北野天満宮は幕

府の保護を受けるためにも、禅宗に近づく必要があった。禅宗にとっても、天満社の地方ネットワークを利用する事は、布教の手段として大きな魅力であったに違いない。このような両者の相互利益から生まれたのが、渡宋（唐）天神信仰であった。かくして天神信仰は、神道・仏教（観音信仰＋禅宗）・儒教を融合する信仰となった。さらに詳細に考えてみることにする。我が国の天神イメージは、始め、天つ神信仰、御霊信仰として発生し、密教と結びついていたが、中世になり仏教、なかんずく禅宗との間に神仏習合が生ずる。南北朝時代の頃、天神を神仙的にとらえた臨済宗の禅僧、或いは臨済禅に帰依した人々によって、天神イメージの基盤の上に、渡宋（唐）天神なる構想が生まれることになる。禅宗のうち曹洞宗は密教的要素を深め、神祇との習合関係を形成していったが、臨済宗とは違って渡宋天神信仰には直接関係はない。

伝衣塔（でんえとう）

完曲〈徑山寺〉のワキは、南宋の臨済禅の僧侶・無準師範（しばん）である。一一七七年、四川省に生まれ九才で出家。十九才のとき行脚の途につき、破庵祖先より法を継承した。一二二〇年、浙江省の清涼寺で開法。一二三二年、杭州の西にある徑山の興聖萬寿寺に入り仏鑑禅師と尊ばれた禅僧である。南宋では、禅寺の住持は官が任命していた。徑山寺は、中国浙江省杭州（臨安府）西湖の西北郊外約三十キロ（杭州市余杭区徑山鎮）にあり、唐代に建てられた禅寺。付近に双渓漂流、山溝溝（さんこうこう）などがあり風光明媚で知られる。良渚文化遺跡などもあり、古くから「魚米之地、花果之地」と呼ばれ美しいリゾート地であった。徑山は南宋時代、臨安、明州に存在する五山十刹（徑山、霊隠、天童、浄慈、育王）のうち、トップの学問所であった。最盛期には、何万体もの仏像をもち、参禅する者も多かった。無準は入山後、一二四九年に七十三才で没するまで、二十年以上徑山寺にあり、この間、彼の法門はますます栄えた。

彼の弟子には、雲巌祖欽（建長寺初代住持）、蘭渓道隆（同じく開祖）、無学祖元（円覚寺開祖）などがいる。鎌倉時代、渡来僧の多くは徑山寺で禅を学んだ者たちであった。また南宋末の五十年間に数十人に及ぶ日本僧が徑山寺に留学し、臨済禅の文化を伝えた。「徑山の茶宴」は広く知られており、日本の茶道の起源ともなっている。円爾・弁円なども入宋し、臨済の法を嗣ぐ。禅宗では師の印可をうけると、法脈を伝えた証明として、師匠の肖像画と僧衣が授けられる。禅宗が流行するとさかんに頂相が描かれ、これが肖像画の発展を促した。入宋した日本の禅僧も宋の禅の法脈を伝え、師の肖像画を多く持ち帰った。京都の東福寺が蔵する無準師範の像は、同寺開山の弁円が杭州徑山で師事していたとき画工に画かせ、師範に題賛を請いもち帰ったものである。鎌倉の円覚寺や建長寺は、いずれも徑山萬寿寺の伽藍の配列を模倣して配置したと云われている。創建時の諸堂は戦乱で失われ、現在は江戸時代の建築物であるが、伽藍の配置は当時のものに近い。

円覚寺では、徑山萬寿寺伝来の、無学祖元の法衣が十一月三日頃公開されている。南宋の無準禅師は、我が国臨済宗の祖として有名な存在であり、禅語あるいは禅問答に数々の事績を残している。

その頃、不思議な伝説が発生した。仁治二年（一二四一）八月十八日未明、京都東福寺の開山、聖一国師（一説では大宰府横岳の崇福寺）の夢枕に北野天神が現れ、禅を問うた。国師は無準に参禅することを薦めたところ、天神はその夜のうちに宋に渡ったというのである。

中国杭州臨安府徑山興聖萬寿禅寺にあった無準禅師は、ある朝、丈室庭上に一叢の茆草を見つけた。昨夕はなかったのにと怪しんでいると、一枝の梅花を捧げた神人が現れた。禅師が誰かと問うと答えず、庭の茆草を指さし、禅師の前に梅花を呈し、跪（ひざまず）いて一首の歌を詠じた。

　から衣をらできた野の神なれば
　　袖にもちたる梅にてもしれ

茆は菅のことを意味し、扶桑（日本）の菅神（菅原道真）だと知った。菅神はたちまち禅師が説く禅の哲理を知り、悟りを開くことになる。無準は参禅と悟りの証拠に、梅花紋の法衣と偈（げ）を菅神に与えると、天神は次の偈を献じたという。

　手裡梅花頂上嚢　不離安楽現南方
　徑山衣法親伝授　何用時々仰彼蒼

室町時代になると、花山院長親は、この時の天神の姿を、床の間の画軸に描いた。北野天神が、梅枝をもち無準より受けた衣を着た中国姿である。長親は、南朝の内大臣で、歌人として優れる一方、文章博士でもあり、漢籍に通じ、詩も巧みで多くの著作があり、晩年に禅学も極めた人物であった。

一二七一年十月十五日、筑紫承天禅寺の鉄牛円心上人（てつぎゅうえんしんしょうにん）（聖一国師の弟子）の丈室に、天神が降臨し、衣を鉄牛に祀らせ空に去ったということがあった。法衣は、のちに太宰府市太宰府天満宮前を流れる藍染川河畔崖上の伝衣塔に納められた。このとき創建された寺が、近くの光明禅寺と伝える。

ツレの老松の精は、大宰府の飛梅と追松の伝説を添えたのであろう。松と梅は中国文人の神仙的神秘的道教的趣味で、日本の知識人にうけつがれたものとされていて、松梅は菅原道真の神性を高める手段に用いられている。

要は、渡宋（唐）天神信仰は、天満宮と臨済禅が作り上げた奇抜な信仰ということになろう。

現在経政（げんざいつねまさ）

謡物〈現在経政〉は喜多流の曲舞である。観世・宝生流にはない。

完曲名は〈御室経正〉、または〈今生経政〉と呼ぶ。平経政は、仁和寺（御室御所）の覚性法親王（鳥羽天皇第五子）の稚児であった。「平家都落ちに際し、賜っていた琵琶「青山」を返還するため御室御所に参上したのち、城南宮の西、桂川に泊まっていると、僧行慶が経政を訪ねて来て惜別の宴を催す」という完曲〈御室経正〉の一節である。

底本には『版本番外謡曲集三百番本』〈御室経正〉（一六八六年頃の写本）を用いた。短編。現行曲〈経政〉と似た曲趣であるが、構成ははるかに劣る。そのため曲舞だけが残った。作者は〈経政〉と同様不明。舞は延年舞であろうか。文体や用語から、それほど古い作品ではないようである。

作者／不詳　典拠／平家物語に依って創作　所／（前段）御室御所（後段）桂川の畔
季節／秋　能柄／現在能
シテ／但馬守（たじま）平経正　ワキ／大納言僧都　行慶

【詞章】〈御室経正〉

ワキ詞 是は仁和寺御室の御所に仕へ申。大納言の僧都行慶にて候。扨も但馬守経正は。幼少より此御所に御座候。然者此度平家西海へ趣たまひ候。定て経正も御供なきことは候まじ。左様に候はゞ御暇乞の為に御出有べく候間。御出にて候はゞ。某に申つげと申付ばやと存候　シテ 経正が出仕つかまつりたると御申候へ　ワキ 此方へ御出候へ。扨唯今は何の為の御出にて候ぞ　シテ 只今参事余の儀にあらず。此度平家西海へおもむきたまふ。経正も御供申候。又預け下さるゝ青山の御びは。田舎の塵にまじへむ事。餘に口おしく候程に。唯今返し進上申候　ワキカヽル 行慶御びは取つぎ申。頓て此由申上れば　上哥同 君も此由聞召。〳〵経正御前に参れとの。御對面は忝なし。感涙をもよほして暇申て経正は。御前を立て出ければ。君もあはれと思召て。恋慕餞別の御泪をながし給ひけり　シテ上 我も涙にくれ竹の　同 〳〵住あかざりし宮の内に。帰らん事も片糸のよるべなき身の行衛。実や浮世の嵯峨の山。嵐の風も音寒き。霞む涙の夕月夜桂川にも着にけり〳〵　ワキ詞 如何に誰か有。経正は何く迠御出有ぞ　トモ 桂川に御座候由を申候　ワキ さあらば御肴を用意申候へ。御暇乞の為に参らふずるにて候　シテ 何僧都の御出と申か。あら思ひよらずや。こなたへと申候へ。さて只今は何の為の御出にて候ぞ　ワキ 唯今参る事余の義にあらず。西海ご遊に御座候へば。御暇乞の為に参て候。御盃をまいらせ候へ　上歌同 聽て餞別の御酒ひとつ。〳〵すゝめ申さんと御酌に。立やから衣。しほるゝ袖にあまれる。涙ながらも酒宴をこそははじめけれ　クリ同　先恩愛離別の道。さま〴〵なりといへども。師弟戀慕の別に。下　しくはなし

サシ ▼前途程遠し。思ひをがん山の　同　夕の雲にはつすたましゐを。せんやうせんりの月にいたましむ。

クセ下　心づくしのたびの道。是や此北野の神の御詠にも。其かみや家をはなれて三四月　上　落るなみだははくせんかう　同　萬事は皆夢と。さむる夜の月の都。古郷は淺茅が原の。秋風にみながら。草や苅てたえなん▲（曲舞　現在経正）

ワキ　いかに経正に申候　シテ　何事にて候ぞ　ワキ　何とやらん事永ゝ敷申事にて候へ共。いつぞや法住寺殿にて御賀の舞のおもざし。今に忘れがたふ候。一さし舞て御見せ候へ　シテ　畏て候。上　其かんやう宮の責鼓　地　げいしやう羽衣の曲をや。破るらん　マイ上同　名殘は更に盡ずまじ。〳〵さらばと云て。言の葉の。哀也　ワキ下　老木若木も山櫻。をくれ先立花は殘らじと。僧都は袂にすがり給へば　下シテ　旅衣　同　〳〵。よな〳〵袖を片敷て。思へば我は遠く行なんとたがひによめる。うたかたの。哀やよそめも泪と共に。経正西海に下り給へば涙と共に。僧都は見送てなく〳〵御室に帰りけり

（括弧内傍線部分は筆者挿入）

【延年舞】

曲の前段・仁和寺は大内山（おおうちやま）を背景に、南に双（ならび）ガ丘を控えた景勝地にある。京都市右京区御室大内町。宇多天皇を開山とする真言宗御室派の本山で門跡寺院。ここで多くの上皇や親王が落飾（らくしょく）されたので御所とも呼ばれている。広々とした境内に立つ金堂や御影堂、法親王の御座所は皇居から移した格調高い殿舎で、美しい白砂山

水の庭園を今に伝えている。霊明殿には歴代の門跡の位牌を祀る。

仁和二年（八八六）光孝天皇の勅願により着工、仁和四年（八八八）落成。創立の年号によって寺号が仁和寺とつけられた。宇多天皇は落飾後入寺し、御座所である御室を設けたため御室御所、仁和寺門跡とも称された。明治まで千年にわたり法親王が住持となり門跡寺院の筆頭であった。

仁和寺は中世に盛んだった延年能で知られている。ここで延年舞について若干述べることとする。「延年舞」は単に「延年」ともいう。

六世紀中頃の仏教伝来以来、中国大陸から外来楽がもたらされ、七世紀（奈良時代）には、伎楽・散楽・舞楽が最盛期を迎えた。平安中期から鎌倉室町時代になると、民間芸能の中に猿楽と田楽が台頭し、寺社の保護のもと祭礼に奉仕していたが、世上の人気と新たな支配階級の支持を得て、日本独自の田楽能という仮面劇が形成された。

貞永元年（一二三二）頃にかけて、有名な寺社では法会の後や貴賓の宴などに、僧侶・稚児たちが遊芸の歌舞を催し、これを延年舞と呼んだ。今の芸能大会のようなもので、遐齢延年（いのちの洗濯、長寿）に効能があるとされた。延年の名はこれから来たものである。当時盛大に行われていた寺は、多武峯の妙楽寺、興福寺、東大寺、法隆寺、薬師寺，醍醐寺、園城寺、平等院など大和・京都の諸大寺をはじめ、地方では箱根権現，毛

仁和寺　霊明殿

越寺、輪王寺、厳島権現、筑前宗像神社などで開催されたことが知られている。今日では、毛越寺、輪王寺、厳島神社、白山神社、箱根神社などに、かろうじて、その形態をうかがわせる資料が残っている。

延年は童舞(とうぶ)・白拍子舞(しらびょうしまい)・乱舞(らんぶ)などの芸能のほか、開口(かいこう)・当弁(とうべん)・連事(れんじ)など言葉の機知を競う言立芸(いいたてげい)など多彩な演目であり、「延年」の演目は決まった形式を持つ芸能ではなく、それぞれの寺社で即興的に行われたものであったらしい。舞楽のように古典的な形式を持つものから裸踊りのようなものまであった。元々この舞歌は僧による素人芸であったが、そのなかのプロ的存在が遊僧(ゆうそう)であって、各地の遊宴にも出席し、また猿にすこしも異ならぬというので「猿坊官(さるぼうかん)」ともいわれた。遊僧は歌舞や寸劇的な猿楽芸を伝え、本場の奈良から京都にも出張し演じたりしていた。

遊僧のほか若音児(わかねじ)（歌舞管絃の才芸をもった稚児(ちご)）も延年の演者をつとめた。日本の古代には神は幼い童子に憑(ひょう)依(い)してあらわれるという観念があり、稚児のかん高い稚児声と容姿の美しさが好まれた。経正は覚性法親王に仕える仁和寺の稚児の一人で、僧行慶は指導者であった。鎌倉時代以後になると、武家の小姓として稚児を用いる風ができ、文芸作品に僧や武士との男色を扱った児物語があらわれる。しかし平安末期までは、稚児による男色の風習はなかったと思われる。

十三世紀前期の寸劇的猿楽に比べ、延年のうちに育った劇的形態に近い猿楽を延年能という。延年能には風流(ふりゅう)と連事(れんじ)とがあった。風流には大風流と小風流があって、大規模な舞台装置と劇的構成、さらに走り(はし)といわれる敏捷な動作が加わる。多武峯延年の大風流の演目は、現在の能の主題につながる「西王母事〈西王母〉」「周武王船入白魚事〈玉島〉」「蘇武鴈事〈卒都婆流〉」「干珠満珠両顆事〈香椎〉」「蚩尤事〈自然居士〉」などが見える。「多武峯妙楽寺」の延年は開口・風流・大風流で構成されていた。

風流は十三世紀半ばに形を整え、後の猿楽などの芸能の形成に深い影響を与えた。連事（訓はよくわからないが、ツラネ或いはツラネサルガクと呼ぶこともあるらしい）は対話と歌舞（白拍子）で観客を夢幻境に誘う芸能であったようである。細かいことは分からないが、鎌倉以降、能へと進歩するもととなったとされている。連事猿楽が盛んになると風流は次第に衰え、滑稽な物真似芸の部分は咲（おかし）・狂言、狂言へと姿を変えた。この頃、専業の新しい形態の猿楽芸となり、連事はちょうど後の能と同じ位置を占めるようになる。猿楽座が生まれたのもこの頃である。藤原明衡（あきひら）は『新猿楽記』に、十一世紀に平安京で栄えた寸劇的猿楽は、平安京の衰退、武家政権の成立とともに、次第に衰えたと述べている。鎌倉期にはいると、延年芸は風流猿楽と延年能に変化し、衰弱していった。「〈安宅〉の小書に〈延年之舞〉がある。シテ・弁慶が舞う男舞の一部分を特別の譜に代えたものである。舞の動きも変化し、シテは掛け声をかけ特殊な仕草をする。これらは僧徒舞踊であった延年の手法をかたどったものといわれている。宝生流の〈延年之舞〉は最も変化に富み、歌舞伎の「勧進帳」にも取り入れられたようである。」（横道萬里雄氏『世界大百科事典』四巻・平凡社）

次に、元文四年（一七三九）を限りに滅んでしまった奈良興福寺の延年の演目次第を掲げ、「延年」という芸能の、おおよその仕組みと内容を見てみる。

「奈良興福寺延年」

一番　寄樂（よせがく）舞楽―（喜春楽）

二番　振鉾（えんぶ）―舞楽

三番　舞催（ぶもようし）―稚児舞

四番　僉議（せんぎ）―雄弁術
五番　披露（ひろう）―中網
六番　開口（かいこう）―雄弁術
七番　床払（とこはらい）
八番　間駈者（あいかけもの）
九番　掛駈者（かかりかけもの）
一〇番　連事（つらね）―雄弁術
一一番　糸綸（いちより）―稚児舞
一二番　遊僧（ゆそう）―専門の芸能僧
一三番　風流（ふりゅう）
一四番　相（あい）乱拍子―稚児舞
一五番　遊僧―専門の芸能僧
一六番　火掛（ひがかり）
一七番　白拍子―稚児舞
一八番　当弁（とうのべん）―雄弁術
一九番　遊僧―専門の芸能僧
二〇番　答弁―雄弁術
二一番　大風流―散楽（長慶子）

前の部分は先行の宮廷芸能（舞楽）の様式をモンタージュし、さらに、その時々の芸能を組み合わせた芸尽物（稚児舞や僧侶の芸能あるいは催馬楽のような言立芸）を挿入している。

一九八三年頃、鎌倉時代に行われていて、今は行われていない「箱根延年」の資料が発見された。原本はすでに無いが、箱根神社の奥深く、江戸時代末期の木版本『新編相模風土記稿』のなかに残されていた。これをもとに、平成十八年、名古屋大学・阿倍美香氏により訓読、濁音記号、振り仮名、句読点、カギ印その他が加えられ、読みやすい明朝体にかきあげられた。

筆者は箱根神社の御好意で「箱根延年」の楽譜全文と翻刻資料を入手することができた。箱根権現創建の経緯、開山万願（まんがん）上人のこと、さらに延年寿福の謡からなっている。詞章と構成は舞楽や能に近い形式を持ち、しかも古い修験道の信仰に基づく芸であった、奈良時代に大和の社寺で行われた延年よりも三世紀ほど後の作品であるが、延年としてはかなり洗練されたもので、舞楽との交流もあり、上演に長時間が必要だったようである。源頼朝も武将たちと箱根権現で延年の舞を楽しんだと『吾妻鏡』にある。「箱根延年」の原文は仮名混りの漢文で書かれているので、訳文を紹介する。

『延年楽譜』

（序文）

夫（そ）れ、当山の体（てい）たらく、後ろに雄（お）山峨（が）々とそびえ、風は実相の華を散らし、前に霊湖曼々と湛えて、波は真如の月を熒（かがや）かす。誠にこれ、仏法繁盛の正教、神明擁護（おうご）の霊場なり。然れば則ち、草創の医王を尋ぬれば、聖武天皇の御宇、吉備大臣はじめて建立す。中古を訪（とぶ）らはば、孝謙の明主の御代、万願上人のなすよりこのかた、扶桑の聖例、百済権現の徳例、いよいよ速やかに備はり、後には喜悦甚だ深かりき。
ここに、聊か思い出づることの候ふ。あの、名詮自性と申す事の候ひて、一切の物の名、付けかえたる事の候ふ。それにとりて、寺は「東福寺」と書きて候ふ。聊か愚推を及ぼし候ふ。その故は、本尊は則ち東土の教主・医王権現、また関東守護の善神にておわしまし候ふ間、「ひんがしさいはいでら（東福寺）」とは、もつとも云われて候ふ。当山を「筥根山」と申し候ふ事は、いかさまなる子細にて候ふや。不審に覚えて候ふ。おのおの存ぜられて候ふや。

（次、同相償）

左方なんぢやふ、さる事の候ふ。それ、吾が山は、忝くも
「池水清浄浮月影　如意清潔来三体　三身同供住此山　結縁有情同利益」
（池水清浄にして月影を浮かべり。如意清潔にして三体来たれり。三身同じくともにこの山に住し、結縁の有情を同じく利益す。）
霊夢の告げをもつて、三所の社壇排きてよりこのかた、霊験あらたにして利生甚だ深し。かかる真幅にて、左様の狂言を仰せられ候ふか。

（筥根尋之諒）

右方我れ聞けり。万巻菩薩、襁褓の日より口に葷腥を嫌ひ、匍匐の初めより身に錦綉を辞す。弁李の年に親の懐より出で、弁竹の齢に一師に随ひて、さしう満髪を削り、諸州を斗藪し、霊堀を順礼す。天平寶字

のころ、当山に至り攀登し、錬行劣る事なし。ここに、異人託請し、たちまち浮石の思ひを断ち、梵宮をつくり霊廟を飾る。建立の年久しくして、疑がふらくは誰れか問はん。これ、今年には答へて、必ず感応を垂れ給ふのみ。敬ってもうす。

左方に付南無本願上人、来臨影向し給ふらん。

「ここに上人出できたり、諸衆尊踞す。」

右方我れはこれ、当山建立の師なり。汝らの帰敬により、今出現す。

（同じく、有償）

左方別の子細候はず。当山を「筥根山」と申し候ふ事は、いかやうの子細候らはんと、尋ばやと存じ候ふ。

（同じく、上人発願（言））

右方それ吾が山を「筥根」と云ふ事は、かたがた深き謂われのあるなり。

重嶺は右にそびえ、その形は筥に似たり。意趣の池はその威を湛ふること鏡の如し。そもそも、筥はこれ梵篋を表し、尋常にしてすでに華薫の譲りあり。池は則ち心鏡を示し、感応利生は月光に添へたり。最も渓雪と云ひ、寓容と云ひ、更に余の山に越へたり。これ則ち、文殊の霊場なるが故に、薩埵の持物を約して「筥」と云ふ。

利生の根源なるが故に、願書をさして「根」と云ふ。もつとも喜悦すべし〳〵。

成就を運ぶこと、貴賤参詣することは道俗に至るまで、七珍万宝、心に任せたり。万歳の齢を延ぶる、思ひの如くなすことは、何の疑ひあらんや。

（次、謡五所）

奇岸は四方に連なるに付けて、霊光は池に湛え、玉泉の塵納まりて、珠簾露を払ひ、松燸は年開けたり。中宮を拝すれば、神明擁護の眸は日よりも明らけく、月よりも暉けり。仏法、人法、繁昌の砌、何ぞ和光の利益、これに並ぶべき。その名を「筥根」と云ふ事、文殊の般若の篋ならば、真如実相の知恵を収むなるべし。さらば則ち、随類応同の祈念に答ふるに付けて、和尚よりはじめて一山の僧侶、参詣の諸人、福禄身に余りて、めでたかりければ、蓬莱王母の家、東方朔の旧宅、壺公仙、費長房の万仙の術と、今この筥を納め置きたるは、東公がにくからん毛挙、（以下、欠文か？）

それその身、それ我が山、と申すに付け、法灯光輝き、紫雲同じく覆へり。三密修行の窓の内には、真理の玉を貫き、一乗弘道の床の上には、法界一如の空晴れたり。然れば、これを思ふに、瑜伽の真身、円宗の三身、その名異なりといえども、その体全一にして、百界千如なり。三世世間、等流の身体なれば、森羅の万法、一身の上には幻、心もまた幻なり。ただこれ一如の理にして、三所の神同じく和光の塵にまじわり、守らせ給ふ故なれば、利益の方便を廻らし、有縁の利益を顕はし、名誉の体に思ひ、一切衆生を悉く漏らし捨つることなし。妙用の一心を、「筥根」と名づくなりけりや。（阿倍美香氏による）

（箱根神社禰宜　柘植英満氏の好意によることを申し述べる）

仕舞謡　護法（ごほう）

熊野の山伏は、陸奥名取（みちのくなとり）に熊野権現を勧請し、熊野信仰を広めている老いた比丘尼のもとに、熊野の神木「ナギ」の葉を届ける。葉には熊野権現の和歌があった。一場物古作能。別名を〈名取（なとり）〉〈名取嫗（おうな）〉〈名取老女〉〈護王〉〈護応〉〈娯王〉〈名取奥州〉などとも呼ぶ。宝生流の伝承曲であったが、明治以降の公定謡本の改定で外された演目。終結部が仕舞謡として残った。

典拠は『新古今和歌集』巻十九 神祇歌。陸奥の女が熊野へ三年間参詣しようと願を立てたが、熊野路は大層苦しかったので、あとの二度はどうしたものか嘆きつつ、熊野の神前に伏していたとき夢に見た歌「道遠しほどもはるかに隔たれり思ひおこせよ我も忘れじ」である。長旅の苦に耐え熊野に至った人へのいたわりの情味が溢れている。『袋草紙』の歌は、陸奥から毎年参詣していた女が年老いて夢に見た歌「道遠し年もやうやう老ひにけり思ひおこせよ我も忘れじ」で、情念は更に豊かである。異曲が多く、復曲もある。

底本には詞章が現行の乱曲に近い、『宝生流寛政十一年版本』と『上杉家旧蔵下掛リ番外謡本』五十七〈護法〉を採用。十五、六世紀には人気があった曲である。詞章に優れ、運びも良く出来ているが廃曲になったのは残念である。「ワキノカタリ」は『福王流ワキ方江崎家伝来本』。

作者／世阿弥　典拠／新古今和歌集・袋草紙（藤原清輔）　所／奥州 名取川のほとり
季節／春　能柄／四・五番目
シテ／名取の老女　前ツレ／供の者　ワキ／三熊野の客僧　後ツレ／護法善神

【詞章】〈護法〉—『宝生流寛政十一年版本』

次第ツヨク　山また山の行末や〳〵雲路のしるべなるらむ　ワキ詞　是は本山三熊野の客僧にて候。我此度松嶋ひらいずみへの心ざし有により。御暇請(ごい)の為に本宮(ぐう)證誠殿(じやうでん)に通夜申て候へば。あらたに霊夢を蒙りて候程に。唯今陸奥名取の里へと急候　道行　雲水の行へも遠き東路に。〳〵。けふ思ひ立旅衣。袖の篠懸露むすぶ草の枕のよな〳〵に。假寝の夢をみちのくの。名とりの里に着にけり〳〵
一セイ二人ヨワク　いづくにも。あがめば神も屋どり木の。御かげをたのむ。心かな　サシ老女　是は陸奥に名取の老女(らうじよ)とて。年久しき巫(かんなぎ)にて候。われいとけなかりし時よりも。他生の縁もやつもりけん。二人　神に頼みをかけまくも。かたじけなくも程遠き。彼三熊野の御神(おんがみ)に仕ふる心淺からず。身はさくさめのとしまうで（年詣）。遠きも近き。頼みかな　シテ下　されども次第に年老て。遠きあゆみもかなはねば。彼三熊野を勧請申し。こゝをさながらきの國の。下哥二人　むろの郡やおとなしの。かはらぬちかひぞとたのむ心ぞ真なる　上哥　爰は名を得て陸奥の。〳〵。名取の川の河上を。音無川と名付つゝ。なぎの葉もりの神こゝに證誠殿とあがめつゝ。年まうで日詣に。歩みを運ぶ處女子が。としもふりぬる宮柱立居隙なき宮仕(みやづかへ)かな〳〵　ワキ詞　いかに是成人に尋申べき事の候　ツレ詞　何事(ごと)にて候ぞ　ワキ　承及たる名取の老女と申候は。此御事にて御座候か　ツレ　さん候是こそ名取の老女にて御座候へ。何の為に御尋候ぞ

ワキ 是は三熊野より出たる客僧にて候が。老女の御目にかゝりて申度事の候 ツレ 暫御待候へ。其由申さうずるにて候。いかに申候。是に三熊野より御出候山伏の御座候が。御目に懸り度由仰られ候 シテ詞 荒思ひよらずや。此方へと申候へ ツレ 畏て候。客僧此方へ御出候へ シテ 御熊野よりの客僧はいずくに御入候ぞ ワキ 是に候。なにとやらん卒忽なる様に思召候はんずれども。靈夢のやうを申さん為に是迠参りて候。▼扨も我此度松嶋ひらいずみへの志し有により。御暇乞の為に本宮證誠殿に通夜申て候へば。あらたに霊夢を蒙りて候。汝奥へ下らば言傳すべし。陸奥名取のさとに。なとりの老女とて年久しき巫(かんなぎ)あり。彼者若くさかむ成し時は年詣せしか共。今は年おい行歩(ぶ)もかなはねば参る事もなし。ゆかしく社おもへ。是成ものを慥に届よとあらたに承り。夢覺て枕をみれば。なぎの葉に虫喰(ぐい)の御哥あり。有難く思ひ是迠はるゞ持て参りて候。▲（ワキノカタリ） 是ゝ御覧候へ シテ 有がたし共中ゝに。えぞいはしろの結び松。下 つゆの命のながらへて。かゝる奇特をおがむ事の有難さよ。詞 老眼にて虫ぐいの文字さだかならず。其にてたからかに遊ばされ候へ ワキ詞 さらばよみて聞せ申候べし。何ゝ虫喰の御哥は。道遠し年も漸ゝ老にけり。おもひおこせよ我も忘れじ シテ上 何なふ道とほし。下 年もやう〱おいにけり。思ひおこせよ。われもわすれじ ワキ詞 実ゞ御感涙尤にて候去ながら。二世の願望顯れて御うらやましう社候へ シテ詞 仰の如くか程迠。うけられ申神慮なれば。崇(あが)めても猶有がたき。上カヽル 二世の願や三のお山を ワキ うつしていはふ神なれば シテ こゝも熊野のいはだ川 ワキ 深き心のおく迠も シテ 受られ申神慮とて ワキ 思ひおこせよ シテ 我も忘れじとは 上同 有難や〱。實や末世といひながら。神の誓ひはうたがひもなぎのはに。見る神(かみ)哥は有がたや シテ詞 いかに客僧へ申候。此所に三熊野を勧請申て候御参候へかし ワキ詞 やがて御供申候べし シテ 此方へ御入候へ。御覧候へ此御(ご)

山の有様。何となく本宮に似参らせ候程に。是をば本宮證誠殿とあがめ申候。またあれに野原の見えて候をば。あすかの里新宮と申候。又こなたに三重に滝の落候をば。上カヽル 名にし負ひれう 下 権現のおはします。那智のお山とこそ崇め申候へ 上クリ地 夫勧請の神所國家において其數有といへども。取分當社の御来歴。りよじんを以てもつぱらとせり シテサシ もとは摩伽陀國のあるじとして 同 御代を治め國家を守り。大悲の海ふかうして。萬民無縁の御影をうけて。日月の波しづかなり シテ下 しかりとは申せども。地 猶も和光の御結縁。あまねきあめのあし引の。やまとしまねにうつりまして。此秋津國となし給ふ クセ 所は紀の國や。むろの郡に宮ゐして。行人征馬のあゆみをはこぶ心ざし。直なる道と成しより。四海なみ静にて八天塵おさまれり。中にも本宮や。證誠殿と申は。本地彌陀にてましまさば。十方界に示現して光り遍き御ちかひ。頼むべし〳〵や。ほどもはるけき陸奥の。東の國のおくよりも。南のはてに歩みして。終には西方の。臺になどか座せざらん シテ上 大悲擁護の霞は 同 熊野山の嶺に棚びき。靈験無双の神明はおとなし川の河風の。聲は万歳が峯の松の。千とせの坂既に。むそぢに至る陸奥の。名とりの老女かくばかり。受られ申神慮。げに信あれば徳ありや。有がたしありがたきつげぞめでたかりける ワキ いかに老女へ申候。か程めでたき神慮にて御座候に。臨時の幣帛を捧げて。神慮をすゞしめ御申候へ シテ 心得申候。上カヽルツヨク いざ〳〵臨時の幣帛をさゝげ。神慮をすゞしめ申さんと ワキ あまの羽袖や白木綿ばな シテ 神前に捧げもろ共に 上 謹上再拝。仰願くはさをしかの。八つの御耳を振立て。利生の翅をならべ。苦界の空に翔りては。一天泰平國土安全諸人快樂。福壽圓満の恵みを遍くほどこし給へや。南無三所權現護法善神 早笛打上シテ上カヽル 不思議やな老女が捧るへいはくの上に。けしたる人の虚空にかけり。老女がかうべをなで給ふは。いかなる人にてましますぞ 護法 事もおろかや権現の御つかひ護法善神よ　シテ　何権現の御つかひ護法善(ぜん)神とや　護法　中〻の事　シテ　有難や。まのあたり成御さくかう　同　神はきねが習をうけ　護法　人は神の徳をしるべとして　上同　まゐりのだうには　護法　むかひごほうのせんだちとなり　地　偖又下向の道に帰れば　護法　國〻迠も。中　おくりごほうの　打上上同　さいなんを去つゝ悪魔を払ふおくり迎ひの。ごほう善神なり　打上上　夫我國は小國成と申せ共。〱。太神光りを。指おろし給ふ。そのほこのしたゞりに。大日の文字。顕れ給ひしより。大日の本國と号して胎金両部の密教(みつけふ)たり　護法下ツヨク　▼然るに本よりも　下同　〱。日本第一だいりやうげんゆや三所(さんじょ)。権現と顕れて衆生済度の方便をたくはへて。發身の門(かど)を出て。いはだ川の波をわけて。煩(ぼん)悩のあかをすゝげば水のまに〱道をつけて。あやうきかけぢの苔をはしればしたにも行や。あし早舩(ぶね)の。波のうちがいみなれざをくだればさし上(のぼ)れば引(ひく)。つなでも三葉柏(ばがしわ)にかく神託の道は遠し。年は古ぬる名取の老女が。子孫に至るまで。二世の願望三世の所望。皆こと〴〵願成就の。神託あらたに告しらせて。神託あらたにつげしらせて護(ご)法はあがらせ給ひけり▲（仕舞謡　護法）

（括弧内傍線部分は筆者挿入）

【詞章】〈護法名取トモ〉――『上杉家旧蔵下掛り番外謡本』五十七

わき詞　かやうに候ものは。本山三熊野の住僧にて候。われこのたび松嶋平泉一見の心ざし有により。御いとま乞のために本宮せうしやうでんに通夜申て候へば。あらたなる霊夢をかうふりて候。汝おくへくだらは言傳すへし。みちのく名取の里に名取の老女とて。年久しきかんなぎ有。かの者わかくさかん成しときは年詣をしか共。今は年たけ行歩もかなはねばまいる事もなし。ゆかしくこそ思へ。是なるものを届よと承夢覚てまくらをみれば。なぎの葉に虫くひのうた有。是をもちてたゞ今みちのくへと急候。上 雲水のゆくえもとをきあづまぢに。〳〵けふ思ひたつたび衣。袖のすゞかけ露むすぶ草のまくらのよな〳〵に。かりねのゆめをみちのくの。名取の里に着にけり〳〵 しかく立衆一せい いづくにも。して あがめば神はやどり木の。みかげを頼む。心かな さし 是はみちのくに名取の老女とて。年久しきかんなぎにて候。我いとけなかりし時よりも。他生の縁もやつもりけん。神にたのみをかけまくも。かたじけなくもほどとおき。かのみくまのゝ御神につかふる心浅からず。身はさくさめの年詣。遠きもちかき。たのみかな。下 され共次第に年老て。とをき歩もかなはねば 立衆下 かの御熊野をくはんしやう申。こゝをさながら紀国のむろの郡やをとなしの。かはらぬ誓ぞたのむ心ぞまことなる。上 爰は名をえてみちのくの。〳〵名取の川の河上を。音なし河と名付つゝ。梛の葉守のかみ爰にせうしやうでんとあがめつゝ。年詣日詣に。歩を運ぶ乙女子が。して 年もふりぬる宮柱立井ひまなき宮路かな〳〵 わき 是なる人に尋申へき事の候 つれ 何事にて候ぞ (わき) 承及たる名取の老女と申御方は此御事にて御座候か (つれ) さん候是こそ名取の老女にて候へ。何のため御たづね候そ (わき) 是は御熊野より出たる客僧にて候か。老女の御目にかゝり候て申度事の候 (つれ) 暫御まち候へ。其由を申さうするにて候。いかに老女へ申候是に三熊野よりの山卧の御座候が。御目にかかり度由を仰られ候 老女 あら思ひよらずや此方へと仰候へ つれ 客僧此方へ御出候へ (老) 御熊野よりの客僧はいづくに御いり候ぞ わき 是に候。何とや覧そ忽なるやうに思召候んずれ共。霊夢のやうを申さん為に是迄参て候。さても這たび松嶋平泉の心さし有により。御暇乞のために本宮證城殿に通夜申て候へば。新なる霊夢をかうふりて候。汝おくへ下らば言傳すへし。みちのく名とりの里に名取の老女て。年久しきかんなぎ有。かれ若くさかん成しときは年詣せしか共。今は年たけ行歩もかなはねばまいる事もなし。床しくこそ思へ。是なるものを慥に届よとあらたに承て夢さめ枕をみれば。梛の葉に虫食の御うた有。有難く思ひ是迠はる〴〵参りて候。是〻御覧候へ

老　有固しとも中〳〵に。えぞ岩代の結松。　下　露のいのちのながらへて。か丶るきどくを拝む事の有がたさよ。老眼にて虫食の文字さだかならす。其にてたからかにあそばされ候へ　(わき)さらばよみて聞せ候べし。何〻虫食の御うたは。みちとをし年もやう〳〵老にけり。思ひをこせよわれも忘れし　(老)何なふみちとをし。年もやう〳〵おひにけり。思ひをこせよ。我もわすれじ　(わき)実〻御感涙尤にて候。去乍二世の願望顕て。御うら山しうこそ候へ　(老)仰のことくか程迠。うけられ申神慮なれは。あがめても猶有がたき　(わき)二世の願や三の御山を。移していはふ神なれば　(老)爰も熊野の岩田河　(わき)ふかき心の奥迠も。受られ申神慮とて　(老)思ひをこせよわれも忘れじとは　同　有がたや〳〵。げにや末世と云なから。神の誓はうたがひも梛の葉に見る。神哥は有りがたや　老　いかに客僧に申候。此處に三熊野を勧請申て候御まいり候へ　(わき)やがて御供申候へし　(老)御らん候へ此山の分野。何となく本宮に丶て候ほどに。證城殿とあがめ申候。又あれに野原の見えて候をば。あすかのさと新宮と申候。又此方に見へる瀧の落口をば。名にしおふ飛滝権現のおはします。那智の御山とこそあがめ申候へ　同上　夫くはんしやうの神處国家にをひても数有といへども。とりわき当社の御来歴諸神をもつて専らとせり

さし　本は摩褐陀国の主として　同　御代を治め国土を守り。大悲の海ふかうして。万民無縁のみかげを受く。日月の波閑なり　老下　然りとは申せども　同　猶も和光の御結縁。周きあめの足曳の大和嶋ねに移りまして。此秋津神と来給ふ。曲下　所は紀国やむろの郡に宮ゐして。行人征馬の歩を運ふ心ざし。すぐなるやと成しより。四海波閑にて。はつてんちり治れり。中にも本宮や證城殿と申は本地みだにてまし

ますば。十方界に示現して。光周き御誓。たのむべし〳〵や。ほどもはるけき陸奥の。ひがしの国の奥よりも。南の路に歩して。終には西方の臺になどか座せざらん　上　大悲おうごの霧は　同　熊野山の峰に棚引。霊験無双の神明は。をとなし川の河風の。こゑははんせいかみねの松の。千年のさかすでに。六十に至るみちのくの。名とりの老女かく斗。受られ申神慮。実信あれば徳有や。有がたし有がたき告げぞめでたかりける　わき　老女へ申候。か程目出度神慮にて候ほどに。臨時の幣帛をさゝげ。神慮をすゞしめ御申あれと存候　(老)　実〻さらば臨時のへいはくを捧て。神慮をすゞしめまいらせうずるにて候。いで〳〵臨時のへいはくをさゝげ。神慮をすゞしめ申さんと　わき　あまのは袖やしらゆふはな　(老)　神前にさゝげもろともに。謹上再拝。下　仰願はくばさをしかの八の御耳を振立て。利生の翅を双へ。くかいのそらにかけりては。一天太平国土安全諸人快楽。福寿円満の恵を普くほどこし給へや。南無三所権現。護法善神　(わき)　ふしぎやな老女が捧る幣帛のうへに。けしたる人のこくうにかけり。老女か首を撫で給ふは。いかなる人にてましますそ　して　事も愚や権現の御使ごほう善神よ　老　何ごほう善神とや　して　中〳〵の事　(老)　有がたや。目下なる御さうかう　(同)　神はきねがなひふを受　(して)　人は神のとくをしるべとして　同　まいりのみちには　(して)　むかひごほうの先達と成　(同)　さて又下向の道にかへれば　(して)　国〻までもをくりごほう　同　災難をのかしあくまを払ふをくり迎への。ごほう善神なり。上　夫わがてうは小国なりと申せども。〳〵太神光を。さしおろし給ふそのほこのしたゞりに。大日のもじ。顕れ給ひしより。大日の本国とがうして胎金両部の密教たり　▼下　然るにもとよりも　同下　〳〵日本第一大霊験ゆや。三所権現と顕れてしゆじやうさいどの方便をたくはへて。発心のかどを出ていはた河の波を分て。ぼんなうのあかをすゝげば水のまに〳〵みちをつけて。あやうきかけぢのこけをはしれば下にも行やあしはや舟の。波のうちかひみなれざほ　下　上ればさしのぼれば引。つなでもみつばかしはにかく神託の。みちはとをし。年はふりぬる名とりの老女が。子孫に至る迠。二世の願望三世の所望。みなこと〴〵く願成就の。しんたくあらたに告げしらせて〳〵ごほうはあがらせ給ひけり▲（仕舞謡　護法）

（括弧内傍線部分は筆者挿入）

【ナギの葉と名取の老女】

仏法を守護する神を護法善神（ごほうぜんじん）。密教や修験道の高僧・行者にも仕へ守護する。熊野（くまの）には荒ぶる山の精霊がいて行者に障碍（しょうがい）を与えるが、彼らはそれを乗り越え熊野本宮に至る。この敬虔な人々を守る神として護法善神が想定された。熊野の神木は梛（なぎ）の木で、護法善神のシンボルである。ナギの葉を笠につけ、口に咥（くわ）えて難所を越えた。ナギはわが国の南部に自生し、神社に好んで植栽されるイヌマキ科常緑喬木。雌雄異株で葉は多くの縦脈からなり、容易に切れにくいため、縁結びの神木、また実は二つ仲良くみのることから、夫婦円満のめでたい樹とされている。藤原定家は「千早振る遠つ神代の梛の葉を切りに切りても祓（ばら）いつるかな」と詠った。ナギは罪穢・災禍・病魔をナギはらう霊験があると信じられていた。朝凪・夕凪のナギと訓が通ずることから船乗りの守りともされている。

名取の老女の墓（左手の小祠）

幹材は堅く、耐久力に強く、床柱や家具、彫刻材にも用いる。楕円形の葉は長さ七幅三センチ、光沢あり、厚く強靭。丈夫な葉なので熊野から名取まで運ばれても姿が崩れなかったのであろうか。その葉を食べて成長するミカドアゲハという希有な蝶がいて「虫食の梛の葉」とは幼虫の食べかけの葉のことであろう。老眼には見えにくいとあるので、細く小さな文字であったのか。それにつけても熊野権現が「葉書」の創始者とは驚いた。

宮城県名取市国道二八六号に沿い熊野本宮社、熊野新宮社、熊野那智神社がある。熊野比丘尼の名取の老女は、屋敷内に小社を建て熊野三所権現を勧請した。彼女は付近の豪農の出身で、さほど老人ではなかったらしい。この三所権現が、後に発展し、今の名取熊野三社となる。宮鳥之宮跡、老女神社跡などがあり、旅と関係があることから草鞋（わらじ）や草履（ぞうり）を奉納する風習がある。老女の墓は、名取駅の東五百メートルほどの邑（むら）にあり、堂内に名取老女の徳を偲び地元人が建立した由来碑がある。

五輪砕（ごりんくだき）

別名を〈明石浦（あかしのうら）〉〈ほのぼのと明石〉〈ほのぼのと明石浦〉とも。『古今和歌集』の歌「ほのぼのと明石の浦の……」を、地水火風空の五大五輪に割って説いた謡物。観世流乱曲、金剛曲舞。他流にはない。元禄年間、すでに完曲〈五輪砕〉が存在したと思われ、乱曲はそのサシ・クセにあたる。

本稿は、『福王系番外謡本』（観世流五百番本）三一二〈五輪砕〉を底本として翻刻した。紀貫之が和歌の徳により霊夢を蒙り、宇佐八幡宮に参詣し、神霊から和歌の奥義を聴聞するという内容。

宇佐神宮は大分県宇佐市大字南宇佐二八五九。武氏の神は武内宿禰。ワキノカタリは『福王流江崎家伝来本』による。

作者／不詳　典拠／古今和歌集　巻九　四〇九　所／豊後宇佐八幡　季節／春　能柄／脇能

シテ／武氏の神　ワキ／紀貫之

【詞章】

次第ツヨ　和歌の奥儀を尋んと。〳〵。心づくしにいそがむ　ワキ　是は紀の貫之にて候。我和哥の道にたづさはるといへ共。猶もその奥儀を尋むと明暮思ひ煩ひ候處に。有夜の霊夢に。九州宇佐の宮に参れとあらたに霊夢を蒙りて候ほどに。只今九州に趣候。上　は、子つむ淀野の岸の雪消て。〳〵。芦邊をさしてなく田鶴の聲を帆に上漕船の。心ぼそくも行跡に。須磨や明石は名のみにて。それかあらぬかしらぬ日の筑紫の地にも着にけり〳〵　詞　急候程に。九州宇佐の宮に着て候。心静に神（じん）拝申さふずるにて候　一セイシテ尉ツヨ　何事の。おはしますとはしらね共。忝なさに。泪こぼるゝ　サシ　夫人は神たり。濁る故に人とす。たとへば鏡の曇る時は。其形をあらはさず曇ればあらはれず。人間も又かくのごとし　下　誰か此理をわきまへてにごる心をさげざらん　上　正直の頭にやどる神なれば。〳〵。たとひ其身は賤しくと誠の心有ならば。塵に交る神なればめぐみになどか逢ざらん〳〵　詞　や。是はこのあたりにては見馴ぬ御方也。若都よりの御参詣にて候か　ワキ　さん候是は都紀の貫之といふ者なり。我つねに和哥の道をたしなむといへ共。未其奥儀をしらず。殊に人丸の詠哥ほの〴〵と云哥の心理を知らず候所に。▼有夜の夢に。とある社の神前とおぼしきに。威徳かう〴〵しき老人。汝和歌に執心深し。取わきほの〴〵との哥の妙理をしらんと思はゞ。筑紫宇佐の宮に。参れとあらたに霊夢を蒙りて候程に。遥〴〵是迄参詣仕りて候▲（ワキノカタリ） シテ 実有難き御事かな。暫爰にまし〳〵て。重て告をまち給へ ワキ 嬉しやさらば神垣に。隔ぬ誓ひ頼むべし シテ 中〻なれや玉くしげ。二度告を待給はゞ。其時我も顕はれて。三世不可得の哥の妙理をしめすべし ワキ 是れはふしぎの御事かな。扨〻御身は誰やらん シテ 誰とはなどや愚なり。よはひも今は武氏(たけうじ)の。神ぞと思ひ給ふべしと 上同ツヨ いひもあへねばふしぎやな。〳〵。あけの玉垣暉きて。明石の浦にあらね共。嶋隠れして。失せにけり〳〵 ワキ詞 是はふしぎの御告かなと 上ツ 重て神拝申つゝ。〳〵。此手柏(がしわ)の柏手の(で)。二度告を待居たり〳〵

後シテ上ツ 荒有難の折柄やな。輕くすめるはのぼつて天と成。重く濁るは下つて地と成。天に二つの神(じん)有寒暑の精是なり。地に二つの神あり火水の精なり。是を日月(じつげつ)天子といひ。かるがゆへに影に有無あり。此二神顕れざるさきを。大極(たいきょく)といふなり。 クリ地ツヨ 夫哥の妙理も是にひとし。陰陽二つの道を守り。其空を分つて五躰とす。木火土金(ごん)水也。上下は天地人の。三才は是詠吟なり シテサシ ▼ほの〴〵と明石のうらの朝霧に。嶋隠れ行舟をしぞおもふ。舟をしぞ思ふとよまれたるは。これ三世不可得の道理なり。ほのは白しぼのは赤し。白骨は父(た)の恩(おん)赤肉は母の恩赤白二體なり 下シテ 阿字門は則父(ぶ)母の恩徳なり。同 さればほの〴〵と和合して。母の胎内に宿りそむる。月の間を南無と云ふ。クセ下 二月に八葉の月。彼胎内に。人身来る所。無明闇夜の中に。光明幽(かすか)なるがごとし。三月にりやうてんごす来る所。三五の軆。彌の字の形ちなるをば朝霧とは讀れたり。四月に成就すれば地水火風の四躰。有相。臨終をつかさどつて。

陀の字の形ちをば嶋隠れ行と讀れたり。五月に人形すればむさ。三身の法佛は則法のごとく成。有相無観。三昧成をば舟をしぞ思ふと讀れたり　上シテ　されば身體五臟六腑を父母にうけ。敢てそこなひ破らざりせば。三十二相八十種好の佛。南無阿彌陀佛是なり諸身は。己身の彌陀唯心の。浄土共観じ又。天台伽訶（きやか）羅縛（らばん）に。表徳して。信心妙法蓮華經共釋（しやく）したり。佛未出世。父母未生以前。本来の面目（めんもく）も此の哥の心なり。さて社。佛法和歌のみち神慮にかなふと讀れたり▲（乱曲　五輪砕）　下　有難や　真序上同　ツヨ　有難の御事や。〳〵。返〻も哥の徳あふぐぞ目出度かりける　シテ上　さらばいざや和哥を上。神慮を猶もすゞしめむ　上同　迚の事に舞の袖。永き日なれば春の曲。喜春楽をまひ給へ　シテ上　夏もはや橘の。涼しき陰に遊び居て。けんはい樂を舞べし　同上　秋きぬと目にはさやかに見えね共　シテ　秋風楽をまふとかや　上同　さのみは何と語るべき。是迠なりやさらばとてかきけすやうに失にけり貫之も是を悦びの。神楽を奏し神ばいし都に帰るうれしさよ〳〵

（括弧内傍線部分は筆者挿入）

【宇佐八幡による和歌の解釈】

『古今和歌集』巻九　羇旅（きりょ）歌 四〇九の記述を述べる。

「ほの〴〵とあかしの浦の朝霧に島隠れゆく舟をしぞ思ふ」（読人しらず）

この歌、ある人のいはく、柿本人磨が歌なり。

（ほのぼのと夜の明けるころ、明石の浦は朝霧にかすみながら、一艘の小舟が島陰に隠れそうになるのを私はしみじみと眺めている）

『古今和歌集』の編者紀貫之が、この歌の妙理を宇佐八幡に聞きに行くという運びで、曲は展開する。シテは老人の姿で現れた武内宿禰の化身で宇佐神宮の摂社・黒男（くろお）神社の神である。この曲の内容を理解するには、まず宇佐八幡の信仰が、どのようなものであったか、或いは和歌を陰陽五行説で、どのように解釈できるのか、考えてみる必要がある。

平安時代の私撰史書の一つ『扶桑略記（ふそうりゃくき）』によると、歴史上では欽明天皇の時代に、宇佐の神は八幡神（やはたのかみ）を奉祭したことを創祀としているが、それ以前、弥生時代の渡来人がもたらした信仰について、考察をする必要があろう。それは縄文の日本人が信じていた単なるナチュラリズムやアニミズムだけではなく、稲作文化に伴い、託宣や呪術などシャーマニズム的な要素をもって九州地方に発生した神祇であった。

渡来系氏族が作りあげた神祇は、大陸から伝わった仏教や道教的な思想を基礎に、在来の巫女や託宣の宗教が結び付いた、守護神的な宗教であった。ときあたかも、それまで半島にあった日本の勢力（任那）が新羅によって駆逐され、九州地方の防衛は戦力的に不安定な状態になり、大和の政治家たちは、宇佐の神を奉ずる勢力を戦力に利用することが対半島対策上必要と考えたのではなかろうか。弥生式農業のみではなく、渡来人が持つ精銅冶金の技術は大和政権の文化的、軍事的国内統一に魅力的であった。聖武天皇の奈良東大寺大仏造立に際し、宇佐の神は、七四七年、天神地祇を率いて、必ず成就させると託宣し

宇佐神宮大鳥居（右側に黒男神社）

ている。これは一方からみれば、九州の宗教勢力が中央の仏教勢力との和合共栄を図った行動ともとれ、また、半島からの圧力に対抗するために、大和の中央政権が有する防人などの防衛機能と堅く結ぶ必要があったために違いない。

かくて宇佐の神は、道教、陰陽道、神道、仏教、修験道など広範な教理を取り入れた宗教に発展していったと考えられる。応神天皇、神功皇后などが武神として合祀され、八幡宮と呼ぶようになる時代は、それよりかなり後世のことである。

渡来系の人々が伝えた道教、陰陽道の基礎には『黄帝内経素問（こうていだいけいそもん）』『黄帝内経霊枢（れいすう）』があり、基礎理論に陰陽五行説（天に一つの太極があり、分かれて陰陽の二元が生じる。万物は木火土金水の五つの要素に分かれて相互関係にある、という哲理）が説かれている。陰陽説は森羅万象、世の中のすべてのものと現象を陰（－）と陽（＋）に分け、相対的に把握・認識しようとするもので「二律背反」の考えに立脚し、自然と人体のアナロジーを論じた。一方、陰陽道的五行説は、すべての物と現象を、木火土金水の五大要素に分類して、いわゆる「相生相割」のダイナミズムで認識しようとする考え方である。五行説を多く取り入れている密教的世界観にたてば、この世の存在も他界の存在も、すべてが地水火風空の五大からなり、法性に輪円具足されているので五智輪または五輪とも呼んでいる。形としては団形・半月形・三角形・円形・方形、色では黄白赤黒青にあたる。

人間の身体の部位としては、頂・面・胸・臍・膝の五処が対応するとする。このような対応関係の下に、人間の肉体は構成されていて、仏法を信心する行者の肉身は仏身にほかならないと観想する（五輪成身観）。まず第一に重要なことは父母の恩徳である。父は白骨、母は赤肉の二体であり、ほのぼのと和合して、胎内に南無の状態で宿り始め、徐々に成育し、月齢を重ねて五月には人の姿すなわち仏の形に成長し身体五臓六腑を受ける。あえて損なうことなければやがて三十二相八十種好の仏身となる。これらの現象は、己身を弥陀唯心の浄土と観じる内観存思の思想でもある。

この論法を和歌の成り立ちの解釈に取り入れる。和歌は上の句と下の句との陰陽二つからなっていること、五七五七七の五部（五大）からなっている事である。密教思想によると、陰陽、上下、木火土金水と解釈される。「ほのぼのと……」の和歌は、三世（過去・現在・未来）不可得の分かりにくい道理であるが、人体が父母の恩徳で和合し、やがて仏身と同じかたちに成長する現象のように、かすかな南無の状態から発し、やがて「舟をしぞ思ふ」とはっきりした三昧の境地に至る。ほかに、和歌は、あえて毀傷（きしょう）することがなければ、仏体の三十二相にあたる三十二文字、仏や菩薩にともなうとされる八十の特徴（八十種好）など、弥陀の体と同じ性質を有するものだとする。和歌を五輪に砕いてみると、妙法蓮華経を信ずる事と同一である。すなわち仏陀の道と同じであり、これは宇佐の神の神慮にもかなうみちであると論じている。

宇佐八幡の八幡信仰の教義が、古代中国の思想を基礎に、日本在来の多くの宗教思想・教義などを取り入れている事を考えると、宇佐の神が述べる和歌の奥義は、陰陽五行説など中国の民俗信仰や、仏教の思想に合致するのだという主張を少し理解できるように思う。

理屈上は以上のように分析されるかもしれないが、完曲〈五輪砕〉の詞章と、その運びは、到底演劇には向かない内容である。「真の序の舞」を入れてみたが、能としての面白さに欠けていたのではないか。とにかく、一般の人にとって余りにも難解であるのが致命的である。演能を試みることさえなかったであろう。そこで、サシ・クセ部分だけが分離され、現在の謡物に伝わったと考えられる。筆者が考えるに、この曲は、おそらく、能作者の周辺にいた密教僧や神官、陰陽師たちの依頼を受け、彼らのために作詞・作曲された曲ではないか。

西国下（さいごくくだり）

寿永二年（一一八三）、木曽義仲軍の攻勢に敗れた平家一門は、西国での再起を期して都落ちをする。〈西国下〉は、都の城南宮から西国の牛窓(うしまど)の湊まで落ち行く行程を語る謡物である。南北朝末期のかなり古い作品で元々(もともと)完曲はなかったものらしい。

琳阿弥(りんあみ)作詞、観阿弥作曲。喜多流の曲舞。観世・金剛・金春流乱曲。宝生流にはない。

現存の謡物の中で最も古いもの。長編。喜多流では〈泊瀬六代〉〈東国下〉とともに、三曲の一つと大切に扱われている。

琳阿弥作詞の曲舞〈西国下〉に、室町後期か江戸初期の頃、前後に僅かな詞章を加え、完曲にしたものがあったらしい。田中允氏は『未完謡曲集』に、『福王流八百五番本』一六一冊（吉田幸一氏所蔵江戸末期写本）にあるとして紹介されている。しかし今は、八百番本の実物、写本はもとより、マイクロフィルム、紙焼きなども所在が不明である。国文学研究資料館、法政大学能楽研究所などにも資料を発見できなかったため、前後部分の詞章は、田中允氏の翻刻文（『未刊謡曲集五』九六九八頁）を借用させていただいた。筆者は未見である。

「西行法師は西国行脚を思い立ち、須磨、明石に至ると、平家の所縁であるという僧形の者が声をかけてくる。

合戦で亡びた平家の人々を弔い廻国途上の者であるから、ともに旅を仕ろうというのである。この僧は実は平宗盛の亡霊であった。平家が主上を擁し、西国へ落ち延びた有様を西行に詳しく語る」

本稿の謡物の底本には、『福王盛有加判本』（久世舞）〈西国下〉を用い翻刻した。『金子亀五郎手沢本』（曲舞）〈西国下〉、『浅井家旧蔵本』〈曲海〉も参考にした。

作者／不詳（謡物は琳阿弥作詞、観阿弥作曲）　典拠／平家物語　所／西国道
季節／秋　能柄／四番目
シテ／廻国の僧侶・平宗盛の霊　ワキ／西行法師

【詞章】

次第 西へ行衛の道なれや。〳〵。我名や月の友ならむ　ワキ詞 是は都西山に住西行法師にて候。我諸国を修行し足に任す。此度は西国行脚と思ひ立て候　道行 けふ出ていつ帰るべき都かは。〳〵。心を道のしるべにて。たどり〳〵と行旅の淀山崎や芥川。猪名野笹原露ぞちる。須磨や明石の旅寝かな〳〵

詞 誠に此あたりは。光源氏の恫（トウ）吟し給ふ旧跡也。又源平の合戦のちまた。聞及たる有様。今の様に思ひ出られて候。是より四国九国の浦々所々。詠めくだらばやと思ひ候　シテ なふ〳〵御僧。御身の御名になぞらへて。西国行脚と承る。愚僧も廻国の身なり。何く迄も御供申。道すがら宮仕へ申候はん

ワキ 是はふしぎの事を仰候。夫に付ても御僧の御出所は何くぞや　シテ 誠は我先祖は平家の所縁。今

武を立べき便もなければ。出家仕西国方を経廻りて。平家の亡跡といへば念仏申廻向仕り候。又我なき跡には一反の御廻向にも預り度候　ワキ　扨は殊更殊勝に存候。此上は此儘御供申行脚仕候べし。又平家都御出より。西海道の所〻次第委く承度候　シテ　愚僧も遙後の者にて候へば。見るが如くは存ぜず候。承及たる通り御物語申さふずるにて候　▼サシ強　壽永二年の秋の比。平家西海に趣給ふ。城南の離宮に至り都を隔つる山崎や。關戸の院に玉の御輿をかきすへて。八幡のかたを伏拝み。なむや八幡大菩薩　上　人皇始まり給ひて十六代の尊主たり。みもすそ川の底清く。末をうけつぐ御恵。などか。捨させ給ふべき

クセ　他の人よりも我人と。ちかはせ給ふなる物を西海の浪の立帰り。二たび。帝都の雲をふみ九重の月を詠めんと。深く祈誓申せ共。悪逆無道の其積り。神明佛陀加護もなく。貴賤上下に捨られ帝城の外に趣く。なにと成ゆく水無瀬川。山本遠く廻り来て。昔男の音になきし。鬼一口の芥河。弓胡簶を携へて駒に任せて打渡り　上　馴し都をたち出て　同　いづくにいなの小篠原一夜假寝の宿はなし。芦の葉分の月の影。かくれてすめる昆陽の池。生田の小野のをのづから。此河波にうきねせし。鳥はいねどもいかなれば。身を限りとや歎くらん千山の雨に水増り。濁れる時は名のみして。曝すかひなき布引の。瀧津白波音たてゝ雲のいづこに流るらん。五手舩の名残に。五百の舟を作りて。御調を絶ず運びしも武庫の浦こそ泊なれ福原の。故郷に着しかば。人〻の家〻も。年の三とせに荒はてゝ　上　梟松桂の枝に鳴。同　狐蘭菊の。草村にかくれすむ。馴し名残も浪風の荒磯屋形住捨て唯あまの子の住所宿も定めぬ假寝かな相国の作り置れし。所〻もあれ果て。古宮の軒端月もり金玉を交へし粧ひ。花のながゐを集めしも唯今のやうに思はれて昔ぞ恋しかりける　上　釋迦一代の藏經　同　五千餘巻を石に書蒼海の底に沈めて。一居の嶋を築しかば。數千艘の舟を留め風波の難を扶けしは。有がたかりし形見なり世をうき浪のよるべなき身の行末ぞ悲しき。

後サシ強　かくて主上を初め奉り。皆御舟に召れけり。下　習はぬたびのうき枕。思ひやるこそ悲しけれ
上　南殿の池の龍頭鷁首の御舟ぞと　同　思ひながらも寒江に。釣の翁の棹の哥まだ聞き馴ぬこゑ〴〵に。沖なる鴎磯千鳥友よび連て立騒ぐ。風帆波にさかのぼり。艪声は月を動かす。和田の御崎をめぐれば。海岸遠き松原や。海の緑に續くらん。須磨の浦にも成しかば。四方の嵐も烈しくて。關吹越る音ながら。後の山の夕煙。柴といふ物ふすぶるも見馴ぬ方の哀也　上　琴の音に引とめらるゝと詠じけん　同　五節の君の此浦に。心をとめて筑紫舩。昔はのぼり今くだる浪路の末ぞはかなき。かたぶく。月の明石潟。六十餘りの年を經て。問はず語りの古へをおもひやるこそ床しけれ。舩より車に乗移り。しばし爰にとおもへ共。すまや明石の浦傳ひ。源氏の通ひし道なれば平家の陣にはいかゞとて又此浦を漕出す。塩瀬は浪も高砂や。尾上の松の夕あらし。舟をいづくに誘ふらん。室の泊の笘屋形。影は隙もる夕月夜。遊女のうたふ哥の道。浮世をわたる一ふしも誠に哀なりけり。習はぬ旅はうし窓の。迫門の落塩心せよ。実あらけなき武士の。梓の弓のともの浦。賑はふ民の竈の關夢路をさそふ浪の音　上　月落鳥啼て。同　霜天に満て冷じく江村の漁火もほのかに半夜の鐘の響は。下　客の舟にや。通ふらん。蓬窓雨したゞりてしらぬ塩路の楫枕。片敷袖やしほるらん荒磯浪のよるの月しづみし影は歸らず▲（喜多流曲舞　西国下）

上ロンギ地　御身平家の所縁とは。聞につけても伴ひの。余り委き物語御名床しき斗なり　シテ　今は名乗て其かひも。なき身の果の迷ひを晴してたばせ給へや　上地　猶弔ひも数々の。法の力に　シテ　疑ひは　同　あらじと思ふ宗盛が。廻向を請んうれしさやと。夕浪の立去て。塩曇りして失せにけり塩ぐもりにぞ隠れける

（曲舞以外は田中氏の翻刻文）（括弧内傍線部分は筆者挿入）

【琳阿弥】

作者・琳阿弥(りんあみ)は、南北朝末期から室町初期にいきた地下(じげ)の遁世者の一人。生没年不詳。通称を玉林(たまりん)とも云い、足利義満に仕えた連歌師(れんがし)の一人であった。和歌に堪能で、謡物の作詞をも心掛けた。歌人としての活動は一三七五年から一三九七年頃まで。その頃、足利将軍義満の寵愛は世阿弥へ傾き、琳阿弥は義満の勘気にふれて東国を流浪する身となった。

琳阿弥の多彩な事績の中で最も注目されるのが、曲舞謡の作詞である。〈東国下(とうごくくだり)〉と〈西国下(さいごくくだり)〉の二つで、とくに前者は、南阿弥(なんあみ)が作曲し、義満の御前で世阿弥（当時藤若(ふじわか)）が謡い、賞讃された。その結果、琳阿弥に対する勘気が解かれたといわれている。〈西国下〉は〈東国下〉の姉妹曲というべきもので、観阿弥作曲の曲舞。文体は前者よりさらに優れたものになっている。

竹本幹夫氏（西野春雄・羽田昶 編『能・狂言事典』平凡社）によると、「この二作品はいずれも従来の曲舞謡には見られない長大な内容を有し、故事本文をちりばめた華麗な修辞技法を駆使している。それまでの能の詞章の作風に比して、その文学的香気という点で格段の風格を備え、以後の能に用いられる修辞法のほとんどすべてが、この両作品にすでに存在している。つまり、世阿弥による謡曲文体の完成の前提となったのが琳阿弥の曲舞謡の作風であり、能の作詞が高度な文学的作業となるためには、琳阿弥に代表されるような地下の連歌師、歌人たちの作詞への参加が、必要不可欠であったことが推察される。」とある。

城南宮

實方（さねかた）

謡物〈實方〉は、観世流乱曲、宝生流蘭曲にあり。喜多流曲舞では〈六元〉、金春流は〈六源〉と呼ぶ。四流いずれもほぼ同文で、内容は『古今集和歌集』仮名序による。室町時代、世阿弥作の同名古曲〈實方〉のクセである。

西行法師は陸奥に行脚した。陸奥守に左遷され世を去った藤原實方の遺跡を弔い、塚に悼歌を手向けたところ、實方の亡霊が現れ、西行と歌物語を交わしたという。後述の『新古今集和歌集』の記述によって完曲は作られた。『申楽談儀』の「西行の能」とは、本曲を指す。数ある異本のうち、本稿では、底本に『上杉家旧蔵下掛り番外謡本』一〇四冊 五二〇番一〇〇〈實方〉を用いた。奥書がないので書写年代は不明であるが、十七世紀後半に書写したものと思われる。翻刻には『福王系番外謡本』（観世流五百番謡本）四一一〈実方〉をも参考にした。西行の夢の中に、老いた実方の霊魂が現れ、若い頃を追憶し自己陶酔の舞を舞う。不思議な二重構造をなす優れた作品であると思う。男性のナルシシズムを描いた近代的な内容でもある。同じような構成の複式夢幻能に〈融〉などがあり、このことが演能されなくなった原因であろうか。しかし、夢幻能としてよくできていると思う。二十年ほど前、金春信高氏によって復曲上演された。後シテは冠に呉竹の枝を挿し、序の舞を舞ったと記憶する。現在、番外曲として扱われている。

作者／世阿弥　典拠／新古今和歌集・西行物語　所／宮城県名取市笠島塩手
季節／冬　能柄／四番目（略三番目）
前シテ／老人　後シテ／実方の霊　ワキ／西行法師　狂言／所の者

【詞章】

詞（わき）是は鳥羽院の北面佐藤兵衛憲清出家し。今は西行と申法師にて候。われいまだみちのく千家の塩がまをみず候程に。這（この）たび思ひたちしほがまのかたへと志候。上　みちのくはいづくはあれど塩竈の。〳〵うらふく風の松嶋やをしまのあまをよそに見て。月の為には汐けふりたえまがちなるけしき哉〳〵　しかく詞　扨はさねかたの旧跡にて候ひけるぞや。さし　いたはしや世に名を留しうた人なれ共。此遠国のみちのべに。しるし斗を見る事よ。と思ひつゞけてかくばかり。朽もせぬ其名ばかりをのこしをきて。枯野の薄かたみとぞなる　して　なふ〳〵西行はいづかたへ御通候ぞ（わき）ふしぎやな人家も見えぬかたよりも。老人一人来つゝ。西行と仰候。さて御身はいかなる人にてましますぞ（して）さすがに西行の御事は。世にかくれなき有明の。影は雲井に天離（あまさがる）。ひな人までも何とてか。御身をしらで候べき（わき）たとひ其名は聞ゆるとも。いまだ向顔申さぬ人の。見知給ふはふしんなり（して）いやそなたこそしろし召れね。吾は手向のことのはの。陰より見聞し西行の。御弔をば何とてか。悦申さで有べきぞ（わき）是はふしぎの事也と。たちよりすがたをよく〳〵みれば。さながらけしきも此世の人（して）詞もこゑもかはらねども（わき）亡者と聞は何とやらん　同　物冷しき此野辺の。〳〵鳥獣のこゑ迠も。まことにけうとき心地して。松風も身にしみて虫のこゑもよはりぬ。さればとて夢ならじ。真にこゝはうた人の他生の縁は有がたや〳〵 して いかに西行に申べき事の候 （わき） 何事にて候ぞ （して） 誠や承候へば。都には新古今とてめづらしき和哥出きて候となふ （わき） 中〻の事勅におうじて御集をえらばる。住吉玉津嶋を初奉り。浅きよりふるきに入光陰。衆生済度の御方便。真に有がたうこそ候へとよ 同上 其他の人〻は野べのかつらのは。林の木葉のごとく。多けれども哥とのみ心得て真をしらず

（シテ） さし ▼されば心をたねとして。花もさか行詞の林。紀貫之も書たる也。下 （同） 在原の業平は。其心あまりて。詞はたらずたとへば。凋める花の色なふて匂ひのこるに異ならず。う治山の喜撰がうたは。其詞幽にて秋の月の雲に入。小野小町はたへなる花の色好。哥のさまさへをうなにて唯よは〳〵と讀むとかや （シテ） 上 大友の黒主は 同 薪をおへる山人の。花の陰に休ていたづらに日をや送るらん。これらは和哥の詞にて。心の花を顕す。千種をうふるよしの山。落花はみちをうずめども去年のしをりぞしるべなる▲ （乱曲 実方） して いかに西行。さても此ほど都加もの臨時のまひ。さねかたは役にて候へ共。既に年たけ老衰し。行歩も今はかなはねば。御ゆるされも候へと辞し申せどもかなはず。嘉例をひける舞なれば。神勅更に背きがたし 同 今は宮古にかへるとて。〳〵天に上ると見えつるが。天の鳥船心ちして雲の波路を安〻と。行過る宮子路の。しるべと成や有明の。にしへ行べし〳〵。西行も追付てりんじのまひを御らんぜよ〳〵 わき さてはむかしのうた人に。かはす詞は現ぞと。思ひし事のはかなさよ 上 今は思へ共あだし世の。〳〵あだ成夢をみるやとて。草の枕に臥にけり〳〵 して一せい そのかみ山の葵草。ふゆ又神の。恵哉。同 扨も御門のせんじには。祭もりんじの祭なれば。りんじの舞仕れとの御事也 （シテ） 其時さねかた承て。あたりに有し竹の葉を取て冠にさす 同 抑竹は直にして内清し （シテ） 七賢も此林に住 （同） 白樂天は友といへり （シテ） 其上竹は聖教の中の妙文 （同） 即身成仏うたがひな

し　舞（シテ）御手洗にうつれる影を。よくみれば　同　わが身ながらも（シテ）うつくしかりしよそほひの今は（同）昔にかはる（シテ）老衰の影（同）よするは老波（シテ）みだゝるは白髪（同）冠は竹の葉（シテ）びん鬚はさながら　同　霜の翁の気色はたゞをどろに雪のふるかと見えてはらふもまひの。袖とやな（シテ）下　さるほどに〳〵　同　ぶがくも時移りいと竹のひゞき。峯どよむまでかものかみ山のもとより臨時の時ならぬいかづち。とゞろ〳〵と鳴廻り鳴廻る。時も車のかもと思へば有つる野辺の。さねかたの塚の。草のまくらの夢覚て。かれの、薄かたみとぞ成跡とひ給へや西行よ

（括弧内傍線部分は筆者挿入）

【實方中将】

実方と西行は藤原氏の同じ系列に属する歌人である。曲の典拠となった『新古今和歌集』を掲げておく。

陸奥国へまかりけるに、野中に、目にたつさまなる塚の侍りけるを、問はせ侍りければ、これなむ中将の塚と申すと答へければ、中将とはいづれの人ぞと問ひ侍りければ、実方朝臣のこととなむ申しけるに、冬のことにて、霜枯れの薄ほのぼのと見えわたりて、折ふしもの悲しうおぼえ侍りければ

朽ちもせぬその名ばかりをとどめ置きて　枯野の薄形見にぞ見る

藤原實方朝臣（ふじわらのさねかたあそん）（?〜九九八）は、中世三十六歌仙の一人で、光源氏のモデルとの伝承もある。従四位上左近

衛府中将陸奥守。侍従貞時の子。後に藤原済時（師尹の子）の養子になる。円融・花山両院の寵愛を受け、宮廷サロンの花形歌人であった。奇行の持ち主でもあったらしい。『新古今和歌集』に十二首あり、なかに石清水八幡宮の臨時祭の舞人を勤めたことを歌ったものがある。

衣手の山ゐの水に影見えし
　なほそのかみの春や恋しき

『十訓抄』に、一条院の御代、実方は賀茂の祭の試楽（しがく）（舞楽の予行演習）に遅刻したため、冠に挿す花（葵の花）を賜ることができなかった。急いで舞人のなかに加わろうと、竹の台の下に近より、呉竹の枝を折って冠に差した。この機転を人々は褒めあったと書かれている。その後、試楽の挿頭には竹の枝を挿す定例になったという。実方には、この事が生涯の誉れであったのであろう。曲中の詞章に巧みに詠み込まれ、後シテは冠に笹の枝を挿して舞を舞う。

『撰集抄』巻八 第十八「實方中将桜狩歌事」に、つぎのエピソードがある。

正暦五年（九九四）花見のときの事である。殿上の男たちが連れ立って、東山に花見にでかけたところ、思いがけず雨が降って来た。人々は騒いだが、実方の中将は騒ぎもせず、木のもとによって

さくらがり雨はふり來ぬおなじくは
　濡るとも花の陰にくらさん

と詠んで、かくれようともしなかった。花から漏れおちる雨にびっしょり濡れて、実方の装束はしぼることさえできないほどであった。このことを興あるたび毎に人々は思い出した。ある日、斎信大納言は「こんな面白いことがありました」と主上に奏上した。ところが藤原行成は「歌はよく出来ているが、褒めたたえるほどのものでない」と難じた。これを洩れ聞いた実方は行成に深く恨みをもつようになったという。

行成は高官で、すぐれた歌人でもあり、小野道風、藤原佐理と並び三跡の一人といわれた名筆であった。その後、実方は時の才女清少納言に慕われ、二人は恋愛関係になった。しかし藤原行成も清少納言と通じたため、互いの不和は絶頂を極める。あるとき殿上で二人は口論になり、実方は行成の烏帽子を笏で打ち落とし庭に投げた。烏帽子を取られるということは、当時の男子にとってこの上ない恥辱であった。行成は主殿司に拾いに行かせ、改めて冠り直し、静かに実方の行為を責めた。一条帝は半蔀の蔭からご覧になって、気色を損じられ、実方に罰として「陸奥の歌枕をみてまいれ」との勅掟を下された。陸奥守へと左遷（九九五）されたのである。行成は、侮辱によく耐えたと褒賞をもらい、蔵人頭に昇進することができた。実方は忍耐に欠けて先途を失い、行成は辛抱によって栄進にあずかったのである。

さらに種々な伝説が付会されている。実方は蔵人頭になれなかったことを恨んで確執を抱き、死後も魂はスズメとなって殿上に飛び来り、小台盤（台所）に来て台盤をくっていたといわれている。以上も十訓抄による。

左遷された実方は、陸奥で三年間阿古屋姫の古跡を探した。しかし阿古屋松を見ることができなかった。ある日、名取笠島の道祖神の前を通過したとき、紀貫之が蟻通明神の門前で制札を無視して蒙ったのと同じような落馬事故に遭遇してしまう。

笠島道祖神は猿田彦と天細女命が祭神で、別名佐倍乃神社ともいう。家運繁栄、五穀豊穣の神で、地域の境界を守り、異人の侵入と疫病を防ぐ神であるが、行路を行く人々の安全を守る神でもあった。また、男女間の願い事があるときは、性器をかたどった人形や陽物をつくり神前に供えると願い事が叶う、すなわち結婚の神様として崇敬されていた。村の人々は効験著しく、良いことと悪いことの賞罰をはっきり下す神様だから、下馬下乗し、再拝して社前を通る方が安全だと、かねがね実方を諌めていたという。

実方は岩沼志賀に住んでいた女性宅を訪ね、朝帰りする途中、道祖神の前を馬上のまま通りすぎた。土地の風習・信仰を軽蔑して下馬しなかった祟りか、神が嫉妬に燃えたためか、鳥居のところで突如馬が暴れて落馬、重傷を負い、日をおかず長徳四年（九九八）十一月十二日亡くなった。名の聞こえた歌人であったのにまことに気の毒な事であったと、都の風雅な人々の同情を集めた。事実かどうかわからないが笠島道祖神に伝わる伝説である。

実方墳墓

西行が訪ねた実方の墳墓の場所は、宮城県名取市愛島塩手北野。東街道から百メートルほど西に入った森の中のささやかな墳丘である。

前述の実方の「桜狩り」の歌碑、西行の「朽ちもせぬ」の和歌の標石、芭蕉の「笠島はいずこさ月のぬかり道」の句碑が塚の周囲に建てられている。句にあるように、芭蕉は五月雨に遮られ訪れることが出来なかったという。実方は死の直前に次の遺言をして眼を閉じた。
「我が遺骸は、出羽の国千歳山に葬らる丶を得ば、今生の願ひ足れり」
その遺言通り、山形市萬松寺に「阿古屋姫、中将姫」とともに葬られた伝承があり、墳墓がある。この事は〈阿古屋松〉（8頁）で詳説した。

更科（さらしな）

別名は〈更科物狂（さらしなものぐるい）〉とも呼ばれ観世流乱曲。他流では行われていない。完曲は角淵本（すみぶちぼん）系の狂女物〈更科〉で作者不明。典型的な室町期古作。

「更科の何某は妻子を捨てて源空上人（法然）の弟子となったが、余所ながら故郷を見ようと信濃に下り、善光寺に来て、説法をしていると、その聴衆の中に狂人となった妻がいた」という内容である。

本稿では、完曲の底本に、『福王系番外謡本』（観世流五百番謡本）三〇八〈更科〉を用いた。シテ・ワキの精神的・情緒的心情が、今少し美文で語られていれば演劇的に成功したと思うが、通り一遍の釈教的な構成であり、教団の布教活動目的につくられた品であろうか。こうなると作品としては面白くない。そのためクセのみが謡物として残った。比定すべき先行文学や伝承はないようである。

異本にもう一曲〈更科物狂〉があるが、角淵本に似た曲趣で、母が子を尋ね更科で再会するという内容。これは近世の類曲である。

作者／不詳　典拠／不詳　所／信濃国善光寺　季節／春　能柄／三番目

シテ／信濃国更科の女　ワキ／更科の僧

【詞章】

次第和 今日おもひ立旅衣。〳〵。木曽路にいざや急がん　ワキ詞 か様に候者は。本は信濃の国更科の者にて候が。萬うき世の墓なき事を観じ。妻子を捨都に登り。東山黒谷にて源空上人の弟子と成か様のすがたと成て候。我善光寺への志し有により。信濃の国に下り。余所ながら古郷の事をも尋ねばやと思ひ候　上 住なれし花の都を立出て。〳〵。発音に鳴か加茂川やすへ白河を打渡り。音羽の瀧を余所に見て。近江路過て程もなく。信濃の国に着にけり〳〵　詞 急候程に。是は早善光寺に着て候。寺中へ申し御堂にて一七日説法をいたさばやとおもひ候　シテ一セイ和 いかにあれなる道行人。都への道おしへてたべ。詞 なに物狂とや。上 実理りや我ながら。さしも気疎姿ぞや恋衣。来ても見よりし我妻の　上同 行へも遠き。都路や　シテサシ 是に出たる物ぐるひの。古郷は當国更科の者。去人の妻にて候ひしが。唯仮初に出給ひ。都へ登りたまひしが。かつて音信ましまさず。風の便りの伝聞ば。世を捨人と成たまひ。都東山とやらんに。うき世をいとひ住給ふと。聞より心乱れつゝ。責て替れるすがたをも逢見ばやとおもひつゝ。か様に狂ひ出たる也　下 荒恥かしや我すがた人に酉てを更科や。上 姨捨山を跡にみて。〳〵。猶行末もその原や。ふせやに生る箒木のありとは聞けど逢ぬとは我らが妻の。行へ哉〳〵。詞 何と善光寺にて御説法の有と申か。参りて聴聞申候べし　ワキ上和　既に時刻に成しかば導師高座に上り。處願の鐘打鳴し。謹　敬　白。一代教主釋迦牟尼宝号。三世の諸佛十方の薩埵に申てまうさく。総神不二阿弥陀佛名　クリ同和　夫受難き人界に生れ。逢がたき如来の仏教に逢たてまつり。生死の紲を切ざらん　ワキサシ　今此生涯を深くいとひ。彼国に生を受んと。願ひをふかくかけ給ひかたじけなくも弥陀の誓願。唯一筋に我名を唱へなば。臨終には必来迎あつて。安養世界に救ひ取べしと。誓はせたまふぞ。ありがたき　下クセ　然れば。末法の末には諸経ことぐ\く滅しなん。され共仏忩愍を垂給ひ。弥陀一教を残しつゝ。悪人女人を助け給はん御誓願。たのもしくおぼしめし。口に唱ふる。三昧なれば。市中又道場成。高き賤しき智者愚者も。唯頼むべし往生は。一念十念ひとしくて　ワキ上　有難や助け給へや阿弥陀仏と　同　唱ふれば仏も。我も隔てはなかりけり。爰に居ながら極樂の聖衆の数に入ぬれば。蓮の花は生出て。生るゝ人に迎くる。有難き御利益頼母敷おもひ給ひつゝ念仏を唱へ給へや　ワキ詞　いかに狂女。おことは落涙し候か。荒優しや。唯今の説法を聞入れて有よな　シテ下　荒有がたの御教化やな。かゝるおしへを聞ながら。おどろかぬこそおろかなれ　下クセ和（同）▼悲しきかなやあく業は。山よりも高く。善根は塵程もたくわへず。角三途の古郷に帰つて。本願の。臺に至らざらんは。嘆きの中の歎き。悲しみの中のかなしみたり。草露ことぐ\く。春を向へては。花葉友にほころび。忩風にさきだつ山櫻ははやく無明の夢さめ。月に落くる曉は。別離の雲にや沈むらん　上シテ　花橘の香をとめて　同　昔の人を尋れば親疎。幾ばくかさりぬかゝる思ひのふかみ草。いもとわがぬる常夏の花一時の夢の世としらでや人の迷ふらん▲

（乱曲　更科）　ワキ詞　ふしぎやな是成物狂を見候へば。古郷に捨置し妻にて候はいかに。思ひの餘りに狂人と成て候。一たび切たる紲にて候間。名のらじとはおもへども。か様におちぶれて候はゞ。定めて菩提の道をも失ひ候べし。名のつて悦ばせ佛道へ引入ばやとおもひ候。いかに狂女。おことを見候へば。古しへ見知たる様に候。若更科の人にて候か　シテ　荒おもひよらずや。お僧は何国の人にて候へば。我国里をとひ給ふぞ　ワキ　是社更科の何某がなれるすがたよ見忘れたるよな　シテ　何更科殿とや。下　是は夢かや現かや。実もすがたは替れども。なれにし妻のおもざしと。恨めしながらなつかしや。御身を尋ね出てこそ。かやうに狂ひさぶらふなり　上ロンキ地和　実理りや今までの。恨みを忘れ今日よりは菩提の道に入給へ　シテ上　けふの御法を聞よりも。我もさこそとおもふなり。後の世助けおはしませ　ワキ上　此世は夢の契りなり。安養国に行(ゆき)生れ。無量夽仏(じやうぶつ)の御本(みもと)にて。長き契りをなさふよ　下同　実此上は諸共に。仏道修行をおこなひて。口に念仏おこたらず。仏果の縁と成にけり。是も思へば弥陀仏の誓ひぞ貴かりける〜（括弧内傍線部分は筆者挿入）

【源空上人（法然）】

ワキは、信州更科の男で、源空(げんくう)上人に師事し、黒谷で修行した僧侶である。源空は浄土宗の開祖法然(ほうねん)のこと。法然（一一三三〜一二一二）は、現行謡曲に直接には登場しないが、〈生田敦盛〉〈定家〉〈敦盛〉などに間接的に登場しているので、少々調べを進めてみたい。

法然は岡山県美作(みなさか)国稲岡荘久米南条の人。押領使(おおりょうし)・漆間(うるしま)時国の子。幼名を勢至(せっし)丸といった。九才のとき父は預所(あずかりどころ)・明石源内定明の夜討ちで没する。押領使は治安の維持を目的とする警察権力であり、預所は現地支配人であったから、荘園の拡大をめぐり、在地豪族の時国と、領主勢力の明石源内定明との間に縺(もつ)れがあり、夜討ちを受けたらしい。父の時国は世を去るにあたり、出家せよとの遺訓を残したので、仇討を断念、十三才で比叡山に登り、十五才で出家したといわれる。

十八才で西塔の黒谷に隠棲していた慈眼房叡空をたずね弟子となり、「法然房源空」と名を改める。それより約二十五年間、叡空につき京都・南都（奈良）にも足を運んで学僧たちを歴訪するなど、研鑽を積んだ。四十三才のとき『観無量寿経』の「一心専念弥陀妙号」の文により心眼を開き、専修念仏に帰した。「弥陀の本願は何か」を追求しつつ、当時大多数を占める一般庶民の唯一の救いとして選んだのが万人救済の論理念仏であった。法然が救済の対象とした層は、貧しく困っている人、知恵の低い人、学問のない人、戒律をたもつことのできない人たちであり、旧教団からは、仏に成ることを阻害されていた武士も、極楽（安養国）に往生できると説いた。戦乱の世、明日知れぬ命に不安を抱きつつ、敵をたおすことを余儀なくされていても、殺生を罪悪と思っている武士は、たとえ戦陣にのぞみ、敵をたおし、また命を失うことがあっても、念仏さえ唱えれば阿弥陀浄土に往生できると教えた。それまで成仏を否定されつづけてきた女子も往生できるとした。有智・無智、善人・悪人、持戒・破戒、貴賤、男女を隔てず、仏在世あるいは滅後の衆生、釈迦末法万年の後までも、すべて念仏によって往生できると説いた。

まもなく叡山を下り、東山吉水草庵（現在の慈園山安養寺）において、あらゆる階層の人々に浄土念仏の教えを説いたので感化を蒙る人々が激増した。五十五才のとき有名な浄土念仏に関する法論（大原問答）が行われ聴衆を感服させたと伝えられている。

やがて、比叡山の僧徒との間に教義について争いがおこった。一二〇七年、弟子の住蓮・安楽が、朝廷の女官を出家させたことの罪を問われ死罪に処される事件である。これを契機に、七十五才の法然は土佐（実際には讃岐）に流罪となった。親鸞など弟子七名も同じ時期、各地に流された。法然は一二一一年、許されて摂津から東山大谷に帰り、翌年八十才で入滅。東山天皇から円光大師の諡号（しごう）をうける。黒谷上人とも呼ばれた。没後も法難はつづいたが、多くの弟子（信空・隆寛・聖光・親鸞・源智）たちにより、それぞれに門流が形成された。

法然廟は知恩院、二尊院、黒谷光明寺勢至堂に建てられている。

法然教団の特色は、①人格中心の教団であること②聖（ひじり）を中心に思想と行法を同じくする人たちによって結ばれ③堂塔伽藍を否定し道場に集まり④教化の対象は一般民衆すべてとし⑤念仏と礼讃を教法流布の手段としていた。

この浄土宗の背景をみて、再び〈更科〉を読みなおしてみると、教団の思想と、活動の姿が見えてくるように思う。

法然上人御廟（知恩院）

嶋廻（しまめぐり）

謡物〈嶋廻〉は、かなり古い作品で、金春禅鳳の時代（十五世紀）に既に存在したことが確実視されている。

完曲〈嶋廻〉も、その頃あったか否か不明。後に人の手が入った可能性が考えられる。完曲は禅鳳の祖父・

金春禅竹の現行曲〈竹生嶋〉と大変よく似ている。内容・構成が少し落ちるので廃曲に至ったのであろう。しかし、琵琶湖周辺の春の叙景は、〈竹生嶋〉より遥かに優れた美文で、廃するに忍び難く、サシ・下歌・上歌・二段グセの詞章が謡物として残されたと思われる。五流それぞれの乱曲で、ほぼ同文である。

本稿では『福王系番外謡本』（観世流五百番本）三〇八〈嶋廻〉を翻刻した。元禄十一年頃の写本である。異本に別曲〈島廻〉という四番目物があり、「江州膳所の者が人商人に捉(とらえ)られた子供を買い取って養育し、今日も辛崎へ連れて行くと、わが子の行方を尋ねて狂乱状態の母が来合わせて、めでたく母子再会する」という母子再会物である。これとは本説が異なる。

作者／不詳　典拠／竹生島伝説　所／滋賀県竹生島（びわ町）　季節／春　能柄／脇能
前シテ／老人　後シテ／竜神　ワキ／藤原朝臣為氏　ツレ／天女

【詞章】

次第ツ　誓ひ曇らぬ神垣(がき)や。〳〵竹生嶋詣で急がん　ワキ詞　抑是は順徳院に仕へ奉る。藤原の為氏とは我事なり。扨も我朝帝に隙なき身なれば。いまだ江州竹生嶋に参詣申さず候間。此度おもひ立て候

上　春の色棚引(ひく)雲のそなたなる。〳〵。相坂山を打過て。行ば程なく近江じや。志賀の浦舟漕つれて。竹生嶋にもつきにけり〳〵　詞　急候程に。是ははや竹生嶋に着て候。心しづかに社参(しゃさん)申さうずるにて候　シテ一セイツ　春なれや。花に囀る鶯の。声も匂ひや。含むらん　サシ　有難や此嶋は。金輪(こんりん)より長じて其高き事をしらず。是観音の御霊験。補陀落山共云つべし。又弁才天は此嶋に住給ひ。人民長久福壽圓

満。安穏快樂と誓はせたまふ。実有難き。悲願かな。 下 一度もあゆみを運輩は 上 現當二世を守らんと。〳〵。其御誓ひ浅からぬ恵みを誰か受けざらん。実神力も仏説も。同じ和光の陰に来て。拝むぞたつとかりける〳〵 ワキ詞 いかに老人に尋ね申べき事の候 シテ 是は此邊りにては見馴申さぬ御事なり。若都より御参詣にて候か ワキ さん候都より参詣申て候。当社の御事委く御物語り候へ シテ さらば語つて聞せ申候べし 語 抑此嶋は人王十二代。景行天皇十一年庚辰の年に。始めて湖水より彌出したるしまなり。剰観音霊験の地として。辨才天此しまに垂跡し給へば。天人常に天降り。龍神此しまを守護すとかや。されば信心ふかきともがらは。福寿円満安穏快楽ならしめんとなり。能〻渇仰し給へとよ ワキ 実有難き御事かな。かゝる神秘を聞よりも。信心肝に銘ずるぞや シテ げに能信じ給ふ物かな。猶も渇仰有ならば。現世の福は申に及ばず。未来は佛果に至らしめんと ワキ 誓ひ普き シテ 此神の 上同 恵みを誰か受ざらん。〳〵。実有難や頼もしや。衆生濟度の御方便。仰も愚なるべしや。〳〵

ワキ詞 誠に有難ふ候。また此嶋の廻〻山〻浦〻の致景。詠絶せぬ有様なり。皆名所にてぞ候らん御おしへ候へ シテ 参候名所にて候 くはしくおしへ参らせ候べし ▼サシ 此嶋の四方を遥に見渡せば。まん〳〵とある海上の 同 水の煙は霞にて。里はそこともしらなみの。汀の枩は麓に見へて。山は高きより先近し クセ下 北に向へば雁金の雲路を分て帰る山。有乳の山の荒玉の。年の始めの比なれば。待し花かと疑ふは消残る雪の木のめやま。東は。下伊吹おろしのはげしきに霞まぬ月の余古の海。南を遥に見渡せば。三上犬上鏡山。見なれし夢の鳥籠の山。いさと答へてつゝめども契りは餘所に守山。猶も其方のなつかしく。忍ぶ思ひを。しがの古郷花園の花やちるらんと。おもひながらの旅に立心や物に狂ふらん。比叡山と申すは。餘名高き山なれば。言葉も及びがたし。彼山に續て。次第に末を見渡せば 上シテ 横川の水の末とかよ。同　比良の湊の川音は。あらしやともに流夽。岩こす浪のうちおろし。神と祝ふも白髭の沖なる夽の高しまや萬木(ゆるぎ)の森の鷺すらも。我ごとく独は音をよもなかじ。彼よりも是よりも。唯此しまぞ有難き。とうなんくわ女が舟の内見ずは帰らじとちかひけん。蓬莱宮と申とも是にはよもまさらじ。汀の清水(せいすい)。岩尾(いをう)に懸る青苔夽山雲に懸つて何れもともに青き海　上シテ　緑樹陰沈んでは。同　魚も梢に登り。月海上に浮んでは兎も浪を走れり。すべて耳にふれ。目に見る事のいづれかは。大慈大悲(じ)の誓願にもるゝ。事や有▲（乱曲　嶋廻）上ロンキ地ツ　実や名所の数ゞを。〱。聞に付ても老人よ其名を名のり給へや

シテ上　今は何をかつゝむべき。我は龍宮廣原海(わだづみ)の。主の神は我なるが。常には此しまに来りつゝ。国土を守り申なり　上同　ふしぎや扨は荒海(わだづみ)の。主の神(しん)を目下(まのあたり)拝むぞふしぎ成ける　シテ上　御身信心深きゆへ。神も納受ましませば。唯今爰に顕はれて。夢中にまみへ申なり　迚(とても)見ゝへし夢の中。舞楽を奏し見せ申さん。暫く待せ給へと。云かとみれば海上に。水煙たつと見へて行衛もしらず失給ふ〱　サガリハ和上同

浪や打。〱。鼓の音は汀にひゞき。磯打夽のあらしは。自(をのづから)琴の調べ面白や有難や　天女上　我そのかみ霊山会上(りやうぜんえじやう)にして。釈尊に誓ひをなし。佛法王法(ぼう)の守護神となり。今此しまに跡を垂。衆生の迷闇を守る。弁才天(べんざいてん)とは我事なり　打上ノル上同　其時社壇の内よりも。打上　〱。容顔美麗の女躰の神は。忽顕はれ出たまひ。舞楽を奏し。舞給ふ。有がたかりける。秘曲かな　マイ打上上同　舞楽も既に時過て。〱。月も照そふ海づらに。浪風頻に鳴動(めいどう)して。下界の龍神顕はれたり　上同打上早舞上同　龍神各顕はれて。

打上　〱　打返　彼稀人の御なぐさみに。こくうにかけり。飛行自在を顕はして。舞遊ぶこそ。面白けれ　打上シテ下　角て夜も早明行ば。同下　〱。弁才天女は宮中に。入せ給へば龍神も御暇(をいとま)申し。又海中に。飛翅。〱て。其儘浪にぞ。入りにける

（括弧内傍線部分は筆者挿入）

【竹生島と藤原為氏】

びわ町の湖岸より約六キロの島。琵琶湖の誕生についてはよくわからないが、今から四百万年から五百万年前に、伊賀地方にあった湖が北方に移動したものらしいと地質学者は述べている。百三十万年前の古琵琶湖層群から東洋象の化石が発見された。琵琶湖の周辺には、縄文前期以後人類が住み、各年代の遺跡が存在する。滋賀は京都の隣国であり、古代から現代にいたるまで、日本歴史の檜舞台であった。

完曲〈嶋廻〉は次の粗筋からなっている。「順徳院に勅使を命ぜられ多忙な日々を送っていた権大納言為氏は、暇を見つけ、初めて竹生嶋参詣を思い立つ。嶋に着くと、ある老人に出会い、竹生島明神の縁起をたずねる。老人は琵琶湖の竜神の化たる姿であった。竹生島から見渡す琵琶湖の景勝を楽しんでいると、海上に天女（弁財天）と竜神が現れ、天女は舞を、竜神は豪壮なハタラキと舞を披露し、そのほかの竜神も舞を奏し、やがて海中に消えて行く」

陸地に近い島には、一般に他界信仰があるが、竹生島も古来死後の霊が赴くところ、祖霊を「斎き祀る」ところとされていた。これが竹生島の語源となっている。「都久」は祖霊を斎く島と信じられていたことを示している。

祭神については諸説がありはっきりしない。祭神とされている市杵嶋姫命は、おそらく浅井郡の祖神である浅井姫。九世紀頃、神仏習合

竹生島

の結果、竹生嶋神の本地仏は弁財天であるとされ、江戸時代までは神仏は同一神で竹生島明神とあがめられていた。明治初期の神仏分離令で寺院（宝厳寺）と神社（都久夫須麻神社）に分けられ、それぞれ弁財天と市杵嶋姫命を祀っている。

周囲約二キロの竹生島全体が、国の史跡・名勝に指定されている。島の南側に船着場があり、船を下りて階段を上ると、弁財天・千手観音を本尊とする宝厳寺（ほうごんじ）と、浅井姫命を祀る都久夫須麻（つくぶすま）神社がある。宝厳寺唐門と、都久夫須麻神社本殿はともに、豊臣秀頼が片桐且元を奉行に命じ、伏見桃山御殿を移築し改修したもの。渡廊二棟は秀吉の御座船を利用したものといわれ舟廊下と呼ばれる。いずれも国宝に指定されている。ほかにも重文など文化財が多い。また竹生島の沈影は琵琶湖八景の一つに数えられ、神秘的な美しさを誇っている。謡物の内容は竹生島から琵琶湖の美景を詠ったもの。現在、竹生島は川鵜の営巣地となり、多くの樹木が被害をうけ白く枯れてきているのが残念である。

ついでに、本曲のワキ・藤原為氏（一二二二～一二八六）について、少し記載しておく。藤原為氏は北家藤原氏の道長を祖とする名門・御子左家の系列に属し、定家の孫で、為家の長子。為家には三人の男子がいて、それぞれ和歌の家系を継ぎ、二条為氏、京極為教、冷泉為相の三家に分離した。長男の為氏は二条家の祖とされており、官二位権大納言となった。しかし後に、為氏は父の愛を失い、為家は為氏の官位を取り上げ異母弟・為相に与えた。終に訴訟となり三家は相互に確執を抱くようになった。為氏は鎌倉中期の歌道家で才気敏捷、帝の難題をよく詠みこなし重んじられた。亀山上皇の院宣（建治二年［一二七六］）により選者となり、弘安元年（一二七八）に『続拾遺和歌集』（しょくしふる）を奏覧した。またこの前後には『釈日本紀』（一二七四）、『十六夜日記』（一二八〇頃）なども成立している。為氏は勅選集に三五〇首が収められている。弘安八年出家して法名を覚阿という。

翌年死去。六十五。為氏の子・為世に至って、初めて二條家と号した。

二條家は京極・冷泉両家と対立した。京極家が禁制の詞を無視して清新の歌風を好むのに対し、二條家は父祖伝来の穏健清雅を旨とする保守的立場をとり、南北朝を経て室町初期まで栄え、多くの勅撰集を選出している。この家系から頓阿、二條良基などの歌人を出した。

後鳥羽上皇は土御門上皇、順徳上皇と承久の乱を起こす。その少し前から、三上皇は鎌倉幕府の反対勢力であった近江、比叡山、西国の兵力を掌握すべく、御幸を重ね、あるいは公卿たちを差し向け、統幕運動を積極的に展開していた。作者はこの承久元年頃を、本曲の時代と設定しているようであるが、この頃藤原為氏は未だ生まれていない。したがって順徳院に仕えることはありえない。

上宮太子（じょうぐうたいし）

當今に仕える臣下は、四天王寺に参詣し、居合わせた老人に、寺を創建した上宮太子（聖徳太子）の事績を尋ねる。老人は太子の臣下秦河勝（はたのかわかつ）の霊で、四天王寺の縁起と太子誕生のことを語るのであった。

謡物〈上宮太子〉は現五流にあり、いずれもほぼ同文。始め観阿弥（一三三三〜八四）が作った曲舞であった。十五世紀頃、別の人物によって前後がつけられ、完曲〈上宮太子〉、別名を〈太子〉〈四天王寺〉〈天王寺〉〈聖徳太子〉がつくられたと考えられている。

その後も改作が重ねられたので異本が多く、慶長九年（一六〇四）、豊国神社臨時祭に演じられた〈太子〉も、宝生が新作（改作）したものという。謡物の部分を除くと、他の脇能物と格別珍しい構成は見えない。そのために廃され、謡物の詞章だけが残ったのであろう。

曲舞の「聖徳太子誕生の説話」は、平安時代の『上宮聖徳法王帝説』に述べられている太子の神秘的奇瑞伝説や、藤原兼輔の『聖徳太子伝略』の太子伝記などから取られたものであろうか。仏教を廻る物部守屋との戦さ、河勝の働きについては、「秦川勝のカタリ」という別の語り物となっている。

『日本書紀』によると、太子は用明天皇第二皇子。敏達天皇二年誕生。母は欽明天皇の皇女・穴穂部間人皇女（蘇我稲目の孫）である。太子は宮殿南にあった上宮を与えられていたので、上宮之厩戸豊聡耳命、上宮太子ともいわれた。六〇五年、斑鳩に宮を移して推古天皇の摂政の座に就き、内政改革の実務を執行した。冠位十二階と十七条憲法制定や、三経義疏の注釈書を表したと伝える。推古朝の政治権力は、太子と蘇我馬子とに二分されていた。太子の妃は勝手姫のほかに複数いたようで、妃が登場する異本もある。薨去後は聖徳太子と追諡され、正妻の勝手姫、母の間人皇女とともに磯長墓に葬られた。超人的な伝説が残る聖徳太子の実在は、かねて疑問視されていて、厩戸王を主人公とし、意図的に創作された人物像であろうとされている。誕生説話（サシ・クセ）は、奇想天外で面白く、ここだけが謡物として伝えられたのであろう。戦前であったなら、不敬罪にあたるとして〈蝉丸〉や〈大原御幸〉などのように謡うことも、舞うことも禁止されたと思われる内容である。

前シテは河勝の霊魂。後シテは舞楽に堪能な太子の霊で極楽の音楽を奏でる構成になっている。

本稿は、『版本番外謡曲集』田安文庫所蔵の写本〈上宮太子〉（正徳六年版行本）を用い翻刻した。四百番外百番、書物師林和泉椽が書写したと奥書がある。ルビはつけられていない。原曲は慶長以後江戸時代以前の作と考えられる。

作者／不詳　典拠／不詳　所／摂津四天王寺　季節／不定　能柄／四番目
前シテ／老翁　秦河勝の霊　ツレ／男　後シテ／聖徳太子の霊　ワキ／朝臣　後ツレ／天女

【詞章】

次第　神や佛も隔つれど。〳〵誓ひぞ同じかるらん　ワキ　抑是は當今に仕へ奉る臣下也。扨も津の国天王寺は。我朝精舎の寶物なれ共。いまだ参詣申さず候程に。此度君に御暇申。只今津の国天王寺に参詣仕候　上　夜をこめて竹田の里を立出て。〳〵。淀山崎や石清水。八幡の社伏拝み。猪名野笹原分過て。行ば程なく津の國や。難波の浦に着に梟(けり)〳〵　詞　急候程に津の國天王寺に着て候。所の人を相待いはれを尋ばやと存候　シテ上二人　法のはな。敷し筵(むしろ)に望みてや。光りを増し。難波江の　ツレ　松の下枝(したえ)もものさびて。二人　緑に。見ゆる。朱の垣　サシ　夫我朝は元来も。栗散遍地の小國なれ共。二人　或は神明又は佛陀と顯れ給ふ。皆是。同躰異名にて。假(たとえ)ば水波の隔のごとし。殊に此上宮太子と申奉るは。救世観音の御垂跡にて。佛法王法を起し給ふ。実有難き。恵み哉　下哥　いざ正身の観音の御影を猶も拝む　上哥　目下成(まのあたりなる)仏出て。〳〵。衡山の峯よりも高くして。阿僧祇劫を経迚もいかでか是を報謝せん。唯頼め〳〵。衆生済度の御誓ひなどかは仰がざるべき〳〵　ワキ　いかに是成老人に尋申べき事の候　シテ　此方の事にて候か何事にて候ぞ　ワキ　所の人にてましまさば太子の候事御物語候へ　シテ　ことも愚や上宮太子と申奉るは。本地救世観音にておはしますが。佛法興隆の為に此土に御出現有。則日の本の釈尊共崇申候　ワキ　扨又此天王寺御建立は何の比にて候ぞ　シテ▼抑天王寺御建立の事は。昔弓削の守屋と云し逆臣有しが。河内國稲村に城槨（じょうかく）を構へ。廿九万三千の勢にてたてこもる。太子の御勢僅に二百五拾騎を以て向ひ給ふ。去ば大敵の事なれば初は太子討負給ふ。され共太子は恐れ給はず。仏法興隆の為の戦ひなれば。願力にあらずんば勝事を得難しと思召れ。将軍木（しょうぐんぼく）にて四天の像を作り。甲（かぶと）の上に安置し給ふ。扨又迹見の臣に命じて。定の弓恵の矢を以て。稲村が城に放させ給へば。此矢則守屋が胸板に當つて。櫓の上より逆様に落。其時秦の河勝内毛の劔を以て。守屋が頸を討落せば。残黨も悉く亡びぬ。其後此所に一宇を建立まし〳〵て。四天王の像を安置し給ふに依て則天王寺とは申候▲（シテの語り）　ワキ　謂を聞ば有難や。扨〻さきに聞えつる。上宮太子と申事は。いか様故有御名やらん　シテ詞　実能御不審候。御父用明天皇は。太子を御寵愛の餘りに。南殿の上宮に居置せ給へば。上宮太子と申也　ワキ　偖又八耳の王子と申事は　シテ　八人の訴へをも一時に聞召れしかば。上　八耳の王子共申也　ツレ　或は豊聡　シテ　又は耳聡　ツレ　其外厩戸　シテ　聖徳共　上同　只此太子の御事なり。本来救世の観音の。無縁の衆生済度せんと。九品の蓮臺の。浄土を出て。日域の。粟散遍地に出生し。仏法流布の霊地と成。今末の代に至るまで誰か恵みを受ざらん〳〵　ワキ詞　猶〻太子の御出生謂委く御物語候へ　クリ同　夫我朝に垂寂光を廣め。西天唐土に其名を顕し給ひしは。上宮太子にておはします　サシ上▼彼欽明天皇三十二。睦月一日の夜半に。御夢想の告有。下同　金色の僧来りたまひ。后に告て宣はく。吾に救世の願あり。則后の御胎内に。宿るべしと有しかば。下クセ　妃答えて宣はく。妾が胎内は垢穢なり。いかで貴き御躰をやどし給はんと有しかば僧重て宣はく。吾は垢穢をいとはず唯望らくは人間に。着到せむが為なり。后辞するに所なし。ともかくもと有しかば。此僧大きに悦んで。后の御口に飛入給ふと御覧じて睦月軒にかゞやき夵風夢を破つて五更の天も明にけり。帝此よし聞召悦びの文を成給ふ。后必ずしやうらんを産給ふべしと有しかば　上　隙行駒をつながねば　同　大跋提河の池の水すまで。濁れるごとくにて。十二月と申には。南殿のみまやにて。御産平安皇子御誕生成厩戸の皇子と申も上宮太子の御事▲（宝生流蘭曲　観世流乱曲　喜多流曲舞）　ロンキ同　実有難き物語。御身いか成人や覧。其名を名乗給へや　シテ　今は何をか包むべき。其古しへは秦の。河勝と云れしが。時代とて今は又大荒の神は我也　上同　そも河勝の御事は。太子の臣と聞物を。唯今爰に来現す。いか成故にましますぞ　シテ　愚成とよ君臣の。礼を重んず心なれば常に來り拝す也　上同　暇申て帰とて。夕浪の難波江の海士の。小船に飛乗て。風に任せて西の海沖に浮むと程もなく。須磨のきしに着と見えて。掻消様に失せにけり〳〵　ワキ詞　扨は唯今の老人は秦の河勝にてましけるぞや。今宵は爰に休らひて。猶も奇特を拝んと思ふ　上　心も住吉の。〳〵。夵の隙より飛音の。月に聞えて光りさす。守道ぞ新たなりける〳〵　太鼓打上上同　不思義や沖の方よりも。〳〵。異香薫じ。紫雲たなびく其中に。光りも照そふ天乙女。紅井の幣を捧げつゝ。和哥を詠じて。舞給ふ実有難き。寄瑞哉　打上上同　其時御堂は鳴動して。〳〵。扉も朱の。玉垣も。耀き渡れる褐嚴の御姿さながら𦬇（ぼさつ）ゑ。影向かや　後シテ　抑是は。世尊の御法を日本に弘通せし。上宮太子とは我事也。吾在世の昔。定着し。三寶供養の舞樂を奏し。彼稀人を慰んと　上同　糸竹の調べ様ゞに。未來成仏の曲を擽で。法性恚女の聲をなす。法会の舞樂は有難や　ロンキ同　荒面白の音楽や。そもや舞楽の其功徳。廣大無邊成とかや

シテ上　先舞樂とは極楽の。𦬇聖衆の遊びにて。妙音ぼさつは十方の。妓楽を集め舞給ふ　上同　扨天竺の音楽は　シテ上　釋尊都卒内苑の。万秋樹下に居して弥勒灌頂の陀羅尼を。樂にうつして奏しければ万秋

楽と名付たり　上同　実傳へ聞此楽を　上シテ　見聞の人は聲立。往生都卒と説れたり　上同　又我朝に傳えしは　シテ　推古天皇の御時。百濟國の伶人。來りて舞樂管絃の。秘曲を傳え奏しければ　同上　其時我も悦びて普く四方に弘めけり。四天王寺の樂人も。此時よりぞ始れり。是得脱の哢引往生の提燈偏に只音樂の徳とかや。〈

（括弧内傍線部分は筆者挿入）

【秦河勝】

雄略天皇十五年（四七二）、新羅系渡来人秦氏は、播磨国赤穂に渡来し、山崎の地を開いた。土木や先進文明の知識を有し、保津川に大堰を築き、周辺の土地を潤し、稲作を進め、養蚕、機織をよくした。その頃、秦氏には朝廷の直属臣僚（伴造）に任命されたものはいなかった。秦氏は全国に分散していた百八十の優れた者をあつめ、庸・調として絹を朝廷に献上し、禹豆麻佐（うずまさ）の姓を賜る。以来、山崎の地は秦氏の本拠地となった。後に秦氏の地となった葛野は大和からはなれていたため、中央政治の権力闘争に関与することなく、機織などに専念し、経済力を蓄え、長岡宮・平安遷都へとつづく次の時代の首都建設に力があった。秦河勝（はたのかわかつ）は六世紀後半から七世紀全般にかけて活躍した山城秦氏である。

『日本書紀』によると、推古天皇十一年（六〇三）、厩戸皇子は諸大夫に向かい「自分は尊い仏像をもっている。だれか祀る者はいないか」と尋ねた。そのとき、秦氏の長（おさ）、河勝は「臣がお祀りしましょう」と仏像を拝領し、葛野蜂岡寺に祀ったのが廣隆寺の前身である。もともと寺は、秦公寺・葛野寺・太秦寺ともいわれる秦氏の氏寺であった。その正確な創建時期は不明であるが、当初の寺域は現在の位置より南方、西京極のバス停（川勝寺）付近にあったと推定される。川勝寺の廃された理由、時期も不詳である。平安遷都の後、廣隆寺は現在の太秦（うずまさ）

に移った。境内に聖徳太子を祀る上宮王院太子堂があり、その手前、右手の太秦殿には秦河勝夫妻が祀られている。現在河勝夫妻像は他の重要古仏とともに霊宝殿に納められている。河勝像の顔は異形で、ユダヤ人との説がある。

霊宝殿の宝冠弥勒菩薩半跏思惟像（はんかしゆいぞう）は、河勝が太子から賜った仏像で、国宝指定第一号となった。素材は朝鮮産アカマツ。飛鳥時代に半島より伝来したものである。秦氏一族と河勝は、新羅の使者が推古天皇に拝謁するとき、その導者を務めていた。また厩戸一族による造寺・造仏を、実務面で支えたと伝える。

伝 秦河勝の墓

河勝の生没年は未詳。大阪の寝屋川市付近に、秦・太秦という地名があり、ここも渡来系豪族秦氏ゆかりの地であった。寝屋川のほとり小高い墓地に近い民家群の一隅（川勝町二）に秦河勝の墓とする高さ約二・四メートルほどの五輪塔がある。以前は遥かに豪壮な五輪の石塔であったが、秀吉が淀川左岸の治水工事（文禄築堤）のため持ち去り荒れていた。慶安二年（一六四九）、秦氏の子孫が修復したものと刻まれている。

曲に謡われている赤穂付近の岸にも墓があるとか、諸説があるが確証にいたっていない。

河勝は武人として物部守屋の討伐に功績があったばかりでなく、為政者として抜群の能力を有していたので、のちに大荒（おおあら）大明神と崇められた。また能の発生に密接な関係があったと伝承されていて、世阿弥の『風姿花伝』の冒頭と「第四 神儀云」に、大和申楽（円満井座・のちの金春座）の祖であると述べている。金春座の伝承でも円満井座は秦河勝にはじまるとされ、金春禅竹以後の大夫は秦氏を名乗っている。世阿弥やその次男元能も秦氏を称したことがある。
太子信仰に基づく文芸作品や聖徳太子絵伝類は、平安から鎌倉・室町時代に盛んに製作された。〈上宮太子〉は、これに影響をうけ、十四～五世紀頃に作られた謡物であり、完曲であろう。

雪月花（せつげつか）

同じ内容の謡物を宝生・喜多流は〈雪月花〉、観世流では〈四季(しき)〉と呼ぶ。〈雪月花〉の完曲には二種類あり、その一は〈雪翁(ゆきのおきな)〉〈雪女(ゆきおんな)〉〈雪折竹(ゆきおりだけ)〉などと云われるもの。謡物〈雪月花〉と〈四季〉は、〈雪翁〉のクセをさすと考えられている。その二は同名の別曲〈雪月花〉で、語物風に仕組んだ近世の戯作である。さらに別曲の〈雪月花〉があったとも云われている。実に紛らわしく、どの曲からとられたものか、あるいは独立した謡物か分からない。

本稿では、底本に完曲の〈雪翁〉（鴻山文庫所蔵の『角淵本番外謡江戸中期写』）を選んだ。〈雪月花〉はもともと室町時代の祝言小謡と思われ、〈雪翁〉は後の人が前後をつけたものであろうとの研究がある。床の間や茶の湯の待合に、「雪月花」と書いた掛軸を目にすることが多い。「雪月花」がどうして持て囃されるのであろうか。四季折々の眺めのなかで、雪が最もすぐれていると詠う理由は何か。どうして花よりも月よりも雪が優れているのであろう。このことを少し考えてみたい。ワキの寂蓮(じゃくれん)法師は平安末・鎌倉初期の歌人。本名を藤原定長。

はじめ伯父藤原俊成の養子となったが、定家が生まれると自ら避けて三十余歳で僧となる。書に優れ、国宝「病草紙」の詞書は彼によるとも云われている。新古今和歌集の選者の一人に任じられたが、和歌集完成前の一二〇二年に没した。生年未詳。新古今集に多くの詠歌が残され、百人一首に歌がある。

村雨の露もまだひぬまきの葉に
　霧たちのぼる秋の夕ぐれ

完曲は、嵯峨野に住む寂蓮法師の庵に女の姿が現れ、庭の竹に降り積もった雪を払うことで問答を交わした後、中入りとなり、やがて雪の精の姿となり舞を舞う。

作者／不詳　典拠／不詳　所／嵯峨野　季節／冬　能柄／三番目
前シテ／女　後シテ／雪の精　ワキ／寂蓮法師

【詞章】〈雪翁　四季トモ雪女トモ〉

次第　風のみと成玉あられ。〱。寒けき夕べなるらん　ワキ詞　是は都の西さが野の片邊りに住居する。

嵯峨野の竹林

寂蓮と申法師にて候。扨も此程打續たる大雪にて。庭の竹雪に痛みて折損じ候。餘りに難儀に候へば。人を頼み何とぞかこい申さばやと存候　シテ　いかに寂蓮。扨も此比の大雪に。庭の竹木折損し。難義に思すらん。されば草木心なしとは申せ共。さぞ心うく思ふらん。何とぞ方便をめぐらされ。圍せ給ひ候はゞ。少しは風にもいたむまじ。され共只今一人の御身なれば。御心斗にて有べきなれば。我も力をそへ奉り。雪をかこいて参らすべし　ワキ　げに〳〵御志しは去事なれ共。我は出家の事なれば。女人の御身は頼まれまじ。扨ゝ御身はいずくの人ぞ　シテ　我は此邊りに住者なるが。度ゝ御庵室に参り。御經聴聞する者也。御庭前の竹木をいたはり嘆き給ふ事。誠に有がたき出家の御心ざし。荒有難の御事や　ワキ上　すはや次第に風あらく。雪氣に成て降くるぞや。早〳〵帰らせ給ふべし　シテ上　いやとよ雪は降くる共。竹のかこいの力をそへて参らすべし　ワキ詞　其時寂蓮あらゝかに。上　理りしらぬ女人哉。はやとく出よと宣へば　シテ　いや出まじといふ内に　ワキ　雪は次第に降積り　シテ　前後も見へぬゆきの日に　上同ヨハ　雪ならばいく度袖を拂はまし。〳〵。花のふゞきと詠じけん。下　心は我身にも。あら面白の雪の日や。鵝毛に似て。飛て散乱する人は。鶴装をきて立てはいくわいし給ふや。よしや帰れと宣まはゞ。はや帰るべしさらばよ。又こそ参り候はめと。立出るとはみえけれど。雪のふゞきに立紛れ。いずくへ行もみえ分ず空の雪とぞなりにける〳〵。ワキ詞　扨も只今の女は帰れといへば後あしく。興がる聲して行方を見失ひて候。いか様ふしぎの者にて候。重ねて来らぬ事は候まじ。委敷尋ばやと存候　後シテ下　あら面白の雪の日やな。〳〵。サシ　風破窓を射て灯火消安く。月をくをうがちて夢成がたし。雪のよすがら物すごきに。此山陰の気疎に。すむ共誰か白雪の。ふり行末ぞあはれなる　下哥同　とにも角にも二がつの此身のはては淺ましや　上哥同　比しも秋の末。〳〵。木ゝの梢も枯ゝに樞の錦野も山も。光り輝く其けしき。千とせの秋の夕べ哉〱 ワキ上哥 雪寒ふしてねられねば。庭の呉竹雪に埋(うづ)むを。打拂ひ〱心を澄す折節に。これは有つる女也。いか成人ぞ名をなのれ シテ 是はふりつむ雪の竹。よにふ思儀なる者也と。只思召やらせたまへ ワキ 扨はうつゝにみゆる人は。昔もかくや姫の事。思ひ出る斗也 シテ 夫は昔の賢(かし)きよに ワキ その名も高き シテ 女とは 上同ヨハ 思ひなぞらへ給ひそよ。〱。我は夢共うつゝ共。いさ白雪のふるきよに。名は古へに業平の。片野の雪女あだにな思ひそよ。

クリ上地ヨハ 夫非情草木といつぱ誠は無相眞如の躰。一ぢん法界の心地の上に。雨露霜雪の形ちを顯はす

サシ上ヨハ 然ればあだ成世の中に 同 たゝずむ空のあはゆきの。消てあとなきうつゝ共 シテ下 夢共よしや思ひしれ 同 槿(きん)花露命の。仮のよ成。下クセツヨ▼抑天の潤ひに。雨露霜雪の四つをみせ。同じく雪月花の三つの徳を分つにも。雪こそことに勝れたれ。先春は梅櫻(さくら)。さくより散迠も。雪を忘るゝ色はなし。夏はさみだれの。ふるやの軒端暮ながら。庭はくもらぬ卯花のかきねや雪にまがふらん 上シテ 夜寒わすれて待月の 同 山のは白き影迠も。ふらぬ雪かとうたがはれ。冬野に残る菊迠もすは初雪と面白さに山路のうきや忘るらん▲（蘭曲曲舞 雪月花 乱曲 四季）上ロンキ同ヨハ げに面白き雪の花。落花ふたたび枝に来て詠めもあかぬ夕べ哉 シテ上 よる降雪も静なり。白拍子思ひ出の。袖ふり返し諸共にいざや一指まはふよ 上同 実めづらしき舞の袖。きる白衣(しらぎぬ)のかたの雪 シテ上 夜も長〻のすそを取 上同 扇をひらき シテ 聲を上て。まふとかや マイ打上上同ノル 角てよもはや更行まゝに。打上 〱。次第に雪は。山を越つべし青葉の木〻も。白妙の詠めも興さめ心も埋もれてされ共女は少(すこし)もたゆまず降つむ雪の。かざしとして。まふつうとふつさも嬉しげなる有様は。心も乱るゝ。すさまじや 打上上同ノル 慚〻時も移り行ば。打上 〱。御いとま申て寂蓮法師。御弔ひの。くりきにて。つみも報ひも皆消果て。おも

きざいしやうの山高けれ共大ひの光りにてらされ申せば消て残らぬあくごうぶんのふ今は菩提のみちも明らかに。御いとま申(もうす)といひ捨て。出ると思へばそのまゝに夜はしらぐ〳〵とぞ明にける

（括弧内傍線部分は筆者挿入）

【雪月花】

日本においては、雪月花とは、もともと万葉人によってさかんに試みられた寄物陳思(きぶつちんし)という手法の一つであった。寄物陳思は「物に寄せて思いを陳(の)ぶる」というもので、その物の代表が「冬の雪・秋の月・春の花」に象徴される雪月花であった。自分の思いをストレートに云いあらわさないで、何かに託したい。その何かは四季のうつろいであり、これを象徴するものが雪月花であった。そのような万葉人の心情は寄物陳思という間接話法をとらせたのである。この手法を平安中期では賦物(ふしもの)とよび、そこには格別な方法が意図されていた。ごく簡単に賦物の変遷を説明すると、

第一には、「見れど飽かぬ」という内容である。「白露を玉になしたる九月の　有明の月夜見れど飽かぬかも（『万葉集』巻十）」というふうに、有明の月をただ見ただけなのに、何時迄見ていても飽きないと、見ていることと以上に「飽きない」という気分を詠んでいることになる。現実以上のこと、心の中で「余して見る」ということが重要である。

第二に、「見つつ偲ぶ」という法則。今、花や月を見ているのだが、自分の気持は、その花や月にちなむ人や所を偲んでいるという内容である。「そこにないものを偲ぶ」ということになる。

第三に、雪を盆に活け、月は水に映し、花は手折り壷に生けて愛でてみたいという方法。直接に野山に行っ

て鑑賞するだけでなく、手に取り持ってかざり、楽しむ事をする。いわゆる雪見・月見・花見にあたる。これは今日の日本人が好む生花の手法にも通じるものであろう。「一部を見て全体を感じる」という表現である。

雪中の枯れ枝に、春に開いた花や紅葉の美しさを心に浮かべ、人生の栄枯盛衰や心境の移り変わりに心を及ばせるのである。白雪の無の色の中に、華やかな春の姿を心に浮かべるという、日本人の思考がうかがわれる。有から無へ、有無・是非を超えた高次元の無へ、それが究極の妙へ、「却来」の思想となった。

応永二十年代、華やかな美を越えた「冷えたる芸風」が足利義持に持て囃された。田楽の増阿弥(ぞうあみ)が京都に進出してくると、世阿弥にとって義満時代の芸風に安住することは許されなかった。『申楽談儀』の中で、世阿弥は増阿弥の芸風を、例えば「尺八の能」について「尺八一手吹き鳴らひてかくかくと謡ひ、様もなくさと入。冷えに冷えたり」と賞讃している。また表面的な芸の美しさ、おもしろさを洗い去って、閑かに花を咲かせる「閑花風〈銀椀裏に雪を積む〉」の境地に達しているとも述べている。

色の全くない白という無に近い思想の果てには、心の底に有が生まれ、果てしなき美が生れてくる。「雪月花」は、禅寺の庭に降り積もる雪の冷えた美の意識を基礎にした謡物とみてよいのではないかと考えられる。

乱曲の部分は哲学的な思考を述べているのに、〈雪翁〉の寂蓮の庵室に訪れる女の姿は些(いささ)か通俗的で、『白氏文集』の詩歌を加えてはいるけれども、会話の詞章にもひと工夫あって良かったのではないか。また、後シテの演出にも少し物足りなさを覚える。このことが、能として完成しなかった理由ではないか。

卒都婆流（そとばながし）

別名を〈康頼（やすより）〉、〈蘇武（そぶ）〉と呼ぶ。作者は世阿弥と推定され、室町時代の古作。金剛曲舞と宝生蘭曲は〈卒都婆流〉、喜多曲舞は〈蘇武〉と呼んでいる。流派で詞章の長さが若干違う。観世には存在しない。別に「シテノカタリ」という語物（かたりもの）がある。

本稿では完曲の底本に、『福王系番外謡本』（観世流五百番謡本）四一九〈卒都婆流〉を用い翻刻した。異本も殆ど同文。いずれも熊野権現の神徳を称えた内容で結ぶ。終末にツレがシテの前で活躍する「護法（ごほう）型」の構成である。

完曲〈卒都婆流〉は平判官康頼をシテとした優れた曲であったが、俊寛僧都をシテとする名曲〈俊寛〉が作られた後は行われなくなり、サシ・クセ（蘇武を謡った詞章）のみが謡物に残った。平曲（へいきょく）のなかにも〈卒都婆流〉という曲が伝承されている。内容構成は同じ。多武峯延年でも演じられ台本が残されている。

作者／世阿弥？　典拠／平家物語 巻二　所／鬼界ヶ島（硫黄島）　季節／不定　能柄／切能

シテ／平判官入道康頼　ツレ／熊野権現　ワキ／丹波の少将成経

【詞章】

一セイ和　慕（した）ふにつけて明暮に。しほる〻袖の露けさよ　ワキ詞　是は薩摩がた鬼界がしまの流人の内。丹波の少将成経にて候。海士の苅藻の我からと。昔の空に引かへたる有さま。宿世（すくせ）の業因とは申ながら。餘りに浅間敷次第にて候。あけくれ古郷のなつかしさに。責ての事に此嶋に三熊野を勧請申。帰洛を祈り候。今日もまた参詣申さばやと存候　上哥和　麻の衣を身にまとひ。〱。沢邊の水にきよまりし。こや三熊野の岩田川の。清き流れと思ひなし。真砂を幣となぞらへて千度の歩み運けり〱　詞　程なくみやゐに着て候。暫く休らひ康頼諸共に祈誓申さばやと思ひ候　シテ次第和　なき玉ならばふる里へ。〱。歸らん物を浅ましや　サシ　是は平判官入道康頼がなれるはてにて候。化（あだ）し憂世に露の身の。袖のみ濡れて干隙も。浪の立居に浮事を。重ねて今日も呉服鳥。明暮帰洛の本懐を　下哥　遂させ給へと一向（ひたすら）に祈るぞ哀なりける　上哥　寝覚には夢かと思ふ松風を。〱。都の傳かさりとては。忘れん物か夢にだによしや嘆かじ苑に角に。浪のうたかた消もせで憂にはもれぬ我身哉〱　ワキ詞　いかにやすより待申て候　シテ　少痛る事の候いてさて遅なはりて候。夫につき今夜荒たなる御靈夢の告有御物語申候べし　ワキ　何と御靈夢と候や。頓て語て御聞せ候へ　シテ　▼扨も今夜丑満の比。其さまけだかき女性二三十人。沖の方より此汀にあがらせ給ひ。鼓を打聲を調べ。萬の佛の願よりも。千手の誓ひ頼もしや。汝等古郷へ帰らんと思はゞ。千ぼんの卒都婆を造立し。和哥を詠じ浪上にうかむべし。思ふ願ひは満べしと。新たに御靈夢を蒙りて候程に。百千万端（だん）の思ひをのべ。千本の卒都婆を作り。阿字の梵字に我ら二人が実名をしるし。万里の波濤へながし候べし▲（シテノカタリ）　ワキ　誠に有難き御告かな。扨は古郷の願ひははや叶ひたると頼母しうこそ候へ　シテ　消ぬ命の甲斐有て　ワキ　いつか都へ帰らんと　シテ　只それとのみ　ワキ

三熊野の　上同和　神の恵みにいざ更ば。〱。泪ながらも諸共に。卒都婆をなく〱造立し。南無や
くまのゝ権現。殊には厳嶋の明神。本願あやまらせ給はずは。せめて一本なりとも都へ傳へたび給へと。
作り出すに託ひて一首の哥を顕はして。沖津浪間に浮めしはせめての事と。哀なり〱　ワキ詞　いか
に康頼。古へもかゝるためしの有やらん御物語候へ　シテ　中〱の事。唐の蘇武は帰鴈に文を付。古郷
へ帰りしためし有語つて聞せ申候べし　ワキ　愍に御物がたり候へ　ツクリ同　夫漢王胡国を責たまひし始
めを尋ぬるに。李少卿を大将とし。三十萬騎をむか(け?)へられしに。戦終に利なし。其後蘇武を遣はされしが。
剰へ是も。生捕られけり（宝生流蘭曲ハツギノ詞章カラ）　サシシテツ　▼然るに胡国の軍破れ。或はうたれ
または生どらる。同　中に一千余人。皆がんくつに籠られ。生をも替へず此世より。闇路の苦を受る又三
年にて取出し。皆一足を切て廣野に放さる　下同　頓て死するも有。程へて空敷成も有
▼（喜多流ハココカラ）　上　中にも蘇武は甲斐なき一命残り。有もかりなる小田に出て。落穂を拾ひて
身命をつぐ　シテ　田面のかりも人馴て。同　人近をも去ざれば。指を切玉柏に書。翅に付て放ちけるに
中クセツヨ　甲斐ぐ敷も田面の雁。秋は必南國に。通ふや天津雲の上に。折節帝は南殿の御遊有しに。行
雁金の数ひとつ。半の雲に飛さがり。翅に付し玉柏を庭上に落し飛さりぬ。奇異の思ひをなし。鳥の跡を
見たまへば。古への。そぶが誉の跡なれや。昔はがんくつの。内に籠られ今はまた。下　一足を切。廣き
野中に放さる。假ひ草路に朽るとも。魂は立帰つて。下　君邊に仕へん。子卿が状と書とゞむ　上シテ　無
暫やな今迠も　同　そぶは此世に有やとて。此度は蘇武が子に。楊李と云る大将に。百萬騎相そへ胡国に
責遣はさる。此度は引かへて。胡国の軍破れつゝ。廣野にすめる我父を。伴ひ歸りける事翅に付し文の徳。
夫よりふみを雁書と云。使を雁使と名付たり。されば唐土の。蘇武は旅雁に文を付。本朝の康頼は塩路の

浪に哥をよす　上シテ　夫は漢朝の古へ　同　是を本朝今の世。かれは雲路のうはの空。是は塩路の海の面。たとへを聞も今更に。古事のみの忍れて猶もほされぬ袂かな▲（謡物 卒都婆流）　ワキ詞　懇に御物語候物哉。加様の子細を聞に付ても。暫祝言を讀て神慮をすゞしめ御申候へ　シテ　心得申て候。神前と準へ真砂の上に畏り　上　既に祝言を申けり。下　敬　曰　夫證誠大菩薩は。済度苦海の教主。三身圓満の覚王也。爰に利益の地を頼まずんば。いかで嶮難の道を運んや。下サシ　仰願くは。青蓮の慈悲の眼尻たれたまひ。左遷の愁を歇めて速に帰洛の本懐を遂しめ給へさいはい〳〵　権現　抑是は。日本第一だい靈現熊野三所権現なり。汝誠の志ざし。一心清浄の信心を抽んずる。所願何ぞ空しからん。疑ふべからず唯頼め　上同ノル打上　不思儀や沖のかたよりも。〳〵。音樂聲〴〵紫雲棚引絶まより。にしの御前顕はれ給へば其外千手の廿八部衆。各〻みこゑをあげさせ給ひ。樂器を調べ萬の佛の願よりも。千手の誓ひ頼母しやと唄かなで。舞給ふ　マイ打上上同　遊舞も漸く過行ば。打上　〳〵。俄にはやて吹落て厳嶌明神諸天善神は光りを放ち波上に顕はれおはします　下ゴンゲン　権現御聲を揚させ給ひ　下同　〳〵。汝等信心堅固成ゆへ只今古郷へ送るべしと。手づから舩の綱手をとつて。萬里の蒼波を片時が程に。都に帰へし給ふとおもへば程なく帰洛の本懐を遂しも是敷しまの神の威徳。胡国鬼界と隔たれど。風情は同じかるべしと。権現はさかまくうしほに乗じ。〳〵て。三熊野に帰らせ給ひけり

（括弧内傍線部分は筆者挿入）

【蘇武と平判官康頼】

謡物には、蘇武が雁の羽に都への便りを託した伝説と、康頼の卒都婆流のことが謡われている。まず前漢の武帝の武将・蘇武について調べてみよう。

中国の古代帝国では、しばしば北方から圧力を加えてくる匈奴との関係が重要な対外政策であった。武帝の頃、当時西域といわれていた中央アジア諸国との交通路が発見された。西域から葡萄、石榴、うまごやしなどがもたらされ、中国からは絹織物が搬出された。西域はまた良馬の産地でもあった。中にも汗血馬という馬は世界的に有名で、武帝はこの名馬を入手したいという欲望を抑えることができなかった。李夫人の兄・李広利は再三失敗を重ねた末、ようやく良馬を得て長安に凱旋した。ところが、漢が西域諸国と通じ勢力が匈奴の西部に進出してくると、匈奴は傍観するわけにはいかなくなった。

西暦前一四〇年以降、匈奴は北方より漢帝国と大月氏国との交通路（シルクロード）を脅かした。漢の対匈奴出兵は失敗の連続であり、並行して進められた外交折衝もなかなか纏まる状況にはなかった。天漢元年（西暦前一〇〇）、蘇武（字は子卿）は帝から正規の使節の旗を授けられ匈奴に向かった。漢に抑留されていた匈奴の使者と多額の贈り物をたずさえて赴いたのであったが、和議は成立せず、そのまま胡国に抑留されることになる。李広利とともに五千を率いて出撃した李陵も、匈奴の八万騎と力戦、力つきて捕虜となる。

蘇武と李陵の二人は、もと漢の侍中の職にあり友人の間柄であった。胡国に抑留され帰国の望みを失った蘇武は、李陵が降伏を勧めても肯んぜず、武帝の死後、明帝の始元六年（前八一）まで節を曲げることなく、悲痛に満ちた十九年の抑留生活を送った後、ようやく漢に帰還することができた。人間の肉体と精神とを超越し、漢に対する忠誠と思慕を貫いたことが、後世の人の胸を締め付けたのであろう。艱難辛苦の中で長安への思いを雁に託すこともあったであろうという推測が伝説を生んだ。

前記と内容が若干重複するが、『平家物語』の「卒都婆流」が原典なので一応みておこう。

昔、漢の武帝が胡国を攻めたとき、始め李陵を大将軍にして三十万騎を向けたが、みな打ち滅ぼされてしまった。李陵も捕らえられる。つぎに蘇武を大将軍として五十万騎を向けた。やはり漢の軍勢は弱く、皆打ち滅ぼされた。兵士六千余りは生け捕られ、蘇武を始め、主だった兵士六三〇人は片足切断の肉刑をうけ追放された。その場で死ぬ者もあり、しばらくして死ぬ者もある。蘇武は死を免れた一人である。片足のない身となり、山で木の実を拾い、春は沢の根芹をつみ、秋は田圃の落ち穂を拾うなどして露命をつないでいた。田に群れている雁も、片足のない蘇武を恐れなかった。雁はいずれ故郷に渡ると思い、一筆心に思う事を書いて、翼に結びつけ放した。雁は秋には必ず北国から都へ翔び行く習性があり、漢の昭帝が上林苑で宴遊を行っていたとき、雁が飛んできて蘇武の手紙を落とした。開いて見ると「昔は岩窟の洞穴に閉じこめられ、三年間嘆きながら年月を送り、今は広々とした田の畝（せ）に打ち捨てられ、片足の身を胡狄（こてき）の地で苦しんでいる。たとえ死骸が胡の地に散乱しようとも、魂は再び君のおそばに戻り仕えよう」とあった。それから手紙の事を雁書（がんしょ）ともいい、雁札とも呼ぶようになったという。帝は、蘇武は苦しみに耐えながら胡国で生き続けていたのかと涙を流した。

今度は李広利に百万の兵を与え、匈奴を攻撃、ようやく漢軍が勝利した。蘇武は広い野原から這い出し「自分は蘇武だ」と名乗った。十九年の歳月を送った胡国から、片足を失った姿で輿に乗せられ、ようやく故郷に帰ることができた。帝からいただいていた正使の旗を肌身放さずもっていて、これを取り出し帝に返上した。君も並み居る臣下も感嘆一通りでなかった。以上が謡物〈卒都婆流〉の詞章となった記述である。

つぎに完曲の主人公二名（康頼・成経（なりつね））について述べてみよう。

鬼界ヶ島に流された平康頼は、故郷の母が恋しく、せめてもの連絡方法にと、卒都婆を作り、阿字の梵字と年号月日、自分の通称・実名を書き、二首の歌を書いた。

さつまがたおきのこじまに我ありと
　親にはつげよやへのしほかぜ

思ひやれしばしと思ふ旅だにも
　なほふるさとはこひしきものを

卒都婆を手に渚に出て、せめて一本でも都へ送ってくださいと神仏、とくに熊野権現に祈りを捧げ、沖の白波が寄せて返るたびに、一本ずつ海に流した。卒都婆の数は千本にのぼった。

神仏の加護か、思う心が通じたのか、偶然にも、うち一本が潮に乗って厳島大明神の波打ち際に漂着した。神社の朝座屋（あさざや）の前で回廊が右に曲がる場所がある。その左側に直径十メートルほどの鏡（かがみ）の池があり、なかに満潮時は海水の下に隠れる一つの石がある。この石のそばに卒都婆が偶然流れついたとされていて卒都婆石（そとばいし）とよばれている。

取り上げられた卒都婆は都に届けられ、一条紫野に住む康頼の老母の尼君と妻子のところに届けられた。後白河法皇、小松の大臣重盛、入道相国も歌を見て哀れなることと思ったようである。康頼・成経の二人は治承二年に釈放され、翌年鬼界ヶ島から帰洛した。

卒都婆石（厳島神社鏡ノ池内）

卒都婆石の右の岩上に古色蒼然とした石灯籠が建てられている。これは康頼が赦免（しゃめん）された後、御礼のため奉納したものと伝える。

平判官康頼は、元来が文人で歌道に優れ、今様を後白河法皇に師事し、そのほかの芸能にも通じ数々の著作があった。政治・政略とは無縁な人物で、恐らく法王の命で連絡係として鹿ケ谷の陰謀に加わることになったのであろう。鬼界ヶ島遠流から釈放されたのち、出家して「性照」と号した。平家滅亡後も後白河法皇の側近を務め、高位に上り、そののちは無事な生涯を送ることができた。東山には康頼の山荘があり、ここで苦に満ちた流人の昔を『宝物集』に著した。

京都大徳寺総門を入って突き当たりに一段高く康頼之塔がある。恵まれた場所に、石柵を廻らせ赤松が生えた豪華な塚で、彼の後半生の栄華を感ぜざるを得ない。

また円山公園にちかい雙林寺本堂脇に、西行・康頼・頓阿法師の墓もある。

ワキの丹波の少将成経も、その後出仕し、宰相中将（参議で次官相当）まで昇進した。

〈成経〉という廃曲もある（田中允氏『未刊謡曲集続 二十一』）。

「成経が鬼界ヶ島から帰洛の途中、備前児島で父成親流刑の跡を尋ね、その亡霊に逢って墓前を弔うと、亡霊は在りし世の物語をする」という内容。

厳島神社には、そのほか平家納経や平家物語に登場する人物ゆかりの史跡をみる。清盛神社（西松原）・清盛供養塔（経の尾）・二位尼灯籠（参道石鳥居の手前）・後白河法皇行幸松（神社裏方道路面）などである。

太刀堀（たちほり）

謡物の別名を〈太刀堀葵〉〈葵〉〈葵巴〉〈倶利加羅落〉ともいう。木曽義仲が八幡宮に必勝の「願書」を奉る部分と、倶利加羅の戦いの情景からなる。観世流乱曲は〈倶利加羅落〉のみ、喜多流では二つの部分を一つの曲舞〈太刀堀〉にしている。完曲〈太刀堀〉の作者は不明であるが、金春禅竹ではないかと伝えられている。〈葵〉は世阿弥作という。何れも室町初期の作と思われるが、残念ながら原本は関東大震災で消失した由。完曲の底本には、『福王系番外謡本』（観世流五百番謡本）四〇九〈太刀堀〉（元禄十一年頃書写）を用い翻刻した。

ある日、越中の男・蓮沼某が砺波山で畑を開墾していると、見事な太刀が発見された。喜んで家の宝にしようとすると、「あこねの前」が急に狂気する。木曽義仲の愛妾「葵の前」の霊魂が「あこね」に憑依して、砺波山合戦の昔を語るのであった。現行曲〈巴〉は、巴御前をシテとして粟津ヶ原の戦を、番外曲〈太刀堀〉は、葵御前をシテとし砺波山の戦を語らせたもの。良くできた曲と思われるが、類似曲に〈木曽〉〈願書〉があり、内容が似ていることから、廃曲になったのであろうか。三読ミ物の〈願書〉とは別の構成である。

作者／金春禅竹？　典拠／平家物語　所／越中砥並山　季節／夏　能柄／四番目

シテ／葵の前の霊が憑依した女　あこね　ワキ／越中砥並山の蓮沼の某　ワキツレ／従者

【詞章】

ワキ詞　是は越中国砥並山の麓。蓮沼(はすぬま)の何某にて候。扨も当社八幡の御託宣に。倶利迦羅(くりから)が谷を畑にうたせよとの御神託にて候。今日最上吉日にて候間。急ぎ申付ばやと存候　シテ女上和　扨も平家は越前の。火燧(うち)が城を責落し。都合其勢十万余騎。此砥並山まで責下る。味かたの御勢はなど出て追払はぬぞ　ワキ　味方の兵は皆〻御前に候物を　女　今井の四郎はいかに　ワキ　六千余騎にて追手に向ひ候　女　樋口の次郎　ワキ　伊達根の井　女　葵巴は女武者　ワキ　餘所にやかくとしらま弓　女上　矢なみつくろふ木枯(こがらし)の。同　音迠閧(とき)の聲や覧(らん)　ワキ詞　汝は如何様成者の付添てか様に物には狂はするぞ。真直に名を名乗候へ　女　是は古へ名大将に仕へし者にて候　ワキ　名大将に仕へし者とは。頼光の御内の人か　女　さもあらず　ワキ　扨は平家の侍か　女上　それは敵(かたき)や腹立や　ワキ詞　扨は頼朝の御内の人か　女　餘りに多き兵にて。何れをさして申べき　ワキ　若判官殿の家来　女　いや夫にても候はず　ワキ　扨は木曽殿の御内の人か　女　若其内とや申べき　ワキ　扨は今井か樋口の次郎か　女　それにもあらず　ワキ詞　実今思ひ出したり。葵か巴の女武者か　女　恥かしや女とは　上同　色に出るか葵草。〳〵。年はふれども二葉の名をば隠さず。恥かしやたちのかんあら恥かしや立退ん　ワキ詞　扨は葵御前にてましますか。太刀をば返し申すべし。昔此所にての合戦の有様委御(おん)物語候へ。跡をとふて参らせ候べし

（喜多流曲舞〈太刀堀〉ハコヽカラ）▼サシ女ツ　然るに木曽殿は。五万餘騎を引率して　同　此の砥並山の北の林に陣をとる。平家の勢は十万余騎。雲霞のごとく満〻たり　上女　爰には源氏　同　かしこには平家。両陣互に相さゝへ。龍虎の威を振ひ。獅子象のいきほひ。帝釋修羅の思ひをなし。月日(つきひ)を取るべき勢たり　女下　先味かたよりの計策には　同　軍は明日と觸ければ。敵は誠と心得て。其夜はともに陣を

とる　クセ　されば味かたには。無勢にて。多勢を亡すべき其策をめぐらすに。木曽殿の御陣より。東の方を見渡せば。比は壽永二年。五月半の事なるに。夏山やしげき青葉のかげよりも。朱の玉垣ほの見へて。形祖木作りの社壇有。とへば當家の御氏神。八幡大菩さつ。羽丹生の宮と申なり。木曽殿頼もしく思召。扨は此軍に。勝ん事は決定なり。急ぎ社壇に参りて。願書をこめんとのたまひ。覺明とこそ召れけれ。覺明仰に随ひ。甲を脱高紐にかけ。鎧の引合せよりたゝふ紙を取出し。箙なる矢立の筆を墨に染。願書をかきてたてまつる　上シテ　抑此の覺明は　同　本は南都の住侶にて。法相修學其外。和漢の才覺有しかば。水を流すごとくに。願書を書て讀上る。木曽殿悦びおはしまし。御鏑矢を宝前に参らせさせ給へば。御供のつはもの共も。上矢のかぶらを一つづゝ。彼宝前に捧げて。南無歸命頂礼八幡大ぼさつとて皆礼拝を参らする

（観世流乱曲〈倶梨迦羅落〉ハココカラ）▼去程に夜にいれば。敵に大勢と見へん為に。千頭の牛を集めてみな角のさきに火をともし。追拂ひ給へば。光り虚空に満ゝて。五月闇。覚束なくもくらき夜もくらからぬ星を集むれば敵大勢と心得。さうなふかゝり得ざりしを。今井の四郎六千余騎　上シテ　追手より鬨を作れば　同　うしろの林の五万余騎。一度にときを。咄と合すれば敵取物もとり敢ず倶利迦羅が谷にばつとおつ。馬には人。ひとには馬。落重り〱。七万余騎はくりからが。谷の深きをも浅く成程埋たりけり▲（曲舞〈乱曲〉ハココマデ）　下同和　是に付ても後の世を。願ふぞ誠なりける。砂を塔と重ねて黄金のはだへこまやかに。花を佛に手向つゝ。悟りの道に入らふよ〱

（括弧内傍線部分は筆者挿入）

【砺波山の戦い】

完曲〈太刀堀〉には、砺波山合戦の全容が語られているが少し補足する。

木曽義仲軍は、寿永二年（一一八三）四月、福井県の燧城で平維盛率いる大軍と対峙することとなった。義仲は越後の国府に陣をとり、仁科太郎守弘らに、この地に城を築かせ、日野川を堰きとめて麓一帯に水を満たし、二千余騎で守らせていた。燧城は『源平盛衰記』によると「海山遠く打廻り越路遙かに見え渡る、盤石高く川聳え挙って四方の峯を連ねたれば、北陸道第一の城郭なり」とあり、北陸への関門を扼する場所に位置した戦略上の要地であった。だが、援軍に差し向けた平泉寺の長吏斉明威儀師が平家方に寝返り、日野川の堰を切ったため、燧城は激戦の末落城した。平氏の大軍は、さらに越前・加賀を制圧、越中へ進出せんとしていた。

木曽義仲は体勢を立て直すべく、僅か五万の軍勢で平家の大軍十万余騎に立ち向かう。義仲は能登の志雄山にむかわせた兵力以外のすべてを六手に分けた。第一隊は樋口兼光を将とした三千の兵で、北方から竹橋へ出て後を攻め、第二隊は余田次郎ら信濃武士三千で、越中の宮崎太郎らを先導に北黒坂の道を倶利伽羅の北側へ、第三隊は今井兼平の兵二千で、石黒太郎ら越中武士を先頭に砺波の関の本街道を中黒坂から、第四隊は巴御前を将とする千の兵で、越中の水巻兄弟を先導として鷲ケ嶽へ、第五隊は根井小弥太を将として、二千の兵が越中の蟹谷次郎を先導に南黒坂から南側を、第六隊が本隊で三万、総大将の義仲が率いて埴生の森に布陣し、埴生谷内から塔ノ橋を進んで平家軍の真正面にぶつかるという体勢であった。

義仲は小矢部市の埴生の里に陣を敷き、埴生八幡に願文を奉納して必勝を祈願する。

五月十一日の朝、敵の平家はぞくぞくと倶利伽羅に到着した。維盛を総大将に、十万余の大軍が砺波山一帯に布陣し木曾軍と対峙したのである。倶利伽羅不動明王を祀った長楽寺を本陣とし、行盛・忠度らが指揮をとった。圧倒的な勢力の差を奇襲で挽回すべく、義仲は春秋戦国時代の有名な火牛(かぎゅう)の戦法にならい、数百匹の牛を集め、角に松明(たいまつ)を結んで攻める準備をした。夜更けて平家軍が旅の疲れで眠りこんでいるとき火牛を放ち、樋口隊と義仲隊は前後から総攻撃を開始した。猛り狂った牛によって蹂躙(じゅうりん)された平家の本陣・猿ガ馬場は大混乱に陥った。

「火牛」は兵法のひとつ。牛の角に刀の刃を上に向けて結び、尾に葦を結いつけて点火し、その牛を敵軍に追いやる。尻に火がついた牛は暴れまわる。古代中国春秋時代の斉(せい)の武将・田単(でんたん)が考えた兵法とされ、「火牛の計(けい)」ともいわれている。紀元前二八四年、斉が燕(えん)の将・楽毅(がくき)に大敗したとき、反間(はんかん)の計をもって楽毅を攪乱(かくらん)させ、火牛の計で斉の失地七十余城を回復したとある。田単の生没年不詳。倶利伽羅峠の合戦では、牛の角にたいまつを結び、火をつけ、源氏ガ峰から敵軍の本陣に追いやったもののようである。夜間、火に狂った多数の牛に蹂躙された平家軍は、逃げまどい、さらに数千の今井四郎の軍勢が正面から襲いかかり、地獄谷に追い込まれて一万八千の死者を出した。転落した平家の人馬で谷は埋まった。今でも人骨その他の出土物があるといわれている。

「劣らじと父落とせば子も落とす。主落とせば郎党も落とす。馬には人、人には馬。いやが上にはせ重なりて平家一万八千余騎十余丈の倶利伽羅谷をばはせ埋めける」

「巴」と「葵」は姉妹であり、兄弟の今井四郎兼平、樋口次郎兼光とともに、義仲の武将として従軍していた。葵

葵塚

御前は、砺波山の合戦の最中に討死し、屍は山中に埋め弔われた。葵塚は砺波山の草木が茂る薮の中にある。後に巴御前も、近くの森の、やはり藪の中に葬られた。最近は両塚とも整備された模様である。

平家はこの後、加賀国篠原でも敗北し、僅か二、三万余騎となり都に逃げ帰った。京都に迫る木曽軍を避け、さらに西国に逃れる。落ち行く平家の道中を謡ったものが、曲舞〈西国下〉である。

玉嶋（たましま）

謡物の別名を〈玉島〉（異本では〈玉嶋川〉）〈鮎〉と呼ぶ。室町初期の雅文で、かなりの古作である。それまでに既に行われていた多武峯延年（猿楽）の大風流演目「周武王船入白魚事」を謡物にしたものと思われる。作者は外山。宝生流蘭曲。

さて元禄の頃、謡物の〈玉嶋〉に前後をつけて〈玉島川〉と題する完曲ができた。この内容は、神功皇后が三韓征伐の出発に際し、筑紫の玉島川で鮎を釣り、戦いの吉凶を占ったとする『古事記』の故事による。完曲〈玉島川〉のサシ・下歌・上歌・サシ・クセの一部（前の方）を取って、新たにもう一つの謡物〈松浦川〉が作られた。

完曲は良くできた曲であったが、定型的な脇能の構成で珍しくなかったため、謡物部分を残し行われなくなったのであろう。

外山は観世の創座以前、大和の外山を本拠地に、多武峯寺・春日大社・興福寺に奉仕した大和猿楽外山座の大夫で宝生座ともいった。観阿弥の長兄の宝生大夫が外山座を継いでいる。外山座の源流は観世座と同様、南北朝期にあると推定されている。多武峯寺では観阿弥、世阿弥父子もしばしば演能を行っていた。

本稿は底本に『福王系番外謡本』（観世流五百番謡本）三〇八〈玉嶋〉を用い翻刻した。

作者／外山　典拠／史記及び古事記（神功皇后 巻）　所／佐賀県玉島川　季節／秋　能柄／脇能

前シテ／女　後シテ／神功皇后のしうとの神 豊(とよ)姫　ツレ／女　ワキ／白河院臣下

【詞章】

次第ツ 御代も治る時とてや。〱。國〻豊成らん　ワキ詞 抑是は白川の院に仕へ奉る臣下なり。扨も筑紫松浦潟玉嶋川は神代の古跡なれば。急ぎ見て参れとの宣旨を蒙り。唯今九州に下向仕候　上 知らぬ日の筑紫の海の和田の原。〱。皆白妙に雲水の浦山懸て行道の。末に見へたる枩浦潟玉しま川に着にけり〱　詞 急候程に。玉嶌川に着て候。又あれをみれば女性の釣舟(ぶね)の来り候。しばらく相待所の謂をくはしく尋ふずるにて候　一セイ女二人ツ 枩浦潟。玉しま川(がわ)の朝なぎに。鰭ふる鮎や。登るらん　ツレ 光りもうすき有明の。二人 月日重なる。氣色かな　シテサシ 薄衣袖も涼しき秋風に。浪も立よる釣の糸　二人下 誰をともとて枩浦川。今は浮世の身の程を。しらぬ心の何とてか。隙なき業に猶絶て明し暮してながらへん。よし夫とても世の中の。慣(なら)ひを何と。いとはまし　下 釣人のさほな車(ぐるな)の夢の世に　上 是とても住居成けり舟人(びと)の。〱。あたりは松の煙にて。人音は浪にぞ残る枩しまや里離れなる木隠れに。独釣するいとまなみ。実もうき世と知られけり〳〵 ワキ詞 いかにあれ成女性。其身にも應ぜぬ手づから釣をたれ給ふ事ふしんにこそ候へ シテ 荒恥かしやさなきだに。五つの障も晴難く。世渡る業とて罪重き。釣のいとなみ隙もなく。苦みの海に沈む憂身を。弔らひ給ふ事有難ふこそ候へ ワキ 否是は唯其身にも應ぜぬ業を女性の身にて。経営給ふことふ審申迠にて候 シテ さればかやうに釣をたれ。世渡るたつぎにも限らず。昔も侘にし浪のうへ ワキ 五湖の煙の立かへる シテ 其世語りを ワキ 今聞くも 上同 喚しと心を磨く玉しまの。〳〵。なみもちるなり白露の。光りも月も落鮎の涼しき水の朝すゞみ。住馴て斯斗。心筑紫の木の間の月忝浦の秋や。知らすらん〳〵 クリ同ツ ▼そも〳〵人王十五代の皇は。應神天皇の御母公にて。神功皇后と申奉りしが。三韓を治め給はんとて。此の忝浦潟に下りまし〳〵。暫く御座を。なし給ふ シテサシ 然るに天照太神の詔りに任せ。三百七十余座の神達。同 おの〳〵顕はれおはします。其時皇后玉しま川の浪に裔を浸したまひて。軍の占方とおぼしめし。総角の糸をぬき。金の針の直なるを指て此川に沈め。誓ひ給ふ。下クセ 我此魚を釣事。全く慰みの義にあらず。此度。異国を退らげて天下を治む物ならば。鮎の魚を。釣上べしとおぼしめす。さなくてあらぬ魚ならば。戎の軍強して神明仏陀加護もなく運命盡ぬと叡慮あり 上シテ 加様に忝なき 同 御労言をし給ひて。釣針を玉しまの川瀬に沈め給ひしに。凡十善の帝慮の。其名も高き山櫻。雲もあらし心して。梢ゆるがず草も木も。宣旨を知れば枝をたれ。空飛鳥も地に落て。彼神力によりくる。川水の上に三尺の鮎をつらせ給ふ事実に有がたき奇瑞かな▲（謡物　松浦川）▼周の帝の其昔。殷の代をとらんとて。孟津を渡しゝに。八百の諸侯は。樂をなして舞遊ぶ 上シテ 浪の浮藻にすむ魚の 同 躍りて舟に入りしかば。帝叡覧ましまして蒼天にまつり給ひしかば。其戦ひに打勝ぬ。あまつひつぎの御調物。幾万代と成事も。一葉の舟の徳。誰かは仰がざるべき▲（宝生流蘭曲　玉嶋）　上ロンキ地ツ　大和唐土御事と。〳〵。聞に付ても有難き。其名を名乗給へや　シテ上　名乗ても甲斐なき身にし憚りの。心の水の濁りなき栖（すみか）にいざや帰らむ　上同　住家何国と白浪の。帰る家路の末問（すえとひ）て　シテ　伴（ともな）ひ来ませ我庵（いを）は。浪も渚の玉しまや　上同　此河上に家はあれど。君に問れん恥かしや。誠は我は玉しまの。河上の明神と夕浪の上に逆上つて。雲のみほより。失にけり〳〵　シテ上ツ　我は是神功皇后の御妹。豊姫（とよひめ）の皇女とは我事なり。我此河上に宮居して。神と顕はれ国家を助け。神代の古跡も西の海の。三韓を退ぞけ四海を治む　上同　有がたや。神の誓ひも千早振。雲の端袖の白幣（しらにぎて）　シテ　また青幣枩浦の緑。玉嶌のなみ　打上上同ノル　返す袂もひれふる鮎（あい）のあらしの音も。颯〻たり　ノル上同　玉しま河の秋の水。たう〳〵どして悠〻たり　マイ打上ノル上　浦半の氣色枩浦の朝日。〳〵。西の有明めい〳〵として。誠に妙成神幸の粧ひ。御声も普き夜神楽の鼓。打つれ〳〵千早の袖の〳〵光りに紛れて。失にけり

（括弧内傍線部分は筆者挿入）

【武王による殷紂王討伐と周王朝創始】

宝生流蘭曲〈玉嶋〉に謡われている故事は、『史記』に述べられている次の内容による。

文王のあとを継いだ周の武王は、周公旦（しうのこうたん）を始め太公望（たいこうぼう）など優れた一族や臣下に恵まれ、文王の遺志をついで殷の討伐にとりかかった。武王は父文王の位牌を戦車にのせ、東征が文王の遺志であることを人々に明示し、諸侯とともに孟津（もうしん）（河南省孟県西南にあり、黄河の重要渡河点）から黄河を北に渡って、殷の都を目ざした。武王は渡河中の船に魚が飛び込んだことを僥倖（ぎょうこう）として祝った。『史記』には「周武王船入白魚事」とある。この事が

蘭曲に謡われている。来襲を知った殷の紂王は兵をくり出し、都に近い牧野で両軍が会戦することになった。この戦では、周の軍は意気が大いにあがっていたのに対し、殷側は、味方に反乱を起こすものもあり、完敗となった。紂王は離宮に逃げかえり、財宝をたくわえた高楼に火をかけ、みずから焼死したという。これを追った周の武王は、屍にむかって矢を射、鉞で首を斬って旗竿のさきにささげ、また紂王の愛妾二人の首をも斬って、全軍に勝利を告げたという。紀元前一〇五〇年前後のことである。翌日、武王は周公旦以下を従え、殷の都（河南省安陽市西北 殷墟）の土地神を祭る社において、天命をうけ殷にかわり王となる事を宣言し、周王朝を創始した。以上は『史記』などに伝えられた話である。

【玉島川の故事】

謡物〈松浦川〉は次の故事による。

わが国では『古事記』の「仲哀天皇記」に、三韓征伐のとき、神宮皇后の御座船を海の魚が背負い、さらに追風が後を押して新羅国に押し上げ、戦わずして国王を降伏させたとある。

神武以来の歴代天皇の経綸は、国内の平定を東西に進めることであった。その蓄積されたエネルギーが国外に向った時期は仲哀天皇の時代で、実行したのは神功皇后である。皇后は聡明で英知があり、かつ容姿に優れていた。仲哀天皇薨去のあと、皇后が筑紫の松浦県玉島に着き、玉島の里の川辺で食事をとったときのこと。あたかも、若鮎が遡上する四月初旬であった。岩の下に群がる鮎を見て、川の中の岩石に腰を下ろし、御裳の糸を抜き取り、飯粒を餌にして、玉島川の鮎を釣り、勝敗の天意を占ったという。

『古事記』の事績によると、「わたしは西方の宝の国を求めている。もし事を成すことができるなら、川の魚よ、釣り針を食へ。我に利なくば呑むなかれ」とある。竿をあげると鮎がかかっていた。皇后は香椎宮に戻り、神祇にしたがって新羅出兵を宣言した。

玉島川の左岸の辺りに、皇后が鮎を釣るために立った「神功皇后御垂綸石」という岩がある。

道路を隔てた玉島神社には神功皇后が祀られ、境内に自生する竹は、釣竿として用いた竹が繁茂し竹藪となったものであるとしている。三韓征伐の後、皇后は釣竿を手に大和にむけ凱旋した。途上、船は須磨和田岬の近くに立ち寄る。竹を地に刺したところ根付き、今も須磨寺境内に繁茂していると。

戦と魚の関係が、『史記』と『古事記』の記述と相似していることから作られた曲であろう。

豊姫（とよひめ）（シテ）とは川上の明神のこと。〈香椎〉にも後ツレとして登場する女神で、皇后の妹神である。三韓征伐では、竜神から干珠満珠の二珠を受け神功皇后に捧げた。皇后は二珠の力で海水の干満を自在に操（あやつ）り、我が軍を勝利に導くことができたとされている。この「干珠満珠両顆（かんじゅまんじゅりょうかの）事（こと）」も多武峯延年（猿楽）の大風流演目となっている。

玉島川には今も澄んだ水が豊かに流れ、ほとりでは、神功皇后の故事を記念して、乙女たちによる鮎釣りの行事が行われている。

御垂綸石（佐賀県東松浦郡浜玉町）

玉取（たまとり）

この謡物の別名は〈珠取(たまとり)〉〈玉執(たまとり)〉〈二墳(ふたつづか)〉〈二人塚(ふたりづか)〉とも呼ばれている。完曲も同名。

京都玉取長者に引き取られた貧しい女が、安倍晴明(あべのせいめい)の占いに従って、大乗経(だいじょうきょう)の写経を行い、父母の回向をする。その結果、女は富貴な身の上になったという物語。光悦以前の室町時代の古作。サシ・クセが謡物となっている。宝生・観世・喜多流の現行謡物。

本稿は、『版本番外謡曲集所載、上杉家旧蔵下掛リ番外謡本』（鴻山文庫旧蔵田安徳川文庫本）〈珠取〉を翻刻した。元禄二年頃の版行物と思われる。ルビはつけられていない。

作者／不詳　典拠／不詳　所／（前段）住吉大社　（後段）山城蓮台野
季節／春　能柄／四・五番目
シテ／（前段）住吉明神　（後段）女の父の霊　ワキ／玉取の長者に仕える男
ツレ／女　狂言／安倍清明

【詞章】〈珠取〉

ワキ次第　夢の世にをく露の身の。〳〵。行衛を神に祈らむ　詞　是は五条あたり玉取の長者に仕へ申者にて候。扨も彼長者本はまずしき人にて渡り候が。もろこしのあきなひにたび〳〵利を得。ふつきのあまりに長者かうを申され候処に。此度ある経の善根を仕候はゞ。御免有べき由仰にて候間。善根をつくされ候中に。近江ゑりうがつゝに貧女の候。彼者に一もつをあたへ。一宿をかす人までも物あしくなり候間。さらにはごくむ者もなく候。彼者をふちせんにまされる事はあらじとて。めしのぼせられ候処に。然共物あしく成候。是も貧女の故と存候。去程に彼人の果報をいのらせ申せとの御事により。我に同道申。唯今住吉の明神へ参詣仕候　上和　見渡せば柳桜の色はへて。〳〵春のけしきも名残ある都の空を跡に見て。有明残る鳥羽山や。淀の渡りに男山。さか行道を過行ば。はや住の江に着にけり〳〵

シカ〳〵シテ一セイ　住吉の。松の秋風吹からに。聲うちそふる。沖津波　ワキ詞　いかに是成尉殿。御身は當社の宮づこにて候はゞ。住の江におゐて名所旧跡委く御をしへ候へ　シテ　さん候名所をばをしへ申べし。あれ成貧女。汝のごとく成淺ましき貧女は。神前へはかなふまじ。とく〳〵下向申候へ　女上　うたての仰候や。あさましき貧女なればこそ。神のめぐみをたのみ。はる〴〵是まで参て候へ　シテ　いや〳〵汝はよのつねの貧女にあらず。三千世界を尋ぬれども。汝にあたふべき福分なし。なんぼう淺ましき事ぞ

ワキ　是はふしぎの事を仰候物かな。扨何とてかほどの貧女とは成て候ぞ　シテ　夫現世のひんくは前世のけんとんはういつのいはれ。がきちくしやうのいんとかや　サシ▼じやけん（邪見）ちうたう（倫盗）はひんこんのいん（貧困因）ゑむ（縁）。慈悲そくいん（則隠）はふつき（富貴）栄花のもとい（基）とかや　下クセ　世に四恩あり天地の恩國王の恩。衆生の恩父母の恩。中にもをもきは是父母の恩とかや。てうくは（重花）はかたくなゝる。父につかへし其故に。ぐしゆんの

君といつかれ。くはつきよ（郭距）は母をやしなひ。かう〳〵の心ふかきゆへ。きんぷ（金釜）をほりしためしあり。ゆふばう（酉夢）父を打。天雷終に身をさき。はんぷは母をばうしつゝ。れい蚍命をうばへり 上 無上世尊もそのむかし。あなんにたいしおはしまし。恩じう経をとき給ひ。たうり天にのぼりてはあんごの法をとき給ふも。御母まやぶにんの。けうやうのためなり。くんしの五常釋門の五戒までも。たゞかう〳〵の心ぞもといなりける▲（闌曲 玉取） シテ詞 いかに汝都に帰りせいめいに事の子細を尋候へ ヒメ 念比に仰候程に。先〻都へ罷上らふずるにて候 シテ 中〻の事いそぎ都へ帰りつゝ。清明といへるうらかたにあひ。委き事をとふべきなり。汝ひんくうにむまるゝ事。前世の因果による故也。かゝるいわれをしらせんため。唯今爰にきたれるなり。上同 やがて都に立帰り。〳〵。神慮をあふぎ給ふべしと。ゆふしでの神がきや。松陰にかきまぎれて。姿も見えず成にけり行ゑもしらず成にけり ワキ詞 いかに申し候。此人のこしかた行末をねんごろにうらなひて給候へ 清明上 いで〳〵うらなひ申さんとて。だんをつきへいはくをかざり。ぶんりうしうこうくしろうし。りうじゆぼさつのやうさうをかけ。上は梵天帝尺。四大天王たいざんふくん。九よう七星二十八宿。其外日本國の大小の神祇。しやうじおどろかし申けり。上 謹上再拝。〳〵。めどぎきやうのうたかたに。偽りあらせ給ふな。此御事は三さいと申時。ちゝ母にをくれ。おば壱人にはごくまれしが。それにもをくれ都の内をさすらひ出。関の東にさもあさましき有様にて有しが。此程ふしぎの事有りて。たま〳〵五こくけんぷのたぐひにあひたまひたると見えて候 ワキ 御うらなひ少もたがはず候。扨〻何とてかやうに貧女とはなり給ひて候ぞ 清 ▼夫人は佛神三寶をうやまひ。父母にかう〳〵たるをもつて人間とす。然るに此人は佛神に一礼をいたさず。父母に一けをもたむけず。彼父母子を思ふ心。あいねんのほのほとなつて。晝夜くをうくる。其恩をはうずる心なきにより。かやうに貧なる身と成給ひ候。され共此間神をうやまふ心あるにより。父母かう〳〵をはじめ給ふ。五部の大乗経をとんしやにせさせ。父母の菩提をとぶらひ給はゞ。必貧苦をはなれ。栄花にほこり。女御更衣の位にのぼり給ふべきずいさうのましますはいかに▲（安倍晴明のカタリ）ワキ　ねんごろに承候。やがて五部の大乗経をとんしやにせさせ。父母の菩提をとぶらはせ申さうずるにて候。扨〻彼父母の廟所はいずくの程にて候やらん。さら〳〵存ぜず候　清　都の戌亥蓮臺野に。竹少生たる塚貮つ有。是父母のみさゝぎなり　ワキ　さらば彼廟所をしへ給へ　清　こなたへ渡り候へをしへ申さうずるにて候。是こそ御身の父母のこふん(古墳)にて候へ　女下　南無や過去幽霊。ねがはくは此御経の功力にひかれ。三づはつなんの悪所をはなれ。あんやう九品のうてなにいたり給ひ。かう〳〵の心ざしを。納受し給ふべし　清　御身の父母の古墳ををしへ申事。定て不審に覚しめさるべし。さいもんをまつりてきどくを見せ申べし　清　其時清明は。彼古墳のまへにして。はつしゆのひもろぎ。五色のぬさをとりはへて　同　謹上再拝　下　是あたれる年号はきやうしゆ二年。卯月三日。藤原の氏女しうるいをしたて。下　無二のせい〳〵をぬきんでゝ。二親のみさゝぎにむかつて。五部の大乗の法味をさゝげて申てまうさく。夫法花ゑしやうの庭には。五逆のさつたも天王如来のきべつを請。上　二乗の龍女は南方むく世界ゑ成道をとく。たとひばうれい罪業ふかく共。今日の善根のくどくに依て。天上にうまれ給へ。しやうきやううやまつて申と讀上れば　上同　野風山風吹落て。神なりさはぐ空の氣色。是たゞ事とおもはれず　シテ上　塚の上のりやうちくは。露むすんでせき〳〵たり　女男上　苺の下のばうこんは。たんだにむすんでたう〳〵たり　上同ノル　ふしぎや塚の内よりも。〳〵。さもすさまじき聲を出し古塚俄にゆるぐと見えしがまのあたりなる。鬼神の姿あたりをはらつて恐しや　シテ上　汝おんあいの父母。子をおもふもうねんのあくちうにひかれ。かく浅ましき鬼となつて。

唯今姿をあらはすなり　同ノル　あび無間のくるしひの。〳〵。ねつてつの床の上にふせば　シテ　おんあいの一念みやうくはとなつて。此身をこがし　同　あはうらせつはしもとをふりあげ　シテ　地ごくにあらず　同　汝がざいごう　シテ　汝をせむるぞと　同　しきりにかしやくし。萬死萬生のくげんせつなの程も隙なき故に。是を無間と名付なり　シテ　然れども大乗の功力に依て　同　〳〵。猛火も涼しく悪鬼もさりぬ。鬼神の姿を引かへて。上　てんゑてんくはんやうらくさいなんのかたちとなつて。則とそつの内ゐんに生れ。貧女も富貴栄りよの身となり女御更衣にそなはり給ふ。実有難き大乗のいとく〳〵あらたなりける奇瑞かな

（括弧内傍線部分は筆者挿入）

【安倍晴明】

晴明がツレに写経させた大乗経は、華厳（けごん）経、大集（だいしゅう）経、般若（はんにゃ）経、法華（ほっけ）経、涅槃（ねはん）経の五部からなる大乗仏教経典である。上座部（じょうざぶ）仏教（小乗仏教）は釈迦の教えの原点である自らの悟りを求めることを教義とし、一方大乗仏教は哲学的思考が強く利他の精神によって己も救われるとする。

鳩摩羅什（くまらじゅう）は西暦三百五十年頃、シルクロードの小国クチャに生まれ、仏教伝播の使命に生涯をかけた訳経僧。天竺へ留学の帰路、莎車（さしゃ）国で須利耶蘇摩（すりやそま）と出会い、法華経をはじめ多くの大乗仏典を授けられた。鳩摩羅什は、長安につれてこられたのちサンスクリット語の厖大（ぼうだい）な経典の漢語訳を生涯の使命とする。類まれな業績は中国だけでなく朝鮮、日本など、周辺諸国にも伝わった。この三百余巻の経典を大乗経という。鳩摩羅什の存在と漢訳経典なくては、仏教の東漸流布（とうぜんるふ）は有り得なかった。

〈珠取〉は、冥土の父母を回向し、その魂を救済するという利他の行為を行うことにより、その結果自らも

救われるという大乗経の教義を中心に作られている。

晴明は平安時代に活躍した史上最大の陰陽師。出生については諸説あるが、宮中の食事等を司る大膳大夫の官職にあった安倍益材の子として生まれたことは分かっている。母親は不詳。伝説では母は信太の森の白狐「葛の葉」であったという（歌舞伎 蘆屋道満大内鑑）。死亡時の年齢（八十五才）から逆算すると、延喜二十一年（九二一）の生れと考えられる。生誕地は大阪との説が有力。邸宅は京都晴明神社の地にあった。都の闇にうごめく悪霊たちと闘うずば抜けた能力から多くの伝説が生まれた。れっきとした実在の人物で、学識や呪術力が優れていたことから、様々な逸話・伝説がある。百鬼夜行を目撃して師匠・賀茂忠行に認められ、師は己の知る陰陽道のすべてを彼に伝授した。村上天皇の難病を治し名を馳せる。他にも智徳法師の式神を隠す。蘆屋道満との方術比べに勝つ。渡辺綱が切った鬼の腕を封印する。藤原道長の命を救う（『宇治拾遺物語』）。呪詛返しで敵の陰陽師を殺す。花山天皇の退位を占う。日照りの都に大雨をふらせる。泰山府君の法で死人を蘇らせる（『今昔物語』）。晴明自身も一度死んだ後に生まれ変わった（『閻魔大王蘇生金印傳』）など、逸話は多い。しかし多くの伝説の中には、晴明がいなかったはずの時代のものも少なくない。晴明の知識の基盤は道教思想にあったと思われ、空海が大同元年（八〇六）に唐から持ち帰った占星術の根本経典『文殊宿曜経』を基に、吉凶を占う陰陽道の

安倍晴明 嵯峨墓所

修行をし、占星術を確立した。

陰陽道は、古代中国で生まれた世界の成り立ちにかんする学問であり、陰陽五行説を基本にして未来を予測する。日本には四世紀に伝えられ、特殊な発展を遂げた。明治以降、陰陽道は迷信とされ、歴史の闇に埋れたが、密教修法や修験道、神道など、様々な要素を加味したものであったらしい。晴明が祈る神々には、これらの仏や神の名が見える。安倍晴明の墓は、嵯峨野の細い路地の奥にある。中世の絵図（応永鈞命絵図）を基にして、一九七二年に新しく造ったものである。

完曲の前段は京都五條と大阪・住吉大社、後段は京都蓮台野である。平安中期以降、鳥野辺、化野とともに船岡山周辺の蓮台野は風葬の地となっていて、墓標が散在していたが、無縁仏は現在、上品蓮台寺に集められ供養されている。女の父母の塚墓もそのどれかであろうか。

完曲〈珠取〉には、典拠とする本説はないようである。当時広く民衆に根付いていた仏教、儒教、陰陽道、神道などの考え方を基礎とし、釈教的な目的で作られたのではないか。困ったことが起ったので、住吉の神に占いを求める。神のお告げがある。当時都で名高い占い師に見てもらうと、父母の孝養を怠ったためとわかり、写経し墓前で供養する。亡霊が現れ、恩愛の妄執のあまり、堕ちた無間地獄の苦験を示す。回向の結果、父母の霊は都率天に成仏し、本人も幸せになるという内容である。

特に謡物〈玉取〉と「晴明のカタリ」の部分は、親に孝、君に忠という儒教的な教義と、先祖の供養と祀り（祖霊追善）などの徳育を、往古の実例をあげて強調していることから、江戸時代、寺子屋の教科書には極めて好ましい内容であったのであろう。その結果この部分だけが残り、現在に伝わったものと思われる。

仕舞謡　千引（ちびき）

別名〈千引の石〉、〈千曳〉とも書く。室町前期の古作。宝生流のみの伝承曲であったが、明治以後の整理で廃曲となり、終末部のみが仕舞謡として残った。本説は東北の民話である。

陸奥国に愛し合った夫婦がいた。夫は巨大な石の霊魂であったという。時の国守は、大石が道をふさぎ通行の妨げになるので、人々を集めて他国に運び出し、粉々に打ち砕こうとするがどうしても動かない。夜になって石魂は妻のもとを訪れ、己の素性を明かし、今までの御礼に、女が引くなら安々と動こう、そうすればきっと多くの褒美を賜ることができようからと告げる。石魂の恩返しが曲の主題である。石の名は「千引石」と呼ばれた。

曲中でシテが『万葉集』に詠まれた歌と語っているのは、次の相聞歌（巻四・七四三）である。

吾戀者　千引乃石乎　七許
頚二將繋母　神乃諸伏
わが恋は　千引きの石を　七ばかり　首にかけむも　神のまにまに
（わたしの恋の重さは、千人引の大きな石を七つばかり首にぶら下げるほどです。神の思し召しどおりにおまかせします）

本来は恋の成就のために、どんな肉体的苦痛も厭わないという覚悟を歌ったものであろう。千引石・千引綱についてはほかにも歌はある。

千引の岩にあらずとも
転ばし得べき例あらんや（島崎藤村・春）

宮木引く千引きの綱も弱るらし
そま川遠き山のいわねに（夫木和歌抄）

本曲の前段はよく作られているが、後シテが出現してからの詞章が少し雑で、廃曲になったのではないかと云われる。また、前段で悪事をなす石なのに、後段では妻とはいえ、人を助ける石魂になるというのはどうも解せないという曲趣上の理由もあろうか。

本稿の底本には、『福王系番外謡本五百番謡本』三一八〈千引〉を用いた。宝生流寛政本もほぼ同じ内容。

作者／世阿弥？　典拠／万葉集　巻四　所／千引の石（多賀城市）　壺の碑（宮城県宮城郡）
季節／秋　能柄／四・五番目
前シテ／男　後シテ／千引の石の精　ツレ／女　男の妻　ワキ／甲斐守　狂言／所の者

【詞章】

ワキ詞　是は陸奥壺の石ぶみを知行仕る。甲斐の何某にて候。扨も此所に千引の石とて大石の候。此石に魂有て人をとる事数をしらず。去間此石を他國へ引出し。千〻にわり捨させばやと存候。いかに誰か有。彼千引の石を他國へ引出し。千〻にわり捨させうずるにて有るぞ。上は六十しもは十五を限つて罷出いしをひけとかたく申付候へ。いかにあんない申候　ツレ女　誰にて渡り候ぞ。此屋の内にはまた人もなく候。童はが事は女の事にて候程に。石は得引候まじ。貧成者にて候程に。余の人もなく候　ツレ下　実や世の中に貧ほど悲しき事はなし。女の身にて諸人にまじはり。石をひかんもはづかしければ。あらざる人に暇をこひ。下二　何かたへも出ばやとおもひ候　シテサシ和　面白や風は昨日の夜より聲いよ〳〵替り。人間の水南に流れ。天上の星北に拱く。夜は幾程ぞ子ひとつより。丑みつばかりの夜半の空。荒心すごの通ひ路やな　女上　萬草に露深し。人静まつて更る夜に。とふらふ人もなら柴の。扉を叩くは風やらむ

シテ詞　面白や古き詩に。夫を風と云事有。上　さなくは契りもとを妻の。通ふを風との給ふかや。はやこのとぼそをあけ給へ　女上　夜も深更になるまゝに。何とて遅きぞ覚束な　シテ詞　さればこそ通路の。遠きをゆくに夜はあけて。下　さこそ遅しと松浦姫。ひれふす事をおもひやり　下同和　我袖も泪ぞと。思ふと人はよもしらじ。恨む事もなか〳〵に頼みぞ残る人心　上同　実まつはうかるらむ。〳〵。比しも秋のなかば過の。膚寒き秋風の。うち時雨すごきよに。我もなくなり鹿の音の。妻待かねる折しもに。袖ばかり泪とやたもと嬉しき月の夜　シテ詞　いかに申候。是に酒を持て候ひとつ聞召し候へ。荒思ひよらずや。何とて左様にさめ〴〵と御泣候ぞ　女　さん候何をかつゝみ参らせ候ふべき此所に千引のいしとて大石の候。この石を他国へ引出し。千〻にわりて捨てよとの御事なり。童はにも出て石をひけとの仰にて

候程に。下 女の身にて諸人にまじはり。石をひかむもはづかしければ。何方へも行ばやと思ひ候程に。御名残も今宵斗にて候へばか様に嘆き候 シテ詞 扨はそれゆへの御事にて候か。さらば我名を顕はすべし。今は何をかつゝむべき。我は千引の石の精なり。御身と契りをこめし事も。昨日けふとはおもへども。はや三とせに成て候。奈良の帝の御宇かとよ。萬葉集にも入ぬれば。世上に其名かくれなし。下和 されば石も生滅のさかひを遁れず。木石に心なしとは申せども今社（こそ）情を見すべけれ。詞 定て此石を千人（せんにん）してぞひかんずらん。名こそ千引の石成とも。我悪念をおこすならば。いかに引ともひかるまじ。其時おこと立寄て。石の綱手を取ならば。我せきりきをうしなひて。平沙を車輪の廻るよりもたやすくひかるべし。さあらばふしぎの人なりとて。御身に宝をあたへつゝ 上同和 はやく福貴の身とならば。〳〵。それぞ頼めし契りの色。千世かけて玉の緒の。長き守りと成べし 女上 此程はたれ共更にしら雲の。かゝるきどくを聞くよりも胸うちさはぐばかりなり シテ下 よしやよし誰とても。前世の契り成べしと 上同 おもへば今宵を限りとしれば一夜をも。千夜になさばやと。思へど明る東雲の。あかぬなかの中〻に。何しに馴染て今更かなしかるらむ 女詞 いかに申候。皆〻御のき候へ。童ひとりして石をひかふずるにて候

ワキ 是はふしぎ成事を申物かな。某出て直に尋ふずるにて候。いかに女。此石をひとりしてひかふずると申は汝が事か シテ さん候童が事にて候 ワキ ふしぎなる事を申物かな。既に千人してひくだに引れぬ石を。汝一人してひかふずるとは狂氣にて申か然らずは。上を嘲（あざけ）りて申か 女 何しに上をあざけり申べき。誠不審に思召さば。石をひかせて御覧ぜよ ワキ 若此いしを引得ずは。汝が科はいかならん

女 よしなき事を夕浪に。此身をしづめおはしませ ワキ 実にふたつなき命をかくるは。いか様いわれの有やらん 女 若此いしを引得なば。望を叶へおはしませ ワキ 中〻の事望を叶へ候べし。さらばこ

のいしを引候へ　女　是は誠か　ワキ　中〻に　上同和　さらばと今はゆふだすき。〳〵。かくふしぎなるあらそひの。有事かたき石の綱手立寄てひかふよ　下女　我はあだ妻の。言の葉ばかり力にて　上同　ゑいやとひけばふしぎやな。石頓てうごき出てひかれ行ぞうれしき　女上ノラズ　引にひかれて嬉しきは　地　人帰るさの。たもとかな　上後シテノラズ　石に精有水に音あり。ノラズ　風は大虚に渡る　地　かたちを今ぞ。顕はせる　ノラズシテ　桜あさのおふの浦浪たちかへり　上地　かげはそれかや。石鏡　シテ　替れるすがたは恥かしや　上同ノル　恥かしの。〳〵。もりなば人も白浪の　シテ　たつ名もよしや。君ゆへなれば　上同和　千引の石も。ひとりに引れて賤が小手巻くる〳〵くると引れて廻るや。石車　シテ下　▼か様に石魂顕れて　同　〳〵。さばかり（シダイニツヨク）たへなる大石なれども隆（龍？）車のとぶより猶はやく。彼の石山（せきさん）を。ひつこし給へば夫より神の。化現（けげん）なりと。囲饒渇仰（いにやうかつごう）富貴萬福に恵みをほどこし彼貧宅を。富貴の家に。たていしやどのさかふる事も。たていしやどの栄ふる事も。彼石魂の。なさけなり▲（仕舞謡　千引）

【千引石】

「千引石」は、宮城県多賀城市東田中二丁目二八。志引（しびき）保育園裏手の小山のもとにあり、現在は「志引石（しびきいし）」とよばれている。多賀城市役所から南西七、八百メートル、小高い丘の森に、志引遺跡と名づけられている中世の遺跡があり、舘跡や遺物が発掘されている。

現在なお学術調査中で、詳細は明らかでない（多賀城市埋蔵文化センター）。数メートル高い斜面中腹の覆堂の中に、小さな社（志引神社）が祀られていて、丘の下に側溝の流れをふさぐ形で、灰色の志引石が落ちている。一辺一五〇センチほどの平らな四角な石。外からでは石の厚みは分からない。

周囲に柵がめぐらされており、志引石の謂れとして、「昔、通行の妨げになり人々をこまらせていた大石を、一人の少女が宙に飛び上がらせたという伝説にまつわる石。この石は千引の石と呼ばれたが、のちに志引石と改められた」と書かれている。

千人でも引けなかった石を、近くにすんでいた女性が一人で持ち上げたという伝説である。何年前だったか、旧石器時代の石器発見捏造（ねつぞう）が世間を騒がせたが、舘跡の小高い森は、その内の一つの遺跡である。まあ、古い時代のことであるから、地下の眠った世界の時代考証とは別に、地上に残る伝説を尋ねるのも楽しみの一つであろう。

日本全国、巨石に纏（まつ）わる伝説は枚挙（まいきょ）に暇（いとま）がないほど多い。これもその一つで、東北の古い民話が能に取り入れられ〈千引〉という曲ができたのであろう。

寛政謡本ではワキの名乗りの詞に「碑」でなく「碍」と書いてイシブミとよませている。文意から「碍」でも差支えないように思うが、振り仮名に従って本稿では「碑」の誤字と解釈して述べる。日本名著全集でも同様に扱っている。

壺（つぼ）の碑（いしぶみ）は、坂上田村麻呂が蝦夷征討の際、弓の矢筈（やはず）で「日本中央」と書き記したといわれる石碑。青森県上北郡天間林村坪あたりにあったと伝えられる。和歌などにも詠まれた名所。のちに、宮城県多賀城の碑も壺の碑とよんだ。曲の作者は、距離的にいっても、多賀城址の石碑（いしぶみ）を想定して作詞したのであろう。砂

志引石

岩で作られたもので高さ約二メートル、多賀城址の前門跡の覆堂の中に収められている。西を向いて立てられ、十一行一四〇字が彫り込まれている。「壷」は重要なところ、急所、要点などの意味で用いられた。

刻まれている内容は、二つの部分からなり、前半は多賀城の位置や、京や国の境からの距離を刻み、後半は多賀城が神亀元年（七二四）、大野朝臣東人によって設置されたこと、天平寶字六年（七六二）、藤原恵美朝臣朝勝によって修造されたこと、最後に天平宝字六年十二月一日にこの碑を建てたとある。碑は歌枕としても有名な「壷碑」と呼ばれ、松尾芭蕉は『奥の細道』のなかに、この碑の事を書き留めている。墓石や立石に事績を刻み、後世に残す風習は、古代から世界中に広がった文化である。

土車（つちぐるま）

観世流現行曲〈土車〉のクルイ（狂乃段）が宝生流の蘭曲に、クリ・サシ・クセが喜多流の曲舞となって残った。完曲〈土車〉は男物狂物。

「深草の少将は妻と死別した後、世の無常を感じ、悲しみのあまり子をも捨て出家し、善光寺に来ていた。傅（もりやく）の小次郎は若君と一緒に、心も乱れ土車を引きつつ、その行方を尋ね善光寺に辿り着いた。善光寺の阿弥陀仏に救われ、ついに父子体面の喜びとなった」という筋立。土車は土を運ぶ粗末な車の事。

もともと完曲〈土車〉に入れてあったクセは、現行曲の〈柏崎〉に移され、後の時代に新たなクセ（喜多流曲舞）が挿入されたのではないかと云われている。現行曲の〈土車〉のクセは〈柏崎〉のクセに比べると遥かに劣った作品である。この拙劣なクセのため凡作となり、宝生では古い時代に廃曲とした。現在、観世・喜多の二流にあるだけで、しかも殆(ほとん)ど上演されなくなった。〈土車〉は世阿弥作であることは確実であるが、現行曲も世阿弥原作のままを伝えているか否かは不明。

本稿では、底本に『福王系番外謡本』（観世流五百番謡本）二〇四〈土車〉を取り上げ、これを翻刻し紹介する。

作者／世阿弥　典拠／不詳（作者の創案か？）　季節／不定
所／信濃国善光寺　能柄／四番目
シテ／傅小次郎　ワキ／僧（深草少将）　子方／少将の一子

善光寺本堂

【詞章】

次第禾　夢の世なればおどろきて。〱。捨るや現なる覧(らん)　ワキ詞　加様に候者は。深草の少将がなれる果にて候。我妻におくれしよりうき世あぢきなく成行候程に。一子を捨かやうの姿と成て候。我世に有し時よりも善光寺への望み候て。此程は信濃の國に候が。けふも又御堂へ参らばやと思ひ候

シテ一セイ禾　いかにあれなる道行人(ゆきびと)。善光寺への道教へてたべ。詞　何物狂ひとや。上　よしさおぼしめ

されんに付(つき)ては。猶御情は有明の。つれなくもおん通り候物哉。是に御入候は主君にて御座候が。父を失ひかなたこなたを御尋候。是あはれひてたび給へ。荒嗤止や又むつかり候よ。いや〳〵さやうに心よはくむつかり候はゞ。けふよりしては御供申まじく候 子詞 いかにめのと。今(けふ)よりのちはなくまじひぞとよ シテ あらいとおしや。捨て参らせふずると申はいつはりにて。いづく迠も御供申。父御に逢せ参らせ候べし。上 いたはしや古へは。らんよ屬(しょく)車に召れし御身の。名も高(が)かりし日月(じつげつ)も。地におちこちの土の車。引かへしたる有様かな。諸佛念衆生。衆生不念佛 下次第二人 すまで世にふる土車〳〵。めぐるや雨のうき雲 上地 吹まで世にふる土車〳〵めぐるや雨のうき雲 サシ子 是は都のほとり深草の者にて候が。思ひの外に父を失ひ。諸国を廻り候也。二人 悲しきかなや生死無常の世のならひ。一人に限りたる事はなけれ共。悲しみの母は空くなり。のこる父さへいくほどなく。思ひの家を出給へば。其行がたをも白雪の。あとを尋て。迷ふなり。シテ下 あはれや実(げに)いにしへは。花鳥酒宴にまとはされ。春秋を送むかへし御身の。かく淺ましくなりぬれば。わづかなる露の命を残さんと 下二人 ねんぶつ申鼓をうち。同 袖をひろげ物を乞。上 心を人のあはれまば。〳〵。尋る父の行がたを教てたばせ給へと。問ばはかなきうき身ぞと。思ひながらもうき旅を。信濃國に聞えたる善光寺にも着にけり〳〵 シテ 何と天がしたには叶ふまじきと候や。おそれながらおことの身として。天が下に叶ふまじゐとは。思ひもよらぬ仰にて候。そのかみ天智天皇の御宇かとよ。ちかたと云し逆臣(げきしん)有しが。其身もいきほひありし上。四人の鬼をつかひしかば。責べき様もなかりしに。藤原朝臣一首の哥を書て。鬼の城につかはす其哥に。▼上 土も木も。我大君の國なれば。いずくか鬼の。宿と定めむ 下同 此哥のことはりに。〳〵。鬼もめで丶去ぬれば。ちかたも亡び候ひて。一天四海波を。うち治給へば國もうごかぬあらかねの。土のくるまの我ら迚。道せばからぬ大君の。御影の國なるをば独せかせ給ふか　シテ上 殊更當國信濃路や 同 木曽のかけはしかけてげに。頼みもあや（よ）うからぬ。法の聲立て猶。諸人の憐み他のちからもしらさじ物を弥陀仏の。御影もあまねくあはれませ給へ人〻（ひとびと）。哀みの中にも此御仏ぞ上なき。仏は衆生を一子とおぼしめさるれば。殊更われらが影たのみ頼む中（なか）にもみだは母にてましませば。父にもあはせてたばせ給へなまみだ 上シテ あみだ仏。上同 〳〵。哥舞の菩薩声〻に。花のふり鼓。篳篥（ひちりき）笙の笛和琴（ごん）。声を上てさけべ共。父共答へずあはれとだにもしらざればよしそれ迠ぞ。さゝらも八ばちをも。うちすてゝくるはじみなうちすてゝ狂はじ▲（狂の段 宝生流蘭曲）

ワキ詞 ふしぎの事の候。是成物狂をいかなる者ぞと思ひて候へば。古里にとゞめ置たる一子にて候。又こなたなるはめのとの小次郎にて候。あらふびんとおとろへて候や。頓て名乗て悦ばせばやと思ひ候。や。あら何共なや。一度思ひ切たる道に。又りんゑの心の出来て候はいかに。今逢見たらば終（つい）のわかれ。今あひ見ずはつゐの悦び。小ツヨク同 誠に三界のきずなを。爰にて切（きる）と思ひなし。なむあみだ仏ととなへてさらぬやうにて行過る〳〵 シテ いかに申候。是迠はたずね参らせて候へども。父ごに似たる人さへ御ざなく候。さて何と仕り候べき 子 今は命もをしからず。まへなる川へ身を投空しくならばやと思ひ候 シテ これはけなげなる事を仰られ候もの哉。さり共善光寺にては尋ね逢申べきと存て候へ共。今は早某も退屈仕て候。左様に候はゞ今宵は如来の御前にて。御心静に念仏を（と）御申候へ。明なば川へ御供申身を投ふするにて候べし。上クリ同▼夫生死輪廻の根元（こんげん）を尋るに。有相執（ぞう）着（ぢゃく）の妄念よりおこれり シテサシ をのれと心（しん）に迷つて流転無窮にして。同 車の庭に廻るがごとし。正沈（じん）不定にしては鳥のはやしにあそぶにことならず シテ上 悲しきかなや我らいま。人界（がい）に生を受とは云ながら 同 見仏聞法の結縁をもなさゞれば。和 未来の楽しみも。いかゞと思ひ。しられたり

クセ下和　凡(およそ)みだの悲願は。破戒。闡提(たんだい)をももらさず。一念十念の間に彼國にむかへとるべしと五劫思惟の本願なり　シテ上　さればにやその心　同　極重悪人無他方便唯稱弥陀。得生極樂ととかせ給へる。此理りに任せつゝ。我らをたすけおはしませ〳〵▲（喜多流曲舞）　シテ詞　思ひ切たる事なれば。二人(ににん)は手に手を取かはし。川のほとりに立出る　ワキ　思ひきりたる事なれ共。又引かへす心ちして。門前さして追て行　シテ　すははや川も近付ぬと。二人は西に打むかひ。既うき身をなげんとす　ワキ　あゝしばしとて引留る　シテ　有てうければ捨る身を。とゞめ給ふはなか〳〵に。我らが為にはうき人なり　ワキ　今は何をかつゝむべき。是こそ父の少将よ　シテ　さらに誠としら雪の。ふるさとの名は　ワキ　ふか草の　上同　葉ずへの露の消もせで。命のあれば又父に。逢社うれしかりけれ。あふ事のもし夢ならばいかにせん。現に成行ばまたもや父にわかれなん。ともに命のながらへて。又廻あふ小車の。別し時のうき思ひ。今あふ事の嬉しさを。何にたとへん。かたもなぎさの波よるひるこひし我父にあふこそうれしかりけれ〳〵（「禾」は和吟すなわちヨワ吟のこと）

（括弧内傍線部分は筆者挿入）

【草も木もわが大君の国なればいづくか鬼の栖なるべき】

宝生流闌曲〈土車〉の冒頭には、紀朝雄(きのあさお)の和歌を引いている。南北朝時代に成った『太平記』（巻十六）の「日本朝敵の事」にある歌という。

「草も木もわが大君の国であるから、たとへ鬼が住もうとしたところで、どこに住もうか、住むところはない」という意味である。

この歌は能作者に人気があり、頼光の登場する曲〈羅生門〉〈土蜘〉〈大江山〉、脇能〈高砂〉〈氷室〉〈難波〉〈御裳濯（みもすそ）〉そのほか〈田村〉などにも用いられている。説話は次のように伝えられている。

天智天皇の御代に、藤原千方（ふじわらのちかた）という賊が、金鬼、風の鬼、水鬼、隠形鬼（おんぎょうき）という四つの鬼を使って朝廷に刃向かった。金鬼はその身が堅く、矢を射ても立たず、風鬼は大風を吹かせて敵の城を吹き破る。水鬼は洪水を起こして敵を溺れさす。隠形鬼はその形を隠して俄に敵を拉致する。かくの如き神変は凡夫の知力をもっては防ぐことができない。伊賀、伊勢の両国にはこのため王化に従うものがなかった。ここに紀朝雄という者が宣旨を蒙り、彼の国に下り、一首の歌（草も木も……なるべき）を読み鬼の中へと送った。

四つの鬼は此の歌を見て、さては我らは悪逆無道の臣につき随って、善政有徳の君に背き奉ること、天罰遁れるところなしと思い、忽然と四方へ去っていなくなった。そのため千方は勢いを失って、やがて朝雄に討たれたという。

『太平記』は南北朝時代を叙した戦記物語。四十巻の大著。漢文カタカナ混じり文で書かれ、中国の故事を比喩したり、因果応報の仏教思想や儒教、史記などの知識を豊富に駆使して書かれている。作者には隠者または遁世者の小島法師なる人物が擬せられている。応安五年（一三七二）頃に成った。「藤原千方の説話」は足利尊氏が実権を握る過程のなかに登場する。

『太平記』は当時の社会に広く流通していた。登場する人物は虚実様々で、今日の講談的な物語であった。中世から近世にかけて謡曲、浄瑠璃、浮世草紙、川柳、読本などにおよぼした影響は大きい。

鼓の瀧（つづみのたき）

完曲〈鼓の瀧〉は世阿弥・禅竹系の人物による室町初期の作品。一説では観世十郎元雅とも。謡物はこれから採られた。観世流乱曲、金春・金剛流曲舞である。宝生・喜多流にはない。

完曲は、『貞享三年（一六八六）版二百番外百番本』にみられる。本稿は、これより後の『福王系番外謡本』（観世流五百番本）三〇六〈鼓瀧〉（元禄十一年版行）を使用し翻刻。『金春流番外謡本』（法政大学能楽研究所蔵）、『五百版本』（同）をも参照した。上杉本・米沢本にも写本がある。完曲の異本の多くは下懸節付けで、観世流乱曲の詞章とは少し違う。

「春の花盛りに、当今に仕える臣下が勅命を奉じて摂津国鼓の滝へ赴くと、山神が現れて舞楽を奏する」という内容。美しい詞章が本曲の特徴で蘇東坡の詩や『和漢朗詠集』を織り込んだ謡物は秀越と思う。定型的な脇能の一つで全体的に曲趣は凡庸に見える。十六世紀までは遠い曲ながら現行曲であったが、劇的な面白みに乏しいため徐々に廃曲になった。十七世紀頃に、サシ・クセ・ロンギまたはクセを謡物曲舞にしたものと思われる。

名所・鼓の瀧を詠んだ古歌『金葉和歌集』（一一二七頃）巻二所見の「音高き鼓の山のうち映えて楽しき御代となるぞうれしき」、および『拾遺和歌集』（一〇〇五頃）巻九所見の「音に聞く鼓の滝を来て見ればたゞ山川の鳴るぞありける」の和歌を取り入れたと考えられている。

作者／世阿弥系の人物　典拠／金葉和歌集・拾遺和歌集　所／摂津国 有馬温泉鼓ヶ滝
季節／春　能柄／脇能
前シテ／老人　後シテ／山神　ツレ／男　ワキ／臣下

【詞章】

次第ツヨ 比待得たる櫻狩。〳〵山路の花を尋ねん　ワキ詞 抑是は當今に仕へ奉る臣下也。扨も帝の宣旨には。山〻の花を見て参れとの勅に任せ。唯今摂州の旅に趣き候　上 思はずも花みがてらの道すがら。〳〵。是迠きぬる旅衣けふ鶯の聲なくは。まだ雪消ぬ山里の。はる行く事を。しるべしや〳〵　シテ一セイ 折持や。花の薪のおりからと。心のあると。人やしる　サシ 面白や四季折〻は様〻なれ共。分（わき）て長閑き春の色。四方の國〻閑にて。戸ざし忘るゝ關守の。道のみちたる時世とて下萬民の我ら迠も。安く樂む斗（ばかり）なり。有難や治まる國のならひとて。山河草木春を得て。寒暑時をもたがへねば。花に治まる松の風。千聲の例し静也　下 松は君子の徳有て雨露霜雪もをかさず　上 十歸りの花をふくむや若緑。〳〵。猶萬歳（ばんぜい）の春の空。君の御影もあまねくてこのもかのもに立よりて。老を忘るゝ詠めして。春も栄行山路哉〳〵　ワキ詞 いかに是成山賤に尋ぬべき事の候　シテ 何事にて候ぞ　ワキ 此所をば何と申候ぞ　シテ さん候此所をば鼓の山と申て目出度在所と社申候へ　ワキ 扨〻鼓の山里は。取分たる在所も候か。委く教へ候へ　シテ 國の名所はあまさがる。ひなの都の古き哥にも。下 津の國の鼓の山のうちはへて。たの敷御代に逢ぞ嬉しきとあり　ワキ　扨は嬉しや音に聞。鼓のたきをきて見れば。実（げに）面白きたきなりけり　シテ　荒うたてしや津の国の。鼓のたきをきてみればとは。御言葉共覚えぬ物哉　ワキ　實〻哥人の　シテ和　言葉にも　上同　音に聞く鼓のたきを打みれば。〱。唯山川（がは）の。中にぞ有けると。さしも讀し言の葉の。跡なれや此山の。嵐も雪も落くるや。鼓の瀧も花のたきも糸をそへて白浪の荒面白の氣色やな〱　シテサシ和　▼抑春の夜の一時。花に清香月に影。同　惜まるべしや時も実。及ぶかたなき上旬（じょうじゅん）の空。色も長閑き春の日の流にひかる、盃の。手まづさへぎる。心かな　クセ　花前に酒をくむで。紅色を呑とかや。実面白や盃の。光りもめぐるはるの夜の。有明櫻（ありあけさくら）てり増り。天花（はな）に酔りや流水も雪也。実あくがる、春なれや。我と心に誘はれて。都は遙〻と後（あと）に霞のうす衣。日も夕暮は過れ共。其儘に長居して花に名殘は有間山。鼓の瀧に時うつり宿を花にかるもかく。いなのも近かりき床（とこ）は露のさ、枕　上シテ　深山隠れの暁に。同　遠（おん）寺のかねもかすかにて。深洞に風すぼく。老獪（くはい）かなしむ聲も袂をうるほすや。猿子（ましこ）をいだひて清湘（せいひう）のかげに歸りぬ。鳥花をふくむで碧巌（へきがん）の前に落なるも。今更おもひしられたり。花見ずはいかでか此山にひと夜明さん▲（観世流乱曲｜金春・金剛流曲舞）　上ロンキツヨ　実や妙なる花の影。〱。みるに付てもけふしもに酒宴をなすぞ嬉しき　シテ　迚夜遊の折からに。花をかざしのさくら心（ごころ）と。舞楽をいざや進めむ　地上　そもや舞楽の遊びとは。其舞人は誰やらん　シテ　我は山河を守るなる。山（さん）神（じん）爰に現はれて　地　舞楽を調ふる鼓の。瀧祭の老人は此翁なりと云捨て。はなをかざし浪を踏（ふん）で。瀧壷に入にけり此瀧つぼに入にけり　ワキ上　あら有難の御事や。〱。たきのひゞきも聲澄て。音樂聞え花ふれり。是唯事と。思はれず〱　後シテ上　花下（はなのもと）に帰らん事を忘る、は美景によつてなり。樽（そん）の前に醉をす、めては。是春の風治まつて。枝を鳴さぬ花の粧ひ。梢も袖も白妙の。雪をめぐらす袂かな。

上　有がたや。花に聲有はるの風　地　たきのひゞきも聲澄て　上シテ　月の夜神樂。花の粧　地　心耳を驚かす夜かぐらの花。落るや瀧浪も。とう〳〵と。打なり〳〵鼓のたき　上ロンギ　あら有難や〳〵。天下泰平樂とは。いかなる舞を申すぞ　シテ　怨敵の難を遁れて。上下萬民舞給ふ　地　扨また万歳樂とは

シテ　都卒天の樂にて。けんぶうぼさつ舞給ふ　地　春立空の舞には　シテ　春鶯囀を舞べし　地　秋くる空の舞には　シテ　秋風樂をまふとかや　地　舞に颯々といふ聲は。樂らくの声とかや。嶺の松風又谷のひゞき聲ゞ。かざしはそらの花がさ。春来にけりな小己の袖。手かぜ足びやうしの。鼓のたきも花の瀧。治まる御代ぞ目出たき〳〵

【鼓ヶ滝と有馬温泉】

有馬は、長い歴史を秘めた山峡の温泉で、湯けむりは神代から今に至るまでつきず、秀吉をはじめ古今の名士が、しばしば入湯に訪れた。

「鼓ヶ滝」は神戸市北区有馬町、神戸電鉄有馬温泉駅から徒歩二十分。鼓ヶ滝公園内にあり、射場山の北西麓と湯槽谷山との間を流れる滝川に落ちる滝で上下二段に分かれている。高さ十メートル位であろうか。

滝と岩との間に空洞があり、六甲山の谷から流れ落ちる滝の音が山々にこだまして、太鼓を打つ音に似ていたので「鼓の滝」の名がついた。このあたり一帯の樹木は美しく、山桜やカエデの鼓ヶ滝公園となっている。夏はカジカも鳴き、蛍の舞う光りも見えて湯治客の散策に絶好のコースである。鼓ヶ滝の松嵐、有馬桜の春望は有名である。六甲有馬ロープウェイ有馬駅からも近い。中世以来、六甲地方には何度か地震や洪水があり、両岸の岩は崩れ落ちて滝の姿が変った。今は残念ながら鼓の音を聞くことができない。滝の清流は六甲川と合

流し有馬川となり、神戸市の水源となっている。

有馬は日本最古の湯の町。神代の昔に大己貴命と少彦名命の二神が温泉を発見したのが始まりと云われる。『日本書紀』には六三一年、舒明天皇、孝徳天皇も行幸して入湯したとある。古代中世、有馬の湯への道は、大阪から伊丹、そして小浜を経て生瀬を通り有馬に至る街道で、有馬街道と呼ばれた。

奈良時代、聖武天皇の頃、神亀元年（七二四）、僧、行基が「もろもろの病人を助けんがために、有馬温泉にむかひ給う」と『古今著聞集』にあり、黄檗宗有馬山温泉寺を創立したとある。行基は百済系渡来人の末裔、母も漢族出身渡来人系の一族で六六八年に生まれた。新羅僧恵基法師に師事し、瑜伽唯識論を学び、法名を行基と定め、全国を行脚、衆生を教化した。その一方で、井戸・池・溝の掘削、橋・堤・道路などの土木工事を指導し、農業開発に尽力した人物と伝えられる。また、布施屋、施療施設（湯治場）をつくるなど社会事業も行ったことから、行基菩薩とあがめられた。現在、僧坊名を伝える温泉旅館が多いのは、行基が湯治場を作ったためである。以後も再三の大地震や大火で、しばしば被害を受け、一時衰退したこともあったが、そのたびに修復された。

鼓の滝

有馬温泉再興以来、平安時代には、白河法皇、後白河法皇、貴族の歌人では藤原俊成などもやってきた。俊成は「有馬山雲間もみえぬ五月雨にいで湯の末も水まさりけり」と詠んだ。鎌倉時代から室町時代にかけては温泉がにぎわった時代であった。その後、二度の大火（享禄元年、天正四年）をへて再び荒廃してしまった。一五八五年、豊臣秀吉が修復復興させて有馬の湯は面目を一新し、北政所、利久や愛妾を伴い湯治におとずれ、温泉寺阿弥陀堂などでも茶会を催した。温泉寺の鐘はすばらしい音色で、「遠寺の鐘」と曲に詠み込まれている。極楽寺、念仏寺などでも当時の縁起を伝えている。

　有馬温泉旅館街の坂道をのぼると、六甲川の崖下から、滝の音が太鼓のように聞こえる。ここは神戸の水源に近い所で、公園となった広い瑞宝寺の跡である。公園は紅葉の美しい名所で「日暮らしの庭」と呼ばれ、太閤秀吉が茶会を開き、庭には秀吉が愛用した「豊公遺愛の石の碁盤」が残されている。境内の山門と講堂は、伏見城の遺構を移築したものといわれている。円通山瑞宝寺は明治維新の廃仏毀釈で廃寺となった。

　平成七年の阪神淡路大震災で、極楽寺の庫裏の下から、秀吉が使用した蒸風呂の遺構が発見された。太閤秀吉は有馬温泉の大恩人と称えられ、有間川河畔に太閤像・ねね像が立ち、太閤一色の感じである。中世が過ぎた頃から、湯治ばかりでなく、花見、紅葉狩など、レクリエーションの地として発展した模様である。『小倉百人一首』『後拾遺和歌集』にある大弐三位（だいにのさんみ）の恋歌の序詞になった地でもある。

　　有間山いなの笹原風吹けば
　　　いでそよ人を忘れやはする（大弐三位）

有馬は名勝が多い。江戸中期に有馬六景が選ばれた。鼓ヶ滝の松嵐・落葉山（らくようさん）の夕照・温泉寺の晩鐘・功地山（くんじさん）の秋月・有馬富士の暮雪・有明桜（瑞宝寺公園）の春望である。本曲では四ヵ所が詠み込まれている。

鶴亀 曲（つるかめ クセ）

宝生流の蘭曲〈鶴亀 曲〉は、完曲〈巴園(ばえん)〉のクセ。観世・喜多流に該当する謡物はない。本稿では完曲の底本に『三百番目盛親(もりちか)本』番外謡十〈巴園〉（安永三年以前の写本）を用いた。写本の作者、五世茂兵衛盛親（一六〇九～一六七二）は観世黒雪の弟。養子になり一度絶えていた福王流を再興した人物で、ワキ方。京に退隠後、服部宗巴(はっとりそうは)と号し、多くの謡本を写し後世に残した。底本に用いた版本は虫喰いが多く、やや癖のある書体で、翻刻には難渋した。〈巴園〉には様々な伝本、異本があり、〈巴園橘(ばえんのたちばな)〉なども同工異曲である。原曲は室町中・後期作。内容的には愉(たの)しい曲である。宝生では、〈巴園〉のクセに、クリ・サシを加え、現行〈鶴亀〉の中に挿入し、クセ入という小書で演じている。クセ舞も独立した別伝である。巴園をバヱンと読む場合と、ハヱンと読む場合があるらしく、盛親本では、バヱンと振仮名されている所と、ハヱンとよむ場合の二通りがある。一般にはバヱンと濁音で読まれていたようである。「巴(は)」は四川省重慶を中心に、長江・嘉陵江流域一帯の地名。先行する伝説や古跡・文学はみあたらないので作者の創作ではないか。

作者／観世小次郎信光　典拠／不詳　所／漢の国　季節／秋　能柄／脇能

シテ／巴園を守る老尉　ツレ／老人の妻（トウシ）童子　ワキ／漢皇帝の臣下（セイ）青龍

【詞章】〈巴園〉

次第ツヨ　治る國の時を得て。〱。草木もなびく御代とかや　ワキ詞　抑是は漢の皇帝に仕へ奉る臣下也。我君政たゞしく慈悲深くましますにより。國中に目出度瑞相多し。中にも此國のかたはらに。巴園と云所有。彼林下に年久しき翁あつて彼森を守る。然るに巴園の古木の中にきどくなる木の實出来る由奏聞申候間。急彼園に行木の実を見て参れとの宣旨を蒙り。唯今巴園にと急候　道行　あふぎても猶あまりある此君の。〱。めぐみあまねき時津かぜ吹おさまりて春秋の。花も紅葉も色そへて。盛久しく年をふる。木ゝの林に着にけり〱　ワキ詞　急候程に巴園に着て候。承及たるよりも曼ゝたる園にて候ぞや。暫此所にて彼老人の在所を尋ばやと存候　一セイ二人ツヨク　秋もはや。暮行風の聲たて、。木梢色づく。氣色かな　ツレ　村立雲の朝嵐冬程近き。詠め哉　シテ　緑樹朝陰四林におほひ。青苔日ゝにあつうして　二人　をのづから塵なき木のもとをはらはぬ朝きよめ。紅さそふ嵐かな　下哥　朝露の光をみがく玉ばゝき　上哥　手にとるも老をたすくる杖となり。〱。起居くるしきみなれ共。春は花園吹ちるや青葉に茂る夕すゞみ。秋は紅葉の木の本に。あたゝめ酒のたぐひ迠。ゆたかなる身の。住居哉〱　ワキ詞　いかに是なる夫婦の者は。聞及たる巴園を守る老人にて有か　シテ詞　さん候是は年久しくこのばゑんに住で。木の本を清むる者なり。偖此方は御門よりの勅使にてましますか　ワキ　はやくもみしり給ふ物かな。扨もばゑんの木の実の事。老人奏聞申により。見て参れとの宣旨を蒙り。遥〱是迠来たり。先彼木の実出現の謂。委く語り給ふべし　シテ　扨は忝し御門の勅使にてましますかや。先此翁はえんに住事一百余歳のせいざうを送る。然るに巴園に年久しき橘の霊木あり。彼木に紫雲たなびきおほふ事七日七夜也　ツレ　其後少鳥來つゝ。さえづる聲もよのつねならず　シテ　かれうびんがもかくやとばかり。色も妙なる少鳥の

二人　雲に入かと見えし後は。音樂虚空にひゞきつゝ。異香(いきやう)くんじて日もくれぬ。朝に出て是をみれば。山の端いづる朝日のごとく。一まに餘る橘の。色香妙成常世(とこよ)の木の実。神變きどくの霊実(れいじつ)なり　ワキ　謂を聞ば有難や。かゝるきどくも此君の。目出度御代の瑞想也。扨〳〵はえんのうちにおきても。取分いづくのほどやらん　シテ　御道しるべ申べし。こなたへ入せ給へとて　ワキ　彼老人と友なひて。木深き陰に分入ば　シテ　森の下道露しげき　上同ツヨ　萬木(ばんぼく)のならぶは筆の林にて。〳〵。梢色どる紅ゐの。花の面かげ残しきて。楊梅桃李(ようばいとうり)まだ紅葉(こうよう)に残るながめ哉　上同　又常盤(ときわ)木は色かへぬ。〳〵。せうさん(松杉)ちんくは(椿檜樫)ひけむはくし(柏子)。みどり色こき其中に。満月の。山の端を出るかと。光かゞやく橘のめざまし草(ぐさ)の名もしるし〳〵　ワキ詞　荒おびたゞしの木の実候や。承及たるよりもきもをけしたる橘実(きつじつ)也と。老人に向ひあきれ居たり　クリ地ツヨ　夫めいくん(明君)のきどくをあらはす事。草木(くさき)よりまづ色をみせ。花実の数も様〻に。賢王のきどくをひろめし也　サシツヨ　然れば仙家の花実におきても。王母がとう(桃)実けんほがなし　同　東岸せいの栗(くり)沾も治る御代のためしとなる。唐の世の御門は群臣に。橘実(きちじつ)をくだし給ひし事。めでたき君の。めぐみとかや　▼クセ　爰ははゑんの橘の。昔も今もためしなき常世の花の色かへぬ。蓬莱宮(ほうらいきう)と申共かほどの木の実よもあらじ。実や所から年ふる松の色沾も。幾十(いくと)かへりの色ならん。鶴もすがくる枝たれて。巌(いはお)の苔に流れ出る。水にすむ龜までもりよくもう(緑毛)の色ぞ年をふる　上　尉が栖は爰なれや　同　ばんせきすいら(盤石翠蘫)只是家。べう(瓶)にはくこけん(懸)泉の水又かなへにはふようぶく(伏)くは(火)の。しや(砂)をねる住居もまのあたり。みるめにあまる橘の仙郷に至る心ちして。かへるさもおもはれず詠もあかぬ心かな▲（宝生流鶴亀クセ）　上ロンキ地ツヨ　是沾なれや老人よ。〳〵。急ぎ帰りて我君に奏聞せんぞ嬉しき　作物内トウシ上　しばらく待を給ふべし。〳〵。こよひの月に橘の。みづから顕れて勅使にまみえ申さん　上地　ふしぎやきけば霊実(れいじつ)の。内に妙なる。聲す也。そもやいか成すがたぞや　トウシ上　今はよしましてしばし。更行月に出じほの　地　さすや夕日も　トウシ　くれないの　上同ツヨ　紅葉の木陰に待給へと。聞より老人もいさみをなしていざさらば。木の実をもとめまれ人に。霊酒(れい)をすゝめ申べし。舞楽を奏し給へとて。夫婦友なひもろ共に。林の奥に入にけり〳〵　サガリハ上同和　たのもしや。〳〵。行末遠き此君に。猶仙郷の木の実の。数をつらねてさゝげんと。きよくれいきんしやうぐ。かうりくはさうやきやうろさんの。から桃も有明の。月の秋とて紅ゐに。色付木〻の木の実を。とりぐに。ノル　〳〵。彼まれ人にさゝげつゝ　セウ上ツヨノラズ　扨せんきやうの盃の　地　露も眞の。酒とかや　作物内よりトウシ　今ははや。袖につゝまぬ橘の。実をわけ出る時世(ときよ)哉　上同ノル　其時老人忽に。〳〵。橘実(きつじつ)にむかひ。忝くも王地に生る植木として。などか宣旨にしたがはざらん。はやとく姿を顕すべしと。扣(ひか)へ給へばたちばなの。三にわるれば。仙人の姿。とりぐ顕れ出にけり　下セウ　勅しを拝し奉り。同　〳〵。今此君をあふがむと。橘実の仙郷しやうざん(商山)の。たのしみによもしかじ　上地ノル　そも商山(しようざん)のたのしみときくはしかう(四皓)のけんげかや　トウシ上　荒むつかしや今はたゞ。はゐんの老人も舞給へ。同　〳〵。我らも友にげいしやううゐの。袖を返してまふとかや　上尉　幾千代と。かぎらぬ不死の御薬を　トウシ下ノル　今此君に。さずけ奉り　下同　〳〵。勅使にむかひ。かたじけなくも。仙法王法は天地のごとく。日月のごとし。仙法はんじやうし。王法さかへんとつげしらしめて帰ると見えしが老人の持たる竹杖(ちくぢやう)をおつとり袖に。かくしゐんのむすび。虚空になぐると見えつるが。竹杖則青龍と現じてはい出たるこそおそろしけれ　上同　青龍いきほひあたりを拂。〳〵。雲霧橘の梢にあがりはゐんの木の間をまきのぼり。又まきさがり。たちまちに。雲をおこすと見えつるが。件(くだん)の仙人立くる雲に。打乗〳〵こくうにあがれば青龍二人の童子を守護し。雲をまきあげ行跡を。勅使も翁も名残をおしみ。まねけばまねく。姿も遠く。まねけばまねく。姿もかすかに。あまつ空にぞ入にける　（括弧内傍線部分は筆者挿入）

【神仙思想の日本的展開】

飛鳥京・藤原京・平城京の時代、中国文化の伝来とともに、貴族のなかで長屋王のように、幻想的な老荘・神仙・道教思想に心酔する人物たちがいた。盛唐から漢詩文学が伝来すると、朝廷では漢詩集『懐風藻』が作られ（七五一年）、老荘隠逸の六朝風な詩苑を繰りひろげ、夜を徹して詩を作り、歌を歌って神仙を謳歌する風潮が高まった。西王母の仙園や蓬莱山の思想、神力霊異、陰陽五行説・讖緯思想など道教に起源をもつ思想が伝わり、貴族たちの間には、庭園に道教的石像物を置き、吉凶禍福を占い、福寿延命祈願の呪術等が加って、やがて日本的神仙境の観念が形成されるようになった。

室町時代、六代将軍・足利義教が南都で催した「延年」は、崑崙山の造り物を出し、仙人があらわれ、仙宮から稚児二人が出て舞う趣向のものであった。まさに〈巴園〉そのものである。

仏教がもたらした浄土信仰に刺激されてユートピアへの憧憬が高まるにつれ、現世を苦界と見るばかりではなく、道教がいう神仙境なる土地は現世の延長線上にあると考えるようになった。現世的な祥瑞思想、あるいは神仙境への強い関心は、日本独特の神仙思想を生む事となる。東海の彼方に蓬莱山という神仙境を想定する道教思想に影響を受け、それは我が国なのだ、それも飛鳥や大和からさほど遠くないところ、多武峰の冬野や吉野の宮滝などが神仙境だと考えたのである。神仙境とは不老不死で楽しく生きられるところである。いずれも古代の交通の要所でありながら宮などの中心地から離れた境界の場。

吉野には美しい山川が存在し、濃い緑には霞が棚引き、靄が立ち込める。豊かな水に恵まれ、カシやクスノキの美林が山の斜面を覆っている。昔から数々の精霊が棲息し、神々が隠れ住む神々しい世界とされていた。

古代の天皇は、吉野宮、つまり宮滝の地を、道教の説く不老不死の世界である神仙境、あるいはそれに最も近い桃源郷と考え、たびたび行幸した。古代の人々が抱いていた土俗信仰と難なく習合したのであろう。名山名川を祭り、天つ神に自らとその一族、民たちの加護を祈る望祭の儀式を行った。

神仙境には、梅・柳・緑松・桃の木が生い茂り、橘の黄色い実が撓わに実っているとする。梢に鶴・鴬、清い流れの池には万劫年経る亀がいて、甲羅の上に黄金の蓬莱山が支えられている。道士が不死の妙薬・金丹を錬る建物もみえる。仙人の持つ九節の竹杖は、仙人を象徴する持ち物で、布教者の神秘的な権威づけのための道具であった。この杖をもって、病人の治療を行う。符と霊水を飲ませ、印を結び、呪文を唱えて平癒させているのである。

吉野川

古代中世の日本人が望む浄土は、現世的な道教の神仙思想と緊密に結びついた。西方浄土や天上世界ばかりに楽園があるのではなく、この世に神仙境はある。人跡まれな深山幽谷ばかりではなく、行くこともできる。現実の世界と平面的につながっているとする考えは魅力的なものであったに違いない。このような思想的背景のもとに、曲は作られたものと思う。

古曲〈巴園〉は、前段に、現世的な理想郷・神仙境を臣下がたずねるとし、観客は徐々に、空想的な世界に導かれてゆく。道教の道士は修行を重ね、方術の達人となるが、道士でもある巴園の老人は、不老長寿の橘の実を勅使に捧げる。老人が竹杖で橘の実を叩くと三つに割れ、その中から、童子（仙人）が出現する。仙人は老人のもっていた竹杖を虚空に放りあげ、青竜に変えると、竜は雲を巻き上げ、恵みの雨をもたらし、竜は雲に乗り童子を守護して去って行く。黄河流域に発達した雨乞いの竜神信仰をも終末部に取り入れている。

謡物部分は、神仙境の有様を謡った詞章。恐らく、室町時代に宝算祝賀の宴などに謡われた謡物であろうと考えられる。

徒然（つれづれ）

喜多流曲舞。他流にはない。別名〈化野（あだしの）〉〈徒然草〉〈兼好〉。兼好法師『徒然草』第七段の文をそのまま謡物にしたものである。

昔、ある洛中の者が徒然草を愛読し、友を訪ねて、その秘事を聞くという完曲があったらしく、この一節を曲舞の詞章に用いたという意見がある。現存しないので詳細不詳。要旨は、この世は無常であるところがすばらしい。無常の世に長生きして老醜をさらすよりは、四十歳に満たないほどで死ぬがよい。それ以上になると、無恥強欲となり、情趣も解しなくなってゆくのが情けないとある。

『金子亀五郎手沢本（しゅたくぼん）』〈曲舞〉の〈徒然〉を翻刻。

作者／兼好法師　典拠／徒然草 第七段　所／都　季節／不定

シテ／洛中の者の友人　ワキ／洛中の者

【詞章】

サシ禾上　▼化野の露消る時なく鳥部山の。煙さらでのみ住はつるならひならば。いかに物の哀もなからん。世は定なきこそいみじけれ。ツクス　命ある物を見るに人ばかり久しきはなし。蜻蛉の夕をまち。夏の蝉の春秋をしらぬも有ぞかし。つくぐ〳〵と一とせを。上　くらす程だにもこよなふ。のどけしやあかずおしと。思はゞ千とせをすごすとも。一夜の夢のこゝちこそせめ。住みはてぬ世に見にくき姿をまち得て何かはせん　ツクス　壽長ければ。恥多し長くとも四十にたらぬ程にて死んこそ目やすかるべけれ。其ほど過ぬれば。形を恥（はづ）るこゝろもなく。上　人に出交らはん事をおもひ。上　夕の陽（ひ）に子孫を愛して。榮行末を見ん迠の。上ノリ　命をあらましひたすら世をむさぼる心のみ深く。物のあはれもしらず成行（なりゆく）なん浅ましき▲（喜多流曲舞　徒然）

【兼好法師】

姓名を占部（うらべ）兼好（かねよし）（一二八三〜一三五二）。京都の吉田神社の社務職神官占部家の傍系の生まれで、貴族でも極めて身分の低い家柄であった。兼好の生涯には不明な点が多いが、十九才頃、後二条天皇に仕え、六位の蔵人として宮廷に出仕し、六年後に左兵衛之佐（さひょうのすけ）となった。天皇の崩御に伴い、三十代の始めに出家、世俗を離れた。山科小野に隠棲（いんせい）し、のち修学院や比叡の横川にも住み、この頃には、歌人として知られるようになった。『徒然草』を書いたのは一三三〇年から一三三一年にかけてで、兼好四十七、八才頃と推定されている。晩年は仁和寺の南にある双（ならび）が岡で過ごしたと云われ、双が岡の西麓に兼好を偲ぶ塚が作られたが、江戸中期に長泉寺（京都市右京区三室岡の裾町四四）の墓地内に移された。

兼好が没して六五十年以上が経つ。『徒然草』は序段と二百四十三段の長短さまざまな文章からなり、内容はきわめて多方面にわたっている。概して、自然や人事の観察・描写、仏道や日常生活の批判・教訓・逸話を内省的、論理的、教訓的、感傷的に書いている。根底にある作者の思想は、仏教の無常感ばかりではなく、何事にもとらわれない自由な思想、発想であり、事象や心象を冷静に観察し思索し描写している。

謡物に「あだし野の露消ゆる時なく、鳥部山（とりべやま）煙立ち去らでのみ住み果つる習ひならば、いかにもののあはれもなからん。世は定めなきこそいみじけれ」とあるが、京都・嵯峨の化野や東山の鳥部山は墓地・火葬場のあったところであって、「あだし野の露」や「鳥部山の煙」は吉田兼好にとって死の記号であり、儚（はかな）さの象徴であった。「人間が死なずにこの世に住みおおせるものであったなら、どんなにかものの情趣もないことだろう。人の世は無常であるところが、すばらしいのである」とする。

双が岡（一の岡）

『徒然草』からとられた謡物は、ほかに〈四季之段〉があり、『上杉本乱曲集』にみえる。『徒然草』第十九段そのままを謡ったもの。謡物は次の詞章でサシ・クセからなる。

【詞章】〈四季之段〉

サシ▼おりふしのうつりかはるこそ。ものごとに哀なれ。もの、哀は秋こそまされと人ごとにいふめれど。それもさる物にて。今一きは心もうきたつものは。春のけしきにこそあんめれ。下　鳥のこゑなんども。事のほかにはるめきて。のどやかなる日かげに。かきねのくさ萌いづる比よりや、春深くかすみわたりて。花もやう〳〵けしきだつほどこそあれ。下　おりしも風雨うちつゞきて。同　心あはたゞしくちり過ぬ。青葉に成ゆく迠。萬にたゞ心をのみぞ悩ます。はなたちばなは名にこそおへれ。なを梅の匂ひにぞ。いにしへの事も立返り。こひしう思ひ出らるゝ。山吹のきよげに藤のおぼつかなきさましたる。すべて思ひ捨がたき。事多し。曲下　灌仏の比祭の比。若葉のこずゑ涼しげにしげりゆく程こそ世の哀も。人のこひしさもまされど。人の仰られしこそ勝心さるものなれ。五月あやめふく比早苗とる比。水鶏のたゝくなんど。心細からぬかは。みな月の比。あやしき家に夕がほの。しろく見えて蚊遣火ふすぶるも哀也。水無月祓またおかし。七夕祭るこそなまめかしけれ。やう〳〵夜寒に成ほど雁啼てくる比。萩の下葉色づくほど。わさ田かりほすなんど。とりあつめたる事は。秋のみぞおほかる。又野分の朝こそおかしけれ。いひつゞくれば皆。源氏物がたり。まくらさうしなんどに事ふりにたれど。同じ事又今さらにいはじとにもあらず

上　おぼしき事いはぬは。腹ふくるゝわざなれば。筆にまかせつゝ。あぢきなきすさびにてかいやりすつべきものなれば。人のみるべきにも非ず。さて冬枯のけしきこそ。殊にはおさ〳〵をとるまじけれ。

下 汀の艸（くさ）に紅葉の。ちりとゞまりて。霜いとしろうをける朝。遺水よりけぶりの。立こそおかしけれ。年のくれはてゝ。人ごとにいそぎあへる比ぞ。又なく哀なる。冷しき物にして。見る人もなき。月の寒気くすめる。廿日あまりの空こそ。心細きものなれ。御仏名荷前の使たつなんどぞ。哀にやんごとなき。公事どもしげく。はるのいそぎにとりかさねて。もよほしをこなはるゝさまぞいみじきや。追儺より四方拝に。つゞくこそ面白けれ。晦日の夜いたうくらきに。松どもともして、夜半過ぐる迠。人の門たゝきわしりありきて。何事にかあらん。こと〴〵しく罵（ののし）りて。あしをそらにまどふが 上 暁がたより。流石に音なく成ぬるこそ。年の餘波も心ぼそけれ。なき人のくる夜とて。玉まつるわざは。此比都にはなきを。吾妻のかたにはなをする事にてありしこそあはれなりしか。かくて明ゆく空のけしき。きのふにかはりたりとはみえねど。ひきかへめづらしき心地ぞする。大路のさま松たてわたして。はなやかにうれしげなるこそ又哀なれ▲

當願暮頭（とうがんぼとう）

喜多流の曲舞。別名を〈當願暮當〉〈當願〉、〈小佛猟師（こぼとけりょうし）〉〈佛猟師〉〈暮当〉などともいう。観世・宝生流にはない。十五世紀の同名古曲から取られた謡物である。

本稿の完曲の底本には、『福王系番外謡本』（観世流五百番目）五一三〈當願暮頭〉（元禄年間版行）を使用翻刻した。原曲は金春禅竹作といわれ、劇的で宗教的な教えに満ちた佳作であるが、志渡寺（しどじ）を舞台とした現行曲〈海人（海士）〉があるので廃されたのであろう。志渡寺の僧（ワキ）が妙法蓮華経（法華経）の功徳を説く場面（クセ）が喜多流の曲舞となった。ワキノカタリは『福王流ワキ方江崎家本』による。

作者／金春禅竹？　典拠／讃州志渡寺縁起　所／志渡（度）寺　季節／秋　能柄／五番目

シテ／暮頭　ツレ／當願　ワキ／志渡寺住僧　ワキツレ／従僧

【詞章】

ワキ詞　是は讃州志渡寺の道場の住侶にて候。今日は當寺の法花（ほっけ）供養にて候。急ぎ法事をなさばやと存候　サシ二人ツヨ　面白や秋暮がたの狩路の末　ツレ當願　山は霧間に奥深く　シテ暮頭　野は朝露の花薄。二人　なびくは道の歸るさの　上一セイシテ　さおしかの。妻とふ山の朝開き　ツレ　夕べのみとや。おもふらん　シテサシ　是は此國のかたはらに住。二人　當願（がん）暮頭と申獵師にて候なり。上　夫世の業の數〻に。生まれてかはる道ながら。誠をしれば隔てもなき。佛のおしへ神の誓ひ。すぐに迷わぬ事ながら我らが今のことわざは。物の命を失ひて。身を扶くるぞ。おろかなる。下　よしやおもへば是とても。方便（ほうべん）の殺生は菩薩の行に越るなる。心をしらば白雲の障りはあらじ胸の月〱　上　入さの山に出むかひ。〱朝日の影の夕べまで狩場の道に迷はん〱　シテ詞　いかに申べき事の候　ツレ　何事にて候ぞ　シテ　あの志渡寺の方に當つて群衆するは何事にて候ぞ　ツレ　あれは法花供養の法事の候。其群衆にて候　シテ　扨は法花供養にて候ぞや。いざさらば今日は狩場の山にいらで此法會に参り候はん　ツレ　仰は去事にて候へ共。片時の暇も惜く候程に。我ら計は野山に入ふずるにて候　シテ　さらば御暇申法会に参らふずるにて候。上　夫受難き人身をうけ。逢がたき如来の教法にあふ事。盲亀の浮木優曇花の。下　適ゝけふの日にあふ事。悦んでも猶餘り有。結縁をなどしらざらん　ツレ詞　実ゝ仰のごとく生者必滅の此世なれば。出離の道は所望なれ共。和下　馴にし業の捨難き。我に任せぬ親心。子の身としてはいとわれず　上同和　力なければ梓弓。〱。ひきもかへさぬ心こそ。情なき実武士の習ひなれ　シテ上　我はまた法の為にとおもひ立。おしかの角のつかのまも。暇は惜けれど。心をしれば我と身を　上同　いさめ〱てわくらはの。狩場の隙行駒の道。法の場にと立帰れば。又急ぐ狩人の。煩悩は家の犬うて共門をさらざれば。菩提は山のかせぎにて。招けど来らぬ當願は狩場の山に入りにけり〱　ワキツヨ　既に法事の時を得て。開くる花の法の場に。貴賤群衆ぞ有がたき　シテツヨ　我はすがたもあらけなき。心に持や弓胡簶。はゞかりなれば出やらで。庭の木陰に休らへば　ワキ上　休らふ者はおのづから。人の目にたつますらをの　シテ　情ありとはみえもせぬ　ワキ　すがたによらぬ　シテ　心ざしを　上同ツヨ　渡す寺ゐはにごるとも。〱。隔てはあらじ一乗の。法の場なる草木まで。皆佛ぞと聞時は。もてる所の弓も法に。ひかれつ、本末の。身によれるすがたなりや人なとがめ給ひそ　クリ地ツヨ　夫昔在靈山の春の花。匂ひを四方の風につたへ。我此土安穏の秋の月。光りを雲の。餘所にあらはす　サシワキ　▼然れば妙なる法のおしへ。たゞ是佛果の直道なれば　下同　六趣震動して心をうごかし。四花くだつて眼を驚かす。信心今も。目前たり　クセ　誰かしる照東方。萬八千里の世界を知るも遠からぬ。眉間の白毫の相好さし顯わせる其教へ。まよはじな曇りなき光りにもる、方もなし。諸法實相成ときは。方便も實法一理成とかや　上ワキ　凡妙法の首題にて

同　本跡始終の教観色心の二字に極まりて。まよふ時は三界火宅のうちとおもへどもさとる時は。大白牛車に乘じて。眞如の境に遊ぶ事。一念信解の唯此經ぞ忝き▲（曲舞　当願暮頭）

ツレ詞　いかにあれ成道行人。志渡寺の法會ははや過て候か。我ら余りにあやまれる心なれば。狩場の山に有ながら。法の場人の帰らぬ先にと。上ツヨ　引かへす。狩場はいさやしらま弓。もときし道に。急ぐなり。詞　角て志渡寺に走りつき。暮頭は何国に有やらんと。貴賤の中を見渡せば　シテ上　我は結願終らざるに。聴衆の場にまじはれ共。心は狩場の山野に入　上同ツ　すがたばかりは空蟬の。〳〵。もぬけの衣日も既に。暮過てさきだゝぬ。悔の千度ぞかなしき。かくて時刻も移りつゝ。次第〳〵に一念の。嗔恚の焔身をこがす。毒虵となりてまのあたり。肝魂を。けすとかや〳〵

ワキ詞　扨も暮当が事言語道断の次第にて候。既に此猟師は天下に名を得程の悪人なるが。一日の法事の場に結縁をなす事は。ふしぎ成次第にて候去程に。一念信解の得益にこそ預かるべきに。忽毒虵となる社此経の奇特なれ。▼一念は善悪にきし。善悪は又一念にきす。年来の悪業煩悩法花の光りにみがゝれ出で。菩提をうべき事疑ひあらじと存候。▲（ワキノカタリ）　扨も暮頭が一念迷ふ心を忽に。本心に祈り扶けむと。久修練行の行者達。肝膽を砕き祈誓する。

上ツヨク　南無や當寺擁護の神。殊には法花守護の諸天。哀愍納受をたれ給ひ。本心になしてたびたまへ

シテ上ツヨ　荒うらめしや一念迷ふ心ゆへ。我と此身を苦しむる。虵道の苦患恥かしや　上地ツヨ　たゝんとすれば磐石のごとく。おもき苦患にたえもせで。動き出たるおそろしや　上同ノルツヨ　昔は妙なる法を得て。〳〵。虵道をのがれ。龍女が成佛今は一念の妄執にひかれ。虵躰をうけたるしんゐの心。善悪二つをあらはす御法妙なりたへなる。奇特かな　ツレ下　當願さすがに馴にし中の。同　〳〵。哀に捨がたくおもひければ。恐るゝ心も涙ながらに立向へば。即身虵躰をうくとはいへど。なつかしげにもまもり上て。

せつなる心をしらせん為とや眼をつかんで。當願にさし上是〻龍女が宝珠とみたまへ。是迠なりとて岩木を砕き。空にあがり地に又ふして。天地山海動揺しきりに雨となり風となり。洪水を出して。波間にうかんでうせにけり

（括弧内傍線部分は筆者挿入）

【志度寺の伝説】

讃岐の志度（渡）寺は、四国霊場第八十六番札所。現行曲〈海人（海士）〉の舞台となった寺である。創建は推古三十三年（六二五）、凡薗子という尼が建てた小さな堂が起源。天武十年（六八一）には藤原不比等が当地に母の墓を建立、堂を整備したと伝えられている。本尊は十一面観音。中世密教の伝統を引く真言宗善通寺派寺院である。

志度寺には、創建当初から鎌倉時代までに、七つの縁起伝説が伝えられた。

第一巻　「御衣木伝説」
第二巻　「志渡寺道場縁起」
第三巻　「白杖童子縁起」
第四巻　「当願暮頭縁起」
第五巻　「松竹童子縁起」
第六巻　「千歳同氏蘇生記」

現行曲〈海人〉は、金春権守が第二巻に依って作ったもの、〈当願暮頭〉は、権守の孫にあたる禅竹が第四巻を本説として作ったものといわれている。

「志度の浦に兄弟二人の猟師（当願・暮頭）がいた。兄の当願は、信心はあるが殺生の罪のため大蛇と化して池に沈んだ。悲しんだ弟の暮頭は、上人のおつげによって、大蛇になった当願の両眼を時の帝に捧げ、兄は竜女となり成仏することができた」という内容。

弟の暮頭は兄の請いを受けいれ、満濃池（まんのういけ）にいった。大蛇は一眼を抜き、この珠を酒壷に入れるならば尽きぬ酒となるであろう、と云い残して水底に隠れた。時の帝がこの珠を求め、さらに今ひとつの珠を捧げるよう命じた。暮頭は泣く泣く勅命を訴えると、大蛇は残りの一眼を抜いて渡した。後に、両珠は宇佐八幡に奉納されることになったが、運ぶ途中、周防国で竜王に奪われた。それを遊女・貫主が身を捨てて取り返したと縁起伝説では伝えている。

この曲に限らず、社寺の縁起や由緒を、歌と芝居に作り民衆に演じてみせる芸は布教に最適な手段であった。番外謡本には、似たような数多の曲をみることができる。能に限らず、歌謡を含め、芸能はもともと神事として発生してきたものが多い。

創生まもない室町の芸能（能）は、演劇としてだけではなく、芸能そのものが神仏や、霊や夢などの示現と深くかかわりながら存在していた。田楽能、猿楽能も、いずれも人間が演技しているのだが、それは、神に扮する物まね芸であった。この物まね芸を武器に、社寺縁起に登場する神仏を視覚化し教義を知らしめる「猿楽」を生み出し、神事・仏事を面白いものにした。はっきり能というドラマへ発展していっ

志度寺

たのは十四世紀頃と考えられている。

天の岩屋戸の前で、伏せた桶にあがり笹を手に足を踏み鳴らし、狂乱状態で踊っている天細女命(あめのうずめのみこと)は、初期の能楽に登場するシテそのものと見ることができる。よく対比されるギリシャ劇の原型も、筆者の知り得る知識の中でも、宗教と農業の祭式に深いかかわりがあることは疑いがない。人々は祭壇をぐるりと取り囲み、円形になって観覧し、神の恵みに感謝を捧げる。能においても、昔、人々は舞台の正面と左右の三方を囲んで、神を演ずる演技をみたのであろう。現在の能舞台は、地謡座の後ろの観客席がなくなって舞台の二方向からみるようになっているが、群衆は、中央の神と共に酒を飲み交わし、歌い踊ったと推察できる。しかし彼らは酒を飲んで酔うだけではなく、この神や仏を信仰し、その教えに心酔していたのであろう。演者はいわば代理神の形を扮し、群衆と神との間に対話がなりたっていたのである。単なるドラマとしてではなく、現実世界に神を創造し、願い事をかなえようとした古代の痕跡とみることができる。もちろん演者が行うのは神の行為の模倣であり、仏や僧侶の姿に扮して仏教の教義を伝達するものである。姿をまねるためには、行為・所作・問答・歌謡ばかりでなく、まず仮面としての能面や衣装・装束に工夫が必要であった。やがて、神仏から離れて芸能に発展していく。

今では、演じられるドラマの内容から詞章に至るまで、かなり熟知している観客が何回も能楽堂に足を運ぶ。演者が如何に巧みに主人公に扮し演技するかを見に行くのである。

社寺が能を保護し育てたのは、始めは寺社の縁起や教義を、信徒に目(ま)のあたりに顕示しようとする目的があった。この事が宗教的な内容を持つ佳作が多く生まれた理由であろう。

東国下（とうごくくだり）

〈東国下〉は喜多流曲舞（くせまい）で観世・金剛・金春乱曲。宝生流にはない。作者は和歌や連歌に堪能な数寄者の琳阿弥（りんあみ）（玉林）。南北朝末期の地下（じげ）の遁世者で生没年は不詳。節付は海老名（えびな）の南阿弥（なあみ）（?～一三八一）である。

本稿では『福王系番外謡本』（観世流五百番本）三一二〈逢坂物狂（おうさかものぐるい）〉（一六九八年版行）を底本とし翻刻した。これは世阿弥が曲舞〈東国下〉を能に改作した男物狂物。別名〈相坂物狂〉〈あふさか〉。

内容は「西国方の男が、人商人に誘われた我が子を尋ねて、都から近江国松本の宿に着くと、男盲者が子供を連れ、羯鼓を打って物狂のさまを見せている。旅人は盲目物狂の東国下の芸を見ているうちに、連れ添っている子は実の我が子であると知る。盲目の男は関の明神の化したる姿であった」である。

曲舞の全文を加えた完曲〈逢坂物狂〉はあまりに長文となってしまったため廃されたものと思われる。

最初、この曲舞は〈海道下（かいどうくだり）〉と名付けられていた。須磨で生け捕り

関蝉丸神社

にされた平家の武将・盛久は、京都から東海道を鎌倉まで護送される。その東海道の道中を謡ったもので、久しく〈盛久〉に取り入れられていたらしい。現行〈盛久〉の〈東国下〉にあたる一節は簡略化された詞章になっている。

表章氏（『世阿弥禅竹』岩波書店）によれば、〈西国下〉が出来て後、曲舞〈海道下〉は〈東国下〉とあらためられたと考えられている。〈東国下〉は〈西国下〉とともに現存謡物中、最も古い謡物である。謡物はクリ・サシ・二段グセ・サシ・四段グセからなり、まことに長文。

『鴻山文庫蔵謡物集』（番外謡七十一番）には、〈海道下〉と題する異なるものがある。その後〈北国下〉という謡物も作られた。

作者／琳阿弥作詞・南阿弥節付　〈逢坂物狂〉は世阿弥作

典拠／盛久海道下　所／逢坂の関　季節／秋

シテ／男盲者（実は関の明神）　ワキ／西国方の者

子方／西国の者の子　狂言／近江国松本宿の男

【詞章】〈逢坂物狂〉

次第　秋音づるゝ東路の。〳〵。月の都にかへらむ　ワキ詞　是は西国方の者にて候。我子を一人持て候を。人商人に誘はれ暮に失ひて候。東の方に下りたる由申候程に。跡を慕ひ爰かしこを尋行候間。ほどなふ三年に成て候。又都に登り尋ばやと存候　サシ　陸奥の阿根波の松の人ならば。都のさとにいざといふ。

言の葉泣も思ひ子の。草の枕の幾世経て。都の秋にかへらまし。思ひやるだに遠旅の。末白川の。せきこゑて。上 霞と共に立出し都の春も三年経て。上 今はまた秋草わたる武蔵野の。〳〵。月も果なき有明の。あさかずそひて遙〴〵と。詠しものを富士の根の。雪又跡に三保の松。清見が關を打過て。浦山越て程もなく早近江路に着にけり〳〵 詞 程もなく近江國松本に着て候。早日の暮て候へば。今夜は此宿に泊り。あすは都に登らばやと思ひ候。いかに此内に誰か渡候。旅人にて候宿を御借候へ。狂言 何事にて候ぞ ワキ 旅人にて候宿を御かし候へ 狂言 心得申候。かふ渡り候へ。如何にお旅人へ申候。かふ御上り候道相坂の関に男盲者の候が。童部をつれさゝら羯鼓を持て色々面白狂ひ候。いづくの者とも更に存ぜず候。是を御供して狂はせてお目にかけ候べし ワキ 是は面白事を承候。さらば御供申候べし

一セイシテ子二人 いつか世に。逢坂山のさねかづら。来る人しらぬ。心哉 子 関のこなたに年はふれ共

二人 身にもとまらぬ。月日哉 シテサシ上 たとへを申せばおほそれなれ共。二人 天竺には狗浪琴（くらぬ）太子。又我朝の蝉丸。皆是王子の御身なれ共。因果の車の廻り来て。妄亀の雲も晴やらぬ。月の夜雪の朝日影。何れもうとき御心の。闇路の果は痛はしや。浅間敷や我らごときの衆生として。元来（もとより）迷ふ心なるに。盲目とさへ生れ来て。色も容（かたち）もしらぬ身の。さらば浮にも遁れずして。涙の雨は。をやみもせず。下 闇（くらき）より闇き道にぞ入にける。遥に照せ山の端の。月はいづくに残るらん〳〵。上 所は相坂の。〳〵。關の清水に影見えて。今や引らん望月の駒の足音聞馴て。行人征馬の行通ふ。余所の情を頼みつゝ。暮ればさり明ればいづる。山陰のわらやにたどり〳〵も着にけり。〳〵 ワキ詞 いかに盲目。此所にはいつの比より住給ひけるぞ シテ 是は昔より此所に住者にて候。是なる童（わらは）は他国の人にて候が。人商人に取れ此所に落とゞまりて。我らを頼候程に。友に乞食をして身命を扶り候 ワキ ふしぎやな昔より此所に住

と宣へ共。本は此所にて見ぬ人にて有由此邊の人は申候　シテ　恐れながら左様に申人こそ愚に候へ。假ひ他所に住者成共しらるゝ人も有べし。交る共しられぬ身も有べし。下　数ならぬ身程の山の奥はなし。人のしらぬを。隠家にしてと　詞　讀ける人も有しぞかし。知るゝは己と見え。上　しるもしらぬも逢坂の。やまに紛れて隠家(かくれい)の。数の外なる身なれど。何とて人にはしられ　下ニ　候べき　ワキ上　実面白き答かな。盲目の身にてましませば。詠の氣色は有まじけれ共　詞　去ながら人の往来の名所なれば。聞觸草(ふれぐさ)の慰みは。上　折ゝ実は有らんものを　シテ詞　仰のごとく此逢坂の名にしをふ。嵐のかぜを聞時は。飛花落葉の哀を観じ　ワキ　心耳を澄す山水の。走井の流れ　シテ　關の人音　ワキ　行も歸るも別の鳥の音　シテ　今鳴聲をば聞給ふか　同　実鳴も名は夕付の鳥の聲。〳〵。聞に付ても盲目の。あの鳥にても有ならば。君が往来を鳴くも。などか見ざらん。かへす〴〵も。浦山しの鶏や。実や八聲の鳥と社。名にも聞しに明過て。今は八聲も数過ぬ。空音かまたねかうつゝなの鳥の心や　子　なふ旅人の御通候ぞ　シテ　何と旅人のお通有とや　子　然も登り旅人にて御入候　シテ　殊更上り旅人こそ尋る人の所縁なれば　子　とめても見ばや相坂の　シテ　關の杉村　子　過させ給ふか　シテ　暫く人ゝ　上同　うたての旅人や。〳〵。いかに急がせ給ふ共。關山なればたやすからじ。下　相坂の山風の。木の葉の簓摺。四の宮川の波の鼓。とう〳〵物たべや情なし。哀ませ給へや　ワキ詞　荒面白や心もなき人かと思ひて候へば。近比面白き人にて候よ　シテ　盲目なる者のくせ迚耳が早く候ぞ。只今仰つる御詞に。こゝろなきと仰候ひつるな。此逢坂にて盲目なる者の藁屋作り候て住を。心なき者かとの御事は愚にこそ候へ　ワキ　扨ゝ盲目成人のわらや作りて。相坂に住が心有との其謂は候　シテ　先あたりを四の宮河原と申は。延喜第四の宮。蝉丸此所にて果給ひしに依て。四の宮河原と申さずや　(子下)　其蝉丸と申しも。盲目の。御身にて乞食をし給ふ

シテ　忝なけれど蝉丸も。我ごとくなる盲目の御身　子　親に放れて乞食し給ふ。御身も我に等しき思ひ
シテ　夫は上代　子　是は末代　シテ　高き賤敷品こそ替れ　上二人　思ひは同じ浮世の中を。思食よる御
製の詠め　上シテ　世の中は。菟にも角にも有ぬべし。宮もわら屋も。果しなければ。下　四の緒の。
上　第一第二の絃は索々（そう）たり　上同ノル　第三第四の絃は。冷々として。秋のかぜの。音はむら雨。今打は鼓。
いづれも〳〵歌舞の遊樂。菩薩聖衆。遊をなす事。心なしとは。旅人よ〳〵。あら愚や南無三寶
シテ詞　殊更人の御所望也。いざや謡はん諸共に　上同　雪のふるえの枯てだに。〳〵再び花や咲ぬらん
クリ地ツ　▼抑盛久と申は。平家譜代の侍。武略の達者たりしかば。鎌倉殿迠しろし召たる。下　兵なり
上シテサシ　是にて斗ひ難しとて。關東へ渡し遣さる　同　花の都を出しより。音に鳴初し加茂川や。末白
川を打渡り。粟田口にも着しかば。今は誰をか松阪や。四の宮川原四つの辻　クセ　関の山路の村時雨。
中　いとゞ袂やぬらすらん。しるも知らぬも逢坂の。嵐のかぜの音寒き松本の宿に打出の濱。湖水に月の
影見えて。氷に波やたゝむらん。越を辞せしはんれいがへんしうに棹をうつすなる。五湖の煙の波のうへ
かくやと思ひしられたり。昔ながらの。山里も都の名をや殘すらん。石山寺を拝めば。是又救世の悲願の。
世にこえ給ふ御誓ひ。頼もしくぞや覺ゆる。瀬田の長橋かげ見えて。長虹波につらなれり。浮世の中を秋
草の。野路篠原の朝露。おき別れ行旅の道幾よる〳〵を重ぬらん　上シテ　露も時雨も守り山は。(同)下葉
殘らぬ紅葉ばの夕日に色やまさるらん。いにしへ今を鏡山かたちを誰か忘るべき。いさむ心はなけれども
其名斗は武者の宿。まだ通路も浅茅生の。小野の宿より見渡せば。斧斤（ふぎん）を磨（とぎ）しすりはりや。番場と音の聞
えしは。此山松の夕嵐。旅寝の夢も醒井の。みづからむすぶ草枕。誰か宿をも柏原。月も稀なる山中に。
不破の關屋の板庇。久敷ならぬ旅にだに都の方ぞ恋しき。垂井の宿を過行ば。青野が原は名のみして。皆

夕霜の白妙。枯葉にもるゝ草もなし。かゝる浮世にあふはかや。捨ぬ心を苦醫瀬川。下二　洲の俣海馬の渡りして。下津かや津打過てあつたの宮に参れば　上シテ　蓬莱宮は名のみして刑戮に近き此身の不死の薬やなかるらん。(同)芦間のかぜの鳴海潟干塩につるゝ捨小舟さゝで沖にや出ぬらん　シテサシ　さゝがにの蜘手にかゝる八橋や。同　沢邊に匂ふ杜若。在原の中将の。遥〴〵きぬと詠ぜしも。今身の上に。しられたり猶行末はしらま弓。矢はぎの宿赤坂。松にかゝれる藤が枝の。梢の花をみやじ山。(同)わたうど今橋打渡り。雲と煙の二村山は高師の名のみして野里に道やつゞくらん　上シテ　波の満干のしほみ坂。れうかひ天につらなりて　下　雲に漕いる沖津舟呉楚東南に分れて乾坤日夜うかべり。歸らん事を白須賀に暫しをりゐる水鳥のした安からぬ心かな。夕塩のぼる橋本の。濱松がえの年〻に。幾春秋を送りけん。山はうしろの前澤。夜は明方の遠山に。はや横雲の引馬より天龍川も見えたりおとろへ果る姿の。池田の宿鷺坂。旅寝にだにもなれぬれば。夢も見付の府とかや。岸邊に浪をかけ川。小夜の中山中〳〵に。命のうちは白雲の又越べしと思ひきや。うき事をのみ菊川や。旅のつかれの駒場が原。替る淵瀬の大井川。河邊の枩にこととはん　上シテツヨ　花紫の藤が枝の。同　幾春かけて匂ふらん馴にし旅の友だにも。下　こゝろ岡部の宿とかや。蔦の細道わけ過て。きなれ衣を。宇津の山　ツヨク　うつゝや夢になりぬらん。湊に近く引細の。手越の川の朝夕に。思ひを駿河の國府を過清見が関の中〻にとまらぬ旅やうかる覧。さつた山より見渡せば。遠く出たる三保が崎。海岸そこともしら波の。松原ごしに詠むれば。梢によするあま小舟。あまりに袖や濡すらん。和　由井神原をも過しかば。田子のうらはも近くなる　上ツヨク　西天唐土扶桑國。ならぶ山なきふじの根や万天の雲をかさぬらん浮嶋が原を過しかば。左は湖水浪よせて。芦葉淺水のうき鳥のうはげの霜を打拂ふ。右は蒼海遥にて。漁村の孤帆幽なり。頓教智解の衆生の。火宅の門を出かねし。羊車鹿車大牛（ようしやろくしやだいご）の車かへしは是かとよ　上シテ和　伊豆の國府（こう）にも着しかば。（同）南無や三嶋の明神本地大通智勝佛過去塵傳（ぢんでん）のごとくにて。黄泉中有の旅の空。ぢやうあんみやうのちまた迠も我らを照し給へと。深くぞ祈誓申ける雪のふるえのかれてだに　ツヨク　ふた丶び花や咲ぬらん▲（曲舞　東国下）

上同和　逢坂の　シテ上ワカ　相坂の。関の岩角。ふみならし　上同　山立出るきりはらの駒。〈　シテ上　神の心はあら駒の　同　人に引れて乗うつる。神とは我をしらぬかや。荒愚や　ワキ　ふしぎやな此盲目の氣色替りて。神とは我をしらぬかとは。若神佗にてましますか　シテ　中〻なれや関の明神。汝がために顕れたり　ワキ　そもや汝が為ぞとは。身には何をかゆふしでの　シテ　神の昔も芦（はら）屋の思ひ。此童部も親に別れを　ワキ　思ひしるよの　シテ　哀さに　上同　親子の道を守ぞとて。此子を引立見せ給へば。疑ひもなき親と子の神の引合せに相坂の。名も有難き誓かな。是迠なりとて盲目は。我人間に非ずとて。関の明神の社壇の御戸の。錦を押開き。入給ふかと見し月の。光に立紛れつ丶。失給ふこそあらたなれ〈

（括弧内傍線部分は筆者挿入）

【福王系番外謡本】

筆者が底本に扱っている完曲謡本は、『福王系番外謡本』が多い。理由のひとつに全曲同じ人物の手で書かれた木版本であるため、同一の文字は同じように書かれていること、書き手のクセも一定で、慣れると翻字が容易であったということもある。

福王流は現在もつづくワキ方の流名。西野春雄氏（西野春雄・羽田昶 編『能・狂言事典』平凡社）によれば、流祖は福王神右衛門盛忠（一五二一〜一六〇六）で、播磨国三木の神職から、観世のワキ方棟梁・観世小次郎元頼らに学び、織田信長に召抱えられ観世のワキ方となった。以後、観世の座付として活躍した。四世盛厚には後嗣がなく、観世家から五世茂兵衛盛親（一六〇九〜一六七三）が入り、絶えていた福王家を再興した。彼は晩年、服部宗巴と号し、京で素謡の教授を始め素謡の本格的な創始者とされている。福王家の歴代には、謡曲を新作した二世盛義、八世盛有、九世盛勝が有名で、主として関西を活動の場としていた。

かつて福王系流の素謡用の謡正本は九百余番あったといわれている。謡の詞章は観世流と殆ど異ならない。このレパートリーの中から、内外二百番（能としては現行曲）と、最も遠い七百番目以下を除き筆写された。現在伝わる福王系伝本は、江戸時代の観世座大鼓役者家に伝わった文化・文政頃の写本。観世座大鼓家元・樋口半次郎所伝のものであるので、俗称を樋口本という。本の譜は、特殊な場合を除くと、細かい符号は省かれている。もともと素謡用の謡本であるので難字にはルビが付されている。七百番と八百番目以降は現在なお所在不明。

【東海道五十三次宿場名（京都→日本橋）】

曲舞〈東国下り〉には東海道の宿場名・名所が詠みこまれている。参考までに江戸時代の宿場名を挙げておく。

（京都）→大津→草津→石部→水口（みなくち）→土山→坂下→関→亀山→庄野→石薬師→四日市→桑名→宮→鳴海→池鯉鮒→岡崎→藤川→赤坂→御油（ごゆ）→吉田→二川→白須賀→新居→舞坂→浜松→見付→袋井→掛川→日坂→金谷→島田→藤枝→岡部→鞠子（まりこ）→府中→江尻→興津→由比→蒲原（かんばら）→吉原→原→沼津→三島→箱根→小田原→大磯→平塚→藤沢→戸塚→程（保）土ケ谷→神奈川→川崎→品川→（日本橋）

内府（ないふ）

謡物・完曲ともに、別名を〈小松教訓〉〈教訓〉〈教訓状〉〈重盛〉〈浄海〉〈小松〉などと呼ばれている。内府を「だいふ」と読むこともある。内容は『平家物語』巻二「教訓の事」に據っている。完曲は室町時代の古作と思われる（田中允氏『未刊謡曲集』二十二巻）。このサシ・クセ（重盛が清盛を切々と諫める詞章）が、観世流の謡物となり現在に伝わった。宝生・喜多流にはない。

本稿では完曲の底本に、『福王系番外謡本』（観世流五百番本）三〇七〈内府〉（元禄十一年版行）を使用し翻刻した。

作者／不詳　典拠／平家物語　所／六波羅　季節／秋　能柄／二番目
シテ／小松殿（重盛）　ワキ／浄海（清盛）　ツレ／平家の軍兵　ワキツレ／平家貞
トモ／浄海の侍武士

【詞章】〈内府（だいふ）〉

ワキ詞　是は大政入道浄海なり。扨も新大納言成親の卿が讒奏を御承引有て。當家の一門を亡ぼされんとの御事也。然らば暫く世を静めん程。仙洞を鳥羽の北殿へ移し奉り。宸襟をなやまし申さばやと存候。い

かに家貞が有か　家貞　御前に候　ワキ　新大納言成親の卿が讒奏を御承引有て。當家の一門を亡ぼされんとの御事隠れなし。暫く世を静めん程。仙洞を鳥羽の北殿へ移し奉るべし。定めて北面の輩防矢射つべし。味方にも其手たでなくては叶ふまじ。邊土の軍兵馳参んぜよと申付候へ　家貞　是は御諚にて候へども。先御一門を入御申有て。御談合あれかしと存候　ワキ　いや左様に事のびてはかなふまじ。所詮面ゝ同心なくば。上　余人に申付べしと　上同ツ　さもあらけなき御声を。〳〵。いらゝげ給ふ有様は。雲中に逆のぼり下る雷の。勢ひもかくやと肝をつゞしめ家貞は。頓て諸勢を集めんと。お請のしたに浄海。さらばといひて立給ふ御心のうちぞ。恐ろしき〳〵　ワキ上　扨も此度浄海は。世に掌に治めんと。思ふ心を先として。黒糸の腹巻に。安藝の嚴嶋より給はりたる。白柄の長刀かひこんで　上地　邊土の軍兵いかで遅きと。いかり給ふぞ夥しき　一セイ兵　山風や。時雨の雲を誘ひ来て。都の空に。かゝるらん　ツレ　扨も此度西八條殿。御謀叛極まり所ゝの軍勢。急ぎ参れとゆふしでの　ツレ　上加茂下鴨松がさき　兵　小原静原芹生の里　ツレ　薮里修学寺鷺の森　兵　市原野邊や　ツレ　鞍馬山　上同　扨城南の諸軍勢。〳〵。梅津桂の尾西の岡。山崎八幡淀竹田。伏見深草藤のもりに。籠り居し兵。家ゝのはたさしきら星のごとく参着し着到の庭に畏り。甲の緒をしめ打物の。鞘をはづして面ゝに。既に打立氣色かな〳〵　シテ一セイ　列子車をかけ往還せし。心ばかりに。急ぐなり　地　西八条に馳集る　上同ノル　軍勢是を見るよりも。〳〵。さればこそ内府の。御参りぞと。各庭上にかしこまり窺ひければ　シテ下　内府は八葉の車のけしたるに　上同　蔵人五位の尉。かちばしり四五人。御車をよせて。大庭におり給ひ。大紋の指貫の。そば高く取持多くの軍勢をかき分〳〵ざゞめき渡つて。入せ給へば　ワキ下　浄海是を見るよりも　同　浄海是を御覧有つて。おもはゆや覚すらん。腹巻の上に。そけんの御衣。あはてぎに着給ひ。ふし目になつ

てぞ見え給ふ　シテ詞　いかに誰か有　トモ　御前に候　シテ　内府が参たるよし申候へ　トモ　畏て候。いかに申上候。六婆羅より小枩殿御参りにて候　ワキ　また内府が世をやうぜん為な。此儀におひてはふつゝと承引すまじき物を。去ながら此方へと申せ　トモ　畏て候。此方へ御座候へ　シテ　いかに申上候。軍勢どもの馳集り候は。若朝敵の御大事ばし出来候やらん　ワキ　内府心をしづめて聞給へ。新大納言成親の卿が讒奏を。法皇御承引有て。當家の一門を亡ぼさんとの御たくらみもれ聞へぬ。餘りに無念に候間。先暫く世を静めん程。仙洞を鳥羽の北殿へ移し奉るべし。其旨心得給へ　シテ　言語道断の御事。先御すがたを見奉るに。是唯事とも存ぜず候。夫我朝は邊地粟散の堺とは申ながら。神国として天津児や根の命の朝政をつかさどり給ひしより以来。大政大臣の官に上らせ給ひ。天下の朝臣たる御身にて甲冑を帯したまふ事。曾て先顕を承らず候。其上出家の御姿は。釋門柔和の御身なり。三世の諸佛解脱同相の法衣をぬぎ捨。忽に弓箭兵杖を帯し給ひぬれば　上同和　内には破戒無慙の。罪を招かせ給ふのみか。外には。仁義礼智信の。法にも背き給ひ。浅からぬうき名を。流させ給はゞ後にしも。申し言の葉を。思召さんと覚へたり　ワキ詞　いや内府は詞をたくみてのたまへども。平治の逆乱より以来。浄海が一命捨んとせし事度ゝなり。縦人いかに讒じ申共。此一門追討せらるべき。院中の御結構こそ返ゝも遺恨の次第にあらずや　シテ　いや是は御定にて候へ共。全此一門を亡ぼさるべきには候はず。なかんづく君を邊土に移し奉り。宸襟を脳し奉る事。天照太神正八幡の神慮にも定めて背かせ給ふべし　クリシテ和　夫我朝は神国たり　同　神は非礼を受給はず。叡慮のまゝにあふぎなば。君こそ却て耻給はめ　シテサシ　▼されば潁川の水にて耳を洗ひ。首陽山に蕨を折し賢人も　同　勅命は背かず。其上心地観経の文を見るに。世に四恩候。天地の恩国王の恩。父母の恩衆生の恩其中に。尤重きは朝恩なり。普天の下王土にあらずと。云事なし。

クセ下　さればにや十善萬乗の御位は。諸(もろ)〻の神達結番(けつばん)し守り給ふとか。神だにものがれ得ぬ。王位を犯し給はんは。神罰も恐ろしや。此上は事のよしを。窺はせ給はゞ。など聞召なをされで。嵐の山枩の幾久しさも隈らじな　上シテ　其上是により。君と臣とをくらぶるに　同　親疎をわく事なく。君につき奉るこそ忠勤の法と聞物を。道理とひが事をならぶるにいかで。道理につかざらんと。涙を流してのたまへば。我子に諫められ。心ならずもとまりけり▲（乱曲　内府）　ワキ詞　内府詞を盡しの給ふ間。此度の謀叛はおもひとまるべし。さあらば唯今はせ来りたる軍勢ども。能やうに申て返すべしと。座敷を立て常の間の。ツヨク　障子を引立入ければ　シテ上ツ　内府は是を見るよりも　同　有難やうれしやと。いさみ悦び給ひければ。家貞弟貞其時に。感涙を催して。大臣(をとど)をこそは礼しけれ　シテ詞　いかに面〻。今度(こんど)早速馳参ずる事神妙なり。此度事なければとて。重て油断有べからず。召れん時は参るべしと。上　軍兵共をいさめつゝ　上同ツ　かたじけなくも悦びの。御盃や御酌を。取あへず様〻に並居たりし軍兵に。たび給ふ御心。かたじけなくぞ覚ゆる　シテ下　面白の折からや。同　〳〵。軍勢の舞べきは。太平楽の曲とかや。我も又かゝりなば　シテ下和　今様朗詠　同　〳〵。唱哥早哥(しやうがそうが)。色〻の袖を盡し詠ひかなで遊ばん

シテ上ツヨク　君が代も　マイシテ上　君が代も　同　〳〵。我世もつきじ。石川や。蝉の小川の絶じと思へば。おもへば目出度折からかなと。さす手も引手も悦びの舞の袖。かへす〴〵も。おもしろや　上同打上　かくて酒宴も時移れば。〳〵。是までなりと。各〻に御暇給はると有しかば。おもひ〳〵の旗さしつれて。皆〻退散申しければ。大臣(をとど)はくるまに打乗たまひ。牛飼わらはゝみさきにこうじ。牛飼わらはゝみさきにこうじて。六婆羅殿にぞ。まいりける

（括弧内傍線部分は筆者挿入）

【平安時代の官職】

わが国の官制は孝徳天皇の大化元年（六四五）、唐の制度を模倣して定められ、始め左右大臣八省がおかれた。次いで文武天皇の大宝元年（七〇一）に大宝律令が制定され、神祇、太政の二官以下、八省百官の官職が完備することになる。これを令内官と呼ぶ。そののち、世の変遷にしたがい、必要に応じ新たに置かれた官を令外官という。太政官の職掌は八省百官を統べ天下の大政を総括する官庁で今の内閣と同じ。

組織上は、太政大臣、左右大臣、内大臣を長官と呼び、大納言、中納言、参議の地位は現在の次官乃び副大臣に相当する。

太政大臣は太政官の長で天皇の師範役。四海のトップの人、その地位には有徳の人を任ずることを本旨とし専門の職掌は設けられていない。

実際に政務を統べ、禁中の公事を奉行するのは左大臣の任である。右大臣は位階・職掌共に左大臣と同じで、左大臣が欠けたとき、または事故で出仕できないときに職務を代行した。内大臣は左右大臣の下に位していた。内大臣職は始め藤原鎌足が死に臨んで任ぜられた。最初は名誉称号であったが、後に左右大臣を補佐し、出仕しないときには政務を執り、職掌は左右大臣と同じであった。太政大臣に適任者がないときは、左右大臣と内大臣の三名で総覧した。太政官制は明治十八年（一八八五）の内閣制度発足とともに廃されたが、別に内大臣を宮中に設置して、天皇を常時補佐し、詔勅など宮中内部の文書に関する事務を主管とした。国家の原則が天皇親政であったから、任ぜられた内大臣は首相人事などの奏上も行い、事実上総理大臣より上の位となった。主権在民、議院内閣制となった昭和二十年（一九四五）、内大臣制度は廃止となった。

古来、官名を唐名で呼ぶことがあった。太政大臣のことを相国、中納言を黄門、参議を宰相、内大臣を内府とよんだ。例をあげると、清盛が相国、徳川光圀を黄門、平重盛を小松内府と呼ぶごとくである。しかし私事の場合にもちいられ、公の文書に記されるのは稀であった。丞相とは各大臣のこと、大納言を亜相ともいったが、それは丞相につぐという意味である。

和風の呼び名もあり、太政大臣、左大臣、右大臣、内大臣である。ちなみに、公卿とは公（太政大臣・左大臣・右大臣・内大臣）と卿（大納言・中納言・参議および三位以上の朝官）の総称。朝臣は五位以上の人につける敬称で、三位以上は姓の下につけ、四位は名の下に、五位は姓名の下につけてよむ。公家とは朝廷につかえる人の意。

蔵人所は、嵯峨天皇の弘仁年間に宮中におかれた令外の官であった。もともと、殿内の書籍を校合する職掌であったが、次第に機密文書や訴訟をも司り、ついに禁中一切のことを総掌する有力な官となった。その長を別当と呼び、多くは左大臣が任ぜられ詔勅の伝宣を掌った。その下は頭と呼ばれ二人、その下に五位ノ蔵人（宮中の雑務を掌る）三人。六位ノ蔵人は主上の御膳の給仕役、その下が殿上駈使。蔵人所は宮中で犯罪があったときに、犯人を捕らえ検非違使に引き渡すことまで行った。以上、〈内府〉に登場する人物の官職名を解説した。

本曲に登場する人物の役職から曲のストーリーを考えると、ある次官が、法皇に平家の事をあしざまに讒奏したため、法皇は本気で平家を滅ぼそうと計った。天皇の師範職にあたる太政大臣平清盛が、これは大変だと、宮中の治安警護の職を司る蔵人所の兵や私兵を集め、反乱を未然に防ぐために法皇を鳥羽の北殿に押し込めようとした。一方、天皇を守護する職責にある内大臣役の重盛は、これにまったをかけ、思い止どまるよう清盛に切願するという内容。歴史上は清盛の一方的な専横暴挙のようにいわれているが、当事者各自は、公の職責を全うしようと行った行動ではないかと思われる。

『平家物語』巻二〈小松教訓〉は、重盛の第一回目の教訓の事で、これは反乱を起そうとした新大納言成親卿（丹波少将成経の父）を逮捕処刑せんとした清盛の行動を諌めた事件である。第二回目が本曲の事件で、『平家物語』には「教訓状」とされている一節である。

平家を滅ぼそうとした鹿ケ谷の陰謀を、西光（藤原師光）の自白によって「後白川法皇が謀議に加担している」と知った清盛が、天下の騒乱を未然に防ごうと、法皇を一味から引き離した。鳥羽離宮の北殿に押し込めるか、あるいは清盛の西八条の館に連行しようとしたのか、法皇を九州にでも流してしまおうと考えたのか。いずれにしても暴力を伴う行為であり、北面の武士の抵抗が予想されるので、対抗するため平家一門の軍兵を集めたのである。そこに小松内府（重盛）が現れ、涙を流して諌める言葉が乱曲〈内府〉である。

伝 平重盛の墓

重盛のものといわれる墓は霊山寺（沼津市本郷三七）にある。創建は奈良時代という。寺からいったん外に出て、香貫山のほうに進むと墓地があり、なかに中世の石造物の五輪塔があり、明治の頃までは「治承三年（一一七九）」などの文字が確認できた。しかし昭和三十一年（一九五六）の調査で塔の下から元亨三年（一三二三）などの銘のある青銅製蔵骨器が確認され、どうも平重盛の墓ではないようである。

天皇制が力をもっていた時代、法皇を拉致幽閉しようとする清盛の計画は、上を恐れぬとんでもない逆賊行為であり、親を諌めた重盛の行動は称賛すべき忠義な行為とされた。このため歴史上に重盛の名を留めた。謡としては面白い曲ではないが、政治的理由から、乱曲の詞章が後世に伝えられたものとおもう。

西濱八景（にしはまはっけい）

宝生流の謡物・蘭曲である。他流にはない。紀伊半島の西側・和歌山付近の四季の美景と名所を謡ったものである。近江八景・瀟湘(しょうしょう)八景などをイメージして作られた。

吉宗が紀州第五代藩主に就任した頃、紀州藩は江戸屋敷の火事、御殿の新築、高野山騒動の出兵、さらに一七〇七年に紀州南岸を襲った津波により財政は窮迫していた。吉宗は倹約を奨励、人員整理を断行して、新田開発と殖産事業に尽力した。この吉宗の政策が功を奏し、吉宗が第八代徳川将軍に就任した頃には紀州藩の金蔵は極めて豊かになった。紀州藩第六代藩主徳川宗直(むねなお)（一六八二〜一七五七）は、支藩伊予西条藩初代藩主松平頼純の五男で、吉宗の従兄弟(いとこ)。はじめ松平頼致と名乗る。正徳元年（一七一一）西条藩初代藩主が没したため、西条藩第二代藩主となる。正徳六年（一七一六）吉宗が将軍に就任したため、紀州藩の六代藩主に迎えられ、吉宗の「宗」の字を与えられて徳川宗直と名を改める。彼は吉宗の後をうけて、歌舞

和歌山城天守閣

伎を解禁、新雑賀町船場に常舞台を建て芝居を行うなど、芸能に理解を示した。和歌山城天守閣内に宗直書状が展示されている。

〈西濱八景〉は〈紅葉賀（もみじのが）〉とともに、宗直が作らせた謡物と記録されている。紀州家は宗直・宗将（むねのぶ）・重倫（しげのり）・治貞（はるさだ）と十四代まで栄えた。

田中允氏が古典文庫『未刊謡曲集』（続二十一）に、彰考館の所蔵として紹介している写本は、第二次世界大戦の被害にあったので現存しない。（財団法人）水府明徳会にある目録には焼失本と記載されている。筆者は見ることができなかったので、本稿では前後の詞章に田中允氏の翻刻を借用した。下懸節付、葛野流大鼓手付入りの謡本であるので恐らく舞囃子用の謡物と思われる。蘭曲の詞章は宝生流現行謡本を用いた。完曲は発見できない。

作者／紀州御六代大納言宗直（実左京大夫　頼純朝臣五子）・治寶両卿　典拠／不詳

所／和歌浦　季節／不定

【詞章】

シテサシ　伝え聞西湖の気色は見もやらず。爰は南の国かとよ　同下　所も和歌の浦近く。致景残りて里の西。浜松の葉の散り失ず。君の齢は正木の葛。永き世迄も言葉の花を　下曲ツヨク　▼見渡せば四方の詠めも数々の中に名におふ吹上の。風も静かに夜（よる）の雨　クセ下同　音はまがはぬ折節に。誰を松江の秋の月。影もさやかに隈もなき。空に落ちくる雁の聲。芦邊をさして幾つらも。片葉の芦に落ちくるや。（シテ）上　峯高く。

雲も嵐に吹き落ちて。此金城の粧ひは（同）幾萬代も限らじな。葛城山の。雪の暮に。沖の小舟も ツヨク 帆を引て。下 水門に歸る追風と。紀の川面にかけ渡す。橋に夕日の。照りそひて暮や丶近くなりぬれば。

ヨハク 愛宕の山に。入相の。鐘も響きて。面白き。眺めつきせぬ景色かな▲（宝生流蘭曲 西濱八景）

ロンギ 実や妙なる哥人の。言葉の花は見やりつ丶四季の詠めはいかならん シテ 中ゝ春は梅桜。蘭の花多けれど。藤の花にはよも増じ。同上 扠亦夏に移りては シテ 夕風冷し河水に。同 舟を浮へて棹の哥。

シテ下 秋の野は。〳〵。千種にすだく虫の声。同 木ゝの梢に紅葉して。はや木枯に吹上の。浜野に残る白菊は。実初雪と詠めつ丶。積る詞も尽せじや心言葉も尽せじや。シテ下ワカ 早月影もほのみへて 同 光りも袖に。移り舞（序ノ舞）シテ上ワカ 面白や。糸竹の調べ時移る。同上ノル 実類なき舞の袖。〳〵。興に乗じて袖を返へし。返へしては諷ふ折からに。鶴立鳴にも千秋をうたふ。声高松の緑の亀も。万才をうたひ巌に挙りて舞遊ぶ有様は。実治れる御代のしるしぞと。歓びの声は海山にひゞき。倪口石の其名も広く。夜も明渡る横雲は。布引にたなびきたな引琴の浦浪風もしづかに名草山。浪風閑に名草山。夜は藤白とぞ明にける。

（括弧内傍線部分は筆者挿入）

【謡物に詠まれた八景】

各地の景勝を瀟湘八景に似せて詠むということは広く行われていた。記録に残っているだけでも、いくつかある。近江八景、大津八景、琵琶湖八景、論議八景、相模八景、近江替八景、南都八景、大和八景、八代八景（薩摩九景）、奈良八景、西浜八景、金沢八景、隅田川八景、吹上八景などである。

謡物〈西濱八景〉に詠まれている紀州の八景は、次の八ヵ所かと思われる。

吹上の夜の雨――和歌山市中心部。和歌山城のあたり。吹上浜を含む。
松江海岸の秋の月―和歌山市松江地区（現在は埋め立てが進み工場地帯となった）。名勝加太地区・淡嶋神社に向かう海岸線があった。
片葉の葦の落雁―和歌浦の海岸。湾内には葦が多く、渡鳥の飛来地であった。
葛城山の雪――紀ノ川北方。那賀町、貝塚町、和泉市との境界の山。
水門の帰帆――雄乃水門。紀ノ川辺の水門。吹上神社の付近。この付近には紀ノ川の港があって海の幸の揚陸が行われていた。現在は「湊本えびす」の信仰で名高い。
紀ノ川の橋――紀州の大河紀ノ川大橋。
愛宕山の夕照――和歌山城の南方にある秋葉山のこと。秋葉大権現が頂上にあり、城を火災から守る火伏の神が祀られた。
紀三井寺の鐘――和歌山市名草地区。西国札所。紀三井寺。

博多物狂（はかたものぐるい）

観世流乱曲、金剛流曲舞である。他流には見られない。十六世紀（天正〜文禄）頃、本阿弥光悦以前の時代に作られた謡物と考えられている。短編。完曲は『番外謡本』六百番目 九にあり。本稿では『鴻山文庫旧蔵田安本』番外謡〈博多物狂〉を用い翻刻した。室町期の能作者が、謡物（クリ・サシ・クセ）に前後をつけ、完曲にしたものと想像される。

「わが子を失い、夫も行方しれずとなった狂女が僧の制止を振り切って、筑前国分寺（ちくぜんこくぶじ）の阿弥陀如来の前に膝まづき手を合わせ、極楽往生を祈る。寺で阿弥陀仏の説教を聴受している僧は、実は自分の夫であることが分かり、法の庭で再会できたのは、ありがたい弥陀如来の御導きと感謝し、やがて、ともに二人は仏道の修行に出る」という構成。「人生は本当に儚い。煩悩罪障（ぼんのうざいしょう）が深く、容易に悟りを開くことができないが、ひたすら南無阿弥陀仏と称えるならば、極楽往生できるとのことである。どうか願いを叶えてください」と祈る詞章が謡物になっている。内容は世話物。演能されるほどの作品ではなかったのではと思われる。

作者／不詳　典拠／不詳　所／筑前国分寺　季節／不定　能柄／四番目

シテ／博多の女　ワキ／博多の者（僧形）

【詞章】

ワキ次第　夢の世なれば驚きて。〳〵捨るや現成らん　ことは　け様に候者は。もとは筑前の博多に住居の者成が。我一子にはなれ。其后次第〳〵に疲労の身と罷成。け様の姿と成修行仕候。又あたり近き寺に説法の御座候へば。毎日参詣申候。けふも又参らばやと存候　さし　実佛法の力とて。貴賤群集の色〳〵に。袖を連ねくびすをついで。御法の庭もせきあひて。露の間もなき命のうち。誰かは残りとゞまらん。

下　荒有難の御事やな。ことは　や。何物狂と申か。さあらば此所にてまたふずるにて候　して上一セイ　いかにあれなる童べ共。国分寺の道教てたべ。何物狂なれば面白ふくるふて見せよとや。上　よし心あらん人は。とふらひてこそたぶべけれ。ことは　只独子に別れ。上　妻も修行に出給ふ。行衛はいずく白雲の

同上　乱れ心や狂ふらん　さし　是に出たる物狂は。筑前の博多に住し者。我いにしへは花の形。それにはあらぬ身の果の。昨日にかはりけふは又。かく浅増く成果る。人の情を頼む也　下　荒恥しや我姿花もそれとか夕間暮　上　月諸共に出て行。〳〵そなたは西の影高き光も遠き旅の道。只一聲の心にて。馴にし里を跡に見て。足にまかせて是や此国分寺にも着にけり〳〵　わきことは　いかに狂女。爰は説法の庭なり。静にして聴聞申候へ　してことは　何御説法の庭なれば。静にして聴聞せよとや　わき　中〻の事。聴衆の障りかたはらへ寄候へ　してことは　見奉れば御僧の。玉のをのくり事か。仏には何の隔ての候べし。只一筋の心也。姿にとがの有やらん　わき　去ばこそ一念発起菩提心なれば。おことはきちくのごとく也

して　弥陀誓願などか空しからんや。きちくも仏の一躰なれば。隔ては非じ何事も。よし〳〵何と宣ふ共。

上　いはじや聞じ南無阿弥陀仏　同上　唱ふれば。〳〵仏も我もなかりけり。至誠心深心廻向。發願の鐘の聲〻に。南無阿弥陀仏弥陀仏。唯頼むにも妻の行衛。頼む身の善根もなさゞれば。何の頼りも涙の。

只一筋に西方の。道明らかに願ふ也〳〵　クリ上　夫箇〻縁成の道直に。今に絶せぬ跡ながら。罪障の山生死の。海に沈み安し　さし禾　只迷ひ安きは人界に生を受　同下　又迷ひなき心には。則仏躰ぐそくせり　して下　実面白き法の道　同下　有難かりける。二世の縁　▼禾下　倩(つらつら)憂世の分野(ありさま)は。夢にすんで現とす。人界を案ずるに。水上の泡雪海上に残る捨小舟の浪に日を送りて風に迷ふごとく也。上　漸生死の海の面。煩悩の浪しげく。罪障の雲霧に眞如の月はかくる共。一念稱名の力にて。涼しき道に至りなば。是や此極樂の弥陀光明を身に受て得脱をまさに縁とせり。南無歸命弥陀尊願ひを叶へ給へや▲（乱曲　博多物狂）　上ロンギ　不思義や扨も心なき。狂女と見るに頼もしき。法の理とく紐の妙なる教化有難や　して上　実心なき我等迠。生死無常の世のならひなどかは知で有べき　同上　夢の憂世と云ながら。かくは思はじ。吾人の　して　迷ひは多きろくぢんの　同上　狂女の詞頼みつゝ　して　皆一同に念仏の　同下　聲の内よりも。こは夢ぞとて狂女は衣の袖に取付て。盡ぬ涙の有様の。二世の契りとは。佛も。説し法の道。供に侶ひ立出る。修行の種と成にけり〳〵

【筑前国分寺】

奈良時代、天平十三年（七四一）に聖武天皇は国ごとの国府所在地に、官立寺院の建立を命じた。国分僧寺（金光明四天王護国之寺）と国分尼寺（法華滅罪之寺）からなる。仏に祈る事で国を平安に導くことができるとし、それぞれで護国と滅罪(めつざい)を祈らせた。滅罪は己の犯した罪を除滅することである。そのための方法として、称名・念仏・陀羅尼(だらに)・懺悔などが説かれ、特に法華経が滅罪の功徳に富むとされた。

完曲は「子を失ったことから、妻を捨て修行に出た罪を、筑前国分寺の阿弥陀如来に念仏を捧げることで救済され、夫婦は二世の契りを固め共に修行にでる」という内容。

筑前国分寺の草創期について、『太宰府市史』（平成五年刊行）に次のように書かれている。

「筑前国分寺創建の時期については確かな資料はないが、少なくとも七五六年より以前に建立されたと推察されている。建立の場所は、大宰府政庁からは西北方の四王寺山に連なる丘陵地にあった。その昔、水城東門を通りぬけ大宰府郭内に入った人々は、まず国の華と呼ぶにふさわしい壮大な国分寺と尼寺の伽藍に驚いたことであろう。数少ない資料から変遷をたどると、八〇一年から八〇七年、さらに一〇三五年頃には存在していた。しかし発掘の結果，塔や講堂は十二世紀末に、すでに消失していたらしい。奈良時代におかれた筑前国分寺は、護国滅罪を目的とした当初の役割を、このころ既に終わっていたと考えられ、また経済的にも維持出来なくなっていた。平安時代末期には、すでに荒れ果て、民衆の信仰は、次第に観世音寺へ移って行った。『梁塵秘抄』にもわずかに国分寺の名がみられるが、どのような仏教活動がなされていたのか等々、不明な点が多い。

その後十四世紀半ばまで（鎌倉末から南北朝まで）は、壊滅した金堂の基盤の上に草庵が建てられていた痕跡が見られ、周辺の住民に向けてささやかな仏教活動が続けられていたことが推定される。国分寺は、しばしば兵火に罹り、堂塔坊舎悉く焼失しほとんど廃絶してしまった」

したがって〈博多物狂〉が作られた室町時代（十六世紀）には、すでに堂宇はなかった。本曲に、先行文学、伝承は認められず、謡作者の創作ではなかろうか。

西鉄大牟田線都府楼前駅で下車、北方に向かうと約十分ほどで大宰府跡にでる。

その北西約一キロの地点（太宰府市国分）、四王寺山に連なる丘陵地に筑前国分寺はあったと推定されている。

現在はその金堂跡に、龍頭山国分寺（真言宗）本堂が建てられている。縁起によれば、始め廻国の修行者が小庵を結んで宗教活動をおこなっていたようであるが、その後、何度も火災に罹り、現在の寺は江戸時代（十八世紀）に、修復再興された。収蔵庫に藤原時代中期の伝薬師如来坐像が安置されている。大日如来という人もある。

筑前国分寺跡の発掘調査は、昭和五十一年（一九七六）から行われた。それによると、伽藍は、南大門・中門・金堂・講堂を一直線におき、東に塔を配するもので、国分寺の一般的な配置であったと考えられている。塔の所に巨大な心礎（直径約二一〇センチ）が残されていて、推定すると、五〇メートルを越す塔がそびえ立っていたことになる。宝物殿に若干の甍などが展示してあるが、龍頭山国分寺の住職によると、現在の国分寺には、筑前国分寺に関する資料は一切存在せず、また本曲に関する伝承も存在しない。

ほぼ同時期に建てられたはずの国分尼寺跡は、ここから西へ四〇〇メートルの地点にあったと思われるが、今は田の畦に礎石を一つ二つ残すのみである。国分尼寺の発掘調査では、造営の時期は八世紀後半頃までで、九世紀後半には建物が崩壊し始めたと推定されている。約百年という短い期間だけしか存在しなかったものらしい。

近くには、古代から中世にかけて、有名な「刈萱（かるかや）の関」（太宰府市坂本関屋）が設けられていたといわれている。

太宰府政庁跡（左手奥が国分寺跡）

八景（はっけい）

完曲は〈近江八景（おうみはっけい）〉、別名〈八景竜神（はっけいりゅうじん）〉とも呼ぶ。中国の瀟湘八景に例えて、京都に近い西近江の八ヵ所の佳景を詠んだもの。完曲のサシ・クセを宝生流蘭曲では〈八景〉、観世流乱曲は〈近江八景〉と呼んでいる。下歌、上歌、ロンギの部分を別の乱曲〈八景〉とする場合があり、これは〈論議（ろんぎ）八景〉と別称している。能楽研究上は、まずサシ・クセの謡物〈八景〉が作られ、つづいて、室町後期か桃山時代に前後を付けて、完曲〈近江八景〉が出来上がった。更に完曲の下歌・上歌・ロンギを取り、第二の謡物〈論議八景〉とした。謡物〈八景〉は室町中期（一四七一〜一五〇〇）頃の古作。本稿で翻刻した底本は、『福王系番外謡本』（観世流）〈近江八景〉の写本と思われる『鴻山文庫田安家旧蔵五番綴七十冊』（番外謡本）三五〇番四七〈近江八景〉を使用した。観阿弥作の謡物〈白髭（しらひげ）〉に前後をつけ、完曲〈白髭〉（観世・喜多流現行曲）を作り、更に、これを全面改作して完曲〈近江八景〉となったとする研究もある。

後シテは滋賀県高島町鵜川の白髭明神の祭神。琵琶湖の湖西を走る国道一六一号線を北上し、明神部落の国道沿いにあり、湖中に鳥居が建ち優美である。

境内の松と白砂が美しく、近江最古の大社。近江の厳島とも称されている。社殿は古色、豊臣秀頼の寄進（一六〇三）による。

作者／不詳　典拠／不詳　所／滋賀県高島町白髭明神　季節／春　能柄／脇能
前シテ／老漁師　後シテ／白髭明神　ワキ／勅使　前ツレ／男　後ツレ／竜神　後ツレ／天女

【詞章】〈近江八景〉

わき次第　幾代久しき白髭の。〳〵宮居にいざや参らん　声　抑是は當今に仕へ奉る臣下也　ことは　扨も此程不思義の御靈夢の御告ましますにより。白髭の明神へ参詣申せとの宣旨を蒙り。勅使に参詣仕候

上　九重の空も長閑けき春の色〳〵浪路杳〻漕舟の志賀の浦風閑(しずか)にて分入陰も白髭の。宮居にはやく着にけり〳〵　セリフアリして二人一セイ　蜑小舩渡り兼たる世中に。釣のいとなみ。隙ぞなき汀によする水馴棹釣の翁の老の浪　ツレ　隙も波間に明暮て　二人　棹さしなるゝ業(しわざ)哉　してさし　風帰帆を送る万里のてい。江天渺〻として水光(すいこう)平か也。二人　面白や遠(とを)浦舟のほの見えて。雲と浪との隔なく。夕日はあけの玉籬の。光添たる氣色哉　下　賤しき海士の我ら迠神に歩みを運ぶなり　上　瑞籬(みずがき)の年も經にけり白髭の。〳〵神の誓ひに近江成(なる)。蜑の身ながら影たのむ。釣の小舟の帰るさは。神に歩みを運ぶ也〳〵

わきことは　いかに是成翁。汝は此浦の漁夫にて有か　して　さん候此浦の漁夫にて候先御姿を見奉れば。此あたりにては見馴申さぬ御事也。若都よりの。御参詣にて候か　わき　実克見て在る物哉。是は當今に仕へ奉る臣下成が。白髭の明神へ勅使に参詣申て候　して　有難や君としてだにか程迠。敬ひ給ふ御事也

ツレ上　さればこそ此比は。浦波風も静にて　二人　海士の釣舟浮び安く。釣のいとなみいとせめて賢き君の勅使成り共。拝み申さん有難や　わきことは　いかに老人。見え渡りたる浦山は皆名所にて候らん

してことば　事新敷仰哉。上　流石に爰は唐(もろこし)の八の名所顯して。筆に写すか水茎の岡　してことは　沖津嶋山

嶋舟の　ツレ上　寄せて帰らぬさゞ浪や　して上　志賀の花園見る度に。昔長柄の　ツレ　眺哉　同上　櫻咲比良の山風吹落て。〳〵浪白妙に散けしき。鳰てる浦の夕煙さながら春の霞かと。詠妙なる分野の。実や唐の。致景を爰に名取川。それとくらぶの里みれば。聞しに増る名所哉〳〵　わきことは　猶〻。此浦の眺望御物語候へ　クリ同上　夫此浦の詠といふは。替らぬ色を松が崎。ゆるぎの杜も名のみして。枝をならさぬ君が代に。高麗唐も。まのあたり也　▼さし　あれに見えたる比良の山。小松が原に吹く風は　同上　山市の晴嵐もかくやらんと思はれ。眞野の入江の洲崎の眞砂は雪かと見えて江天の。暮雪にことならず。荒面白やと見る程に。いとゞ心も澄渡る　曲　堅田の浦の釣舟の。沖より。家路に帰るをば。遠浦の帰帆かと打詠雲の一村殘れるは夜の雨の名残か　して　扨比叡山の鐘の聲を　同　遠寺の晩鐘かと打聞それ辛崎の洲崎に翅をたるゝ。沙鴎平沙の落雁に是を準へ。扨洞庭の月には。鏡の山をたとへたり。誰を漁村の夕照に釣たるゝものとは思ふべき〳〵▲（蘭曲　八景）　わきことは　不思義成とよ賤しき漁夫の。沾名所の諭を語る。その名はいかに覚束な（シテ）実御不審は御理り去ながら。かく年經にし老が身の。所からにて聞馴し　同下▼海士のしわざと御らんずらん。爰は浪風いつとなく。舟の寄辺も荒磯に。えもなき魚のをのづから。よるや釣のいとなみにな思ひ給ひそ　漁村の夕照は。影見え初て行舟の。遠浦の帰帆もほのかに見えて面白や。平沙の落雁もめの前に。はなれぬけしき也けり。見ぬ唐の致景も只此浦の分野。瀟湘の夜の雨。聞心ちする漣によする舟のとま葺も夜の心成べし　上　其洞庭の秋も此湖水の月にもしかじ　して上　曇りなき山にて海の月みれば。嶋ぞ氷の絶間成。江天の暮雪か尾花浪よる眞野の浦比良の湊の流れ松。緑に續く山風は　して　それぞ山市の晴嵐も　同　聲〻に告渡る。遠寺の鐘も響き来て。夕日山峡に影かくる。海岸邊りそことしも。浪路に帰る老の身の。いざ白髭と御らんずるか神ぞかしといひ捨て。宮路の方に歩み行〳〵▲（乱曲　論議八景）　中入　シカくライノショアリ太コアリ　同上　乙女子が。舞の袂の色ゝに。返すや袖の。青海浪　後して　抑是は。此嶋にすんで君を守る。白髭の神とは我事也　打上同上ノル　不思義や社壇の内よりも〳〵　打上打返　光かゞやく白髭の神の。妙なる御姿。顕れ給ふ。有難かりける例哉　わきことは　荒有難の御事や。急ぎ帰りて神託を。奏聞せんこそ嬉しけれ　してことは　いざ〳〵さらば夜もすがら舞樂を奏し慰めん　同上　其時虚空に花降て。　打上打返　〳〵音樂聞え異香薫じ御戸代の。宜禰が鼓も。聲すみ渡る絲竹の神樂の拍子は面白や　太コ打上して下　面白や此舞樂。　同下　面白や此舞樂の。鼓は浪の音琴（きん）は。松風のしらべの聲。浪風は葦のうら吹。笛の音する海原に。顕れ出る天燈龍燈。まのあたり成不思義さよ　打上太コキサミ返早笛同上　龍神両燈捧げつゝ　打上打返　〳〵神前に備へ。浪の上に飛翔り。大地にわだかまり。神躰を拝する有難や　コイアイ打上シテ下　かくて夜もはや明方の　同下　かくて夜もはや明方になれば。明神御声を揚させ給ひ。國土長久善哉〳〵と感じ給へば。天女は天路に立帰りければ。龍神は湖水の上に翔つて。雨を起し。雲を穿ち波をけ立て天地に分れて飛去り行ば。明行空も白髭の。〳〵神風。おさまる御代とぞ成にける

【白髭明神】

猿田彦（さるたひこ）大神を祀る神社。垂仁天皇二十五年の創祀と伝える。白髭（しらひげ）神社・比良大明神ともいう古社である。古く長寿の神として参詣者が多い。祭神の猿田彦は異相の国つ神。容貌は魁偉（かいい）、鼻の長さ七握（ななつか）、身長七尺余、口角赤く光り、眼は八咫鏡（やたのかがみ）のように照り輝き、赤酸漿（ほほずき）の如くであったという。天孫降臨神話に登場する神で、天下りのとき、天の八ちまた（分かれ道）で天孫を出迎えた。随伴の男神達が、その異相をみて恐れ戦いたが、天

鈿女命は猿田彦の前に立ちはだかり、己の胸を露にむき出し、腰紐を臍の下まで押し下げ、猿田彦に向かい「何のために立っているのか」と問うた。猿田彦は、天孫を日向まで導くために来ていると答へ、高千穂の峰に導いたという。やがて猿田彦は天鈿女神に送られて伊勢の五十鈴川の川上に至り、猿田彦大神の名をもらって二人は正式に結婚した。猿田彦の氏の女は猿女君を名乗り、代々神楽神事芸に従事した。猿田彦大神・天鈿女命の二神は、始め天上にあり幽契を結ぶ神であったという伝説もある。猿田彦はある日伊勢の阿邪訶の海岸に漁獲に出たとき、比良夫貝に手を挟まれて海に沈んだと伝えられる。中世に至って猿は申と訓が通じる為に、道教の庚申信仰（仏教では青面金剛）と混合し、庚申の日に猿田彦を祀る習俗が全国的に広まった。また皇孫を導いたことから道祖神の信仰とも結びついた。垂加神道（朱子学者山崎闇斎が創始した神道で、朱子学と神道とを融合させたもの）では、猿田彦を神道の教祖であるとする。後世には、天鈿女命と夫婦神であるとし、性神的な特性をおびさせ、縁結びや安産を祈る子孫繁栄の神として祀られてきた。

曲の後シテは白髭明神であるが、この神の縁起は、〈白髭〉のクリ・サシ・クセで、次のように語られている。典拠は比叡山の神仏習合・本地垂迹説であらうと考えられている。大意を述べる。

釈尊が仏法を流布すべき地を求めて、娑婆を飛行しながら地上を

白鬚神社 鳥居

見下ろすと、日本の琵琶湖のあたりが好適かと考えた。さて入滅後、釈尊は身を変え再びこの地に至り、志賀の浦に釣り糸を垂れている主と思われる翁に、ここを仏法結界にしたいので与えよと云った。翁は「自分はこの湖が七度まで葦原となったのを見て来ている。もし仏法結界の地にすれば、最早釣りをする所がなくなる」と惜しんだ。そのとき薬師如来が現れ、「釈尊よ、よきかな。われ太古よりこの地の主たり。老翁われを知らず。はや仏法を開き給え。われはこの後、五百歳の仏法を守らん」と誓い、二仏（釈尊・薬師）は東西に去った。翁は白髭明神として祀られている。

乱曲〈八景〉〈論議八景〉は、いずれも琵琶湖の美しさを称えたもの。完曲〈近江八景〉は、現行〈竹生嶋〉とさして変わった趣向は見られない。〈竹生嶋〉〈白髭〉が完曲として遥かに優れているので、廃されたものと考える。

泊瀬六代（はつせろくだい）

別名は〈初瀬六代〉〈初瀬物語〉〈六代の歌〉〈六代〉など。喜多流曲舞、観世流乱曲。金剛流の曲舞は〈長谷（はせ）〉と呼ぶ。サシ・クドキ・クセからなる長編。世阿弥作の特殊な謡物である。喜多流では〈西国下〉〈海道下〉〈泊瀬六代〉を三曲と称し、特別に秘曲扱いとしている。初瀬はハセ、ハッセ両様に読んだらしい。

典拠は、『平家物語』巻十二（長谷六代の事）。六代御前の母が初瀬観音に参籠していたところ、平家の六代御前が、駿河国千本松原で斬られるのを見たと伝えられた。どうかウソであって欲しい、大悲大慈の観世音様、どうかお助けくださいと伏し拝む。そこに斎藤五が帰って来て、「うれしいお知らせです。駿河の千本で、まさに斬られようと遊ばしたところへ、文覚上人が馬を馳せてお出でになり、急いで馬を降り、鎌倉の教書を示されました。御命が助かったのです」と。母は涙で袖を湿しながら「ああありがたや」と観世音に手を合わす。

『平家物語』の「六代御前の事」と長谷寺の霊験とをうまく結び付けて完曲風にこしらえた謡物である。完曲はなかったようである。

『上杉家旧蔵下懸番外謡本』五十八に〈六代〉という完曲が存在するが、謡物〈初瀬六代〉とは内容が異なる。

本稿では、『福王系番外謡本』（観世流五百番謡本）三一三〈初瀬六代〉を翻刻した。

作者／原曲は世阿弥、または金剛又兵衛？

典拠／平家物語「長谷六代」　所／初瀬の観音　季節／不定

長谷寺観音堂

【詞章】〈初瀬六代〉

▼サシ 夫世間の無常は旅泊の夕にあらはれ。有爲の轉變は草露のかぜに滅するがごとし。我一所不住の沙門として。縁に任せて諸国をめぐるに。上 名所旧跡をのずから。捨てまじはる塵の世の。夢も現も隔なく。行去脚来の境界にいたる。詞 爰に大和國初瀬の觀世音は。霊験殊勝の御事なれば。下 暫参籠し。山寺の致景を見るに。山聳へ谷めぐりて人家雲につらなり晩鐘雨にひゞききぬ。河隈も猶暮かゝる雲の浪。〳〵。さながら海のごとくにて。補陀洛もかくらくの初瀬の寺は有難や。実や海士を舟初瀬の山に降雪と。読しもさぞなかく川の浦の名もある。気色哉〳〵 詞 是に哀なる事の候。御堂の西のつまにつぼねしつらひて女性の籠りけるが。身に思ひありとみして。上 忍びかねたる言の葉の。色に出音に立ても。唯泣のみ成有様なり。(詞) ある時女房達とおぼしき人御堂の四面をまわり。千度の歩を運ぶと見えしが。いまだ數も終らざるに。あわたゞしく局に走り入。唯今淺間敷事をこそ聞て候へ。駿河國千本の松原にて。平家の棟梁六代御前のきられさせ給ふを。上 見て候と申者の候と。申も敢ず伏まろびたり。其時主の女房。さり共と社思ひしに。扨は子切れけるかと。聲を惜まず伏沈み給ふ。下 扨は六代の母にてましましけるよと。其時こそ人も思ひけれ。クリ上 傳聞孔子は鯉魚に別れて。思ひの火を胸に焼。白居易は子を先立て。枕に残る薬をうらむ。下 是皆仁義禮智信の祖師。文道の太祖たり。いはんや末世の衆生といひ。しかも女人の身として。恩愛の別れを悲しむ事。実も誠にことはりなれ共。其理りも過る斗。余所の袂もうるほへり。やゝあつて母御前。涙を押て宣ふやう。去にても我子をば。上人の御助をこそ頼つるに。其御かひもなきやらん。もしは誠に切れなば。齋藤五齋藤六。走りも來りて申べきに。たゞ余所人の傳にだに。早くも聞ゆるほどなるに。何とてかれらは遅きやらむと。聲も惜しまぬ言の葉の。いろも心もまさり草。何

をか種と思ひ子の。浮世に残る。身ぞつらき
クセ
初瀬の鐘の聲。つく〲思へ世の中は。諸行無常の理り。かりに見ゆる親子の。夢幻の時の間と。兼てはかくとおもへ共誠別れになる時は。思ひし心もうちうせて唯くれ〲と絶かぬる。胸の火はこがれて身は消る心のみなり。去るにても我子のうしなはれんとしけるとは。しれ共猶やさり共の。頼みをかけまくも。忝くも只頼め。南無や大悲の観世音。願くは元来の御誓願に任せつゝ。念彼。観音力刀尋。段〻の功力実。偽らせ給はずは。劔をもおらして我子を助給へや

上
かゝりける所に。男一人来りつゝ。斎藤五参りたりと。申せば御母も。いかに〱と宣へば。御悦びに成たり。駿河の千本にて。既に。切れさせ給ひしを。上人その時に。駒をはやめて走りをり。悦びの御教書にて。助らせ給ふよし。申せば御母も。あまりの事の心にや。嬉しとだにもわきまへず。唯茫然とあきれつゝ。有がたの事やと手を合せ給ふ袂にも。覺ず落る涙の。嬉しき袖をだにほさぬや涙なるらん▲

【六代御前の伝説】

平家一門が壇ノ浦で滅びたとき、平維盛の嫡子六代御前は十二才。平家の正統の跡継ぎであったため、鎌倉幕府に捕えられた。

鎌倉に護送される途中、沼津市の千本浜で首をはねられることになった。京都の高尾神護寺の法師文覚上人は、伊豆に流されていた頃から源頼朝と親しい間柄だったので、幼い六代を哀れに思い、自分の弟子にするという条件で助命を嘆願した。命乞いの嘆願はかなえられ赦免されることになったのである。これを謡ったものが完曲〈六代〉である。

六代は名を妙覚(みょうかく)と改め、仏堂に入って静かに暮らしていた。

その後十数年経ち、頼朝が亡くなり、六代は文覚の謀反に連座しているという疑いで再び捕らえられた。幕府は、駿河国の住人岡部権守泰綱に命じて、建久十年（一一九九）六代を斬る。ツキケヤキの古木と大きなタブノキの茂みの下にある六代御前の墓碑は、水戸藩士齊田三左衛門平典盛が建てたもので、毎年七月二十六日に供養が行われている。

目の前の田越川のほとりは刑場であったことから、ご最後川とも呼ばれている。

千本松公園に近い沼津市東間門には六代松碑がある。従者斎藤範房は、六代の首を携えて、ゆかりの深い千本松原の松の根方に埋めた。しかし江戸時代末期に松が枯れたので、沼津藩の典医、駒留正隆は撰文を書き、天保十二年（一八四一）、記念碑を建てた。それが現在ある「六代松碑」である。

正盛―忠盛―清盛―重盛―維盛―六代（妙覚）、数えて六代目にあたるので「六代」と云われた。本名は平高清とも。よく分からない。

『平家物語』の「断絶平家」に次のように書かれている。

「六代御前は、三位禅師とて行ひすましておはせしを、文覚流されてのち、さる人の弟子、さる人の子なり、孫なり。髪は剃りたりとも、心はよも剃らじとて、宮人資兼に仰せて、鎌倉へ召し下さる。このたびは、駿河の国の住人、岡部の三郎大夫、うけたまはつて、鎌倉の六浦坂にて斬られけり。十二歳より三十二まで保ちけるは、長谷の観音の御利生とこそおぼえたれ。それよりしてぞ、平家の子孫は絶えにけり」

花筐（はながたみ）

喜多流の曲舞である。別名〈李夫人の曲舞〉ともいう。初め観阿弥清次が曲舞に作ったもので、世阿弥が古曲の〈花筐〉に〈李夫人の曲舞〉を入れて現行曲〈花筐〉にしたといわれている。李夫人は漢の武帝の妃で、二人の愛は永久に語りつがれている。

本稿では、『福王系番外謡本』（観世流五百番謡本）一一四〈花筐〉を選び、前後の現行詞章を除き、曲舞部分のみを翻刻した。各流派に完曲があるので、曲の記述と解説は省く。

作者／世阿弥（謡物）観阿弥　典拠／不詳

所／（前段）越前（後段）大和　季節／秋

シテ／照日の前　ツレ／侍女

ワキ／供奉官人　ワキツレ／御使

茂陵（武帝）と英陵（李夫人）

【詞章】〈花筐〉

▼クセ下　御門ふかく。歎かせ給ひつゝ。其御かたちを甘泉殿のかべにうつし我も畫圖に立そひて明暮歎き給ひけり。され共なかく〳〵。御思ひはまされ共。物いひかはす事なきを。ふかく歎き給へば。りせうと申太子の。いとけなくましますが。父帝にそうし給ふやう　上シテ　李夫人は本は是。同　上界の嬖妾。くはすいこくの仙女也。一旦人間に。生るゝとは申せども終に本の仙宮に歸りぬ。泰山府君にまうさく。李夫人の面影を。しばらく爰にまねくべしとて。九華帳のうちにして反魂香（はんごうこう）をたき給ふ。夜ふけ人しづまり。風すさまじく。月秋なるにそれかと思ふ面影の。あるかなきかにかげろへば。猶いやましの思ひ草（ぐさ）。はずへにむすぶ白露の。手にもたまらで程もなく唯いたづらに消ぬれば。べうびゆういうやうとしては又。尋ぬべき方なし　上シテ　かなしさのあまりに　同　李夫人のすみなれし。甘泉殿を立さらず。空しき床をうちはらひ。ふるきふすま。古き枕ひとり袂をかたしく▲（喜多流曲舞）（括弧内傍線部分は筆者挿入）

【花筐の別謡物について】

金春流の現行〈花筐〉のクルイの後半を入れて作った古謡物（替曲舞）がある。詞章の最初の言葉をとって、別名〈曙（あけぼの）〉或いは〈花筐前（はながたみのまえ）〉ともいう。『上杉本乱曲集』にあるので翻刻した。上杉本は旧米沢藩主上杉家の伝来本。下掛リ節付。延宝年間（十七世紀後半）の写本。

【詞章】〈花筐（曙）替曲舞〉

▼サシ　明ぼのにおしみし月の夕は又。山のはつかに影見えて。まちえにけりな松たかき。梢の秋の色〻

にうつり行なり人心。それは何ともうつらばうつれ。われは御影を。たのむのみ也。下　あまさがるひな人なりし御すまゐ。思ひ出るも忝や。あし引きの山ざとなれど君すめば。こゝも雲井の宮子ぞと。月もろ共に出入し。松の戸柴垣のこれや九重のうちならん。下　かやうに申せばたゞうつゝなきことのはとや思召れ候らん。わが君いまだ其比は。皇子の御身なれど。思へば有がたき。朝毎の花をくうじ。南無や天照皇太神宮。天長地久ととなへさせ給ひつゝ。御手をあはさせ給ひし御俤は身に添て。忘信沾もおなつかしや恋しや　上　みちのくの安積の沼のはなかつみ　同　かつみし人を恋草の。しのぶもぢずりたれ故にみだれ心は君の為。爰にきてだにへだてある月の宮子は名のみして。袖にもうつされず又手にもとられずたゞいたづらに水の月をのぞむ猿のごとくにて。さけび臥て泣ゐたり〳〵▲

同じく『上杉本乱曲集』に〈花筐替切〉〈花筐切〉と名付けた謡物がある。完曲〈花筐〉のキリの替である。〈安閑留（女御留）照日宮〉との別名がある。現行完曲〈花筐〉のシテ、照日の前は、継体が越前の鞍谷御所に住んでいた頃の皇妃・目子媛で、第二十七代安閑天皇（勾大兄皇子）と第二十八代宣化天皇（檜隈高田皇子）の生母であるとする謡物である。詞章を述べておく。作者不明。

【詞章】〈花筐替切〉

▼げにや力をもいれずして。あめつちをうごかし男女の中をやはらぐる。やまとうたとこそきゝつるに。めづらしやこれは又。ちぎりをまもる花がたみ。さかへたり〳〵。御國ゆづりのほどもなく。安閑天皇の御母。照日の前と申しはかたみの女御の御事也▲

反魂香（はんごんこう）

別名を〈不逢森〉。観世流乱曲。完曲には『福王系番外謡本』（観世流五百番本）四〇二〈反魂香〉を底本とし、翻刻した。二百番外百番所収の異本（『謡曲全集』下巻・『謡曲叢書』第一巻』）〈あはでの森〉もほぼ同じ内容。ほかに『鴻山文庫蔵角淵本』がある。これは詞がかなり違う。一四六〇年以前の世阿弥作。

「鎌倉亀江が谷の女は、都に上がった父の帰りを待ち侘び、京へと尋ね上ったが、その途中、尾張国萱津宿で急病のため亡くなってしまった。折しも父が同じ宿に泊り併せ、事情を知った情ある僧の計いで、葬られた森に行き反魂香を焚き、煙の中に亡き娘の姿を見ることができた。」

真の娘の身には逢えなかったので、その森の名は「不逢森」と名づけられた。

反魂は死んだ人の霊魂を呼び返すこと。

作者／世阿弥　典拠／不詳　所／尾張あはでの森　季節／八月十五夜　能柄／四番目

シテ／（前段）鎌倉亀江が谷の女（後段）女の霊

ツレ／尾張の男　ワキ／鎌倉亀江が谷の男　ツレ／僧

【詞章】〈反魂香〉

次第和　あはでの森の名をとめし。〳〵。親子の道に出ふよ　ワキ詞　か様に候者は。かまくら亀江が谷の者にて候が。去年の春より都に上り。只今鎌倉へ罷下候　シテ女サシ　是は鎌倉亀江が谷(やつ)に住女にて候

詞　父は商人(あきびと)にて御入(にり)候が去年の春都へ上り給ひ。其年の暮には御下り有べきよし仰候ひしが。此秋まで御下りもなく候程に。餘りに御心許なく候へば。父を尋て都へ上り候　サシ　実や本来の浮世の旅にめぐり来て。またいづくにか稲舟の。のぼれば下る都路の。末も七つの星月夜。鎌倉山の朝夕に。馴てふる世の内にだに。絶てもそはぬ親と子の。中〻何に生れ来て。うすき縁こそ恨みなれ。餘り思ふもかなしさに。都とやらんはそなたぞと　下哥　夕月(づき)影の西の空。山また山を遥〻と　上哥　おもひ立旅の衣の浦かけて。〳〵。野にも山にも行道の。末はまだしき宿〻のかりなる夢の草枕。結び懸たる袖の露。同じ命の身の行衛尾張の国に着きにけり。〳〵　女詞　いかに此屋の内へ案内申候。旅人(たびびと)にて候宿を御かし候へ

つれ男　御宿と仰候か此方へ御入候へ。これは女性旅人にて御座候程に。奥の間へ御入候へ　女　いかに申候。道より風の心地にて候　男　いや〳〵旅の御つかれにて候べしちつとも苦しかる間敷候。去ながら自然の為にて候程に尋ね申候。さておことは何處より何方へ御通り候ぞ　女　是は鎌倉亀(かめ)江が谷(やつ)の者にて候。父は商人にて候が。去年の春都へ上り給ひ。其年の暮には御下り有べきと仰候ひしが。此秋まで御下りもなく候程に。御心許なくおもひ。父を尋て都へ上り候　上　実や本よりも定なき世のならひ。下　爰にて空しくならんは恨みならねども。尋る父にもあはずして。行衛もしらぬ旅の宿にて。空しくならん悲しさよ。荒父恋しや〳〵　男詞　御なげき尤にて候。頓て父御に御逢候べし御心やすく思召れ候へ。荒笑止や。是ははや以外に御入候よ。なふ〳〵。や。言語道断はやこと切(きれ)たまひて候はいかに。荒不便(びん)や候。

よしなき人に宿を参らせて候物かな。此上は菟角申ても叶ひ候まじ。森の御僧とて貴き人の御入候程に。死骸を送り孝養させ候べし　ワキ　是は今夜此しゆくにとまりたる旅人にて候。また此宿の隣に鎌倉の者とてとまり。今夜空敷成たるよし申候程に。立越尋ばやと存候。いかに此屋の内へ案内申候　男　誰にてわたり候ぞ　ワキ　是は今夜此宿に泊まりたる旅人にて候。今夜此御内にて旅人の空敷成たるよし承はり候は何處の者にて候ぞ　男　其事にて候。若き女性旅人の唯一人留り給ひて候が。道より風の心地と仰候て。以外煩ひ給ひ候程に。涯分痛はりて候へ共。終に空敷成給ひて候。自然の為と存候ひて。いづくより何方へ御通り候ぞと尋申て候へば。かまくら龜江が谷の商人の娘にて候が。父は去年の春より都へ上り給ひ。此秋迠御下りなく候程に。父を尋てみやこへ上るとこそ申され候ひつれ。若思召合する事の候か

ワキ　言語道断の事にて候。何をか隠し申べき。我社鎌倉龜江が谷の商人にて候。去年の春より都へ上り。其年の暮には必下るべき由を申て候へども。都に去がたき事の候ひて唯今罷下り候　男　扨御息女を持給ひて候か　ワキ　さん候　娘を一人持て候を。人に預け置てみやこへ上り候。疑ふ所もなく我子にて候べし。

下クドキ　いまふに忌はれぬ世の習ひ。有まじことにもあらずむなさはぎして心も心ならず候　詞　扨死骸はいづくに候ぞ　男　森の御僧と申て貴き人の御座候程に。はや孝養の為に送り申して候　ワキ　其死骸を一目見たふ候よ　男　仰尤にて候。若いまだ孝養なきか尋候べし此方へ渡候へ。いかに。案内申候　僧　誰にて渡候ぞ　男　某が参りて候　僧　此方へ御入候へ　男　さん候最前は御六ヶ敷事を申て候。又是に渡り候御方は。彼死人の御親父にて候が。都より今夜此所に御下りにて候。死骸を一目見度由仰候程に。是まで御供申て候　僧　さん候　時がよく候ひつる程に。はや孝養申せ候よ　男　何と早御孝養ありたると候や　僧　中〻の事　ワキ　なふはや御孝養ありたると候や　男　左様に仰候。よし〳〵餘所の事ならず

御利益とも成べし。そと焼香ありて御通り候へ　ワキ　実此上は是悲(ぜひ)なきこと。さらば焼香仕候べし。扨孝養ありたる在所は何国(いづく)の程にて候ぞ　僧　是成森の内にて候御参り候へ　ワキセル　扨は疑ふ所もなく。我姫にてや有らんと。空敷(むなしき)跡に立寄て　僧　香を焼(たき)念仏して　ワキ　過去幽霊とは弔へ共　僧　さすが誠を　ワキ　しらざれば　上同　若(もし)も我子になかりせば。荒いまはしや定めなやと。嘆くべき事をだに。身に任せぬぞ悲しき。げにやそれぞとは。しれ共見へぬ夜桜の。別れさこそと花ちりし森の木陰も。なつかしや〳〵　僧　いかに申候。餘り御痛はしく候程に申候。此僧一年(ひととせ)渡唐仕候時。反魂香を一たきとりて帰朝仕て候。此香と申すは。恋しき人の姿を見んとては。八月十五夜隈なき月に此香を焼候へば。煙の内になき人のすがた必見ゆると申候。されば反魂と書て魂をかへすと讀り。や。しかも今夜は八月十五夜名月に相當りて候ほどに。此香を御焼あつて実否(じつぷ)を御覧じ候へ　ワキ　荒有難や候。頓て此香をたき候べし

ワキ上　名に聞し反魂香のうす煙　同　〳〵。雲となりにしなき跡の。魂をかへすやと月の夜すがら経をよみ。念仏の聲もそふ。森の松風更すぎて　ワキ下　鳧鐘(ふしょう)の響半夜(はんや)の鐘　後女上一セイ　中秋三五。明前(めいぜん)の影　上地　反魂香は。たましひを　上女　返すゞも。嬉しきぞや　ワキセル　あれはともいはゞ形ちやきへなまし。煙の内に顕はるゝ。姿をみれば我姫なり　女上　人は唯面影をのみ見るやらん。我は絶ずも撫(なで)子(しこ)の。草の陰よりみる物を　ワキ　餘りの事のなつかしさに。身にも覚へずあゆみ寄て　女　俤もたつ小夜衣の　ワキ　袖にまさしくすがりつけば　下二人　手にもたまらぬ白玉か。何ぞと見れば森の露の。光りは月姿は煙と　上同　▼立さりて跡もなく。形ちもきへて跡はたゞ。煙ばかりぞはん魂の。下　孝行の子ならばなどやしばしも留まらぬ　下クセ　傳へ聞漢王は。李夫人の別れ故甘泉殿(かんせんでん)の床の上に古き衾(ふすま)の帳(とばり)をそへ。九(きゅう)花帳(かちょう)の中にては此香の煙をたて。月の夜更行(よふけゆく)鐘の聲。艶容へんゞと氣色たつ。玉殿(ぎょくでん)にうつろひて。

李夫人の御姿。ほのかに見へたまへり　上シテ　三五夜中の新月の　同　夜半の空くまなくて。長闇雲上の粧ひけしきに至る心地して。皆感涙をうるほせば。君も龍顔の御袖を押しあて丶。はん魂の煙のうちに立ちよらせ給へば。又李夫人は消ゞと。時雨もまじる有明の。見へつかくれつかげろふの。あるかなきかの御姿。かくやと思ひしられたり▲（観世流乱曲　反魂香）　上ロンキ地　か丶る例しを聞時は。空おそろしき身の行へ。夢まぼろしの面かげをかりにも見るぞうれしき　シテ上　見るかひもなげきぞしげき此もりの。影のごとくはみゆれども。誠はあはざれば。なき跡の其名もあはでのもりといひやせん　上地　実やあはでの名を残す。森の梢の夜も明ば　シテ　今ぞかぎりの薄煙　地　反魂香を又たきて　シテ　名残のすがた　地　猶見んと。たつる煙の中に顕はる丶。袂に取よれば。又消ゞと成失て。まさしく見へしかひもなく。終にあはでの森とは此。親子のいわれなり今の親子のいわれなり

（括弧内傍線部分は筆者挿入）

【あはでの森（阿波手の森）】

名古屋駅から名鉄名古屋線で、須ヶ口駅下車徒歩十五分、漬物の守護神である萱津神社（愛知県海部郡甚目寺町上萱津字車屋一九）がある。昔この周辺には、広い森が広がっていた。「あはでの森」と呼ばれたところは神社の社叢で、日本武尊についての伝承がある。

日本武尊は伊吹山で負傷した帰途、尾張熱田にいた妻の宮簀比売にあえないまま伊勢に旅立った。榊に寂しさを託して植えたところ、萱津神社の森となったと伝える。人々は、日本武尊の気持ちを思い、この森を「会はでの森」とよぶようになり、いつしか「阿波手」「不逢」の字があてられるようになった。後に紫式部は、つぎの和歌を詠んでいる。

かきたへて人も梢のなげきとて
　はてはあはでの森となりけり

神社から少し離れた五条川に架かる法界門橋のたもとに、「阿波手の森」と書かれた碑が立っている。神社の前の道は、鎌倉と京都を結ぶ旧鎌倉街道であり、多くの紀行文、絵図により往時をしのぶことができる。曲に登場する森の貴き僧とは、近くの曹洞宗正法禅寺の住僧であろう。この寺に反魂の伝説があって、御堂の裏手の墓地に「反魂塚碑」がある。千百五十年忌を記念して建立したもので、詞が刻まれている。旅の途中で亡くなった人々の古塚は、五條川改修のため境内に移された。

漢の武帝は甘泉殿（かんせんでん）の壁に李夫人の畫図をかけ、反魂香を焚いて李夫人の魂を呼び返し、ほのかに恋しい姿を偲んだという故事があり、白楽天は『白氏文集』に次の詩を詠んでいる。反魂香は死人の魂を呼びもどすという霊妙な想像上の薫物。

亦令方士合霊薬、玉釜煎煉金爐焚、
九華帳深夜悄々、反魂香降夫人魂、
夫人之魂在何許、香煙引到焚香処、
既来何若不須臾、縹緲悠揚還滅去

反魂香塚碑
（親おもひ深かうて子の魂を いまの世人の上に返さむ）

『白氏文集』は平安時代弘仁年間（八一〇〜八二三）に渡来し、中世文学に大きな影響をあたえた。宝永六年（一七〇九）に、近松門左衛門は「傾城反魂香」という曲目を創っている。能〈反魂香〉が行われなくなった理由は、曲が比較的単純であること、〈花筐〉のクセに武帝の故事が移されたことなどであろうか。

仕舞謡　二人静（ふたりしずか）

吉野の菜摘女（なつみおんな）に静御前の霊魂が乗り移り、静御前の舞衣を着け舞っていると、本物の静御前の霊が同じ装束で女に寄り添い、義経が吉野山を落ちのびた様子や、その昔、頼朝に召しだされて「しづやしづ」と舞ったことなどを語り、相舞（あいまい）で序の舞を舞う。

静の心情を直接的に表現するのではなく、菜摘女に憑依（ひょうい）するという形で間接的に表現している。例を見ない演出である。完曲の底本には『福王系番外謡本』（観世流五百番謡本）百十七〈二人静（ふたりしずか）〉を用い翻刻した。宝生流では同名完曲のクセを仕舞謡として残している。他流では〈二人静〉は現行曲。

作者／世阿弥？（古作）　典拠／義経記　巻五　季節／正月

所／奈良県吉野山・吉野菜摘川・勝手明神　能柄／三番目

前シテ／里の女　後シテ／静御前の霊　ツレ／菜摘女　ワキ／勝手明神の神職

【詞章】

ワキ詞　是は三芳野勝手の御ぜん(ご)に仕へ申者にて候。扨も當社にをき御神事様〻御座候中にも。正月(がち)七日はなつみ河(がわ)より若菜をつませ神前に備へ申候。今日(こん)に相あたり候程に。女共(ども)に申付なつみ川へ遣はさばやと存候。とう〳〵女共に夏み川へ出よと申候へ　ツレ一セイ和　見渡せば。松の葉白きよしの山。いくよつもりし。雪ならん。サシ　み山には松の雪だに消なくに。都は野べのわかな摘。比にも今やなりぬらん。思ひやる社床しけれ。上　木(こ)のめはるさめふるとても。〳〵。猶きえがたき此野べの。雪の下なる若菜をば今いくか有てつままし。春立といふ斗(ばかり)にや三よし野の山も霞て白雪の消し跡こそ道となれ〳〵

シテ詞　なふ〳〵あれ成人に申べき事の候　ツレ　如何成人にて候ぞ　シテ　みよし野へ御帰り候て言傳(ことづて)申候はん　ツレ　何事にて候ぞ　シテ　三芳野にては社家の人。其外の人〻(びと)にも言傳申候。餘りにわらはが罪業の程かなしく候へば。一日経(ぎょう)かいて。我跡とひてたび給へと。能〻仰候へ　ツレ　荒おそろしの事を仰候や。言傳をば申べし。さりながら。扨御名をば誰と申候べきぞ　シテ　先〻此由仰候ひて。若も疑ふ人あらば。其時わらはおことにつきて。委く名をば名乗べし。下　かまひてよく〳〵とゞけ給へと　下同　ゆふ風まよふあだ雲(ぐも)の。うき水ぐきの筆の跡かきけすやうに。失にけり〳〵　ツレ詞　かゝるおそしき事こそ候はね。急帰り此由を申さばやと思ひ候。いかに申候。唯今帰りて候　ワキ　何とて遅(をそ)くかへりたるぞ　ツレ　ふしぎ成事の候ひて遅く帰りて候　ワキ　さていかやう成事ぞ　ツレ　夏身河の邊りにて。何く共なく女の来り候ひて。餘りに罪業の程悲しく候へば。一日経(ぎょう)かいて跡弔ひて給はれと。みよしのゝ人。取分(とりゆき)社家の人〻に申せとは候ひつれ共。誠しからず候程に。申さじとは思へ共。（是ヨリ狂ト成）何まことしからずとや。うたてやなさしも頼みしかひもなく。誠しからずとや。唯よそにてこそみよしの〻。花をも雲と思ふべけれ。近くきぬれば雲と見し。上 桜は花に顕るゝ物を。あゝらうらめしの疑ひやな ワキ詞 言語道断ふしぎ成事の候物かな。狂氣して候は如何に。扨いかやう成人の付そひたるぞ名を名乗給へ。跡をば懇に弔ひて参らせ候べし ツレ 何をかつゝみ参らせ候べき。判官殿につかへ申せし者なり ワキ 判官殿の御うちの人は多き中にも。殊に衣河の御最期迠御供申たりし十郎権頭 ツレ上 兼房は判官殿の御死骸。心静に取おさめ。腹きり焔にとんで入。殊に哀成し忠の者。され共それには。下 なき物を。下 まことは我は女なりしが。此山迠は御供申。爰にて捨られまいらせて。絶ぬ思ひの涙の袖 上同 つゝましながら我名をば。静に申さんはづかしや ワキ 扨は静御前にてましますかや。静にて渡り候はゞ。かくれなき舞の上手にて有しかば。舞をまふて御見せ候へ。跡をば懇に弔ひ申候べし ツレ 我きしまひの装束をば。勝手の御前におさめしなり ワキ上 扨舞のいしやうは何色ぞ ツレ 袴は精好 ワキ 水干は ツレ 世を秋の野の花盡し ワキ 是はふしぎの事なりとて。寶蔵をひらきみれば。実ゝ疑ふ所もなく。舞の衣裳の候。是を召れてとく〱御舞候へ。静御前の舞を御まひ有ぞ。皆ゝ寄て御覧候へ ツレ 実にはづかしや我ながら。昔忘れぬ心とて ワキ さもなつかしく思出の ツレ 時もきにけり ワキ 静の舞 ツレ一セイ 今みよしのゝ河の名の シテ上 なつみの女と。思ふなよ 上同 河よど近き山かげの。かもなつかしき。袂かな 下二人 扨も義経けうとにじゆんぜられ。既討手向ふと聞えしかば。小舟に取のり。わたなべ神崎より。押渡らむとせしに。海路心に任せず難風吹て。もとの地につきし事。天命かと思へば。科なかりしも 下同 科有けるかと身を恨むるばかりなり ▼クセ下 去程に次第〱に道せばき。御身と成て此山に。わけ入給ふころは春。ところはみよし野の。花に宿かるしたぶしも。のどかならざる夜あらしにねもせぬ夢と花もちり。まことに一栄一らくまのあたりなる浮世とて又此山をおちて行 上二人 昔清見原の天皇。同　大伴の皇子にをそはれて。彼山にふみ迷ひ。雪のこかげを。頼みたまひけるさくら木のみや。神のみやだき西河の瀧。我こそおちゆけ落ても浪はかへるなり。さるにてもみよしの、。たのむ木陰の花の雪。雨もたまらぬ奥山のをとさはがしきはるの夜の。月はおぼろにて。猶あしびきの山ふかみわけ迷ひゆく有さまは　上二人　唐土のさこくは花身を捨て　同　遊子残月にゆきしもいま身のうへにしら雪の。花をふんではおなじく惜む少年の。春の夜もしづかならで。さはがしきみよしの、。山風にちる花沾も。追手の声や覧と。あとをのみみよしの、奥深くいそぐ山路かな▲（宝生流仕舞謡 二人静）

上　それのみならずうかりしは。頼朝に召出され。しづかは舞の上手なり。とく〳〵と有しかば。心もとけぬ舞の袖。返す〴〵もうらめしく。昔恋しき時の和哥　下二人　賤やしづ　上二人　しづやしづ。しづのをだまき。繰返し　地　昔を今に。なすよしもがな　下二人ノル　思ひかへせばいにしへも　下同　〳〵。恋しくもなしうき事の。今もうらみの衣川。身こそは沈め。名をばしづめぬ　下二人　もの、ふの　上同　物ごとに浮世のならひなれば思ふばかりぞ山ざくら。上　雪にふきなす花のまつ風静があとを。とひたまへ〳〵

（括弧内傍線部分は筆者挿入）

【二人静と相舞（連舞）】

名将の愛妾で天下一の舞手、しかも絶世の美女である静御前と、義経との悲しい別れの場。吉野の山河は二人の愛情物語を描き、情景をイメージさせる最適の場所を提供している。

能の〈二人静〉は、勝手明神の神職が執り行うとする「菜摘の神事」の話から始まる。「菜摘川神事」とは、勝手明神で正月七日に行われた神事。この日、当社の氏子らは、吉野川辺に出て若菜を摘み、これを神前に供え祭祀をおこなった。

若い女が菜摘川の辺(ほとり)に萌え出(いで)た若菜を摘んでいると、不思議な女が声をかけてくる。聞けば「わらはが罪業の程悲しく候へば、一日経書いて我が跡弔いて賜び給へ」と、神職に伝言してほしいと云うのであった。その事情、その名を問うても答えない。ふっと姿が見えなくなった。場所は菜摘の十二社(じゅうにしゃ)神社のあたりであったと伝承されている。この神社は祈雨神十二社を奉祀している。

後段で、菜摘女が勝手明神の神職にこのことを報告している最中、なにやら怪しげなものが菜摘女に憑依する。この時点で女は静御前の亡霊が憑依した姿になっている。神職が女の物狂いの有様を見て、その亡霊は如何なる名かと問ねると「我が名をば静かに申さん恥かしや」と述べ、静御前の亡霊であることを明かす。

神職は、もし「静(しずか)」であるなら舞を一つと所望する。菜摘女は勝手明神の宝蔵に、静の袴(精好)、水干(秋の野の花づくし)、烏帽子が保管されているというので、探すと全くその通りである。取り出し、これを着して菜摘女は舞い始める。

すると、そこへ忽然、もう一人(後シテ)、同じ姿の女が登場し「菜摘の女と思ふなよ」と呼びかける。「今そこで舞おうとしているのは、菜摘の女ではないのです。実はこの私がその者に乗り移っているのですから」

後シテは、まさに静御前の霊魂そのものなのであった。この世ならぬ不思議なことが起こるのも吉野ならで

菜摘十二社神社

はである。

今、目前にいる人物としての菜摘女には、静御前の亡霊が憑依している、すぐ背後にはその霊魂が彷彿と姿を現す。静御前の霊媒とその霊魂を同装で登場させ「二重写し」にみせる舞台構成が特殊である。劇能と夢幻能とが交錯したような内容で、現実にはありえないドラマである。

後シテの登場の後は、すべてシテ・ツレの同吟・相舞の形で進み、一人にして二人、二重にして一重の姿が、クセ舞（仕舞）・序の舞を経て最後まで続いていく。クセの詞章は、義経一行の逃避行の有様ばかりでなく、義経と別れて吉野の雪道をさまよう心細い静御前の心の内が描かれているようである。

捕らえられて後、鶴岡八幡の社頭で舞を所望され、やむなく悲しい心を抱きつつ舞った白拍子。

しづやしづ賎の苧環繰りかへし
むかしを今になすよしもがな

この舞を再現するがごとく、シテ・ツレ相舞の序ノ舞が挿入されている。昔語りを舞いながら二重画像的に現れた静御前の亡霊は、その憑依を解かぬまま曲が終了する。構成と云い詞章と云い、素晴らしい曲である。ところで、後場の相舞が曲の見せ場であるが、二人の舞い手にとっては最大の難所である。二人は二つにして二つならず、といって一つでもない、あくまでも形影相添っての舞姿を、鏡に写った姿のように、寸分の狂いなく謡い舞って見せなくてはならぬところにある。面をかけると視界がきかず、相手の動きがほとんど見えない。そのなかで、謡と囃子を頼りに以心伝心、勘を頼りに、鏡の裏表のように全く同じ舞を舞うことになる。

とにかく一つの人格を同じように二人で舞わなければならないところが至難である。現行の「常の型」では、小面をかけた同装二人の舞手（シテ・ツレ）が、同吟で謡い、限りなく互いに同じように序の舞を舞うことになっている。観世流の小書〈立出之一声〉では、菜摘女をシテとし、クセ・序の舞を菜摘女が一人で舞い、静の霊はその間、橋掛リ一ノ松で床几にかけて舞台を眺め、キリになってから舞台に入って相舞となる、などの工夫もされている。「常の型」は事実上不可能と考えられたためであろうか。

宝生流では、弟子たちに苦労させないようにとの配慮があったのか、明治時代に能〈二人静〉を廃曲扱いにし現在は舞われていない。二段グセの長大な仕舞だけが残り、相舞のうちで、もっとも難しい舞となっている。仙境吉野の地は神仙の住む方丈（古代中国の東方海上にあるとされた神山の一つ）で、静御前の霊魂が現れて憑依しても何ら不思議ではなかったのであろう。

母衣（ほろ）

この謡物は別名を〈那須与一（なすのよいち）〉〈母衣那須（ほろなす）〉〈那須〉などともいう。喜多・金剛流曲舞。金春流乱曲。観世・宝生流にはない。室町前期の作とは考えがたく、詞章や構成からみると、室町後期、宮増（みやます）系の人物による作品らしい。〈なす之（の）クセマイ〉とも呼ぶ。後世に前後に詞章を加えて完曲とした。

謡物が存在する完曲は〈母衣那須〉である。

本稿では、『福王系番外謡本』（観世流五百番謡本）三〇八〈母衣那須〉を翻刻した。元禄十一年（一六九八）頃の刊行物で短編。完曲は「平家追討の出陣式で、那須与一家高は頼朝から母衣と太刀を賜り、喜び勇んで舞を舞う」という内容。これとは別に〈母衣(ほろ)〉という完曲が存在するが、謡物の詞章とは異なっている。

母衣は矢を防ぐために、鎧の背に負って冑の上から馬の頭部にかけて被るようにした袋状の布。後世のものは竹を骨とし布で覆った籠状の防具となった。味方が後ろから射かける矢で負傷しないように身を守るための武具である。謡物は良くできているが、完曲の前後の詞章にもう少し工夫が必要であったように思う。

作者／不詳（宮増系の人物？）　典拠／不詳　所／鎌倉　季節／不定　能柄／二番目

シテ／那須与一家高　ツレ／梶原景時　ワキ／左兵衛佐源頼朝　ワキツレ／立衆

【詞章】〈母衣那須〉

一セイ　ツ　八百萬代を納むなる。弓矢の道社(こそ)。久しけれ　ワキ　そも〳〵是は。兵衛の佐頼朝とは我事なり。

詞　扨も此度院宣(いんぜん)を給はつて東國を討したがへ候。また奢(おごる)平家を追討せんと思ひ立。三河の守範頼。九郎判官義経を大将として西國へ着向はせ候。夫に付(つき)東國の大名をも着添(ちゃくそへ)候。中にも下野の國の住人那須の祐高が子に與一家高と申者。未若年には候へども。弓取(とつ)ての上手にて候間かれをも相添候。今日は吉日にて候間。みな諸軍勢に門出(かどいで)祝はばやと存候。いかに梶原。諸軍勢に門出祝ふずるにて有るぞ。また那須の與一家高を召候へ　梶原　畏て候。與一御前に候　ワキ　いかに與一。此度平家追討の為に皆〻罷登り候間。汝をも相そへ候。随分高名仕候へ。また是成母衣は。吉例の母衣にて有間。是を汝に下すぞと。太刀に相

そへ給はりけり　シテ上　與一は是を給はりて。〱。三度頂戴仕り。こはかたじけなき御諚かな。時は面目。家の名聞と。勇み悦ぶ有さまは。天にも上る斗なり〱　ワキ詞　いかに家高母衣に付由緒あらば申候へ　シテ　畏て候。母衣に付謂の御座候間。御前にて申上ふずるにて候。皆ゝ御前近ふ御参り候へ　クリ同ッ　▼昔漢の長郎と聞へしは。黄石公が兵術と傳へ。高祖皇帝の。士卒なり　シテサシツ　其後項羽高祖の戰ひ。七十余度に及ぶといへども　同　謀を帷幄の中にめぐらし。勝事を千里の外に顕はせり。是長良が。智謀にあらずや。下クセ　有時長郎。母に向ひて申すやう。我戰場に望みつゝ。謀をなすひまに。後につゞく味方の勢。下　箙にさせる矢をぬきて。かたきを射る事有り。いかゞはせんと申しに。母是を聞きつけ上衣をぬいで縫續け。箙の矢に懸けしかば。八百萬の軍神。母衣の縫目に移りつゝ將帥の名をかゞやかす。夫より母衣とは縨く衣と書きたり。さて又母の衣と書きしも今のいわれなり　上シテ　劃て度ゝの戰ひに。同　其の名を揚て漢の御代。八百年の皇キを保たせ給ひ其の身も。麒麟閣に名をとめし。二十八將の其中の。第一將の功たり。唯是母衣の故なれや。其のごとく我も又一天に名を暉し。忠功第一の兵といざやいわれん▲（曲舞　母衣）　ワキ詞　実面白き謂の有るよな。いかに梶原。家高に酒を進め候へ　梶　畏て候。いかに家高。御前にて門出祝ひ候へ　シテ　畏て候。上　実有難き君の御威光かなと。家高御酌に罷立。御前に並居たりける諸侍に　上同　皆ゝ御酒を進めつゝ。家高御座敷を見渡して。げに頼もしや旁よ一騎當千の兵とはこの人ゝこそ云べけれ　下クセ　まづ一番の座上には北条殿やおはすらん。次第〱に見渡せば大衛の太夫廣元。新田の太郎義重。田代の冠者。後藤兵衛実之。和田の小太郎義盛岡崎の四郎義実。佐々木の四郎高徳。土肥の次郎実平。千葉の介常種三浦の次郎宇都の宮の。彌三郎友重。上総の介廣綱小山の判官小笠原。かがみの二郎。安田の三郎熊谷の二郎直実　上シテ　秩父の庄司重忠

同　土屋の三郎。横山の。十郎治直（はるなを）平山の武者季重。岡部の六弥太忠澄。金子の十郎。足立の右馬の丞。河原太郎高直（なお）猪の俣の。小平六教綱川越の太郎重房。伊藤九郎祐家。狩野のすけ家茂工藤一郎祐経。木村の源五重章嶌津吉川舟越（きつかはふなごえ）。南條村田高橋。諸司（じ）の別當梶原。其外武士は数知らず。我家高をはじめとし。此人〻の向へなば。まけい修羅王も。争面（いかで）をむくべき　ワキ詞　いかに家高。一さしまひ候へ　シテ　畏て候。
上　君が世は。千代にや千代にさゞれいしの　上同　巌となりて。苔のむす　マイ打上上同　高きやに。〳〵。登りて見れば。けむりたつなり〳〵。民のかまども賑（にぎわ）ふこの時やかまくら山の。杢は千世まで〳〵と。うたひ納め。皆〻退出申けり

（括弧内傍線部分は筆者挿入）

【その後の那須与一】

大田原市重要文化財指定・那須氏墓所は、曹洞宗大本山総持寺の孫寺玄性寺（げんしょうじ）（栃木県大田原市福原）にある。寺は不慮の災難により、未だ仮堂のままである。那須地方は鎌倉室町時代の豪族、那須氏の発祥の地であるが、その史跡と称するものは非常に少ない。

那須氏は平安時代から那須地方に勢力をはり、那須福原城を居城としていた。治承四年（一一八〇）、源平の戦いに、与一を源義経の軍に参加させた。与一は各地を転戦し、文治元年（一一八五）、屋島の合戦で平家方の扇の的をみごと一矢で射落とし、弓の名手の誉れを得た。戦後は功により那須の高館城（たかだちじょう）のほか、太田（武蔵）、角豆（信濃）、東宮河原（若狭）、五箇（丹波）、荏原（備中）を与えられたと那須家図にある。

しかし、彼の兄弟九名は、平家軍に属していたため、源氏の追跡から逃れて高館城に潜み隠れていた。やがて、梶原景時らの知るところとなり、三千余騎が攻め寄せてきた。落城に際し、父資隆（すけたか）は九人を信濃国諏訪に

逃れさせた。唯一人残った与一は兄弟九名の赦免を鎌倉に願い出てなんとか許された。

与一は、扇の的を射ることができたのは八幡大菩薩の加護であると考え、御礼に石清水八幡に参詣した。その帰途、伏見に逗留中、俄かの感冒に冒され、残念ながら客死した。与一の遺命により、侍臣角田源内は分骨を携えて故郷に帰り、那珂村恩田に葬った。建久元年、第二代那須五郎之隆（ゆきたか）によって寺が建立され、功照院（こうしょういん）と称えられた。これが玄性寺の興りのようである。

永正十一年（一五一四）、第十五代那須太郎資永の時代に家督争いが起こり那須家は滅亡した。功照院も廃寺となる。永正十三年、下那須領主となった第十八代那須資本（すけもと）が再興し、寺名を天性寺と改めた。弘化二年、大田原城に移封された第三十代与一資礼が墓を現在の地（玄性寺）に遷（うつ）し、那須家代々の領主を併せて供養、建碑を行い現在にいたる。

従って墓は江戸中期以降のもの。歴代の合祀碑「那須氏の墓」であり、与一だけのものではない。

与一の法名は曹洞院殿吉山英祥大禅定門であるといわれている。生没年は不明。『平家物語』や『源平盛衰記』などに名が記されているが、正史には彼の名をとどめていない。与一、十有余一、十一男、余一、宗高、宗隆、助宗、家高、あるいは十郎余一郎など、色々な名で伝えられている。また屋島の合戦のときは、二十才ばかりとか、

那須氏の墓（中央が与一のものという）

十七才とか云われ、没年も二十一才、二十四才などと伝えられている。物語上の人物としての色彩が濃いようである。

第二次大戦前、屋島における与一の名声は小学読本や小学唱歌にも書かれていた。

一、源平勝負の晴の場所
　武運はこの矢に定まると
　那須与一は一心不乱
　　ねらい定めてひょうと射る

二、扇は夕日にきらめきて
　ひらひら落ちゆく波の上
　那須与一の誉は今も
　屋島の浦に鳴りひびく

完曲に登場する頼朝の武将の中に、横山治直（よこやまはるなお）の名を見つけたとき、さすがに驚いた。観阿弥が作った古曲〈横山〉のシテと同一名であったからである。はじめ本曲の作者は、観阿弥か世阿弥ではないかと考えた。しかし、曲の構成をみると、二人の作風との共通点はほとんどみられない。その上、元禄前後の新しい詞章が用いられている。おそらくその頃の作品であろうか。最初に母衣の謂れを述べる謡物が存在し、後世に他の人物が前後をつけ、完曲〈母衣那須〉を作ったのであろうと思われる。

松浦物狂（まつらものぐるい）

謡物〈松浦物狂〉は観世流乱曲・宝生流蘭曲・金剛流・喜多流曲舞となっている。金春流にはない。室町時代、越前猿楽師福来（ふくらい）によって作られたものと推定されている。

謡物詞章を用いて作られた完曲には、〈松浦物狂〉と〈須磨寺（すまでら）〉がある。始め曲舞として作られていた〈松浦物狂〉に、後の世の人が前後をつけ完曲にした。明和（十八世紀後期）改正本所収曲に〈松浦物狂〉という短編があった。さらに、その後の人が前後に詞章を追加し、〈須磨寺〉と題する完成度の高い曲にしたのであろうと思われる。〈松浦物狂〉あるいは〈須磨寺〉と題した同工異曲の写本は多い。別名を〈待羅（まつら）物狂〉〈俊貞（としさだ）〉とも呼ばれている。

「九州松浦に住む俊貞は讒言（ざんげん）によって都に召し捕らわれた。故郷の妻は狂乱して都に尋ねのぼる。折から俊貞は罪を免ぜられ、出家し故郷に帰る途中であった。物狂いの状態で須磨にきた妻は、須磨寺の本尊に祈誓し、その効力によって夫と再会することができた」

筑紫肥前の松浦から、須磨寺まで至る経過を謡う詞章が謡物となっている。

本稿では底本に、『福王系番外謡本』（観世流五百番本）四一五〈松浦物狂〉を翻刻し、参考までに田中允氏翻刻の『伊達家旧蔵伊達文庫本』〈須磨寺〉の双方を掲載した。世阿弥作と考えられる〈松浦（まつら）〉という名の番外曲があるが、この〈松浦物狂〉とは全く別のものである。

作者／不詳（曲舞は越前猿楽師・福来？）　典拠／不詳　所／須磨　季節／不定　能柄／四番目

シテ／筑紫肥前の松浦の貞俊の妻　ワキ／諸国行脚の僧 貞俊　男／里の者

【詞章】〈松浦物狂〉（『福王系番外謡本観世流五百番本』）

ワキ詞　是は九州松浦の貞俊(さだとし)と申し者にて候。我去子細有てか様のすがたとなり。此須磨の山里に住居仕候。又此所に霊験あらた成観音の御座候間。毎日歩みをはこび候。今日もまた参らばやとおもひ候

シテ女一セイ和　思ひ出は。浮(うき)より外に浪小舟。こがれ〳〵てきし方の。移る月日の数そひて。衰(をとろ)へはつるすがたかな。荒古郷(こきょう)恋しや。か様に狂ひありく程に。是ははや須磨寺(でら)とやらんに参りて候。実や此観音は霊験あらた成よし承て候間。一世の所願を祈らばやとおもひ候。下　衆生被困厄(ひこんやく)。無量苦逼(ひつ)身。観音妙智力能救世間(かん)苦　ワキ詞　いかに是成狂女。今日は何とて狂ひ候はぬぞ　女　現なや狂人と宣ふかや。上　我は物には狂はぬ物を。荒恨めしの仰やな。上　つまゆへに。身を木枯しの森の露　上地　猶消がての。身ぞつらき　女詞　なふ〳〵御僧。都への道教て給はり候へ　ワキ　おことは何国より来り給ひて候ぞ　女　我は是より遥かなる。上　心つくしの者成が。下　妻の行衛を尋んと。都に上り侍ふなり　ワキ上　実痛はしや遥〻の。浪路を凌ぎうき旅に　女　おもひを須磨の浦なれや　ワキ　光源氏も此所にて　女　からき浮世の有さまを　ワキ　三年が程の御住居　女　袖もさながらしほたるゝ　上同　蜑(あま)の衣のうらぶれて。〳〵。あふせをいつと白波の。立居隙なきおもひ妻たのめぬ暮を松浦潟馴し昔ぞ。こひしき〳〵　ワキ詞　猶

〻おことの越方を委く語り候へ　女　されば委く語り候べし　▼サシ　生国は筑紫肥前の者。同　在所は松浦態（わざ）と名字をば申さぬなり　シテ上　ある人の妻にて候ひしが。同　おつとは讒臣の申事により。無実のとがを蒙り。都へのぼり給ひしがかつて音信きかざれば。死生をだにもわきまへず　クセ　餘り別れのかなしさに。ある夕暮に我ら。唯二人玉嶋や松浦のうらに立出る。都の方へ行舟の。便を待べき所に。男一人来りて。我此舟の船頭也御すがたを。見奉るに。尋常ならぬ人なれば痛はしくおもひ申也。とく〳〵舟に召るべし。都までは送りとゞけ申さんと。念比に語れば。誠ぞと心得て。手を合せ礼拝す　上シテ　急ぎ舟に乗移る。同　其時水主梶取ども。順風に帆をあげて海路をはしり行程に。程なく津の国須磨の浦につく。浪の関もる所なれば此浦に舟をさしとゞむ▲（乱曲　松浦物狂）　ワキ詞　ふしぎやな是成狂人を能〻見れば。某が古へ人（びと）にて候。我思はずも此所に来り七年（ななとせ）に成候。明暮観音に歩みをはこび候御利生により。唯今此所に来りたると存候。名乗て悦ばせばやと存候。いかに狂女。是社松浦の貞俊（さだとし）よ見忘れて有か　女上　是は夢かや現かと。いはんとすれば泪にむせび　上同　其面影も袖の色も。替りて今は墨衣の。下　うらめしやと。互に見忘れて唯なくのみの心かな。下　扨有べきにあらざれば。〳〵。我も姿を引替て。妻諸友に後の世を。願ふぞ嬉しかりける。是もおもへば観音の。弘誓の利益なりけり〳〵

（括弧内傍線部分は筆者挿入）

【詞章】〈須磨寺〉（『仙台伊達家旧蔵伊達文庫本』）

ワキ次第　秋消残る露の身の。〳〵。春を得てひらく花心　ワキ詞　か様に候者は肥前の国松浦の住人。俊貞と申者にて候。扨も某が事讒言を申上るにより。都にめし上せられ。永〻召籠られ候所に。某あやまりなきよし君聞し召れ。則御ゆるされを蒙りて候。夫に付内〻出家の望み候間。か様にさまをかへて。只今本国に罷下り候。またよきつゐでなれば。是より須磨明石の名所を一見せばやと思ひ候　上　旅衣思ひ立ぬる朝朗。〳〵。弥生の空も半にて。日影長閑に行道の。海邊山里はや過て。遠く南の海原や浪の淡路を余所に見て。須磨の浦にも着にけり〳〵　詞　急候程に。是ははや須磨の浦に着て候。誠に聞及びしよりこと成致景にて候。委尋ばやと思ひ候。いかに此所の人の渡り候か　男　誰にて御入候ぞ　ワキ　是は此所初めて一見の僧にて候。名所旧跡御おしへ候へ　男　心得申候。御尋候へ教へ申候べし　ワキ　先古しへ光源氏。此所に移り給ひ。行平の中納言藻塩たれつゝ、侘ずま居を。思ひ出し給ひて涙を流し。浪爰許に便りて竹の垣松の木柱などして。三年が間憂住居の。都をこい給ひて。下　古里をいづれの春か行て見む。浦山しきは帰る雁金。か様に読給ひしも爰の事成覧　男　さん候あれに梅桜の老木有所にて候

ワキ　扨此寺は候　男　是は御聞及びも候べし。須磨寺にて候　ワキ　またあれに人のあまた群衆仕候は何事にて候ぞ　男　さん候あれは筑紫方の女にて候が。つまの行ゑを尋むとて。都に上り候所に。人にかどはされ此須磨寺の辺に買留られて候が。何と仕候やらん。狂人と成て候。面白ふ狂ひ候よ　ワキ　扨は筑紫の者にて候ひけるぞや。あら不便の事や候　男　仰のごとく不便の次第にて候。則此物狂我身の上を曲舞に作り謡候程に。御僧も御慰みに御覧候へかし　ワキ　誠に是は面白ふ候らん。更ば其物狂をこなたへめされ候へ　男　心得申候。やあ〳〵彼筑紫狂女にこなたへ来れと申候へ　シテ一セイ　いかに人〻聞給へ。我良人は故有て。いとかりそめの門出の旅。やがてと言て出船の　同　今やおそしと松浦潟　シテ　末の松山浪越て　同　長安の遊子帰期を誤り　シテ　織に懶き廻文錦字の詩。実伝え聞唐土の蘇若蘭(そじゃくらん)が竇滔(とうとう)が留守をして。錦字の詩を織てやりしも。其在所たしかなれば。終には帰りあふぞかし　同　みづからが良

人は。都と計置て。在所をそことしらぬひの。上 筑紫の海の傍国(かたぐに)も。〳〵いく春秋を明暮と。燕子(す)楼中霜(そう)月の夜。秋来只我独りのみ長うして。閨情頻に堪やらで。いとゞ乱れて狂ふ身を。狂はせて興じお笑有。其人こそは情なや シテ わらは古郷を出し時。只一人召つれし。乳母の雪野は春日に消て別れ。下 便なき身の只ひとり。しらぬ旅路にたどり来て。迷ひの末に我つまの。もしも此世にまし〳〵て。又もや廻り逢ならば。か様に恥をばさらさじ物を。あら良人恋しや。あら我つま恋いしや 男 荒いとおしや理りや候。いかに狂女是成御僧の。おことの古へを曲舞に作りて謡給ふを聞及び。御所望候そと謡候へ シテ あらうたての仰侍ふや。下 たま〳〵乱るゝ恋心しづまれば。又狂へとのたまふ人ゝは。御心なきやうに候 ワキ 実ゝ是は理りなり。我も筑紫の者なればそらごとあらじ。若用あらば届くべし。いかに〳〵とすゝめけり シテ 狂はじ物とは思へども。筑紫人と宣ふ上は。いざや狂はん人ゝよ。拍子てたべと申けり 同上 時の調子を窺ひて。一声をこそ。上げにけれ。（イロエ） シテ いつか又。恋しき人に逢竹の。直に導く此寺の 同 仏は本より慈悲の心。舞は菩薩の業成に。和哥を上ては袂を返し返しては謡ふ。春風の花を散すや舞の袖 ワキ詞 あら面白の舞や候。扨々御身の古しへはいか成人にてましますぞ。委御物語候へ シテ 嬉しと尋給ふ物かな。御僧の国も童が古郷と聞なれば。名乗度は思へども。聊思ふゆへあれば。わざと名字は申さぬなり。筑紫にては肥前の国。在所は松浦の者にて候 ワキ 言語道断。不思儀の次第かな。我年月隔たる哀に。かはる姿をよく見れば。疑ひもなき我妻なり。はや〳〵名乗聞せ度は候へども。暫有る子細の候へば。先ゝ曲舞を所望し。其後某と名乗よろこばせばやと思ひ候。いかに狂女。いつも謡給ふ曲舞はやく謡候へ シテサシ ▼生国は筑紫肥前の者。同上 在所は松浦。態と名字をば申さぬなり。シテ 或人の妻にて候ひしが 同 夫は讒臣の申事により。無実の科を蒙り。都へ上り給ひしがかつて音信聞ざれば。死生をだにも弁えず。下　餘り別れの悲しさに。ある夕暮に我等。唯二人玉嶋や松浦の浦に立ち出る。都の方へ行く船の。便りを待つべき所に。男一人来りて。我此船の船頭なり御姿を。見奉るによのつねならぬ人なれば。痛はしく思ひ申すなり。とく〳〵舟に召さるべし。都までは送り届申さんと。念比に申せば。誠ぞと心得て。手を合礼拝す　シテ上　急舟に乗り移る　同　其時水主楫取ども順風に帆を上げて海路を走り行程に。ほどなく津の国須磨の浦につく。浪の関もる所なれば。此浦に舟を漕とゞむ▲（乱曲　松浦物狂）ワキ詞　此上ははや〳〵名乗聞すべし　同上　いかにやいかに狂人よ。是こそつまの俊貞よ。近付給へ物いはん　シテ　そも俊貞と聞からに。胸打さわぎ立よれば　同　疑ひもなき我つまの　シテ　其面影はやつれはて　同　恋しき人の事なれば　シテ　たもとにすがり泣こがれ　同　たをれて物もいはれず。下　いざ〳〵さらば諸共に。〳〵。同じ道にといざなひて。我古里に立帰り。本のごとくに栄へけり。是も偏に彼寺の。御利生なりとふし拝み。礼拝恭敬（くぎょう）さま〴〵に。恨みも今はなかりけり。有難かりし契りかな〳〵

（田中允氏翻刻『未完謡曲集』）

（括弧内傍線部分は筆者挿入）

【須磨寺】

この曲の舞台は摂津国須磨の須磨寺（神戸市須磨区須磨寺町）。真言宗須磨寺派大本山で、正式には上野山福祥寺（じょうやさんふくしょうじ）と称する。夫は僧に姿を変えて参詣にきていた。都で取り調べの結果、無実となり故郷に戻る途中の夫は偶然、妻と境内で再会をはたす。この幸せは須磨寺本尊の御利生によるものであると喜び、ともに故郷に戻ることができたというストーリーである。特別な伝説に基く物語ではないようで、作者が創作した世話物であろうか。

和田岬（神戸市和田崎町）に近い須磨の港は、都に近く風光明媚、西国から瀬戸内海を行く船の海上交通の要所であった。西国よりの海上ルートは、遠く下関から梩生（室津）・韓泊・魚住泊を経て淡路島との海峡（明石大門）を通過、大輪田泊を経て、河尻泊・難津に至るものであった。特に兵庫県の五港は摂津五泊としてにぎわい、西国・大陸貿易の拠点となった。須磨は海路と陸路の要衝で、大宝律令の時代から関守の役所（摂津の関）が作られた。しかし、関の跡は、現在正確にはわからない。このような立地にあるので、妻が西国松浦から、はるばる船路で須磨に来たと想定した作品が生まれたのであろう。

寺は古くから須磨寺の愛称で全国に知られている。ＪＲ須磨駅の北、国道二号線の少し東にある村上帝社（この辺りに関があったという石標が立てられている）の東側を北にむかうと「大本山須磨寺」の石標がある中門の前にでる。

寺の由緒書では、平安初期、仁和二年（八八六）、漁師が和田岬の海中から拾い上げた聖観音菩薩像を本尊とし、聞鏡上人が、現在の地に勅命によって七堂伽藍を建立したとある。本堂には〈松風〉で知られる在原行平が参籠して勅勘をゆるされたという伝えが残っている。今日まで約千百年、数度の天災・火災・人災で、かつての七堂十二坊は失われ、一時は本堂・大師堂・仁王門のみになるほど荒廃した。明治以後、寺院復興の声があがり、堂塔があいついで復

須磨寺山門（本堂内の宮殿は国の重要文化財）

興され現在に至っている。ともあれ、盛衰にもかかわらず、多数の重宝を伝えている。今も源平合戦ゆかりの寺として天下に知られ、新西国など観音霊場の札所として、また神戸の代表的な信仰道場として、終始、市民から親しまれている。

仁王門（現三位頼政の再建）、若木乃桜（光源氏の手植えのサクラで、弁慶が「一枝を伐らば一指を剪るべし」と制札を立てた）、弁慶の鐘、敦盛の青葉の笛、敦盛首塚、首洗池、義経腰掛け松、神功皇后の釣竿竹、行平が一枚の板に一本の絃を張って無聊を慰めたという簡単な琴（一絃琴または須磨琴）など、謡曲に登場する物語や人物ゆかりの遺跡・文物を、境内・宝物館内に数多く見ることができる。

完曲が廃された原因には次の理由があげられると思う。明和改正本所載の〈松浦物狂〉は未完成な短編である。伊達文庫本〈須磨寺〉は前半の詞章にかなり推敲が加えられ進歩しているが、クセの後の詞章に一工夫欲しいところである。観音の弘誓、御利生をもっと詳しく、須磨寺の雰囲気を、感動を込めて語ればもっと良い曲になったのではないか。ただストーリーを運べばよいというものではなかろうと思う。

舞車（まいぐるま）

別名を〈美人揃〉〈后揃〉〈石榴天神〉〈妻戸〉など。完曲は異本が多い。

完曲〈舞車〉には曲舞が二ヵ所あり、観世流では〈美人揃〉及び〈妻戸〉の二つ、喜多流では二つを一つの曲舞につなぎ〈舞車〉としている。金剛流曲舞は〈美人揃〉のみ。金春・宝生流にはない。曲舞が作られた時期はわからない。

完曲〈舞車〉は、「遠江国見附宿の祇園会（ぎおんえ）では、東西二つの舞車を作り、前夜この宿に泊まった旅人を車上に乗せ舞を競演させるという習慣があった。祭りを明日に控えたある夕べ、親に仲を裂かれた鎌倉の男女が宿に現れた。翌日、山車の上で別々に舞を舞っているとき、相手の存在に気づき喜びの再会となった」という内容。室町後期作品。近世中期には既に稀曲となっていた。近年、室町時代の風俗や芸能を研究する上で重要な材料と考えられ、復曲公演が試みられている。

作者・宮増大夫は室町後期頃（十五世紀後半）の伝説的能作者。当時、宮増大夫と名乗った人物は複数あったといわれている。作者個人の経歴や芸系は全く不明。生没年、活動時期も不詳。禅鳳作という伝承もある。

本稿は、『福王系番外謡本』（観世流五百番本）二一二〈舞車〉を翻刻した。この写本は、棒線による抹消（見（み）せ消（け）ち）と書き込みが何ヵ所もあり、重複する語句もみられる。この事は複数の伝本に異なる本文が伝わっていることを示す場合、または書写の原本に私意的に改変や訂正を加えた場合など、何らかの事情で訂正前の本文を併せて示すことが必要であったかと推量される。あえて「見せ消ち」とした書写者の意図を、改めて考えてみる必要があるようである。いずれにしても曲趣に大きな変わりはないので、訂正した詞章を正とし翻刻を行った。

作者／宮増大夫　　典拠／不詳　　所／静岡県磐田市見附宿　　季節／夏　　能柄／四番目

シテ／鎌倉亀江が谷の男　　ツレ／都の女　　ワキ／遠江国見附国府の者　　ツレ／東男

【詞章】

ワキ詞　か様に候者は。遠江の國見付の国府の者にて候。扨も當所の祇園会明日にて候。かの祇園会と申は。今夜此宿に留りたる旅人に。車のうへの舞をまはする法にて候。東方の舞手は候へども。いまだこなたにはなく候間路次へ罷出旅人をとゞめばやと存候　シテ次第和　忘れは草のなにあれど。〳〵。忍ぶは人のおもかげ　詞　是は鎌倉亀ヶ江がやつに住居仕者にて候。我一とせ都に候ひし時。去女を一人かたらひくだり候なり。親にて候者いそぎいだすべきよし教訓仕候へども。とく〳〵申つれ合候処に。某他出仕候間に。彼女を追ひ出して候。定て都へのぼらぬ事は候まじ。跡を尋て上らばやと存候。急ぎ候程に。遠江の国見付府に着て候。日の暮て候程に宿をからばやとおもひ候　男（ワキ）いかに旅人お宿参らせ候べし　シテ　あら嬉しやさらばやがて参らふずるにて候　男（ワキ）いかに申べき事の候。近比卒尓成申事にて候へ共。明日は當所の祇園会にて候。彼祇園会申は。車をかざり其上にて舞をまひ候が。今夜此宿に泊り候旅人の役にて候。是は昔よりの大法にて候間。そとまひ有て給り候へ　シテ　是は思ひもよらぬ事を承り候物哉。惣じて舞などまふたる事はなく候。中〳〵思ひもよらぬ事にて候　男（ワキ）いや何と仰候とも只人とは見へ給はず候。是非御舞有て給はり候へ　シテ　いや是は都へ人を尋て上る者にて候が。片時も道を急候間。自餘の人に仰られ候へ　（ワキ）人を尋て御上候はゞ。當社の御はからひにて。末はめでたふやがて御逢候べし。只御舞候へ（コノ間二十一行重複）　シテ上禾　足いたや旅人の　同　はやふしばの鳥のあみのがるべきかたもあらばこそ。中〳〵さるものとみへ申事ぞ恨なれ　ワキ詞　日本一の事御領承にて候。さらばやがて御拵候へ。いかに申候。東方の舞を御はじめ有ふずるにて候　ツレ　承り候。さらば頓て舞を御始候へ　東男　心へ申候。御神事目出たく候。さらば車を御渡し候へ。扨いか成舞手の御座候ぞ

ワキ　さん候きのふの暮程に漸旅人をとめて候が。若き者にて候。扨そなたの舞手はいかやうなる者にて候ぞ　東男　此方（ほう）の舞手はけうがる女にて候　ワキ　是は珍ら敷（しき）まひてにて御入候　東男　さらば急車を御渡し候へ　ワキ　いつものごとくそなたの車より急で舞わせ申され候へ　東男　心得申候。いかに申候。早まひのじぶんにて候間急で御舞候へ。上同ツヨ　吉野たつたの花紅葉。更科越路の。月雪　クリ同ツ　在原の業平。契りをこめし美人の数を尋るに。三千七百三十。二人なり　サシ女　▼凡伊勢物語に見へたるは以上十二人也　同　第一は紀の有恒が娘。第二には忠仁公（ちゅうじん）の御娘。清和天皇の后宮に。染殿の后是なり

クセ下　第五には。ながらの卿の御娘。第六は筑紫の染川（そめがは）の里の女なりけり第十は。ましほの卿の妹に恋じにの女是なり。十一は周防の守。在原の仲平が娘なりけり十二には。大和の守つぎかげが娘に。今のいせにて有しが。其名の所を書きかへて。后宮（こうぐう）のうへわらはにましこの前とぞ召れける住吉のやしろに参りて。日数を送り祈念する。ごんせいしきりに隙なくは。感應いかでなからんと。頼みをふかくかけまくも。賢き神の御前にて静に法施を参らせ宮人とおぼしき老躰に。此物語を尋れば　（ツレ）上　いさとよ対面のはじめに　同　伊勢物語の奥儀を。くれ〴〵とかたらんは。下　かつうは空おそろし且うは道の。聊余（りょうじ）なりとて左右なう物をもいはざりけり。美人の中に取ては何れかをとり増らん▲（乱曲　美人揃）　男詞　近比見事にて御座候。西方の舞を頓て御はじめあらふずるにて候　男（ワキ）　承り候。いかに申候。あなたの舞ははやすぎて候。急で御舞あらふずるにて候　シテ　心得申候。扨あなたにはいかやうなる舞をまひて候ぞ　ワキ　業平の后揃を舞れて候　シテ　実是は女に似合たる舞をまふて候。さらばこなたには率度かはりたる舞をまはうずるにて候　ワキ　然るべく候　クリシテ上ツヨ　漢王三尺の劔　同　居ながらしんの乱れを。下　おさめたり　サシシテツヨ　▼比叡山延暦寺の座主（ざす）。法性房の僧正とて。貴（たっと）き人おはします。

下同　此人は三伏の夏の夜。五更もいまだ明ざるに。九識の窓の前。十乗の床の邊りに。ゆがの法水をたゝへて。三密の月をすましみるに　クセ下　妻戸をほと〳〵と。たゝく聲すなり。誰なるらんと思召し。戸をひらき見給へば。過にし二月や。後の五かに世をはやうすと聞えし菅丞相にておはします。ふしぎやとおぼし召。請じ入奉り。深夜の御光臨何事にかはと有しかば。菅丞こたへての給はく。濁れる世に生れて無実の讒言力なし。讒臣のあたを報ぜん為。いかづちとならん時。ぜんしむばかりこそ。威光めでたう候へ。如何成勅使なり共。内裏に参り給はずは。生〻世〻に此恩を。などかは報ぜざるべき。その御嘆きは申ても餘りあるべし。いかなる勅使也とても。二度迠は参るまじ。勅使三度に及ばゝ。普天のした卒土のうち王土に非ずと云事なし。さのみはいかゞとのたまへば。菅丞相の御色は。事の外に変りつゝ。折節御前に。柘榴を置れたりしを。おつとり口に含んで。はら〳〵とかみ砕き妻戸にくはつと。咄かくる。赤き柘榴は忽に　上シテ　火焔と成て妻戸に。三尺ばかりもえあがる。僧正見給ひ洒水の印を結んで。ばん字のみやうを誦せしかば。火焔は消にけりやな其妻戸は。山上の本坊に今もありと聞ゆる▲（乱曲　妻戸）

男（ワキ）　近比いづれも御舞見事に候。いつの年よりもすぐれて桟敷面白ふ候。又見物衆の中より今一番づゝと所望申され候間。先其方へ御所望候へ　男　心得申候。いかに申候。只今の御舞餘り面白く候へば。今一番との御所望にて候　女　さらば大磯の虎が祐成に名残を惜みたる所を舞候べし　男　承り候。いかに申候。所望申て候へば。大磯の虎が祐成に名残の所を舞ふずるよし仰られ候　男（ワキ）　さあらばこなたへ所望申さふずるにて候　男　然るべう候　ワキ　いかに申候。見物衆の中より。餘りに御舞見事にて候間。今一番と所望申され候　シテ　いや〳〵今のならでは存ぜず候。ひらに御免有ふずるにて候　（ワキ）　いや何と仰候共各所望にて候間。御舞なふては叶ひ候まじ　シテ　さらば大磯の虎が祐成に名残を惜みたる所をまはふずるにて候　ワキ　夫は東方に舞ふべきよし仰られ候間。何にても自余の舞を御まひ候へ　シテ　いや夫ならでは存ぜず候　ワキ　荒笑止や。何と仕候べき。此方にも大磯の虎が名残の所を舞ふずると仰られ候。いや〳〵急度(ぎ)案じ出したる事の候。車を立ならべ合(あい)曲舞にまはせ申さふずるにて候　男　然るべう候　ワキ　いかに申候。東方にも大磯の虎が名残の所を舞ふずると申され候間。相舞に御まひ候へ　シテ　相舞は猶〻大事にて候へども。（コノ間二十一行重複）ともかくもさらば舞ふずるにて候　ワキ　日本一の事舞ふずると仰候。さらば急ぎそなたの車をも寄られ候へ　東男　心へ申候　シテ　思ひもよらぬ有様かな。行衛もしらぬ旅人と。相曲舞こそ大事なれ　女　わらはも何としら拍子。虎ごぜの別身にしめば。我もあら〳〵うたふべし　シテ　まづ一聲には虎ごぜの　二人上　花のしら菊咲かけて　上地　いつそがぎくに。成ぬらん　シテ（詞）あらうつゝなの風情や候。御身の行衛を尋ね候ものを。是は何と申したる御事にて候ぞ　女（上）是は舞のなかばなり。余所の人目も隗かしや　シテ　実〻舞のなかばなるを。うちわすれたり我こゝろ。さこそは人のわらふらめ。はや舞給へやあふむの袖。ツヨク　心うれしき。たもとかな　上同（ノル）祇園のまつりは水無月の。〳〵。すでになかばも杉の村立。林のかねの。名ぞきくばかりくれゆくけふの。ぎほんのまつりのうへはあらじと。ほめぬ人こそなかりけれ

（括弧内傍線部分は筆者挿入）

【〈舞車〉が作られた背景など】

曲の舞台は遠江国見附宿。東海道五十三次日本橋から第二十八番目の宿場。現在は静岡県磐田市。旧見附宿の町並みは磐田市の見附宿高札場のあたりを中心に、東西約百メートルにわたり広がっていた。市埋蔵文化財センター

によると、見附宿では、約六〜七百年前から今日まで毎年七月十三〜十五日に祇園会が行われている。府八幡宮南方の天御子神社から、東北方向の淡海国玉神社まで神輿が巡行する祭りである。祭りを管理しているのは、つつじ公園の矢奈比売神社（見附天神社）。これらを見附三社という。古来朝廷武門武将の崇敬厚く、一條天皇正暦二年（九九一）から山車の神事が執行されている。尾張・遠江地方には祇園会と呼ばれる天王祭があり、能人形を飾った山車が地域を巡行する。京都の祇園会が東方に伝わったものであろうとされている。

平安初期に、政争に敗れ非業の死をとげた人の怨霊は、疫病や天変地異などの災厄をもたらすとし、これを御霊として崇め鎮める祭りが行われていた。祇園会である。

古くから恐れられた疫病神は、牛頭人身の怪物である。牛は三、四世紀の頃、大陸から日本に渡来した動物。鹿とは異なるたくましい角をつけた畏怖的な姿で、疫神としての暗いイメージを持ち、やがて牛頭天王と呼んで神として祀るようになった。また疫病の蔓延を防ぐため、京都に行厄神の牛頭天王をまつる祇園社が勧請された。御霊会や祇園会は、御霊や疫神を鎮めるために、大きな山車を用い歌舞音曲を奏でて巡行する祭である。

奈良時代に農村で、虫害・疫病の流行を他の地方に送り出し取り除く祭事があり、田の神でもある須佐之男神を除疫病の神に祀っていた。須佐之男命は、高天原の一切の穢れを一身に背負って天上から追放された神である。この民間信仰は、播磨の広峯天王社から、京都東山の八坂神社、尾張の津野神社へと伝わり、祇園会と

見附宿の跡

習合し、山鉾を巡行させる様式と合併し全国に広まった。常設の社殿から神を山鉾の宮座に移し、賀茂川などで禊の後、集落を廻るものである。囃子や舞は、仮装と狂騒によって、祭りに参加したものたちにハレの気分を集団的に高揚させ、神と交歓させる目的であった。晴着に着飾り、山車に乗り、舞を舞い、御馳走を供えて自分がハレやかな気分にひたることのほかに、第三者にも見せて楽しませ、驚かせる。疫病神を喜ばせることで、病気や災難を逃れることができる、という呪術が存在している点に注意すべきであろう。祝福的性格と除災的性格を持たせて神輿を巡行させる現在の祭りに発展している。

「舞車」の祭は、他国の人(神)を舞車に乗せ、車の上で芸能を披露させ、祭に参加している神や人を楽しませ、祝福と除災をもたらすという意図で行われた行事であろうか。他国から伝播して来る疫病を退け、地域の安穏を保証する行事でもあったのであろう。室町の風俗を色濃く残していると考えられて習俗の研究対象となっている。

〈舞車〉のキリで、シテ・ツレの二人が相舞に舞う「大磯の虎御前」は、曽我兄弟の十郎祐成の愛人のことである。父祖同族の争いに悲しい結末を迎えた曽我兄弟ではあったが、その中に一抹の彩りを添えているのが十郎の愛人・虎であり、番外曲〈和田酒盛〉にも登場する。虎御前の素性はあまりはっきりしない。保元・平治の乱で、源義朝とその一族に従い敗れた宮内判官家長は、縁故を頼り東国に落ちのびてきた。かつて都で世話になった親しい間柄の、相模国の海老名季貞の所に身を寄せて住みついた。宮内判官はいつの間にか、平塚の宿・夜叉王という傾城のもとに通うようになったが、二人の間に女の子が生まれた。寅年の日の寅の刻に生まれたので、名を虎御前と呼ばれた。五歳のときに父の宮内判官が亡くなり、母子だけの生活がつづいていた。やがて虎女の美貌が目立つようになると、大磯宿の長者・菊鶴の目に留まり、貰い受けられ、芸を仕込まれ、やがて見目麗しい白拍子となった。ある日の夕暮れ、俄か雨のため長者の軒下に雨宿りした二十才の十郎祐成は、十七才の虎御前に出会った。宿世の因縁というか、若い二人は夫婦の契りを結ぶようになった。ほかにも虎女出生の異説があって、生誕地は山梨の山間部落で、大磯の長者の養女となったというものもあり、真偽の程は詳らかではない。二人の今生の契りは一年七ヶ月という短期間であった。

後世の創作との意見もあるが、『吾妻鏡』の建久四年（一一九三）六月一日の条に

「一日、丙申、曽我十郎祐成の妾、大磯遊女、号虎、之を召出すといえども、口状の如くその咎無き間、放され遣わす」

とあり、同年六月十八日の条にも、記載がある。

「十八日癸丑、故曽我十郎の妾、大磯の虎、（略）亡夫の三七日の忌をむかえ、箱根山別当行実坊に於て仏事を修し。（略）即ち今日出家を遂げ、信濃国善光寺に赴く、時に十九歳なり、聞く者涙を拭はざるなし云々」

虎御前は禅修比丘尼となり、曽我兄弟二人の分骨を首にかけ、はるばる廻国修行の旅をつづけて、信濃の善光寺に遺骨を納め、さらに兄弟のことを語りながら諸国を廻って寺々で供養を行い、大磯の庵で一二三八年六十四才で世を去ったという。虎御前の墓は富士がよく見える箱根双子山麓、国道一号に沿った地点に、曽我兄弟の墓とともにある。キリの相舞は虎御前と敵討を前にした十郎との後朝の別れを謡ったものである。

五郎の愛人は少将といい、鎌倉化粧坂の遊女であった。現在は風致地区となって当時の面影はないが、化粧

坂を下った海蔵寺に近い扇が谷の付近は、昔、商家や遊女屋が並ぶ繁華街で、ここに五郎はしばしば通ったといわれている。曽我兄弟の亡きあと、虎御前とともに各地を遍歴し、曽我物語を広めたという。

虎御前と曽我十郎のことは、その後多くの物語・芸能に作られたので、二人の後朝の別れ（場面）なども、舞の主題となったものと思われる。

前段の乱曲〈美人揃〉は在原業平が契ったという伊勢物語の十二人（詞章では七人）の美女の名を列挙した詞章。後段の〈妻戸〉は、比叡山座主（ざす）・法性坊の庵に菅原道真の霊魂が現れ、讒言により陥れられた怨恨を訴え、口から妻戸に火炎を吹きかけるというもので、現行曲〈雷電〉と同じ内容のものである。

〈舞車〉は〈自然居士〉や〈放下僧〉のように、構成に舞を多く取り入れた娯楽性の高い芸尽物である。

仕舞謡　弓矢立合（ゆみやのたちあい）

もとは金春・金剛両座の立合謡。喜多・観世・宝生流でも稀に行われる。別名は〈弓箭立合〉〈弓矢立相〉。

正月における祝言の小謡・仕舞謡で、同じ舞台の上で複数の流派の太夫がそれぞれ違った型で同時に入り乱れて舞い、地謡も各座から出て各自の譜で謡うものだった。徳川時代、江戸城内で、新年の立合（勝負の意）として行われていたという。作者は不明。作られた年代も定かでない。本稿の詞章は、『金子亀五郎手沢本』〈曲舞〉から翻刻した。完曲は存在しない。

【詞章】

下　桑の弓蓬の矢の政事。誠に目出度かりける。あら有難や。あら有難や。いざやさらば我らも羿養が射術を傳えては。弓張月のやさしくも。雲の上まで。名をあぐる。弓矢の家をまもらん弓矢の家を守らん武士の。和哥　八十氏川の流まで。同上　水上清しや。弦の月。カケリ　天晴目出たかりける。治れる御代の時とかや。仕上▼釋尊はく　同　大悲の弓に。智恵の箭をつまよつて三毒の眠を驚し。愛染明王は弓矢を以て。陰陽の質を顕せり。去ば五大明王の文殊は。やうゆふと現じて。らゐを取て弓を作りあいせんの顕して矢と為り。又我朝の神功皇后は西土の逆臣を退け民堯舜の栄たり。應神天皇八幡大菩薩。水上清き石清水。流の末こそ久しけれ▲

【謡物〈弓矢立合〉の意味】

〈弓矢立合〉の詞章には、弓矢に関する陰陽道・仏教・神道・日本の伝説・中国の故事が詠み込まれている。ちょうど〈翁〉に多くの事柄が詠み込まれているように、弓矢に関連した数多い祝事を羅列している。盛られた事項を具体的にみてみる。

蓬莱山は古代中国の神仙思想の名山の一つ。蓬は「よもぎ」のこと。蓬の矢（羽をヨモギの葉で矧いだ矢）と桑の弓を用いて鬼を祓い鎮めることは中国の古い呪法で、我が国に伝わった。男子出生のとき、桑の弓で蓬の矢を四方に射て前途を祝う。謡に「けいやふ（羿養）」、「やうゆふ（養由）」とあるのは、ともに古代中国の弓の名人の名である。羿養は堯の時代の人で、太陽が十個も一緒に出たとき、その九個を射落とし、灼熱から民を救った。養（楊）由は百歩離れたところから柳の葉を射落し、また、雲の上の鴈を射落すほどの腕前と伝え、〈花月〉

の詞章や「平家琵琶」の「鵺」でも語られている。

釈迦は衆生済度の原動力である悟りをひらかせる知恵の矢をもって、人間の三毒（貪欲・瞋恚・愚癡）を悟らせる。

愛染明王の弓矢はキューピッドの矢と同じで、人々の和合を願い、愛欲すなわち煩悩はそのまま悟りにつながるとする。弓矢など種々の武器を手に政敵を呪詛する修法に用いられることもあった。忿怒暴悪の姿をしているが、内面は愛をもって積極的に衆生を解脱させる仏。

弓張（弦）月は、近衛天皇の上の句「ほととぎす名をも雲居にあぐるかな」に、頼政は「弓張月のいるにまかせて」と下の句をつけ、名を挙げたという故事による。ホトトギスは冥土を往来する鳥、死出の田長（田長鳥はホトトギスの異称）ともいい、不吉な意味をもつ。

神功皇后について、新羅征伐では戦わずして勝利を収め、平和な堯舜の世をもたらした功績をよみ込んでいる。

八幡大菩薩は、古くから広く信仰されていた神で、穀霊神・銅産の神である。応神天皇誕生のとき、八流の幡が産屋を覆ったという伝承から、八幡大明神は応神天皇の垂迹神となった。源頼朝が八幡神を氏神に祀ってから、弓矢の家、すなわち、武家社会の守護神として尊崇された。本地垂迹説に基づいて、院政時代には八幡神の本地は阿弥陀仏あるいは釈迦仏であるとする見方も現れた。

石清水八幡宮

小林責氏（小林責・増田正造『能の歴史』平凡社）によると、〈弓矢立合〉は立合勝負の「名残り」であるという。元来（もともと）は、春日若宮御祭の「松ノ下ノ式（まつのしたのしき）」で、三座の大夫がそれぞれ違った型で同時に舞い、地謡も三座から出て各自の譜（ふ）で謡ったものであった。笛・小鼓・大鼓で囃す。立合勝負の一形態として考案されたものらしい。もっとも、今は金春流の家元と職分の三人で勤めることが多くなり、立合の要素は薄れた。江戸時代には幕府の謡初式において、〈四海波〉の独吟、〈老松〉〈東北〉〈高砂〉の舞囃子が終了すると、奏者番が、観世大夫、喜多流家元、および〈老松〉を輪番で勤める金春・宝生・金剛の大夫に、紅絹裏白綸子（りんず）の時服（じふく）を授け、うち三人はこれを着て、〈弓矢立合〉（釈尊は――）と舞うのがしきたりであったといわれる。

「松の下」には、金春流と観世流に二種の謡物があった。〈弓矢立合〉と〈舟立合〉で、両者を総称して「松の下」と呼んだ。〈舟立合（ふねのたちあい）〉の詞章は次の通り。『上杉本乱曲集』による。

【詞章】〈舟立合〉

（上）名所はさま〴〵多けれど。海邊ことにすぐれたり。乗物多しと申せども。舟に過たる。事はなしこげやこげとよわたし守。〳〵。をしにをせとよわたし守（一せい）利しやう方便のあさがすみ（カケリ）

（上）水波たうぞくの恐なく災難をさりつゝ牛馬けんぞくゆたかにて。眞實たのしかりけり。よろこびもいのちも。年ゝに十寸鏡（ますかがみ）幸もさかへも。より〳〵にみつしほのむねの門をたよりにてりしやうの門に入南

〳〵

由良物狂（ゆらものぐるい）

観阿弥作詞の〈由良湊の曲舞〉と同一の謡物である。世阿弥時代すでにおこなわれていたと思われる。喜多・金剛流曲舞。完曲は謡物に前後をつけた後世の作（室町後期以前）と考えられているが、前の詞章が単純で、いま一つ練れていず、終末部も些か未完成な感じである。更に後の人が一部加筆し、能に改作しようとした足跡も見ることができる。乱曲に残った部分は比較的よくできている謡だと思う。

完曲のあらましは、由良に住む夫婦の世話物である。

「由良の人・祐兼の妻は、夫が花菊という女に心を移したことを恨み、一句の歌をのこし由良の家を出て、いずれともなくさまよう。旅の途中では女盗人に騙され、苦労を重ね女物狂いの状態となって東海道を下る。一方、妻の心を哀み心を入れ替えた夫は、仏門に入り修行僧に姿を変え、諸国を尋ね廻るうちに掛川の宿で二人は偶然再会することとなった。もとをいえば互いに愛し合っていた仲であったので、長年の恨みを晴らし、二人共々に出家し、仏法の道に勤しむ事となった」

詞章は上掛リと下掛リで小異。江崎本は更に異っている。本稿の完曲には『福王系番外謡本』（観世流五百番謡本）四一八〈由良物狂〉を用い翻刻した。このサシ・サシ・二段グセからなる長文が謡物に相当する。観世流では〈由良湊の曲舞〉と〈小夜中山〉の二部の乱曲とし、喜多・金剛流は上下をつなぎ一本の謡物にしている。宝生流にはない。

作者／不詳（曲舞は観阿弥作）　典拠／不詳　所／遠州掛川の宿　季節／春　能柄／四番目

シテ／紀国由良湊の女・右衛門祐兼の妻　ワキ／僧　忍ぶの右衛門祐兼

【詞章】

次第ツ　袖にあまれる忍びねの〳〵返してとむる関もがな　ワキ詞　是は紀の国由良の湊忍ぶの右衛門祐兼と申者にて候。我色に愛花菊と申女に相馴しを。本妻深く妬み焉くともなく失て候。またふしどに一首の哥を残し置て候。下　偽はりと知らでや我も契るらん　詞　替る習ひの。世こそつらけれと讀置て候。寔に不便に存か様のすがたとなりて諸国を尋ね廻り候　上　今日出て廻り逢ずは小車の。〳〵。此輪の内になきやらん。人のつらさの身の科と思ひつゞけて是やこの。誰に行へを遠江懸川の宿に着にけり〳〵　詞　急候程に。是ははや懸川の宿に着て候。暫く此處に休らはばやと存候。や。何と申ぞ。女物狂とや。我もおもひの有なれば。いか成者ぞ其物ぐるひを待ばやと思ひ候　シテ上一セイ　出て来し。跡だに今は替らじと　同　たが通ひ路と成ぬらん　サシシテ　是に出たる物狂ひは紀の路がた。由良の湊の女なるが。実や化成契りとて。きのふに替る飛鳥河。人の心の頼まれぬ。移ふ色の妬ましくも。胸の埋火消もせで。提の水の湧返り　下同　我は唯打をく隙も荒磯の　上同　いはねど歎く我心。〳〵今は胸にも天津風。吹飯の浦に立なみの。おとさはがしき濱あらし　霞もはれぬ紀の路潟。ゆくへを何と白浪の。こがれ〳〵てうき沈み深き思ひはたれゆへぞ〳〵　ワキ詞　ふしぎやな是成物狂の言葉の末。むかしを思ふ有さまなり。いかに物ぐるひおもしろふ狂ふて見せ候へ　シテ女　うたてのお僧の仰やな。煩悩の雲あつふして心によしなき風絶ず。猶忘執のさはり多きを。とくはらせと仰なくて。只狂人とは情なや。下　荒恨めしや候　詞　今は狂はじとはおもへどもさりながら。狂言綺語を以て讃仏転法輪の真の道に入と聞ば。上　いざや狂はんあだづまの　次第同　かれ〴〵成し契り故。〳〵。習はぬ旅の憂思ひ　クリ同　実や美豆の御牧の荒駒を。さゝがにの糸もてつなぐとも。二道かくる化人を。頼みける社おろかなれ　シテサシ▼いにしへ人に相馴て。偕老同穴浅からず。（同）同じ契りとおもひしに。人の心の花かとよ。葛城山の峯の雲。余所にかよふと聞しより。独心は住吉の。ねたくも人を待といはれじと思ひしに　シテ上　また男山の女郎花の。くねる心にあくがれ出て。同　泪の雨の古郷を。足に任て立出る　クセツ　由良の湊の泊り舟。和泉の国に着きしかば。信太の森の葛の葉の。少待んとおもへども。我には人の帰らず。とはれし程は待馴し。夕べの境の鐘を聞難波の寺に参れば。彼国に。生るゝ心地して。西を遥かにふし拝み。入江の芦のかりの世に。いつ迠物をおもふべき。こき墨染に様かへ。真の道に入らばやと。思ひながらの橋ばしら。千度まで悔しきは捨てざりし身の古へ。過にし方の旅衣。春も半に成りしかば。花の都に登りて清水寺に参れば　上シテ和　大慈大悲の日の光り　（同）ツヨク　艶ゝとある　和　地主の桜。ツヨク　誠に権現の誓ひかや。花のあたりは心して。枩には風の音羽山。音に聞しよりもなをまさり。貴とさ面白さに下向の道も覚へず▲（別名　由良の湊の曲舞）▼ツヨク　角て夜に入ど。暫寝隙もなくして。御名を唱へて居たりしに。同じ様に通夜して。近く寄添女有。語らひ寄て申様。痛はしや御身は。おもひありと見へたり。思召事あらば。心の中を語りて御慰みもあれかしと。懇に申せば。頼もしくおもひて。立寄陰もなき身なり。様替度と申せば。痛敷事かな。我すむ里に暫く。足を休め給ひて。誠に様を替給はゞ。然るべき尼寺に引付たてまつるべし。疾〻と誘はれて。身をうき草の根をたえて。清水寺を立出て。和　猶もおもひを志賀のうら大津とかやに下ぬ　上シテ　矢橋の浦の渡舟　同　さしてそれとは白浪を。盗人とは思はで東路さしてうられ行。過にし方も覚へず。行末は猶遠江の懸川の宿に年闌て。又越べきと思ひきや。命成けり。佐夜の中やまなか〳〵に残る身ぞつらき▲（謡物　佐夜中山）　上ロンキ地　ふしぎやな唯世の常の狂人と。見れば別れし我妻と。いわんとすればさすがまた姿に恥てたゞずめり　シテ上　ともに夫とはおもへ共。うつゝともなき我すがた。恥かしやとて云捨て行水の。上同　絶ぬ妹背は替らじと。袂にすがり引とむる　シテ上　実やおもへば我ながら　同　あさましき身の心ゆへ。あらよしなおもはゆや。下　此年月の憂思ひ。たがひに恨みはらしつゝ。またもおもひそむ恋ごろも　下シテ　いもせの中河の　上同　なみたち帰りもろともに。正木のかづら色栄て長き契りとなりにけり〳〵（括弧内傍線部分は筆者挿入）

【由良湊と掛川宿】

由良の湊という場所は、近畿地方に三ヵ所所想定される。

第一は和歌山県有田地方の由良の港。紀伊由良地方は平野が少なく水田耕作に適していない。湾が深く天然の良港であるため、古くから漁業が盛え、紀伊半島の海岸を廻る海運の根拠地であった。古代末期に熊野詣が盛んになると、熊野街道が発達し、宿泊施設がつくられるなど大いににぎわった。

紀勢本線・紀伊由良駅から南西に一、八キロ、由良港の市街地がある。現在は人口七千人程度、専業の漁師は四人を数えるのみで、古い町並みは道が狭く、家々が軒を寄せ合って立っている。造船業が最も栄えた昔は、従業員だけでも一万人を越えていた。第二次大戦では人間魚雷「回天」の基地となった。今は湾内に多数のレジャーボートが係留されている。

神功皇后伝説の衣奈八幡神社や、鎌倉時代、中国浙江省の径山で臨済宗を学んだ学僧・法燈国師による古刹・興国寺がある。この寺は径山寺味噌（米、麦、大豆、ウリ、ナス、シソ、生姜、食塩、砂糖、ハチミツなどを原料とする）を伝えたことと、虚無僧で有名。

第二は紀淡海峡に面する淡路島南東部にあり、瀬戸内海の要港。由良は兵庫県洲本市の別地名で、淡路島東海航路で非常ににぎわった港町である。古くから和歌に詠まれた「由良の門」は、洲本市の由良の付近のこと。『新古今集』に有名な歌（曾禰好忠）がある。

　由良の門をわたる舟人梶を絶え
　　ゆくへも知らぬ恋の道かな

第三の由良の湊は、京都府北部、宮津市の由良川の河口に開けた港である。

由良港

曲の詞章から考えると、第一の紀の国由良湊に住んだ男女の物語として作られているように思われる。シテの女物狂は、由良湊から海路大阪和泉にわたり、堺、住吉、難波、京都清水寺をさすらい、さらに人商人に売られ、志賀大津、矢橋、遠州掛川の宿までたどり着き、懐かしい夫に再会したということになっている。由良湊で別れた男女の不思議な縁を謡った長い謡物である。

静岡県掛川宿。ＪＲ掛川駅から近い。掛川城や城下町は、一五九〇年代の城主、山内一豊が整備したといわれる。掛（懸）川宿は東海道五十三次のほぼ中間地点にあたり、京・大阪と東国を結ぶ交通の要衝であった。掛川宿のあった辺りは昔ながらの商店街。近頃はあまり賑やかではない。戦国時代、今川氏が遠江支配の拠点とし、徳川家康が甲斐の武田軍の侵攻を防いだ掛川城がある。

横山（よこやま）

観世・宝生流の乱曲。金剛・喜多流の曲舞。完曲は謡物と同名の古曲である。原作は室町初期作。観阿弥好みの作風で、やや冗長。

本稿の底本には『福王系番外謡本』（観世流五百番謡本）四〇八〈横山〉を用い翻刻した。

作者／観阿弥原作・世阿弥改作　典拠／不詳　所／おのぢの里　季節／夏　能柄／二・四番目

シテ／横山十郎治直　ツレ／女　治直の妻　ワキ／久米川　ツレ／初雪　トモ／二人

ヲカシ／供の者

【詞章】

加様に候者は。武蔵の國の住人。横山の十郎治直にて候。扨も我去子細有て本領悉召放され。今は散〻の疲労の身となりて候。また従弟にて候久米川をば。訴訟の為に在鎌倉せさせて候。定めて此比音信仕候はぬ事は候まじ。妻にて候者に委尋ねばやと思ひ候。いかに渡り候か　ツレ女　何事にて候ぞ　シテ　久米川が方よりいまだ何とも音信はなく候か　女　いや今迄は何とも音信もなく候　シテ　扨は推量申候に。訴訟もかなはぬと存候　女　童も左様におもひ候　シテ　や。あなたに當つて何やらん物音の高くきこえ候は何事にて候ぞ　女　あれは馬の板を打音にて候　シテ　それは何とて草刈は草をば刈て入候はぬぞ　女　草刈までも欠落し。今は此屋の内にはわらは夫婦ならではまた人もなく候　シテ　実〻草刈までもかけ落仕候事尤にて候。先〻馬屋に出て馬をみうずるにて候。此方へわたり候へ。や。これはや殊外に飢て候。実や我身のうきまゝに。たとふまじき事まで思ひ出されて候。かの項羽高祖の戦内（は）。七十余度におよぶといへども。終に項羽負給ひ。所従眷属みな打失て。残りとゞまるものとては虞氏といつし后。望雲騅と云馬一疋。此馬は一日に千里をかける程の名馬なれども。主の運命つきぬれば。膝を折黄なる泪を流し一足も行ず。下　騅行ず〳〵。詞　ぐいかにせんと今の世迄も申傳へて候。されば其時の項羽も虞氏といへる后。望雲騅と聞へし馬一疋。我らも夫婦馬一疋。唐土我朝高き賤しきこそ替れ。是は軍陣にてなければ。四面に楚哥の聲こそ聞へね。數行虞氏が泪にも。我ら夫婦が泪はよも夫にはおとり候まじ

女上サシ　実や此沙汰さりとも〳〵と。思ふ月日は重りて。今は寒窓に煙絶。春の日いとゞ暮し難ふ。永日に燈消て。秋の夜なお長し　シテ下　家貧にしては親知すくなく。賤しきには故人疎し。したしきだにも疎くなれば。他人は何とて訪らふべき　女　仕へしものは散〻になり。草刈迄もなけれども　シテ　一

疋馬の残るこそ。物いわぬ者の心ありて。我にそふよとなつかしさに　二人下　夫婦立寄さめ〴〵と泣より外の事ぞなき　シテ詞　荒不便や此馬は只今飢しに候べし。いや〳〵某草を刈(かつ)て馬にかはふずるにて候　女　御姿にてはいかゞにて候程に。みづから出て草をからふずるにて候　シテ　それこそ思ひもよらぬ仰せにて候へ。唯某に御まかせ候へ。何の苦しう候べき。元より園生は武蔵野なれば。草花をとる躰にもてなし。草を刈(かつ)て飼ふずるにて候。構ひて其間よく馬について御入候へ　女　心得申候。さらば頓て御帰り候へ　シテ　中〻の事。頓て参らふずるにて候　上二人　爰はしのぶの草枕。なとりの夢な覚(さま)しそ都の方のみゆるに　初雪次第　明がた近き雲の名の。〳〵横山をいざや尋ねん　サシ　是は鎌倉亀が江が谷に。初雪と申女にて候。爰に武蔵のくに横山の十郎治直。世にましまし、時　二人　常に情をかけはしの。浮世を渡る習ひながら。四季折〻の衣がへ。朝夕の煙の絶間までも。ひとへに此人の扶持成しに。所領たがひて散〻(ちり)のよし。承はりて候。さのみ流れのおんなとて。思ひもしらで有べきかと。けふおもひ立旅衣　下　野ははる〴〵の武蔵なる横山さして急ぐなり　上　まだ夜をこむる山の内。〳〵。松にかゝれる藤さはや。春も名残と鳴鳥の小野路の里は治直の。本領なるがさほひ(相違)する。それゆへなりとおもへば。なつかしかりし此里の。科なき迠も。恨めしや〳〵　トモ詞　御急ぎ候程に。是ははや横山殿の御在所に御着にて候。暫御待候へ。某罷こし尋ね申さふずるにて候。いかに此御内へ案内申候　女　たれにてわたり候ぞ　トモ　さん候鎌倉亀が江が谷に。初雪と申御人の。横山殿の御目に懸り給はんとの御事にて。是迠御出にて候其よし御申候へ　女　殿は御留守にて御内には御入もなく候　トモ　何と御留守と仰候か　女　さん候　トモ　荒笑止やさらば其よしを申さふずるにて候。いかに申候。尋ね申して候へば。横山殿は御留守にて御内(み)には御座なきよしを申候　初雪　何と御留守と候や　トモ　さん候　初雪　是は定めて浅ましき御有様を恥給ひてか様に仰候と思ひ候程に。みづから参り直に案内を申候べし　トモ　是は尤にて候。さらば直に仰せられうずるにて候　初雪　いかに案内申候　女　誰にて候ぞ　初　殿は何処へ御出にて候ぞ　女　夏狩の野遊に御出にて候　初サシ　愧かしや唯大方の情の末を。頼みて参りたると。思召すかや愧かしや。治直御代にましまし丶時の。御恩と。さばかり慢心仕りしに。下　公方の御意に背きぬれば。さばかり廣き武蔵野に。我らが果は極まりて。天にせをくゞめ地にぬき足をし。終なる茅屋に身をかくす。いつ迠かくて有べきぞと。思ふにかひぞなかりける。彼岡に草刈おのこ心だに。なければ花共白露の。おほかる草を刈持て　下同　家路にいざや帰らん刈持草は何く〳〵ぞ　上　かく淺ましく成果る。〳〵。浮身は友も夏草の思ひしげみをからふよ。哀昔を忍ぶ草。同じ名にあらばいつかおもひを忘れ草。わすれもやらぬ身の咎は。誰をうらみん葛の葉のかへるを誰と人とはゞ。もとあらぬ身と答へんと小萩を刈て帰らん　シテ詞　や。何とて是には御入候ぞ扨馬は候　女　参候馬は苦しからず候。またかまくら亀が江が谷よりも。初雪と中女の御目にかゝり候はんとて尋ね申され候程に。御留守のよしを申て候へば。御帰りまで待参らせんとて皆〻内へ押入て候よ　シテ　何と鎌倉亀が江が谷よりも。初雪と中女のそれがしを尋ねて来りたると仰せ候か　女　左様に申候　シテ　実さる事の候。某世に有し時目を懸たる者にて候が。今某が躰を訪らひて来りたると存候。何の苦しう候べき。此躰にてそと見参して帰さふずるにて候　女　いかに申候是に烏帽子直垂の候召れて御逢候へ　シテ　何とゑぼし直垂を着よと候や　女　さん候　シテ　それこそ日本一の事にて候へ。扨何として此ゑぼし直垂をば御持候ぞ　女　今にてもあれ御訴訟かなひ。鎌倉に御参り候はゞ着せ参らせん為に。拵へて持て候よ　シテ　かゝる有難き事社候はね。さらば頓てゑぼし直垂をきようずるにて候。いかに申候近うも着ぬゑぼし直垂を着て見事の仕立になりて候。鏡があるか御かし候へ（女）いや左様のかゞみ手箱をうしなひてこそ。此ゑぼし直垂をば拵へ置て候へ　シテ　実ゝ尤にて候。苦しからぬ事にて候。是にてそと水鏡を見うずるにて候。や。疲労(しんろう)について男もさがつて候。なふいかに申候。烏帽子直垂をき候につきて思ひ出したる事の候。頼朝一年(ひととせ)若宮八幡への御参詣をばし御覧(ごらん)せられて候か　女　さん候童もたて輿にて見参らせて候　シテ　先頼朝の御出立には。羅綺の重衣(ちょうい)の唐松の。風折したる立烏帽子　上女　御狩衣は木賊色。みがき立たる玉輿(ぎょくよ)に召れ　シテ詞　扨御供の人ゝには。和田畠山土肥土屋　女　北條殿は御舅。一際いみじく見へ給ふ　シテ詞　扨其外の人々には　女　新田南條　シテ　村田高橋　女　吉川(きつ)　シテ　舟越　女　横山の　上同カルクツヨク　左衛門の尉が出立は。世に超たりといわれしに。其身と今はいふべきか　シテ詞　なふ扨此者にあふても酒(しゅ)を一つのませではいかゞ候べき　女　折節是に白き酒(しゅ)の候。苦しかるまじく候か　シテ　夫社日本一の事にて候へさらに苦しかるまじく候。扨誰に酌をとらせ候べき　女　みづから出て酌をとらふずるにて候　シテ　いやそれは思ひもよらぬことにて候　女　いや〳〵さきに尋ね候ひし時。みづから出てあいしらひ候ひつるに。今出候はずは中ゝ童と知候はんずる程に。唯さらぬよしにて酌をとらふずるにて候　シテ　実是は尤にて候。さらぬやうにてそと酌を御取候ひて。頓て此方へ御出有ふずるにて候　女　心得申候　シテ　彼廬山の恵遠禅師。禁足にて虎渓(こけい)に籠りしに。陶渕明陸修静。樽(そん)を抱いて虎渓にゆく。然れども飲酒(おんじゅ)は佛の戒めなればとて是を用ひざりしかば。徒に白砂(しらす)に捨て帰らんとせしに。恵遠禅師。下　志しを感ぜざらんは。詞　きちく（木竹）には劣(をと)るべし。いざゝらば酒をのまんとて　上同ツ　昔の友に鸚鵡盃(はい)。〳〵の。酔にあやまり虎渓をいづ。其酒は濁醪(だくらう)なり。今此酒は上臈達の。御色に酔づるか。殊更色の白きは志しを肴にて今ひとつ聞し召れよ

女詞　いかに申候　シテ　何事にて候ぞ　女　さきに尋ね申され候時。殿は夏刈の野遊びに御出と申候ほど

に。其分心得て御あひしらひ候へ　シテ　心得申候。やあ皆〻罷出て宮づかへ申候へ　初　いかに横山殿へ申候　シテ　何事にて候ぞ　初　さきに尋ね参らせ候時。殿は夏狩の野遊びに御出の由仰せ候ひし。扨夏狩とはいか成事にて候ぞ御物がたり候へ　シテ　心得申候。夏がりについて面白き物語の候。餘りに肴もなく候程に。おもてなしに語つて聞せ申候べし　クリ地　抑御狩といつぱ。昔たうしうわうとておはします。めでたかつし御位も。鷹を叡慮に。かけ給ふ　サシシテツ▼其比未(いまだ)あら鷹の。夜ずゑの月の山に入

同　野に出る日の暮るをも。しらふの鷹を失ひて。鳥の落草かき分て。尋ぬる鷹を翁やしりて侍ると。下す宣旨もおもき鷹を。通決鏡(つうげつきょう)に顕はしたり。これぞ野守の鏡なる。クセ　又我が朝の其昔。在原の中将。二条の后に参りしを。いか成人か大君に。津げの小櫛の鬢(びん)の髪。さしたる科(とが)にふせられ。遠流(おんる)の身となりひらは。當國に下りて入間(いるま)の郡みよしのや。今の川越の。山家(さんが)の郷(こう)に有しに。里のおさの独(ひとり)姫。儲の君ともてなせば。鄙人なりといへども。其かたちらうたけて心に情有明の月にかゝる小夜時雨。鰥男(やもめ)のあこ(く)がれて。よひ〳〵毎に通路の関守に姿を見へじと狩衣の袖を打かづき指貫(さしぬき)のそばを高くとり足ばやにあゆみゆきつゝ　上シテ　君が閨もる窓のひま　同　かひまみぬれば妻しありはる〴〵きぬるきぬ〴〵の。別れとなれば恋しくて三吉野の。たのもの雁もひたふるに。君が方にて。よると鳴なる夫は秋かる鹿の聲妻ごひの哥の心なり。またなつがりの。玉江の芦。悪敷(あしく)語りなば。當座の恥辱家の恥。よし〳〵いわじ唯酒のふで遊ばん▲（乱曲　横山）　シテ　松に千年のよはひを経　地　君万歳の。命(めい)あり　シテ詞　給酔(たべ)て候程に一指舞て御目に懸候べし　地　君万歳の。命有　ワキ詞　いかに誰が有　ヲカシ　御前に候　ワキ　某下りたる由横山殿へ申候へ　ヲカシ　畏つて候いかに申候参りて候へば横山殿には大御酒にて如何にも申入ふずる様もなく候　ワキ　是は誠か　ヲカシ　さん候　ワキ　荒おもひよらずや。先某が直に参らふずるにて候

ヲカシ　急ひで御出有ふずるにて候　ワキ　なふ某が罷下りて候　シテ　や。言語道断。扨訴訟は候　ワキ　某をば大事の訴訟に在鎌倉せさせ。御身は疲労と仰候が。女なみすへて大酒はさらに心得られず候　シテ　尤御道理にて候。けふがる酌取が候一つ聞召候へ　ワキ　あふ去ながら訴訟は目出度候ぞ。是社安堵の御教書候よ　シテ　目出たし〳〵いで讀む。▼何〳〵横山の十郎左衛門治直が本知行。おのぢ七百町。安堵の状許のごとし。建久二年五月二日。相模守義時御判ただ敷あり▲（シテの語り）上同　か丶るめでたき御代なれば。うきもつらきも忘れはて。彼人ゝをともなひて鎌倉へ社のぼりけれ〳〵

【横山党と完曲〈横山〉について】

横山党は、平安時代から鎌倉時代にかけて武蔵国で活躍した武士団の一つで、武蔵七党のうち最大規模のものであった。往古より「多摩の横山」は、名馬の産地として世に知られていた。平安の頃、多摩地方は清和、陽成天皇の御料牧場として発達し、代々、文武に優れた小野氏の管理運営するところであった。小野氏は多摩丘陵の北、多摩川南流域の武蔵野を開拓して定住し、経済的実力を蓄えて地方豪族となった。

小野氏一族は、小野妹子、篁、道風、小町などの逸材を輩出し、文才、潔癖、正義感、誠実、人情、清貧などの性格を持つ一族といわれた。平安中期には、小野一族は源氏と力を合わせ各地の乱の平定に活躍した。「将門の乱（九三九）」の翌年、勅使牧（国営牧場）「横山の牧」に、小野隆泰の子の小野義孝武蔵権之守が任ぜられた。小野義孝は、任期が終了した後も横山に留まり、小野姓を横山氏に改め、横山義孝と名乗った。小野氏の血筋を引く横山氏は、武士の鑑と、後の世まで数々の物語や謡曲の中に語られている。横山義孝の孫、経兼は前九年の役（一〇五一～一〇六二）に、陸奥守源頼義に従い功績をあげた。『平家物語』に、保元、平治の乱にも横山党は参加したと語られている。また、その子孫の横山新太夫隆兼の子、横山散位権守時重の妹は梶原景時の母であり、時重の娘は和田義盛の妻となっている。

横山一族の男達は義を貫き、鎌倉幕府創業期に、横山時広・時兼は軍功をあげ、御家人に列せられた。建久元年（一一九〇）の頼朝上洛のおり、騎兵の随兵は総数三百十九騎、そのうち武蔵出身の武士は約百四十騎で半数近く、また横山党は三十数騎を占めた（『吾妻鏡』）。横山の女達も教養あふれる人々が多かったという。

八王子市元横山町二―十五―二七に八幡八雲神社があり、境内に開祖の横山義孝を祀った横山神社がある。

八幡八雲神社は、武蔵守小野隆兼が横山の地に石清水八幡を勧請したものである。この辺りは、横山党の根拠地であったと推定されている。さらに北二百メートルほどに医王山聖天院妙薬寺がある。境内に横山塔と呼ばれている横山氏供養塔が存在する。永禄三年（一五六〇）建立。横山将監小野秀綱の供養塔で、室町期の宝篋印塔。東京都指定重要文化財。これらの史跡から、元横山町付近一帯は横山氏一族の発展にとって重要な意味をもった土地であったことが推測されている。

しかし、横山党の本家は、和田合戦（一二一三）で和田義盛に加担して敗れ、以後一族の勢力は衰退した。このとき累代の所領であった横山庄は没収され、大江広元の支配する所となった。時兼の子、野内小名犬房重時は生きて、全国に子孫が散ったといわれる。

横山神社

後に横山氏一族は再興したが、小野路の所領を奪われたとする本曲のシテ、横山十郎治直については、八王子付近に実在した確証がない。横山党の亜流かとも思われるが、その名は源平争乱の時代を背景とした番外謡曲の〈母衣那須〉にも登場し、頼朝の重臣の一人とされている。横山党に縁故の深かった武蔵・相模あたりの民衆を相手に、本曲は創作された可能性がある。

曲の内容は、「武蔵国の住人治直は本領をはなれ、従兄弟の久米川（くめがわ）を鎌倉に留めて訴訟させていたが、訴訟は容易に落着せず、久米川も帰国しないため、次第に落魄の身となり、一家は離散し、夫婦と一匹の馬だけが残った。その馬も餓死しそうな状態になったので、横山は馬の餌にする草刈りに出掛ける。留守中に、鎌倉にいた頃、なじみであった遊女初雪が訪ねてきた。横山の妻は、自分の鏡を売って調達した烏帽子直垂を治直に着せ、面会させる。酒宴を開いているところに、久米川は本領（おのぢ七百町）安堵の書状をもたらす。」

中世の東国武士の生活を背景に、落魄の中の夫婦愛、妻の貞淑、鎌倉遊女の気質などを描く。貧しくとも気概と誉れを失わない鎌倉武士の姿を示している。

同名完曲のクリ・サシ・クセが、観世流乱曲・宝生流蘭曲・喜多流曲舞の謡物となった。観阿弥作の〈草刈の能〉に世阿弥が改作を施し、〈横山〉と改名したとき彼が挿入した詞章であろうと考えられている。もともと冗漫（じょうまん）なところに、さらに長文の改作がなされ、徐々に廃曲の運命をたどった。妻が、女の命の鏡を処分し治直に烏帽子直垂を備えたこと、野守の鏡の伝説、また治直が零落の身であるにも拘わらず、プライドを持った武士の正装をし、色男姿で曾てのなじみの女性に面会する点など、伊勢物語を例にひいて語ることにしたものか。あるいは世阿弥が、京都で権勢ある貴族たちの前で演能するにあたって、彼らに享（う）けるためか、または自らの学識を示すために挿入したものなのか。いずれの理由にせよ、野守と伊勢物語、平安貴族衆知の二つの主題が謡物となった。謡物は曲のストーリーとはあまり関係がなく、治直が座の余興に、初雪に語って聞かせるという形式をとっている。

完曲〈横山〉の舞台となった所は、武蔵国・川越おのぢの里であるとしている。川越市は肥沃な地域で、中世には、川越氏始め鎌倉武士の所領があった。川越氏は牧をもち、馬の献上などを行っていたが、川越には「小野牧」と呼ぶ牧場は歴史上その名が見えない。川越氏の前の時代、この地方一帯に勢力をなしていた秩父氏は、南多摩地方鶴川村（今の町田市小野路町）に「小野牧」という名の牧場をもっていたことは分かっている。その頃の話から創作したものであろうか。シテのカタリで、義時の教書に「武蔵国おのぢの庄」とあるので、小野路町であることは確かであろう。町田市小野路町の東には、武蔵国府と鎌倉を結ぶ重要な道があり、平安時代には小野路、鎌倉時代からは鎌倉街道と呼ばれた。

小野路地区の中心には、平安時代に勧請された古社小野神社（祭神・天乃下春命）があり、小野篁を合祀する。この神社は、もと街道の見張り場の役も持ち、鎌倉有事の際には、梵鐘を打ち鳴らし異変を近隣に告げた。

小野路町は丘陵がつづき、山林と水田が混在する地域で、古くから人も住み放牧が行われていた。城山もあり城址もあった。その西北に、鎌倉・建長寺の末寺・小野山萬松寺（ばんしょうじ）という禅寺があり、古くからの墓地もある。横山氏はこの地にも所領をもち、丘陵で馬を飼い、いざ鎌倉というときは鎌倉街道を馳せ参じたものではなかろうか。しかし、ここにも治直についての言伝えは残っていない。

原作を創作した観阿弥は、一三八四年、駿河浅間神社（せんげんじんじゃ）の演能の後まもなく、五十二才のとき同国で死んでいるので、観阿弥は駿河と縁が深かったと考えられる。

本曲は、世阿弥以前の大和猿楽の古態、能創成期の素朴な作風を今に伝えていると指摘されている（西野春雄・

羽田昶編『能・狂言事典』平凡社)。完曲中に、頼朝が鶴岡若宮八幡に参詣したときの従者の名が見えるから、駿河か伊豆あたりで初演するために作った能であるかもしれない。例えば、新田は伊豆の仁田、南條は伊豆か駿河の南條、村田は伊豆、高橋・吉川・船越は駿河の武士。また観阿弥を将軍義満に推薦した人物は、海老名の南無阿弥陀仏(南阿)で、横山一族の武士団に属した海老名氏出身である。南阿は、海老名市あたりに勢力を張っていたので、観阿弥は、あまり有名でない横山十郎治直を主役とする曲を創作し、演能したのではないかなど、様々な仮説がある。観阿弥は曲名を〈草刈の能〉あるいは〈治直〉と呼んでいた。

古い時代の田楽能にルーツがつながるのではないかという理由から、〈横山〉には諸々の研究が加えられている。世阿弥以前の大和猿楽が基本とした物まね・義理人情という特徴がみられる。しかし、後に優れた類曲〈鉢木〉ができてからは、ほとんど演能されなくなり、廃曲となっていたが、一九八七年、新たに復曲し、国立能楽堂で、演能が試みられた。

〈横山〉には、数多い異本があり、シテの名前も、春直、晴尚、治直など写本によって様々である。異本はおおむね下掛リ版本で使用されている。

和国（わこく）

この謡物の別名は〈倭国〉。観世流乱曲である。貞享曲舞のほか諸本にあり、犬王（?〜一四一三）作と伝えられている。短編。他流にはない。

本稿完曲の底本には、『版本番外謡曲集五百番集』にある〈和国〉を用いた。貞享・元禄年間（一六八七〜一七〇四）の写本。翻刻には、『謡曲評釈』（大和田建樹 校注）を参照した。謡物は完曲のクセにあたり、和歌の謂れを説く詞章である。全体に洗練された美しい詞章と「羯鼓」が楽しめるように作られている。

「歌道に執心し慢心のあまり、頭がボゥーとなって、現実の心を失ってしまった京都一条桃園の男（あだ名を和国）は、丹後から上京した旅の僧と、右近の馬場で和歌について問答をする」。

道真は和歌・漢詩に優れていたので、北野天満宮発祥の地「右近の馬場」を曲の舞台に設定している。

右近の馬場

和歌は、上代から現代まで同一形式で貫通している唯一の日本文学ジャンルである。そのため、風俗・神道・仏教・芸術との関係は、長く密接で、また交流の状況は時代によって複雑である。〈和国〉は、和歌をテーマに、数々の和歌を駆使して「日本の風俗との関連」を説いたもの。詞章には乱曲〈蛙(かわず)〉と同様、『古今集仮名序』の影響が深い。

本曲の終末部の「忍ぶ女の元へ通え」とうたい諷(かな)でる物狂いは、些か唐突で理解困難。再考したほうがよかったのではないか。完曲が廃された原因はこの辺りにあるのであろう。

作者／犬王？　典拠／不詳　季節／秋　所／京都北野・右近の馬場　能柄／四番目

シテ／和国　ワキ／丹後の旅僧　ヲカシ／里人

【詞章】

次第禾　身を捨て住山にても。〱。下　憂ときいづち行まし　ワキ　是は丹後國より出たる僧にて候。我未都を見ず候程に。此秋思ひ立都に登り候　上道行　大江山幾野ゝ道の遠けれど。〱。のらでや過し里の名の馬路川原地打過て。跡より風のおひの坂。桂の河の渡し舟法の道をや尋ぬらん〱　詞　急候程に。是ははや都に着て候。我宿願の子細候間。先北野の経藏に参らばやと思ひ候。所の人の渡り候ぞシカ〱　是は此所始て一見の者にて候。何事にても珍敷事候はゞ。見せて給はり候へ　シカ〱　其和国と也覧参て候はゞ見せ候へ　シテ一セイ　櫻木を。時雨や黄葉に染つらん。右近の馬場の。秋の色　ワキ　是は承及びたる和国にてましますか　シテ　見申せば旅の御僧と見えつるが。我名を和国と宣ふ事。返す〲

もふしん也。下　よし〱それは兎も角も。何の故にて有哉覧　ワキ　偖〻御身の住給ひし。在所は焉(いづ)く何故に。和国と名を付給ふぞや　シテ　是は一条桃園のあたりに住者成が。我哥の道に心をよせ。其道を極めし故にや。少慢ずる心有て。か様にうつゝなく成たるにより。京童都の云ならはしたる異名にて候　ワキ　実〻是は理りなりされ共天満御神の。誓はまさに曇らねば。直成心と成給ふべし。我らは田舎の者なれば。哥道の事は知らね共。都の土産に語り給へ　シテ　いで〱語つて聞せ申さん。シテ上クリ同　抑大和哥と申は六儀あり　同上　是六道の巷に詠じ。千早振神代の哥は文字の数も定めなし　サシ上　其後天照太神の御弟素盞嗚の尊よりして。三十一字に定る事。八重立出雲八重垣の御神詠より。此国のことわざとして　シテ下　人間のみか鳥類も　下同　高天の寺に来りつゝ。鳴鴬の聲聞ば哥の姿は備はれり　▼クセ下　さればにや畜類も。歌を詠ずるためしあり。濱の真砂を歩み行。蛙の道の跡見れば。住吉の海士のみるめにあらね共。假にも人に。又とはれぬると水に住蛙迠。和国の風俗神の御代より始れり　シテ上　さればにや大國に　同　詩を作る諸人は三界を詠むるに。花鳥風月。松風の私語(ささめごと)。鼓は浪の音。笛は龍の吟を以て。舞楽をも作れり。唯人は乱舞哥道に交はりて。心を延るこそ万年の齢ひ成べし▲（観世流乱曲　和国）

ワキ　いかに申候。此人は面白ふ狂ふと仰候が。さもなくして哥道の事を諷(うた)ひかなで狂氣の様はなく候　ヲカシ　さん候此人は忍び妻の候ひしが其許へ通へと申候へば諷ひ狂ひ候　ワキ　さあらば急ひで御狂はせ候へ　ヲカシ　心得申候。いかに和国彼の方より急ひで御通ひあれと申来り候　シテ　何彼方より通へとや。下　かよへば人や知る。また通はねば中絶(たゆ)る。ことの糸きらさじとよる〱物を思はする　ヲカシ　何とて左様に仰候ぞ一夜なりとも御通ひ候へ　シテ下禾　一夜二夜は馴染て。三夜にもなれば住吉の。松はねごとに顕はるゝ〱。カツコ打上　上同　顕れて。〱。いずるは君と我と君と。枕の上に。かゝる泪の

雨の夜も。雪のあかつき別れの鐘の音。かれこれ何れも思ひ見れば哥の種とや成ぬらん（括弧内傍線部分は筆者挿入）

【犬王】

作者・犬王（いぬおう）は、応安六年（一三七三）以前から近江猿楽比叡（ひえ）座の能役者として活躍していた。生年はよくわからないが、没年は一四一三年。観阿弥より後輩、世阿弥より先輩にあたる。観阿弥の物まね主体の能から離れ、情緒豊かで優美な芸風を発案し、至高の名手との人気が高かったと云われている。観阿弥没後は猿楽界の第一人者であった。芸風はきわめて優雅で、貴人に好まれる高級かつ品位のある能を演じ、のちの猿楽に大きな影響を及ぼした。〈天女（てんにょ）ノ舞〉は彼の発案であり、舞踏的な役に優れていた。もっとも現在の〈天女ノ舞〉とは違うらしい。

犬王の法名は道阿弥陀仏（どうあみ）（道阿弥）。足利将軍義満は世阿弥を庇護する以上に、彼を贔屓（ひいき）にして、道阿弥の「道」は義満の法名「道義」の一字を与えたものであり、これは破格の栄誉であった。彼の出世は後輩の世阿弥を常に刺激し続けた。『申楽談儀』では、世阿弥は彼を猿楽の先祖の一人と位置づけ、犬王の芸風を大和猿楽に取り入れ、歌舞中心の幽玄能（美しき能）に作能方針を転換する素地となったとしている。この頃、和歌（短歌）においても、美的理念が幽玄中心になり、詞からにじみ出る余情を重んずる情調象徴的な風潮が顕著になった時代であった。

彼の芸風は、劇的な能も立派に演じたがどちらかといえば地味な演技で、しかも行き届いた心理描写をともない、しみじみとした情緒を感じさせるものであったといわれている。謡は美麗な謡ではなかったが、風情の面白さが評価されていた。作能・作曲の面では、〈葵上〉以外は資料が散逸し多くは伝わらないため不明であるが、幾つか犬王作と伝えるものがある。

残念ながら犬王は後継者に恵まれず、彼の流れは室町中期頃から急速に衰えていく。近世初期には、ツレや囃子方として大和四座に吸収されることとなった。

犬王の所演曲としては〈葵上〉があり、幽玄な高貴な女性（六条御息所）の恨みが生霊となって葵上に祟るが、僧侶の祈祷によって退散したという源氏物語に取材したもので、情緒を主体にすることで劇的効果を生み出した優れた曲である。比叡山の横川の小聖の法力を強調するあたりも、近江能であることを暗示している。

比叡（日吉）座は大津市坂本近辺を拠点としていた。琵琶湖周辺で発達した近江猿楽の芸風は、早くから洗練されたものであったらしい。風情・情緒において、物真似を中心とした芸より優れていて、室町の上流貴族が好んだ風雅さや内面性をよくとらえ、その後の能楽の作風を大きく変えるきっかけとなったと考えられている。

応永二十年五月九日、名手犬王は没した。そのときの記録に「道阿弥円寂往生なり。天より華下り、紫雲聳えたり」と奇瑞（きずい）を伝えているが、まるで貴人の入滅のようにあつかわれたという。いかに絶大な人気を有する演者であったかと思われる。

あとがき

二〇〇三年に拙著『謡曲紀行』を上梓し、さらに現行乱曲の本説を解明しようと、古謡本の翻刻に挑み始めたのは、平成十三年（二〇〇一）頃であった。

古謡本翻刻に関しては、既に田中允氏の『未完謡曲集』『続未完謡曲集』という驚異的な業績があるので、番外謡の全貌を知ることは容易である。とはいえ、詞章は写本によって少しずつ違っているので、ほかの人のフィルターを通すのではなく、謡本を改めて翻字し、様々な角度から考察を進めてみようと考えた。

登場する人物、民話、伝承、説話、神話、宗教思想などを現地に取材し、また文献の調査も少し試みた。作者の思想的宗教的背景や心の襞に分け入ることは興味あることである。しかし、乱曲に主題をおいた研究は意外に乏しいというか、未調査であるらしい。

上演される機会があった曲においては、写本を作る段階で、その時代に合わせた用語に改める作業があったかも知れないが、古謡本あるいは廃曲となった曲では、用いられた詞章や作能にいたった背景から、作成年代を推定することが可能となるかも知れない。しかし、漢字の音読み訓読みの歴史的変遷、文献学的周辺知識を巧みに参考にしなくては容易には解決できないことも多いと考えている。

明治・大正期の人々にとって、謡曲はごく一般的な趣味・教養であったと思われるが、謡本の文体は古く、仮名文字くずし字で技巧的、美術的に書かれ、変化に富み、現代の人間が読み解くのは中々難しい。お金になるわけでもなく、いつ役に立つかもわからない。私がしている仕事は、価値があるものであろうか、結局徒労ではないかという疑惑は、常につきまとった。不安に身をおきながら、でも読み進めてゆくことは楽しい。「面白そう」と読み始めたところ、変わったくずし字に出会い、当初は何という文字かわからない。言偏か木偏か。一行読むのに、文字とくずし字辞典を行ったりきたり。多くの時間と労力を使ってしまった。それから一年。文書をジーッと眺めていると、やがて文字が浮かび上がってくるようになった。古への日本の文字を目にし、ふだん感じない大和言葉の美しい流麗さと、謡曲固有の快いリズム（拍のリズム）を感ずるようになると、翻刻作業は、はかどるようになる。七五調でつづられた詞章を音数律を基礎にして読んで行く。作者が作詞の段階で作曲を頭に置いているはずだと考えつつ、ある程度の誤認があっても仕方ないことだと割り切って読んでいった。

独善的な判断になる危険が伴うかもしれないが、能作者の構想や時代精神も考えてきた。古跡を訪ね、伝説・本説を知るのも解読の一助となった。

五流現行の乱曲が載っている完曲のほゞすべてを翻刻した。番外曲を渉猟してコメントを残された『古今謡曲解題』の丸岡桂氏や、『未刊謡曲集』『続未刊謡曲集』の田中允氏は実に優れた功績を残された。田中允氏は、ほぼ三千曲の翻刻を目指され、擱筆（かくひつ）時には八十三才になられ、「疲れた」と書かれている。もし過去六百年間に作られたすべての写本を正確に翻刻するとしたら終わることはあるまい。拷問と愉楽を共にし、苦しみがない限り、この楽しみはないと教えておられるようであった。これに比べれば、筆者の取り扱った写本の翻刻は、現行の謡物のある完曲に限られている。これは過去に作られた謡曲の一パーセント程で、先学の厖大（ぼうだい）な業績に及ぶものではない。お二人に深い敬意を払うものである。また、お二人が閲覧、翻刻された後に、関東大震災や第二次大戦で多くの原曲・版本が焼損し、再び目にすることが出来なくなったのは残念である。これらについては、両氏の翻刻文を一部借用させていただき、その業績を称えるものである。

乱曲の詞章が使われている古謡本（四十八番）を調査し気がついたことは、さわやかで楽しい曲ばかりで、恨みを抱いて亡霊があらわれるような深刻な内容のものがないことである。

明治の曲目整理にあたって、選曲に一定の意図が働いていたと考えざるをえない。明治維新で、明るい未来が期待できる時代が到来したとき、過ぎ去った古い時代の悲しい出来事を演ずる曲に民衆の人気が集まったのではないか。逆に明るい内容のものは廃曲にしたのであろう。翻って現代を考えるとき、戦後社会が成熟する一方、社会には閉塞感が支配的である。このような時代には、少々奇抜でも明るく楽しい曲趣の演劇が求められているのではないか。「乱曲」に詞章が残され、かつて一度廃された完曲が再び見直される時代になったのではないかと考えている。

本稿は雑誌「宝生」（二〇〇六年一月〜二〇〇九年六月）に連載した『乱曲考』をもとに、加筆・修正を加えたものであることを申し添える。

二〇一一年　二月

参考文献

1 謡曲全集（国民文庫）二冊／古谷知新 校訂――（国民文庫刊行会）1911
2 新謡曲百番／佐佐木信綱 校訂――（博文館）1912
3 宴曲十七帖 附謡曲末百番／早川純三郎 校訂――（国書刊行会）1912
4 校註謡曲叢書（三冊）／芳賀矢一・佐佐木信綱 校注――（博文館）1914
5 番外謡曲（古典文庫）／田中允 校訂――（古典文庫）1950・1951
6 未刊謡曲集（古典文庫）既刊五十四冊／田中允 校訂――（古典文庫）1963
7 版本番外謡曲集（全三巻）／伊藤正義――（臨川書店）1990
8 能楽資料集成 上杉本乱曲集――（わんや書店）1993
9 花鏡 謡秘伝鈔（演劇資料選書）――（飛鳥書房）1975
10 茶席の禅語大辞典／有馬頼底 監修――（淡交社）2002
11 茶席の禅語／西部文浄――（書林 其中堂）1970
12 月刊『なごみ』――（淡交社）2005
13 飛鳥 水の王朝（中公新書）／千田 稔――（中央公論新社）2001
14 風姿花伝（岩波文庫）／野上豊一郎・西尾実 校注――（岩波書店）1991
15 日本の道教遺跡を歩く／福永光司・千田 稔・高橋 徹――（朝日新聞社）2003
16 能の歴史／小林責・増田正造――（平凡社）1992
17 宝生流寛政謡本――1799
18 観阿弥と世阿弥（岩波新書）／戸井田道三――（岩波書店）1979

19 日本古典文学大系謡曲集 上下／横道満里雄・表章 校注──（岩波書店）1966
20 謡曲評釈／大和田建樹 校注──（博文館）1907
21 日本の民族宗教（講談社学術文庫）／宮家準──（講談社）1994
22 歴代天皇総覧（中公新書）／笠原英彦──（中央公論新社）2001
23 和漢朗詠集 全訳注（講談社学術文庫）／川口久雄──（講談社）2001
24 かな字典／井茂圭洞──（二玄社）1991
25 和様字典／北川博邦──（二玄社）2005
26 日本陰陽道史話（平凡社ライブラリー）／村山修一──（平凡社）2001
27 聖徳太子はなぜ天皇になれなかったのか（角川ソフィア文庫）／遠山美津男──（角川書店）2000
28 聖徳太子と日本人（角川ソフィア文庫）／大山誠一──（角川書店）2005
29 古文書くずし字200選／柏崎書房編集部 編──（柏書房）2001
30 古文書くずし字500選／柏崎書房編集部 編──（柏書房）2002
31 書誌学 改訂版／杉浦克己──（放送大学教育振興会）2003
32 神道大辞典／宮地直一・佐伯有義──（臨川書店）1986
33 伊都岐島──（厳島神社社務所）1995
34 能・狂言事典／西野春雄・羽田昶 編──（平凡社）1987
35 室町能楽論考／中村格──（わんや書店）1994
36 演劇入門──古典劇と現代劇──／渡辺保──（放送大学教育振興会）2006
37 表象文化研究／渡辺 保・小林康夫・石田英敬──（放送大学教育振興会）2006

38 能と狂言／能楽学会 編――（ぺりかん社）2003―06
39 岩波講座 能・狂言――（岩波書店）1987
40 古今謡曲解題／丸岡桂 著・西野春雄 補訂――（古今謡曲解題刊行会）1992
41 能と茶の湯／種田道一――（淡交社）2002
42 改訂増補 公卿辞典／坂本武雄 編・坂本清和 補訂――（国書刊行会）1984
43 文学の創造／河底尚吾――（郁朋社）2006
44 訓読みのはなし 漢字文化圏の中の日本語／笹原宏之――（光文社）2008
45 多武峯延年―その臺本―／本田安次――（錦正社）1987
46 文献学／杉浦克己――（放送大学教育振興会）2008
47 中古歌謡 宴曲全集／吉田東伍――（早稲田大学出版部）1917
48 光悦の謡本／高安六郎――（檜書店）1957
49 謡曲紀行／小倉正久――（白竜社）2003
50 乱曲考（雑誌「宝生」）／小倉正久――（わんや書店）2006～2009
51 能楽研究講義録／表章――（笠間書院）2010
52 謡曲大観／佐藤謙太郎――（明治書院）1931
53 世阿弥 禅竹／表章・加藤周一 校注――（岩波書店）1974
54 世界大百科事典――（平凡社）1972

著者略歴

小倉　正久（おぐら　まさひさ）

1931年新潟県生まれ。

1955年東京大学医学部医学科を卒業。医学博士、外科医。宝生流師範。

1994年より「千手」「葛城」「景清」「竹生島」「松風」「加茂」「大原御幸」「乱」などを演能。公益社団法人能楽協会会員。能楽学会会員。

著書に『謡曲紀行』（白竜社・2003年）

初出　　雑誌「宝生」（2006年1月号〜2009年6月号）

乱曲考

2011年3月28日発行

著　者　小倉正久
発行者　檜　常正
発行所　株式会社 檜　書店
〒101-0052 東京都千代田区神田小川町2-1
☎03-3291-2488　FAX03-3295-3554
〒604-0821 京都市中京区二条通柳馬場西入
☎075-231-1990　FAX075-231-2508
http://www.hinoki-shoten.co.jp
印刷・製本　藤原印刷株式会社

ISBN978-4-8279-0988-3　Printed in Japan